WENXIN XIANGTONG

SHIJIE WENXUE JINGDIAN DE KUAWENHUA PIPING

文心相通

世界文学经典的跨文化批评

傅守祥 著

浙江工商大学出版社
ZHEJIANG GONGSHANG UNIVERSITY PRESS
·杭州·

图书在版编目(CIP)数据

文心相通：世界文学经典的跨文化批评／傅守祥著
. — 杭州：浙江工商大学出版社，2021.1

ISBN 978-7-5178-4096-1

Ⅰ. ①文… Ⅱ. ①傅… Ⅲ. ①世界文学－文学研究
Ⅳ. ①I106

中国版本图书馆 CIP 数据核字(2020)第 170160 号

文心相通：世界文学经典的跨文化批评
WENXIN XIANGTONG：SHIJIE WENXUE JINGDIAN DE KUAWENHUA PIPING

傅守祥　著

责任编辑	张晶晶
责任校对	熊静文
封面设计	林朦朦
责任印制	包建辉
出版发行	浙江工商大学出版社
	（杭州市教工路 198 号　邮政编码 310012）
	（E-mail：zjgsupress@163.com）
	（网址：http://www.zjgsupress.com）
	电话：0571－88904980，88831806（传真）
排　　版	杭州朝曦图文设计有限公司
印　　刷	杭州高腾印务有限公司
开　　本	710mm×1000mm　1/16
印　　张	23.75
字　　数	320 千
版 印 次	2021 年 1 月第 1 版　2021 年 1 月第 1 次印刷
书　　号	ISBN 978-7-5178-4096-1
定　　价	89.00 元

前　言

　　文学经典是将精神存在、人生智慧、思想场域、人性细节、艺术呈现等相对完美地凝合在一起的民族语言的综合体，它们既是一个民族的精神旗帜，更标识着全人类的精神品质。世界文学经典是时间锤炼出来、跨越时空给人生以指导和借鉴的东西，是特定时代、特定人群、特定地域的文化记忆、共识性体验与延展性想象，是作家、批评家与读者长期磨合的共同创造；其智慧光芒穿透历史、思想价值历久弥新、艺术想象跨越时空、语言延展民族独创。

　　常言道，文心相通。从世界文明演进的视角看，世界文学经典是历史留给全人类的丰富遗产，既是民族的也是世界的，既有特殊性也有普遍性，其民族人类学意义上的历史生成、时代流变主要承载着本族群的文化基因和精神密码，而其跨文化交流与跨媒介重构不但可以使经典本身焕发出新的生命、折射出新的光彩，而且可以供世界其他民族在推进文化反省和文明重构时互鉴与参照。世界文学经典包罗万象、洞幽烛微，却坚持给人留存希望、带来人性的温暖、品察生命的本真。在展示人性的复杂与微妙方面，文学经典无疑比任何教义和信条都更伟大；它们能够培育人们想象他者与去除偏见的能力，培育人们同情他人与公正判断的能力，并将最终锻造一种充满人性的公共判断的新标准和这个时代急需的诗性正义。

阅读经典、领会经典和活用经典，无疑会"敏锐"我们的感觉、"丰富"我们的体验、"延长"我们的生命。当代中国的"世界文学经典研究"应该要有开放的胸襟、变通的本领、担当的意识与批判的精神，既要"入乎其内"式地"敬畏经典"，又要"出乎其外"式地"重估经典"。"敬畏经典"意在强调恢复经典的思想尊严、细寻经典的精神魅力；"重估经典"意在强调激活经典的思想命题、开掘经典的精神蕴藏，甚至敢于将"经典"堕落为"经验"，将"意识形态"下降为"具体问题"，特别是在"媒介化生存"的"大数据时代"。相伴经典，与伟大的心灵相互感应、良性共鸣；直面先贤，枯燥会变成有趣，孤寂会变成安宁，每一次新的发现都会让人从内心生发感动；重识经典，在"后现代式的价值多元时代"里，探索树立伦理共识、坚守价值底线、温暖人心、和合世界的途径。

文学经典研读是全球化时代的明智选择，其核心功能就在于帮助人们在新的历史情境下重新发现和思考"人"自身的内在含义。基于深度挖掘以清理学脉、复杂思维以激活传统、顺时应变以涵养人文等愿望，论著《文心相通：世界文学经典的跨文化批评》细分为四章，立足于文化诗学与跨文化研究的学术视野，着重于文学人类学、艺术哲学、文化研究、文化传播学与比较文学的跨学科复合研究，强调经典阐释的诗性正义与文明互鉴；在文本细读的基础上，对世界文学经典做出深度阐释，立体审视世界文学经典的精神基因、生命体验与人性呈现。

傅守祥

2020 年初春

目　录

绪论 世界文学经典研究的文化诗学与人文谱系

解释过去以便缔造未来①。

——马尔科姆·考利(Malcolm Cowley,1898—1989)

何谓经典？"经典"一词的最初含义非常狭窄。在西方，它最早专指宗教典籍尤其是《圣经》。在汉语中，一般指作为典范的儒家典籍。唐代史论家刘知几在《史通·叙事》中说："自圣贤述作，是曰经典。"如"四书""五经"之类。也指宗教典籍，如唐代白居易《苏州重玄寺法华院石壁经碑》："佛涅槃后，世界空虚，惟是经典，与众生俱。"《古今小说·滕大尹鬼断家私》："且说如今三教经典，都是教人为善的。"后来，随着社会的发展，经典才逐渐世俗化，用来泛指人类各学科领域的权威著作，或"具有权威性的"。荷兰学者杜威·佛克玛(Douwe W. Fokkema,1931—2011)认为，"经典是指一个文化所拥有的我们可以从中进行选择的全部精神宝藏"，而"文学经典……是精选出来的一些著名作品，很有价值，用于教育，而且起到了为文学批评提供参照系的作用"②。同时，他还指出："经典的构成是对某种需求或者某些问题所做出的回应，每个国家或许都有自己的经典，因为它们有着不同的需求或者不同的问题。显而易见，所有的经典都具有某些地方风味。"③

"经典"一词，《现代汉语词典》解释为"传统的具有权威性的作品"，《辞

---

① ［美］马尔科姆·考利:《流放者归来》,张承谟译,重庆出版社2006年版。

② ［荷］佛克玛、蚁布思:《文学研究与文化参与》,俞国强译,北京大学出版社1996年版,第50页。

③ 生安锋:《文学的重写、经典重构与文化参与——杜威·佛克玛教授访谈录》,《文艺研究》2006年第5期。

海》释为"一定时代、一定的阶级认为最重要的、有指导作用的著作"。具体而言，"经典"的含义一般涉及三个方面：一是指在某种文化中具有根本性或权威性的著作（scripture）；二是指文学艺术方面具有权威性的典范作品（classic）；三是指上述两义中内含的确认经典的标准或原则（canon）。由此可见，文学经典不仅仅是指以文字或其他符号形式存在的文本，更重要的是这种文本还代表了神圣不可侵犯的文化价值规范，代表了模铸人的思想、制约人的行为的文化力量。因此，对于任何一个民族、国家和时代来说，经典文化永远都是其生命的依托、精神的支撑和创新的源泉，都是其得以存续和赓延的筋络与血脉。唐代诗人李白曾有诗曰："干戈不动远人服，一纸贤于百万师。"文学经典的内蕴本质上虽然是一种非物质化、非形态化的东西，但其巨大的作用和特殊的功能确实是无与伦比和不可替代的。

文学即人学，人类的共同经验以语言艺术的形式凝成文学经典并得以代代相传。对于前现代和现代的人们来说，"文学经典"的具体内涵和存在价值是相对明确、具有共识性的，即：文学经典是文化和文学传承的核心，是文学传统延续的中心，反映了某一个时代人类精神的整体面貌和文明程度，体现了文学家在特定文化背景下的生命体验和想象生成。文学经典的共同特征是：思想的穿透力、情感的深刻性、语言与体裁的独创性、想象的延展性。善读文学经典，在反复精读中领悟其中积淀的深厚内涵，能够收到事半功倍的效果，叫人得自由。

如今的文化和文学处在一个受后现代思潮影响的、多元化的时代，这意味着文学经典"存在与否""属于谁"及"是何种层次上的"等反思性问题日益突出①，在相当程度上使"经典""地动山摇"，为文学经典的重构以及文学史的重写开启了新空间。即便不是否定经典、拓宽经典或更替经典而依旧按照权威认定、继续认同传统，文学经典的辐射范围也与以往不同了，它们不

---

① ［荷］佛克玛、蚁布思：《文学研究与文化参与》，俞国强译，北京大学出版社1996年版，第37—65页。

仅要在本民族内部传承,还要进入一个更为广阔的跨文化场域。文学的跨文化交流是经典的传承与变迁的重要方面,不但可以使经典本身焕发出新的生命、折射出新的光彩,还可以帮助我们推进本民族文化的解构和建构,20世纪初期中国新文学运动的发生和20世纪后期“拉美风暴”的引发就是这个问题的最好注脚。同时,我们也应该清醒地意识到文学经典在消费时代的弱势格局。在如今文学越来越被边缘化、文学典律的概念日趋淡化的形势下,文学研究学者应该向学生和广大读者传授些什么? 世界性的人文教育滑坡、文学教育碎片化的现实,不能不引起我们的反思①。

　　文学经典有没有永恒性? 这在前现代和现代文明时期,是一个不言而喻的问题。经典是不容置疑的,特别是每个民族自身的文化典籍和文学名著,如中国古代的《诗经》和唐诗宋词、基督教的《圣经》、伊斯兰教的《古兰经》、古希腊的《荷马史诗》、英国的莎士比亚戏剧等。但是,随着文化研究、新历史主义、女权主义、生态主义等思潮以及各种后现代思潮的到来,一些民族原有的经典不断受到冲击,另一些名不见经传的作品则开始登上经典的殿堂,文学经典日渐出现多元化面貌。事实上,尽管经典受到了冲击,但是,一些真正意义的文学经典依然散发着永恒的、不朽的艺术魅力,向当今时代灵魂迷失的人类昭示生命的本真和终极价值,提供丰沛的精神滋养。譬如《诗经》中的《关雎》,我们今天重新阅读它,依然为诗中所展现的人性之美、情感之美、理想之美、意象之美、音乐之美感动不已。从这个意义上说,经典是永恒的。

一、跨文化沟通与经典研究的学科反省

　　从历史经验主义视角看,文学经典作品不仅是民族的,也是世界的;不仅是某一时代的,也是全人类的,它的完整品格就是多层次性和多情节性。

---

　　①　傅守祥:《外国文学经典的跨文化沟通与跨媒介重构》,《淮阴师范学院学报》(社科版)2012年第1期。

优秀文学作品内涵深藏,有取之不尽的可能性,激发着文学研究者不断探究。文学经典的文化意义在于它是民族文化精神的载体,在当今多元文化的全球语境中,经典的普遍性使其成为全人类共有的精神财富;文学经典的意义还在于,它们不仅能为我们提供文化记忆,也以这种文化记忆为平台,为后来者提供交流的根基。

马克思关于文学经典独特品格的见解值得我们重视,他说:"困难不在于理解希腊艺术和史诗同一定社会发展形式结合在一起,困难的是,它们何以仍然能够给我们以艺术享受,而且就某方面说还是一种规范和高不可及的范本。"接着又反问道,"为什么历史上的人类童年时代,在它发展得最完美的地方,不该作为永不复返的阶段而显示出永久的魅力呢?"①马克思所指的古希腊艺术和史诗——《伊利亚特》与《奥德赛》,产生于奴隶制时代,而奴隶制社会早就离人类远去,但在马克思看来,人类童年时代——一个生产力和经济发展都十分低下的时代,却给人类社会留下了永恒的文学瑰宝。它们不仅不可复制,也没有随着那个社会的消失而被遗忘,它们仍然给我们以"艺术享受",具有"永久的魅力","还是一种规范和高不可及的范本"。同时,从马克思的这些卓越论述中,还可以看到古希腊文艺经典及一切文艺经典的又一重要品格:它们不仅是民族的(古希腊民族的),也是世界的(古希腊之外各国的);不仅是时代的(奴隶制时代的),也是全人类的(奴隶制社会之后各人类社会的)。文学经典是历史留给我们的丰富遗产。

从人类文明发展的进程看,文学经典既是人生的滋养,也是了解异域文化的重要手段。世界文学经典是各民族基本价值观和审美诉求的反映,在网络虚拟性破坏了经典标准的今天,作为民族团结的核心因素和情感纽带的文化经典传承变得尤为重要,而传承的根本方式就是不断地研究经典,在"价值重估"的平台上做出与时代相符的文化阐释。当今时代,"经典"常因被视为与"现代性"对立而被否弃。如何与这些经过时间筛选而沉淀下来的

---

① 《马克思恩格斯选集》(第二卷),人民出版社 1995 年版,第 29 页。

经典交流对话,如何从构成各民族文化土壤的文学经典中汲取精神养分,不仅是每个人文学者必须思考的问题,也是他们身负的责任。

文学经典是人类各个时代的文学成就的证明和文明符号的象征,世界文学经典是文化精髓和民族精神的体现。世界上的任何一个民族文化传统,都是由一系列文学艺术经典构成的,或者说文学经典构成了一个民族的文化传统,因此传统的弘扬在一定意义上就是一系列经典的传承。20世纪以来,世界文学经典在中西文化交流以及促进中国文化发展方面起到了无可代替的作用,在中国国民的深邃智慧、审美体验以及道德情操的成型过程中也发挥了重要作用。因此,时任总理温家宝在出席"中欧文化高峰论坛"开幕式中指出:"文化是人与人心灵和情感的桥梁,是国与国加深理解和信任的纽带。文化交流比政治交流更久远,比经济交流更深刻。随着时光的流逝和时代的变迁,许多人物和事件都会变成历史,但文化却永远存在,历久弥新,并长时间地影响着人们的思想和生活。"①

在当今世界文化呈现出多元分化的大趋势下,研究世界文学经典是树立和坚守基本道德伦理和价值规范的途径。世界文学经典作为历史长河中形成的各民族核心文化和情感纽带的体现,所承载的鲜明民族个性不会被时间湮没,它起着非常重要的文化传承作用。在媒介化生存的大数据时代,特别是在实现中华民族全面复兴的"中国梦"的新文化境遇中,重新审视世界文学经典的本质和功能,重新探讨世界文学经典的生成、传播与继承、发扬,世界文学研究者要始终保持选择、确立和传播经典作品的自觉意识,积极面对文学经典在跨文化的旅行中发育、演变这一现实,着力推进跨文化视界中的文学经典研究;只有具备这样的文化自觉,才能开创费孝通先生所言的"各美其美,美人之美,美美与共,天下大同"的局面。目前,中国正迎来一个经济发达、文化繁荣、学术昌明的发展新时期。在全面深化改革的时代背

---

① 温家宝:《在中欧文化高峰论坛上的致辞》,中华人民共和国中央人民政府网站2010年10月6日,http://www.gov.cn/ldhd/2010-10/07/content_1716439.htm。

景和历史条件下,为了更好地研究经过时间筛选而沉淀下来的世界文学经典,从构成各民族文化土壤的经典中汲取精神养分,研究世界文学经典的生成、演变与传播,总结经验,弥补缺憾,吸取教训,展现世界文学研究领域的辉煌成就,为进一步发展提供必需的研究资源,显得十分重要。

总体来说,借助西方文艺理论,国内学术界对世界文学经典的研究由浅入深:从单一地研究内部因素或外部因素转向综合地研究各方面因素,从感性式论断转向理论式分析,从传统的诗学研究转向文化研究和跨文化研究,从静态的经典建构观转向动态的经典建构观,等等①。这些丰硕的研究成果,肯定了世界文学经典研究的价值,即"文学具有超越时代的永恒魅力,无论是科技还是商业的发展都不能完全削弱文学对人类的吸引力:东西方的文学经典代表着人类精神文明的高峰,值得现代的读者反复地阅读与研究"②。

当前,世界文学研究中存在的值得深思和亟待解决的思想问题有:一是面对席卷而来的全球化浪潮,如何立足本土文化,整合中国思想资源,建构中国的世界文学研究格局,重铸民族文化精神、重塑文化中国形象。二是如何避免和纠正盲目的"拿来"主义和唯"新"主义,使世界文学研究重新聚焦具体问题和经典阐释。三是世界文学研究的价值立场和学术边界,其中包括:立足文本还是关注文本之外的社会文化现象,如何理解和开展跨文化的世界文学研究,"世界文学史"写作的观念、标准和方法,翻译文学相对独立性中的主体性介入,如何整合世界各国的世界文学研究资源,等等。具体到世界文学经典研究,应在原有的基础上注重四个方面的拓展和转向:首先,世界文学经典研究应从原有的文本研究转向文本生成渊源考证与生成要素的研究;其次,世界文学经典研究应从文学翻译研究转向翻译文学研究;再次,世界文学经典研究应从纸质文本的单一媒介流传转向音乐美术、影视动

---

① 王秋艳、宋学智:《外国文学经典研究在中国》,《外国语文研究》2012 年第 2 辑。
② 张隆溪、梁建东:《文学从来都不是很"重要"》,《江苏大学学报》(社科版)2010 年第 4 期。

漫、网络电子的复合型的跨媒体流传;最后,世界文学经典研究应从"外向型"研究转向关注中外文化交流和民族文化身份建构与民族形象重塑①。现阶段,在继续深入世界文学经典研究的同时,应该努力创新学术理论、拓展研究领域,逐步摆脱对西方文艺理论的过度依赖,走出一条具有中国特色的、真正具有对话价值的世界文学经典研究之路②。

　　中华人民共和国成立以来,经过几代学者的共同努力,世界文学研究取得了巨大的发展,为社会主义精神文明建设做出了卓越的贡献,所取得的辉煌成就也是中国社会主义文化建设事业中一笔宝贵的财富。七十多年的世界文学研究,凝聚着中国几代世界文学学者的心血和奉献。七十多年的历程,既曲折也辉煌,同时折射了中华人民共和国成立七十多年间民族文化振兴和国民精神成长的历程。应该看到和肯定世界文学研究在中华人民共和国成立后的三十年和"改革开放"后的四十多年里对建构意识形态、调整发展方向、解放思想、和谐社会等方面的重要意义与促进作用。同时也应该看到,中华人民共和国成立后的前十七年的世界文学研究基本上沿袭了苏联的模式,对以英美为代表的西方文学及文化传统存在较大的偏废,对中华民族优秀学术传统基本冠以"封建主义"的标签;改革开放后又基本上改用了西方模式,放弃了一些本该坚守的优秀学术传统尤其是本民族的优秀学术传统。所有这些,都是应该在以后的发展中汲取教训的。

　　从世界文学学科发展以及国家精神文明建设、文化建设的高度审视问题,既要弘扬五四运动以来世界文学研究的优良传统,又要力求避免盲目和片面,力争及早澄清与纠正世界文学研究领域的某些片面认识。应该立足于中华民族的主体性,从中国人自己的学术眼光出发,注意总结中国学者在世界文学经典研究中所发出的自己独特的声音,从而服务于建立世界文学经典研究中的中国体系。中国的世界文学经典研究,应当成为加深中外文

---

① 　吴笛:《谈谈外国文学经典研究的拓展和转向》,《中国社会科学报》2011 年 11 月 15 日。
② 　王秋艳、宋学智:《外国文学经典研究在中国》,《外国语文研究》2012 年第 2 辑。

化交流、化解可能的文化冲突的排头兵，应当成为推动中华民族伟大复兴的文化原动力。

然而遗憾的是，世界文学经典研究长期以来处于学术研究中的边缘位置，即使是在 20 世纪 80 年代"文学热"大潮中，世界文学研究的空间也未曾有多少扩展；改革开放后的"出国热"，启动的仅仅是国民学外语（作为交际工具和安身阶梯的语言）的热情，与世界文学研究的关涉不大。再加上多少年来的制度惯性与利益现状，世界文学研究分属于中文系和外语系：中文系的世界文学研究像一根鸡肋，又像一个摆设，学科建设与资金投入都处在明显的劣势和人为边缘化的位置；外语系的世界文学研究终究难以摆脱以语言研究为中心的传统格局，而这种"语言"是作为交际工具的语言，而非海德格尔所说的"栖居之所"的语言。也就是说，中文、外语的分家，使本来就势单力薄的世界文学研究队伍得不到明显的充实与提高，根本不能与中国文学研究的其他学科——譬如现当代文学——相提并论，更遑论活力四射了①。

由此看来，在当今整个文学研究界都处于边缘化地位的时代，世界文学经典研究更应该利用自己外来信息优先接收、封建主义干扰较少的有利条件，及时调整研究视野和学术立场，扩大研究领域，创新研究方法，在积极推动现代化与全球化进程的中国大陆，担当起应有的责任：中外信息的交流、中外思想的沟通、中外人文的互补以及人类精神的提升……

当代的世界文学经典研究，应该自觉融入人们的日常生活，不能再像以往那样画地为牢，人为制造一种狭小的、精英型的研究疆域，应该走出"纯文学"的象牙塔，关注民生、民情和民趣，走普及中提高的道路，才有可能实现知识阶层的启蒙理想。世界文学经典研究应该转变传统的文学研究模式，超越文本细读式的研究，广泛借鉴哲学、社会学、人类学等学科的研究方法

---

① 傅守祥：《外国文学经典的跨文化沟通与跨媒介重构》，《淮阴师范学院学报》（社科版）2012 年第 1 期。

和学术立场,将新时期的世界文学研究塑造成真正具有世界主义情怀的崭新学科。

二、跨媒介重构与经典研究的文化诗学

显而易见,新媒体正以其强烈的替代性依存理念影响着当下社会。以互联网为代表的网络①新生力量的急速发展正改变着当下中国社会的格局,也不同程度地影响着现实社会的媒介文化。互联网时代的传播方式已然发生了重大的改变,人际传播、大众传播、分众传播、交互传播、沉浸传播的发展过程推动了传播学理论的思考与创新。不仅如此,互联网等新技术变革支撑的传播实践,正在改变当前人类社会的基本逻辑,各种领域的社会关系进入一个持续的重塑过程。科技的发展使民众不只是信息的消费者,在一些突发性事件中,普通民众可以把自己的所见、所想以最简短、快捷的方式传递给他人,网络民意由此走进现实,呈现出对现实的干预功能。在此背景下,完全依附于传统媒体报道的时代已然褪色,新媒体以其强烈的替代性依存理念影响着当下社会。当下的网络化社会是一个崭新的社会形态,而不是以往媒介功能的扩大。新媒体不仅从根本上改变了信息的生产与传播方式,而且日益深刻地改变着人们的生产与生活方式,提高了人们的思维与变革的能力。

从印刷媒体的兴衰到新媒体给世界带来的冲击,每次传媒革命都带来了社会、文化、政治的巨大变革;毫无疑问,大众传媒成为现代人类文明发展背后最重要的推动力之一,大众传媒也成为影响所有人生活的文化样式②。

---

① "网络是个被文人雅士吹嘘得神乎其神的地方,也是个被同样的文人雅士贬斥得一文不值的地方。""人一上网,马上就变得厚颜无耻,马上就变得胆大包天。""网上的文学比网下的文学,更加随意、更加大胆,换言之,就是更加可以胡说八道"(莫言:《人一上网就变得厚颜无耻》,凤凰网读书2014年11月6日,http://book.ifeng.com/fukan/detail_2014_11/06/10051171_0.shtml)

② [美]查尔斯·斯特林:《媒介即生活》,王家全、崔元磊、张祎译,中国人民大学出版社2014年版,第8页。

由于信息科学的迅猛发展,纸质文本和纸质文献难以适应时代进步和学科发展的需要,同样,研究世界文学经典局限于纸质文本的范畴,已经很难适应时代的发展。以跨媒体研究的视野来介入世界文学经典的研究,介入新的世界文学经典传播载体的研究,既是一个崭新的研究领域,也是世界文学学者的历史使命与服务于社会和国家文化建设的刻不容缓的责任。

在当今的数码时代,忽略电子媒介的新兴文学样式是令人难以置信的。我们不光要研究根据西方文学经典改编的欧洲文艺片,也应该关注包括好莱坞大片在内的商业性的文学经典的电影改编,最起码不能忽略好莱坞类型片譬如科幻、侦探、爱情、恐怖、战争、家庭伦理等类型片所蕴含的集体无意识与民族特色,以及它们所融合的经典文学叙事技法和故事范型;不光要研究法国最经典的电视剧《红与黑》,也应该关注各种流行的电视肥皂剧。总之,新世纪中国的世界文学经典研究尚待大力开拓的领域还包括外国影视文学和外国网络文学创作研究。

毋庸讳言,以媒体技术本体化与视觉文化审美化为表征的新意识形态的弥散,深刻影响着当代文化的发展。数字媒体技术的发展所带来的由话语文化形式向形象文化形式的转变,在摧毁传统的文化等级秩序的同时,也消解着艺术传统对意义的深度追求。将高科技定义为文化的物质性存在基础,并提升到本体论的高度来分析,无疑具有一定道理;但是应该看到,"媒体形式"毕竟只是文化艺术存在的物理基础,并不构成它的根本,将物性材料和媒介手段等同于文化艺术完全走到了另一个极端,从"唯科技主义"的立场出发粗暴地抹杀了"文化"的精神内涵与本质。物质性存在的强势与观念性存在的低限之间的博弈,是数字艺术以及电子视觉文化无法回避的现实,数字艺术的发展亟待解决唯技术主义的迷瘴与意义场的虚设等现实难题。"数字化生存"的技术和"艺术化生存"的人文相互协调,才能实现数字艺术的平衡发展①。因此,对于世界文学经典的视觉化生存与数字化发展绝

---

① 傅守祥:《数字艺术:技术与人文的博弈》,《社会科学战线》2008 年第 3 期。

不能忽视,也不能过度拔高;在当代研究中,应该将时新的媒介高科技运用与传统的人文意义追索结合,构建立体型、纵深性的人文谱系,以适应时代新变化、接续人文老根系。

同时,在这个由互联网科技及其新兴社交媒体为主体构成的媒介化生存的"大数据时代",世界文学经典研究也不能忽略艺术的跨媒介重构现象,即各种艺术如何处理、使用同一题材并辨析其中的变通与神遇。譬如跨媒介的艺术名作《戴珍珠耳环的少女》,始自17世纪荷兰著名风俗画画家约翰·维梅尔的经典画作,经美国女作家特蕾西·雪佛兰的流行小说,再到英国导演皮特·韦伯的成名电影,三位艺术家分别以颜料、文字和影像的不同艺术材质,以不同的时空艺术表现形式,生动展现了交织着青春、爱情、欲望、诱惑、退却与隐忍的人性故事。在光影交织的空间艺术画作里,戴珍珠耳环的青春少女,珍珠上流转着女性光芒;而小说文本与电影作品共同塑造的主人公葛丽叶,映现出女性追求人格独立的刚毅与保持个体尊严的自觉①。

随着经济全球化步伐的加速与信息化革命的到来,文化领域包括人文研究领域交流对话的进程显得更加紧迫。可以这样说,世界市场的扩大,使得各国人民经济与文化的交流变得从未有过的迅捷与频繁;而网络技术的出现,更是打破了海关与出版的疆界,使得各种思想、观点、信息得以跨越时空交流。世纪之交以来,大陆人文学界倡导综合性的"文化诗学",把文学这种文化现象放在整个社会的文化系统中来考察,从而拓展了文学艺术的研究视野,直接推进当代人文研究向纵深发展②。

"文化诗学"脱胎于西方的"文化研究"和"跨文化研究"。"文化研究"是跨学科研究,并非文化哲学或文化美学,它关注文化世界中丰富多彩的具体现象。当今时代的文化世界错综复杂,对文化的最宽泛理解,广及所有"人

---

①　傅守祥、李馨:《跨媒介流传的艺术沟通与女性光芒——〈戴珍珠耳环的少女〉的女性主义探析》,《妇女研究论丛》2011年第6期。

②　胡经之:《文艺学多些对话好》,《中华读书报》2002年3月4日,第5版。

文化成"的人工之物，包括一切物质文化、精神文化、制度文化，常说的经济、政治、文化(狭义)等所有社会现象都在其内。西方曾经流行的"文化研究"，就是对这些社会现象的文化评论或文化批判。这样的文化研究，几乎跨越了所有学科。再缩小一些范围，有些"文化研究"主要注目于精神文化领域，但也广及哲学、宗教、道德、社会心理、流行时尚等多种精神现象。这些"文化研究"的目光并不只停留在文学艺术，它所研究的这些精神现象，还是文学艺术和政治经济之间的中介，研究这些中介恰好是研究文学艺术的必需。过去的一些"文艺社会学"的缺失，正在于忽视了这些中介环节，从政治经济直接引出文学艺术，在深层逻辑上将文学艺术视作政治经济的派生或仆从。而"文化研究"对哲学、道德、宗教等精神现象、社会心理的重视，则可以在这一方面做出贡献。

作为从西方学术体制内部产生的一种反叛实践，文化研究与一般的跨学科研究有着显著的差异：它既不株守于固定的研究领域，也没有统一的研究方法，而是一个不断生成和不断扩展的知识实践领域，它的"动力部分源自对既有学科的挑战"①。文化研究所关注的通常是为传统学科所忽视或压抑的原属于边缘性的问题，它所警惕的恰恰是不要让自己成为一门新的学科。就此而言，文化研究不仅改写了传统学术的中心与边缘观念，而且对传统的学科理念和学科建制构成了强烈的冲击。正如许多学者所概括的那样，文化研究要探求的是个体"主体性"是如何由社会构建而成的；它不是到个体的理性或主体性当中，而是到社会关系、社会交往和文化政治当中去寻找意义的根源②。这种跨学科的探求使文化研究必然超越传统学科的理念框架，更多触及建构个体主体性的公共文化体系和政治体制问题。这种探求不仅铸就了文化研究的政治批判维度，而且空前扩展了文化研究的问题

①　澳大利亚学者特纳(Graeme Turner)的概括。参见 *Cultural Studies*, ed. by Lanwrenc Grossberg, New York: Rouledge, 1992, P. 64.

②　Patrick Brantlinger, *Crusoe's Footprints：Cultural studies in Britain and America*, Rouledge, 1992, P. 16.

范围。实际上，文化研究对于主体建构、政治权利和意识形态功能的关注，与现代的批判理论传统有着深刻的关系。正是由于批判理论的引入，才使文化研究不单单成为跨学科的学术实践，而且成为一块吸引各种理论的磁石，不断挪用和整合最新出现的激进理论，成为揭示社会秘密的批判性思想运动。

在"文化诗学"的视野里，单一的形式主义批评，诸如新批评、结构主义、解构主义等，都是单薄的、封闭的，即使没有窒息文学也大有盲人摸象之嫌。"文化诗学"追求视野的开放，它力图吸纳历史、哲学、宗教、美学、伦理、政治、语言、神话、人类学甚至自然科学有关领域和学科的成果与方法，以开放和综合来达到研究视野和研究方法的创新。当然，这种方法论上的综合并不是说"文化诗学"在方法论上就是大杂烩，而是表明它在研究视野上的开放性与综合性特点；与其研究旨趣相一致，文化学研究与诗学研究方法的融会贯通，应该是"文化诗学"方法论的主轴。所以，"文化诗学"既是一种文化阐释，也是一种诗学阐释，准确地说，它是文化阐释与诗学阐释的一种辩证统一和有机结合。应该说，不仅文学，其他艺术也都必须放在整个文化系统中来研究，正如巴赫金所说："应该在人类文化的整体中通过系统哲学来论证艺术事实及艺术的特殊性。"①因为在文化整体的理论视野中或理论背景下，文学就不再是一个封闭的系统，更不是一个独立的文本，而是一个开放的系统，一个与历史、宗教、社会、道德等文化范畴相互联系的文本，而这种文学研究上的文化整体观则明确反对割裂文学与社会文化的联系。简言之，文化诗学之价值指向，就是力图追究文学的文化价值属性和文学的诗学价值属性。

文学批评与阐释从传统的、学科界限明显的"诗学研究"转向更广泛、更少学科限制的"文化研究"和"跨文化研究"，文学批评与阐释显出它本来就

---

①　[俄]巴赫金：《巴赫金全集(第一卷)》，晓河、贾泽林、张杰等译，河北教育出版社1998年版，第308页。

应具有的独立性与自主性。由于引入了文化语境和社会物质层面,文本世界便不再是一个封闭自足的世界,而是与外部世界之间建立了交流的阐释空间,从而形成了一种强大的张力。这意味着文本世界不再具有稳定性,它需要在复杂的历史与文化语境中寻求定位;审美也由此成为历史性的范畴,没有普遍的永久的美感原则,审美机制是一种建构并且正在不断建构的过程。关注文化诗学,就是渴望揭示文本与历史之间的复杂性,探究文本中沉淀了什么样的文化态度和现代性取向。同时,关注"跨文化研究",就是从"差异"出发研究人类的文化模式,探究其生存、思维、语言、行为、交流、视角等,目的之一是揭示存在于文本中的文化冲突问题,探讨各文化间可能的联系、对抗、相关性、交流和互动。当代的"文化诗学"既需要"跨文化研究"的"差异性"视角,又需要借鉴文学人类学的研究成果和研究方法,特别是其"共识性"视域;"文化诗学"需要从歌德所倡导的"世界文学"的视野出发探索人类共同的"文心"与"诗心",从全人类的立场寻求构建"全球化时代"的"价值共同体""精神共同体"与"心灵共同体"。

作为"文化诗学"来源之一的文学人类学脱胎于文化人类学,文学人类学就是将文化人类学的视野、方法及成果自觉运用到文学研究上。文化人类学具有广阔的研究领域和多样的理论视角,举凡人类语言、宗教信仰、审美意识、道德行为和社会结构诸方面,都是其兴趣范围。但是,它又不像一般语言学、宗教学、美学、伦理学和社会学那样孤立地研究这些文化现象,而是在整个人类文化和人类历史的广阔背景下宏观地和深入地研究它们的本质规律,并一直追溯到它们的原始形态,从而勾勒出人、人性、人类情感、人类文化和人类精神现象的历史本来面目。秉承以上传统,文学人类学的研究视野和眼光相对于一般的文学研究来说,更关注文学艺术的全球性和全人类性。如果用这样的观点来认识文学人类学的话,文学的研究视野就更加开阔,开阔到超越我们以往世界艺术史中所描述的空间和时间上的范围。然而,须防范英国学者哈斯克尔·M.布洛克指出的另一种偏激现象:"大量文化人类学家都忽略了艺术作品的个人独特性，也忽视了这一事实：一部艺术作品的价值总是超越其文本记录价值。……只有将人类学概念和以艺术作品审美价值为基础的研究方法结合在一起时，这些概念才有助于扩大我们的艺术经验。"①

　　跨文化交流是建立人类命运共同体的必由之路。跨文化交流往往容易走向两个极端：一个是保守主义，认为国外文化不要去碰，要保持自己的原汁原味；另一个则是激进主义，试图把自己的文化灌输给对方，实行文化单边统治。应有的状态是"平等互动"基础上的"共赢、互通"，只有充分把握自己文化的特点，对之加以现代思想的创造性诠释，并增强对他种文化的理解和宽容，才能促成各民族的多元共存，开展对话沟通，并形成全球性的文化多元格局。中国传统优秀文化的一些元素都可能对多极均衡、多元共存的世界做出贡献。

　　当今时代，人们需要鲜活实际的"思想"而不是巧舌如簧的教条的"主义"，需要拥有真正"思考"的权利但拒绝巧立名目的唬人的"理论"。目前的"文化诗学"研究，从跨学科视野出发，超越语言学的工具性传统，融汇中外与文史哲，沟通雅与俗、平面文本与数字文本（譬如影视网络），为新世纪的文学艺术研究开拓新领地，也为中国的文学研究领域走出"文本转述"与"思想平面化"、实现"文化转向"与"深度阐释"提供探索空间，对文学研究在新的层面上重新"走向生活""干预现实""改造世界"大有助益。

　　对于当代中国的文学经典研究，需要的不是包打天下的批评理论，而是面对文学实践时能够从容相待的"应用诗学"——摆脱理论的、形而上"预设"的、对文学现象进行艺术诠释的一种经验性归纳与实践论提取，重视具有代表性的具体事例的"范例"作用。用热奈特在其《批评与诗学》一文中的

---

　　①　［英］哈斯克尔·M.布洛克：《文化人类学与当代文学批评》，［美］约翰·维克雷编：《神话与文学》，潘国庆等译，上海文艺出版社1995年版，第10页。

话说,"文学研究的未来实质上属于批评与诗学间的交流和必要的杂交"①。我们应当终结那种以抽象代替具体、以搬弄大词代替具体事情具体分析的"理论做派",就像胡塞尔要诸位未来的哲学王"不要大钞票,要小零钱"那样,真正回到具体而实际的"生活世界"的语境,以一份负点责任的态度而不是哗众取宠之心,做出"实事求是"的言说②。所以,如同当今的社会建设早已选择了改革而告别了革命一样,人文思想领域应该明确提出"改进理性"而"告别理论"。哗众取宠不再有多少市场,极端褊狭不再被认为深刻,粗口相向不再被视为勇敢,舆论场上的这种转型见证着观念引领的舆论进步,人们试图在观点交锋中寻找价值共识与文明共识。

在今天的学术界,文化诗学已经成为一种世界观,而非仅仅是一个学科或一种方法。作为一种世界观而存在的文化诗学,其意义早已突破了方法论层面,它更是一件打破僵化的学术体制的锐器。新世纪的文学经典研究与批评,只有不断吸收文化研究/文化诗学的新方法、新成果,才能像鲁迅先生当年所说的那样成为"引导国民精神的前途的灯火"。

现代以来,文学在中国大地上曾多次引领社会公共议题的设置,发挥了促成舆论交锋从而达成社会共识的功能。这种"公共性"使文学获得了广泛的社会意义。而 20 世纪 90 年代以来,文学"公共性"的衰减与文学"边缘化"的窘境构成了恶性循环,使文学应有的思想文化功能变得相当微弱。要改变文学在消费时代的"颓势",必须让文学重新走入民众的生活,并成为他们精神世界的一部分③。同时,重新思考文学研究"公共性"的重建问题,促进文学研究发挥应有的社会功能,成为振兴中国人文学术事业的当务之急。

---

① [法]热奈特:《批评与诗学》,《文学研究参考》1987 年辑刊。
② 徐岱:《批评美学》,学林出版社 2003 年版,第 8 页。
③ 李云雷:《重建"公共性",文学方能走出窘境》,《人民日报》2011 年 4 月 8 日,第 8 版。

三、大数据分析与经典传播的文化增殖

人类进入互联网时代后,网络空间在经济发展、文化传播和国际关系中发挥着越来越重要的作用,深刻影响着一个国家的整体安全和发展利益。人类历史上,从来没有一个时代像今天这样与信息数据紧密相连,各种各样的智能终端设备使得数据生产无处不在。随着移动智能终端的急剧增长,社交媒体、即时通信和视频网站的普及,信息数据以几何级数的方式产生和累积,数据开始作为一种现实的力量发挥作用和影响。2011 年 6 月,美国的麦肯锡咨询公司发布了《大数据:下一个竞争、创新和生产力的前沿领域》的研究报告,"大数据"这一概念成为互联网、通信等相关业界竞相解读的对象;2012 年,牛津大学教授维克托·迈尔-舍恩伯格(Viktor Mayer-Schönberger,1966—　)与《经济学人》数据编辑肯尼斯·库克耶(Kenneth Cukier,1967—　)合著的《大数据时代》①一书出版,顿时掀起一股大数据风潮,宣告了"大数据时代"的来临。被公认的"大数据"特征是:"海量的数据规模、快速的数据流转和动态的数据体系、多样的数据类型、巨大的数据价值。"②

对于普通人来说,在互联网上的每一次搜索、每一次购物、每一次敲击键盘,甚至是离开网络,随便在大街上的每一次露面、不经意的"留痕",都会被永久地储存在"大数据"中,总之,人们的衣食住行、喜怒哀乐、吃喝玩乐都以数据的形式存在。这个大数据是开放的,从理论上说,任何人只要愿意都可以轻易或不轻易地"发现"或"分享"人们的生活"痕迹"。人的记忆可以消散,但是大数据上的"留痕"却无法删除,人们被动且必须在这个大数据中留

---

①　[英]维克托·迈尔-舍恩伯格、肯尼思·库克耶:《大数据时代:生活、工作与思维的大变革》,盛杨燕、周涛译,浙江人民出版社 2013 年版。

②　赵国栋、易欢欢、糜万军、鄂维南:《大数据时代的历史机遇——产业变革与数据科学》,清华大学出版社 2013 年版,第 21 页。

下自己永远的痕迹。"大数据"正引领着人们的生活，成为人们实现满足、希望、欢乐和健康的"向导"和"引擎"。基于互联网尤其是基于移动互联网的媒介形态，以交互性与即时性、海量性与共享性、多媒体与超文本、个性化与社群化的优势吸引着众多使用者。大数据时代的来临，就是得益于信息技术与数据处理能力的发展，任何一个行业要发挥大数据的作用，都必须拥有或获取巨量数据的能力，包括本行业内外一切可用的数据资源，避免成为"大数据汪洋"中的一座座"数据孤岛"。

大数据不仅是人们获得新的认知、创造新的价值的源泉，还是改变市场、组织机构以及政府与公民关系的方法；大数据已经成为新发明和新服务的源泉，而更多的改变正蓄势待发。大数据将为人类的生活创造前所未有的可量化的维度，只要收集大量数据就可以预见未来的事。迈尔-舍恩伯格教授认为，大数据要求人们改变对精确性的苛求，转而追求混杂性；要求人们改变对因果关系的追问，转而追求相关关系。这种思维的转变将是革命性的，如果企业不能认识到这一思维方式转变的重要性和迫切性，将会面临"数据鸿沟"的挑战。大数据时代已经来临，要想从海量数据中发现知识，寻找隐藏在大数据中的模式、趋势和相关性，揭示社会现象与社会发展规律，以及可能的商业应用前景，我们需要拥有更好的数据洞察力。《大数据时代》一书认为，大数据的核心就是预测；同时，如何防止因预测而被惩罚，如何防范居心叵测的人借助大数据侵害个人隐私等也成为时代难题。

没有分享与开放，就没有互联网无所不能的强大力量；大数据时代的真正价值在于"有效"使用数据做出决策，以使个体人和社会整体更充实、更自如、更完善、更和谐。大数据分析能够创造巨大的物质财富和社会价值，也改善了人们的生活，然而数据在大量聚集的同时，信息泄露也如影随形、无处不在，使得个人信息安全面临严重威胁。近几年，大规模数据泄露事件时有发生，令人心有余悸。可以说，大数据时代既为我们带来了巨大的经济潜力，又对公民个人信息安全和就业保障等提出了严峻的挑战，更可能进一步挑战人类的自由意志、道德选择和人类组织等,其中既有大数据的取舍之道,也有公民信息亟须法律保护的问题。

以互联网科技、云储存/计算、移动终端为代表的电子化、比特化、智能化的现代大众传媒,为当代人提供了无限便利和海量的信息,我们被各种大众传媒包围,空气中弥漫着信息的味道;各种信息数据、事件、言论、影像等集合而成的"大数据"滚滚而来,没有时间和空间能把"事件""言论""影像"等与我们分隔开,每天媒体使出浑身解数,人人都在抢着发言,大量信息和影像互相挤撞①。正因为媒介渠道多种多样,媒介内容铺天盖地,媒介化生存的"大数据时代"混杂了无数"干扰信息""垃圾信息""无效信息"甚至"错误信息""有害信息",如何去甄别有价值的信息与聒噪的杂音、妥善处理数据利用与个人信息保护的关系进而准确把握时代的律动就成为"大数据时代"媒介素养的基本主题。

各种数据与影像集合而成,互联网及各社交媒体,明星私照(譬如好莱坞影星"艳照门"②)被盗取并被病毒式传播,这是对于个人隐私充满恶意的暴力侵犯;这种娱乐化的表达与狂欢,扭曲了大众的视线,模糊了道德的界限,释放了人性的卑劣,侵蚀了文化的精神。而由美国中情局前雇员爱德华·斯诺登(Edward Snowden,1983—　)揭露的"棱镜门事件"为代表的对公民、国家、政治领袖等信息权、隐私权的恶意盗取以及潜伏性侵害,更启示人们思考:如果无隐私的开放性与开放性的分享成为互联网时代的客观规律,那么,应该建立一种什么样的互联网规则以及相应的法律与制度呢?大数据时代人人"被裸奔",已经成为不争的事实,时间再也无法治愈一切。我们也许不得不接受这样的现状,但并不意味着我们要放弃安全、默认风险,

---

①　[美]查尔斯·斯特林:《媒介即生活》,王家全、崔元磊、张祎译,中国人民大学出版社 2014 年版,第 8 页。

②　2014 年 9 月初开始,在近一个月间,好莱坞爆发了史上最严重的"艳照门"风波。有黑客利用苹果手机 iCloud 云端漏洞,窃取影星、歌手和名模裸照,搞得影星们人人自危,据说有百余名女性中招。人们关注和思考的是:在"互联网时代"或者说在数字文明时代,我们还会有隐私吗?

也不意味着数据使用者可以不承担任何责任。

　　大数据技术让复杂性科学思维实现了技术化，使得复杂性科学方法论变成了可以具体操作的方法工具，从而带来了思维方式与科学方法论的革命。大数据技术通过智能终端、物联网、云计算等技术手段来"量化世界"，从而将自然、社会、人类的一切状态、行为都记录并存储下来，形成与物理足迹相对应的数据足迹。这些数据足迹通过互联网和云技术实现对外开放和共享，因此带来了我们以前从未遇到过的伦理与责任问题，其中最突出的是数据权益、数据隐私和人性自由三个重要问题①。

　　随着全球互联网技术的创新和广泛应用，基于网络新媒体的思想文化交流大大拓展了信息传播的领域和渠道，成为文化和意识形态交锋的主战场，也充斥着利益的博弈、权力的角逐乃至强权的肆虐。信息技术革命的日新月异，网络应用技术的层出不穷，深刻地改变着世界的面貌，造就了虚拟但客观存在的网络社会与网络空间。在其中，任何人都可以成为信息生产、整合、发布的主体；大量社会热点在网上迅速产生、发酵、扩散，先进文化与落后文化、文明与丑陋、真善美与假恶丑在网络空间的交锋异常激烈，直接关系到网络空间的文明程度、价值导向甚至网络主权、国家安全②。

　　通过相关报道得知，利用数据库可以更好地研究和传播古老手稿和经典文本，数字化能够使人类更接近经典③。大数据通过事物的整体数据化，实现了定性定量的综合集成，使世界文学经典研究等曾经难以数据化的人文社会科学领域像自然科学那般走向了定量研究，譬如文学经典创作中的言语倾向、褒贬风格、词语使用以及文学经典接受中的受众类型、阅读方式、接受态度和全媒体增殖延展等。随着大数据、云计算、图像检索等技术的发展，世界文学经典信息化的重点应当由数据检索向数据分析、数据挖掘转

---

① 黄欣荣：《大数据时代的哲学变革》，《光明日报》2014 年 12 月 3 日。
② 吕欣：《全力推进网络空间法治化》，《光明日报》2014 年 12 月 15 日。
③ 张小溪：《科技能破解人文研究困境吗？》，《中国社会科学报》2015 年 5 月 27 日，第 A03 版。

型;在图像处理领域,针对疑难文字的 OCR 技术与利于版本校勘的图像检索,都是值得期待的方向。

使用电脑算法来分析世界文学经典文本,不是说让电脑复制人脑的功能或者更大规模地完成人脑擅长的任务。人脑和电脑在阅读文本的时候所用的方法和关注的重点不一样,读出来的东西也可能截然不同。不过人脑和电脑在阅读阐释文学的时候也往往可以互为体用,互补短长,世界文学经典的"大数据分析"和学者个人的"小阅读"之间存在着许多交融与合作的可能。正因为如此,借助电脑进行文本分析是近年来不断升温的"数字人文"①(digital humanities)的一个重要分支。不能说它已经全然被文学研究界的主流所接受,但是人们原先对其持有的误解和怀疑正在慢慢消散。

人脑在阅读小说或诗歌的时候,不太会注意冠词、介词、代词等与"意义"并无直接联系的词,即便注意到了,也很少能够记住它们出现的方式或频率,更不要说理解它们在文学作品的语言结构中所起的作用了。人脑在进行文体分析(即文笔风格)的时候力量是很微弱的。因此,语言学学者早就开始运用电脑来研究这些封闭类词语(closed class words)。借助计算机的研究方法在语言学中逐渐壮大,从而成为一个独立分支,即语料库语言学。近年来,语料库语言学已经逐渐成为一种能够为其他学科服务的工具;利用语料库技术来进行文体分析,这就是语料库文体分析(corpus stylistic)。

用电脑进行文体分析让我们有可能回答一连串与文学史休戚相关的问题,也能启发一些新型问题。这样的电脑甄别法确实有一些很实际的用途,譬如说对大量已经电子化但尚未进行人工处理的文本进行分类,对疑似假托或作者身份不明的作品进行鉴定,根据其文体特征判别其真实作者,等等。用电脑分析文本的形式特征还给了我们一个更深层次的启示。文学研究的一个基本任务就是描绘和解释文学形式的变迁,而一般研究者在解释

---

① 作为新型的文理交叉研究领域,"数字人文"将现代计算机和网络技术深入运用于传统的人文研究与教学,科技的介入为人文发展带来新机遇,而人文想象力也为科技创新带来新动力。

文学形式变化的时候大多无法证明自己的观点，只能按照研究者本人有限的阅读量做出印象性判断，所依据的信息也多是情节和意象等人脑比较容易识别的信息。应用大数据分析可以给自己的假设提供系统的数据支持，也可以通过电脑把注意力放在人脑难以追踪的语言元素上，包括介词、冠词、标点符号等。

　　文学研究的另一个基本任务就是判定"影响"，即文学史上特定作品的影响力，解决这个问题也可以借助电脑操作的文本形式分析。目前的方法是判别不同文本之间的相似度，由此断定一部作品到底与后世的哪些作品具有比较显著的形式重合。加拿大麦吉尔大学学者派珀（Andrew Piper）正着手统计歌德的《少年维特的烦恼》中出现的文体特征（比如说作品中出现的比较独特的辞藻），再利用现成的电子文学数据库（如 Hathi Ttrust）的相关算法测量出数据库中同时代的欧洲小说和歌德作品在形式上的相似度，以此来考察精细阅读所无法勾勒的"散落"的文学影响。因为牵涉的文体特征可能有几十个，计算同时代文本和歌德诗歌的距离就意味着想象一个几十维的空间，而这些不同的文本在这个空间中的距离也就只能通过电脑来测量并转化成人脑能够理解的图像了①。

　　用电脑来分析"影响"问题不仅是为了追求更高的精确度，更是基于一种对"影响"的非人文主义理解。一般的人文主义者，如哈罗德·布鲁姆，认为虽然"影响"是发生在两个文本之间的过程，作者或诗人只是这种影响过程发生的媒介，但作为媒介的作者主观上也感受到了这种影响，经常会使用防御和否定的对策遮盖自己的文学渊源，而大数据分析所认为的影响与作者的主观感受全无关系。一个文本中大多数形式特征并不是作家有意识的选择，而是由文化无意识所决定的，文学形式的传承和演变遵循着任何个体都无法控制的路径，即使是天才作家的传世经典也建筑在大量重复现成语料和语言规范的基础上。也就是说，虽然人脑并不是机器，但与机器有着相

---

① 金雯、李绳：《"大数据"分析与文学研究》，《中国图书评论》2014 年第 4 期。

似的特点,两者都会很机械地模仿固有的语用习惯,而一个语言文学共同体也会在社会历史因素的影响下有规律地改变这些习惯。这些习惯也就是所谓文化"模因",即文化的基本单元。

由此可见,大数据分析这个概念所包含的不仅是一套技术手段,还有一种与传统人文精神相抵牾的文学生成理论。也可以说,大数据分析和小阅读代表了两种不同的文学史观,用不同的方法来证明各自的观点,构筑各自的文学史。归根结底,大数据分析和小阅读都是阅读体验,只不过一个是电脑的,一个是人脑的;它们得出的结论也在不同层面上触摸到了关于文学的一些"真理",但这里的真理只能是相对的。

当然,电脑与人脑之间、大数据分析和小阅读之间并非绝对的"各执己见"。大数据分析并不能完全支配世界文学经典研究,世界文学经典中所包含的创作和阅读活动经常不能被完全数据化,同时,数据本身的提取就具有价值倾向和审美需求差异;要在强化技术重要性的积累上,更加突出人文因素对技术选择的导向作用,从手段转向意义。大数据进入世界文学经典,只能对其将来会怎样进行预测,不能单方面对其本身的终极意义进行追问。从最深层次来说,小阅读中包含的思维方式和问题意识是"大数据"分析的重要导向。换句话说,用电脑来进行数据处理经常需要研究者"告诉"它们如何进行分类。电脑需要研究者来"引导",同时也给研究者带来许多新的便利和发现。这就说明在文学研究中如果能把数据分析与小阅读结合起来,可以让好的研究者如虎添翼。

文学研究长期以来注重经典和对个别作品的解读,而从统计学角度来说,经典就是"逸事"——小概率或随机事件的同义词。小概率事件或许是最有意义的事件,但只有在一个广阔的背景中才能看到它们的意义。研究者在各自的书斋里进行"小阅读"是永远不会过时的。用电脑进行大数据分析可以帮我们发现某一个体裁(譬如 19 世纪小说)普遍的形式特征,但被人们公认的"好"文学区别于"普通"文学的最关键因素并不在这些特征里面,也正是这些难以捕捉的小因素才是文学阐释的核心焦点。每个阐释者对"好"文学的认识都不一样,他们的判断如何决定一个文本在历史中的地位和持久力也因事而异。好的文学为什么"好",凭什么得以传播?它取决于什么审美特点,什么样的阅读习惯、文化环境和文学评价机制?这是文学研究的一个终极问题,需要把文本数据分析、个人化的文学阐释和历史性思索结合起来,才有望发现一些有价值的研究路径,更重要的是,它开辟了更多带我们离开当前结论的道路。为了打造新的文学史和新的文学价值理论,职业阅读者必须学会让电脑为人脑所用,学会发现人脑中本来就蕴含的电脑程序①。

斯坦福大学文学实验室的创办人佛朗哥·莫雷蒂②(Franco Moretti, 1961—)认为,过去对文学经典的研究是随意而不成体系的,文学研究已经成为所有人文学科中"最落后的领域",他决意借助大数据分析改变人们一直以来谈论文学的方式。美国小说家乔纳森·弗兰岑(Jonathan Franzen,1959—)③指出:"经典只有那么几部,而一代又一代人都在努力从中解说出新的来。所以,谈论普鲁斯特如何伟大总是用那些方式。……使用新的技术,把文学作为一个整体看待,要比专注于复杂和特出的单个作品,更会是将来文化批评的一个方向。甚至,新技术可能是文学经典的解放者,让经典们回到当时被写作的那个语境里让人阅读。"④

世界文学经典在生成过程中与生成后,必然产生对内与对外的传播,文

---

① 金雯、李绳:《"大数据"分析与文学研究》,《中国图书评论》2014 年第 4 期。

② 意大利的马克思主义批评家佛朗哥·莫雷蒂以《远读》(*Distant Reading*)获全美书评人协会 2014 年度颁发的评论奖,该书是其借助大数据分析进行文学研究的创新性著作,内含十篇论文;其学术著作还有《欧洲文化中的成长小说》(*The Bildungsroman in European Culture*)等。

③ 美国小说家乔纳森·弗兰岑的主要作品有《偶尔做做梦》《第二十七座城市》《强震》《自由》等,被评论界誉为最出色的美国小说家之一。2010 年,其第四部小说《自由》(*The Freedom*)一面世即引发抢购热潮,迅速登上各大畅销书榜,被评论界誉为"世纪小说",并因此成为《时代》周刊的封面人物。

④ 黎文编译:《大数据时代的文学研究》,《文汇报》2013 年 6 月 24 日。

化辐射就此形成。这种文化传播与文化辐射通过经典作家的意义输出与读者受众的符号互动，繁衍出新的文化意义与符号价值，实现了一种"文化增殖"（cultural proliferation）。任何一种文化传播都会产生文化增殖和价值观念的衍生，作为精神象征的文学经典在推广过程中也因传者、受者及大众传媒各自的需求和理解而产生新的意义；人们根据自己的经验和价值观重新界定文化和认识文化，不仅估计和确定某种文化的价值，而且还会增殖和繁衍出新的文化意义。社会发展程度越高，信息量越繁杂，文化增殖的现象就越普遍。传播者不仅客观地把这种文化介绍给别人，通常还会加上自己对它的理解，为了引起人们和社会的注意，传播者甚至有时会极尽夸张之能事；接收者则会根据自己的主观需要和经验对其进行"选择性理解"；传播媒介本身也会产生文化增殖现象，它可以对传出的信息加以整理加工，从而产生新的意义。文化增殖是文化传播过程中文化的意义和价值不断扩大和增殖的现象，良性的文化增殖是人类社会文化形成、演进的形态之一。当然，文化增殖在放大文学经典艺术价值和精神意义的同时，也有使其被异化的可能，譬如世界文学经典的被误读、被遮蔽和被歪曲等。

　　文化生产领域中所提供的价值是初始性的，在文化传播领域，初始性的价值不可能被完整地保留下来，它的内容可能增加，也可能减少。文化在质和量上的放大，是一种文化的再生产和创新，是一种文化的原有价值或意义在传播过程中生成新的价值和意义的现象。文化增殖是文化的放大和同质量积累，它是在原有文化的基础上，在传播的过程中产生出的新价值和意义，或者是文化的进一步拓殖；另一方面表现为原有文化质的升华。文化在传播中能否增殖，取决于传体文化本身的价值和影响程度。文化增殖取决于传播的方式、频次、途径、范围，取决于文化受体的承受力、宽容度、政治环境、宗教信仰、文明程度等状况。落后的、消极的文化也能传播，也会有市场，也会增殖，但只是量的增加，并会逐渐被文明所代替。

　　对于原文化来说，文化增殖的积极方面是文化得到更广泛的传播，文化的价值与意义得到更深的拓展和挖掘，文化的整合性得以增强；消极方面是文化增殖会有虚假的现象，或背离原文化的现象。大量虚假文化的增殖会破坏原文化，侵蚀文化母体甚至导致原文化的毁灭。翻译是跨语言文化交流的重要媒介，具有文化传承和延伸的特点，文化的意义和价值在交流互动中能够得到提升，最终形成文化的增殖；在文学经典的译介中，保持原语的异域性能够给目标语读者新的文化体验，丰富世界文化的多元性。文化增殖受受体环境的影响很大，受体环境轻松则有利于文化传播，有利于文化的开发和拓展，有利于原文化价值与意义的拓殖；在封闭落后的文化环境中文化的生命力不强，不容易吸收营养，也无法抵制不良文化的侵入。受众的文化欣赏口味和审美水平也很重要，长期浸润于文学经典自然能够自觉抵制"三俗"文化。

当代传播中的文化增殖，一般从时间和空间两个维度展开。在时间维度方面，文化增殖主要表现为大量先进的现代电子传播媒介的使用，这使传播的时间大为缩短，效率大大增加，促进了不同文化的交流与繁荣。在空间维度方面，文化增殖主要表现为某种文化经传播溢出了原文化发源地，甚至溢出了民族国家的疆界，衍生出一种新的价值和意义。但是，不是任何时空中的任何文化都必然是增殖的，只有那些开放和创新的文化才会在传播交流过程中，在"扬弃"异质文化的同时重构出一种全新的文化，这完全取决于文化传播的力度和文化传播的方式是否符合社会的需要。自觉的文化超越性和主体的文化理想构成了世界文学经典传播活动中文化增殖生成的内在机理。

两个世纪前托克维尔发问：为什么当文明扩展时，杰出的个体反而减少了？为什么当知识变得每个人都能获得时，天才反而再难见到？为什么当不存在较低等级时，较高等级也不复存在了？原因固然与物质、技术有关，但更在于人避却思考、耽溺安乐的自甘平庸与自我放失，不能利用物质技术造成的心智的慵懒与怠惰。在这种慵懒与怠惰中，那种对深邃思想的卓越追索，对人类整体性精神出路的关切渐渐消退，甚至被嘲笑和放逐。说到底，现代文化的悲剧症结是一种思考的悲剧。本来知识是供人思想、讨论、考虑的,以纳入生活的经验当中。而今,思考到处都在堕落,即使在人文文化中,"磨坊"也是在空转,已经不能从科学文化中撷取材料来进行思考了;沟通已经变得非常少见,即使是哲学和科学之间的沟通,也已经很少。由于获取专门的科学知识很困难,所以人文文化已经起不到对世人的知识进行反省的作用。而在科学文化中,知识在无名的数据库中积累,计算机的使用越来越多,也有可能剥夺人对知识的掌握,使人在知识的积累中出现新的愚昧。因此,重视大数据分析并不意味着放弃对观念和思想的执着追求,人文文化的特长在于反省,外国文学经典研究必须搭建起人文与科技沟通的桥梁,诠释经典与"活用"经典并举。

文学经典研读是全球化时代的明智选择,其核心功能在于帮助人们在新的历史情境下重新发现和思考"人"自身的内在含义。基于深度挖掘以清理学脉、复杂思维以激活传统、顺时应变以涵养人文等愿望,论著《文心相通:世界文学经典的跨文化批评》细分为四章,基于文化诗学与跨文化研究的学术视野,着重于文学人类学、艺术哲学、文化研究、文化传播学与比较文学的跨学科复合研究,强调学术研究的价值立场和文明互鉴;尝试对世界文学经典做出新的细节阐释与深度研究,立体审视世界文学经典的精神基因、生命体验与诗性正义。

该书涉及的领域和范围颇广,错谬之处只缘于作者才疏学浅,唯愿书中提出的一些思考与艺术问题能引起更多人的关注,起到抛砖引玉的作用。大文豪莎士比亚有这样的诗句:"给美的事物戴上宝贵的真理的桂冠,她就会变得百倍的美好。"让真理与美相伴,学术论著就能"激发人们的思想活力,启迪人们的哲理智慧,滋养人们的浩然之气"。这就不仅需要"做学问"的学者在思想上、论证上"跟自己过不去",而且应当在叙述上"跟自己过不去"[①],以便让读者阅读到深刻、厚重、优雅的学术论著。此种情怀和境界,虽不能至,却心向往之。

---

① 孙正聿:《做学问就是要"跟自己过不去"》,《光明日报》2015 年 6 月 4 日。

第一章 诗心相连的生命体验:诗歌中的先人灵境与凡尘爱欲

　　世界上任何一种文化都拥有自己的经典,任何一个民族的经典文化都是由一系列经典文本组成的。经典是联结既往、关乎未来的人类共同的价值资源,文学经典更是将精神存在、人生智慧、思想场域、人性细节、艺术呈现等相对完美地凝合在一起的民族语言的综合体。

　　文学创作的个体特殊性,或许导致评定文学经典的标准难以统一和固化,但至少有一点可以肯定:唯有经过岁月淘洗和时间考验的文学作品,才有可能成为经典。或者换个角度,借用美国学者哈罗德·布鲁姆(Harold Bloom,1930—　　)的话说,"一项测试经典的古老方法屡试不爽:不能让人重读的作品算不上经典"①。文学经典如果有生命力,这种生命力就在于不同时代的读者,愿意对其进行反复阅读和阐释。恰如布鲁姆所说,批评家并不能(单独)"造就"经典之作,"对经典性的预言,需要作家死后两代人左右才能够被证实"②。倘若没有足够的耐心,难免会有失偏颇甚至贻笑大方。而经典之所以是经典,就在于它既塑造了经典的人物形象,譬如莎士比亚笔下的哈姆雷特和麦克白、巴尔扎克笔下的葛朗台和高老头等;又积淀了丰富的思想,譬如塞万提斯的《堂吉诃德》和福克纳的《喧哗与骚动》等;还体现了独特的审美追求,譬如陀思妥耶夫斯基的复调小说和马尔克斯的魔幻现实主义小说等,从而达到了文学性、思想性和审美性相对完美的统一。

---

　　① [美]哈罗德·布鲁姆:《西方正典:伟大作家和不朽作品》,江宁康译,译林出版社 2005 年版,第 21 页。

　　② 同上,第 412 页。

　　简言之，只有通过多层次的不断阅读，人们才能认识文学经典、发现文学经典、确认文学经典，通过文学经典的深刻领悟进而发现自我、主体觉醒，并构建起各层面的文化共同体和精神共同体，实现最广泛、最细腻的民众启蒙与人性完善。世界文学经典向世人源源不断地提供了灵魂锻造、精神丰富的营养，能够称得上"文学经典"的"伟大作品"是人类共同的文化遗产和精神财富。文学经典之所以成为文学经典，在于它对人类共同拥有的美好愿望的展示和对生命价值与意义的不懈探索与追寻，在于它在直抵人的内心世界、触摸心灵深处最柔软的地方时产生的共鸣：它对人的世界观、价值观潜移默化的影响，对人的精神世界的精确描绘与塑造，对不同国家和地区历史、人文的展现与把握，以及一些作品中对民族精神、族群意识和英雄主义的讴歌与赞美等。正如文化批评家朱大可所说："经典就是那种能够扛住时间磨损的钻石文本，它以自身的存在告诉我们，有一种东西叫作永恒。它犹如金字塔的尖顶，体量微小，却标定了整个金字塔的高度。就其本质而言，经典无意占有广阔的空间，却掌控了空间中最核心的部位。"①

第一节　诗剧《浮士德》：启蒙精神的高度与道德理性的限度

　　在人类文化的历史长河中，创造出优秀作品的作家不计其数，犹如仲夏晴夜的繁星，但能超出文字生涯的本身，以其毕生凝聚出来的思想深意、心智密度、人格力量影响世道人心，进而开拓人类世界观者，则又显得屈指可数。约翰·沃尔夫冈·歌德(Johann Wolfgang von Goethe, 1749—1832)就是这屈指可数中的一位。作为一位作家，歌德在文学领域所涉及的广度和深度令常人难以想象。他创作的诗歌、小说、戏剧以及评论，无一不称得上是世界文学史中的上乘之作。譬如，以光辉性格传世的戏剧《浮士德》《伊菲

---

　　①　朱大可：《什么是经典》，《长江日报》2015 年 6 月 2 日，第 15 版。

格尼亚在陶里斯》《塔索》《哀格蒙特》《铁手骑士葛兹·封·伯利欣根》,颂扬人性、鞭挞软弱性格的成长小说《威廉·麦斯特》《少年维特的烦恼》《诗与真》;以及那些自由出入一切格律、形式之间,几乎令所有翻译家为之搁笔的鬼斧神工的抒情诗杰作。此外,歌德通晓拉丁、希腊、法国、英国的主要文学作品;他还研究过波斯语诗集,晚年还试图了解印度文学和中国文学。甚而,在文学之外,他还对绘画、音乐、建筑等艺术有过精辟的论述;在艺术之外,他还深研自然科学,涉及的领域包括岩石、云朵、色彩、植物、动物以及人体解剖等。歌德是个"百科全书"式的人物,他身上体现出的广博深厚的人类文化积淀和人生睿智,绝不是一篇短文所能说得完、写得透的。

17 世纪后期到 19 世纪初叶是西方资本主义上升和发展时期,而资产阶级的启蒙运动正是在思想上为这种上升发展和向封建阶级夺取政权、逐步确立资产阶级的统治做好准备。德国文学巨匠歌德的文学活动紧密结合这个时期的重大历史事变,特别是贯穿其一生的代表作《浮士德》(*Faust*)就是通过浮士德这个人的体验、追求和发展,对西欧启蒙运动的发生、发展和终结在德国民族形式中的表现加以艺术概括,并根据 19 世纪初期资本主义的发展展望人类社会的将来。

一、一部人类灵魂与时代精神的发展史

诗剧《浮士德》是伟大诗人和思想家歌德精神最充分的体现。他对自己其他任何一部杰作所付出的心血,都没有对这部传奇史诗所付出的心血多;他致力于这部悲剧的写作长达 60 年之久,差不多整整一生。诗人 82 岁的漫长人生阶段,是许多重大历史事件接连发生的时期;作家的大脑里积满了生活印象,经过艺术加工,形成了作品的构思。作品艺术地再现了诗人的内心感受、精神感奋、思想追求和时代的政治生活等;它既是诗人个体思想历程的总结,也是对欧洲知识分子集体思想探索过程的总结。

《浮士德》取材于德国中世纪的民间传说,用多种诗体的韵文写成,共

一万两千余行,分上下两部;第一部二十四场,不分幕;第二部分五幕二十五场。照歌德自己的说法:在第一部中,浮士德还处在"小世界"中,追求"官能的"或"感性的"个人生活享受;在第二部中,浮士德进入"大世界",追求"事业的"享受。歌德对这部作品无论在整体上还是局部上,都做了长期的周密思考。他要通过浮士德这个形象的发展体现人类历史的道路:他是怎样摆脱了中世纪的蒙昧时期,探寻新的生活道路,跟一切困难和障碍搏斗,克服了内在和外在的矛盾,最后实现自己的目标,并且展望到将来美好的远景。

诗剧的第一部写主人公浮士德作为一名学识渊博的学者,要探求、解决人类生活的终极意义。从渊博的学问中,特别是书本的死知识中,他找不到满足。在魔鬼靡菲斯特帮助下,他因追求私欲的享乐而害了别人,受到良心严厉的责备,更无从说满意了。在这两个过程中,浮士德只活动在所谓"小世界",即狭隘的环境内;第二部写浮士德在所谓"大世界",即广大的社会里的活动。浮士德出现在一个宫廷里,虽然名利双收,但是替没落的封建统治者服务,他仍然感到失落。于是,浮士德便走向古典文化艺术的研究,可是,所谓古典美的生活遗留下来的只是躯壳、只是形式,这条路也是走不通的。最后一个阶段,浮士德由于替那个国家平息了内乱,在海边获得了一块封地,他在这里实现他填海开荒的伟大理想。当时浮士德已经百岁,双目失明,仍然操劳不息地指挥工作。在为人而不为己的改造自然的宏伟事业中,他方感到人类生活的真实意义。浮士德内心怀着无限的愉快和满足死去,灵魂被赶来的天使送入天堂。这部悲剧内容庞杂、头绪纷繁,幻想、现实、神话、历史交织在一起,主人公在魔鬼靡菲斯特的帮助下时而上天,时而入地,故事情节可谓光怪陆离,场面变化叫人眼花缭乱,思想内涵似乎难以捉摸。其实,主人公浮士德对宇宙奥秘和人生意义的探索、对理想和真理的不断追求就是贯穿全剧的红线。郭沫若曾说:"它(指《浮士德》)披着一件中世纪的袈裟,而包裹着一团有时是火一样的不知满足的近代人的强烈的冲动。那看来分明就是矛盾,而这矛盾的外表也就形成了《浮士德》的庞杂性。不过我们不要为这庞杂的外表所震惊，尽管诗人在发挥着他的最高级的才华，有时是异想天开地闹得一个神奔鬼突，甚至乌烟瘴气，但你不要以为那全部都是幻想，那全部都是主观的产物，都是所谓'由内而外'。它实在是一个灵魂的忠实的记录，一部时代发展的忠实反映。因此我也敢于冒险地说，这是一部极其充实的现实的作品，但它所充实着的不全是现实的形，而主要是现实的魂。一个现实的大魂(时代精神)包括各种各样的现实的小魂(个性)，诗人的确是紧紧地把它们抓住了，而且时而大胆，时而细心地把它们形象化了。他以他锐敏的直觉，惯会突进对象的核心，大之更能朗豁地揭露世界进展的真理，他是把辩证法的精神把握住了。"①

《浮士德》所关注的是人类的命运问题。《浮士德》对人类命运的探问和回答都是歌德时代以至今天人类哲学思索的天才成果。浮士德的经历表明：人类的命运既是因果的又是宿命的，既是自主的又是他主的，既是乐观的又是悲观的，最终还是乐观的。在艺术形象上，歌德的浮士德是莎士比亚的哈姆雷特的发展：哈姆雷特只肯定了人的价值，但对于人生的意义、人的作用只是用怀疑哲学的方式提出"存在与不存在"是一个值得考虑的问题，却未予以解决。浮士德则肯定人的作用，认为人生的目的在于行动，在于做出有益于社会的实践。所以浮士德开始就明白说出"泰初有为"，即认为通过实践而不断追求真理，最后领悟到人生的真谛；或如剧中所说"智慧的最后结论"是："人要每天每日去争取生活与自由，才配有自由与生活的享受。"

浮士德作为全体人类的代表，人类不可阻挡的进步产生于一系列个人的悲剧，这是歌德和黑格尔的共同观点；歌德的《浮士德》和黑格尔的《精神现象学》是德国古典时期艺术上和思想上最伟大的成就，它们同属一个整体。②《浮士德》事实上是一部戏剧化了的黑格尔的《精神现象学》。③ 歌德

---

① 郭沫若：《〈浮士德〉简论》，歌德：《浮士德》第1卷，郭沫若译，人民文学出版社1963年版，"卷首"。

② [匈]卢卡契：《〈浮士德〉研究》，载《卢卡契文学论文选》(第一卷)，范大灿编译，人民文学出版社1986年版，第235页。

③ 蒋孔阳：《德国古典美学》，商务印书馆1980年版，第164页。

有一次对爱克曼说:"人总是会被毁灭的! 每一个不平凡的人都有一项他必然要完成的使命。假如他完成了,那么他在地球上也就没有必要再以这样的形态存在下去了。"黑格尔在他的历史哲学中也表达过同样的思想:"特殊在世界历史中有它自己的利益;它是有限的东西,因而必然会灭亡。特殊在彼此相斗,其中有一部分被毁灭。但是,在斗争中,在特殊的灭亡之中,产生出了一般。"

宗白华先生说过:"浮士德是歌德人生情绪的代表。"①也有人指出:"浮士德一生的痛苦追求和精神发展不啻是歌德自身的痛苦追求和精神发展的真实写照",因此,"《浮士德》是歌德的精神自传"。② 弗朗茨·梅林认为:"在德国文化领域中,没有比歌德更真实、更伟大、更不朽的人了。别的民族和时代可能有过或将有更伟大的诗人,但歌德对于德国文化,好比太阳对于大地,尽管天狼星具有比太阳更多的光和热,然而照熟大地上葡萄的是太阳,而不是天狼星。"③研究歌德的德国专家季尔鲁斯说:18 和 19 世纪德意志民族的精神与道德的潜能浓缩在歌德的身上。要认识德国人民的民族特性,就要在较为深刻的程度上揭示它的最伟大的天才诗人歌德的秘密④。我们还可以补充一句:要揭示伟大诗人歌德的秘密,就要在较为深刻的程度上揭示出他的毕生代表作《浮士德》的秘密。

二、启蒙视域的浮士德精神与浮士德难题

作为西方文学史上的名著,关于《浮士德》的研究著作堆积如山,正如韦勒克所说:"歌德的著述可以放满一间藏书室,而关于他的著述则可以充塞一间更大的藏书室。"⑤一个多世纪以来,人们只要一提起歌德,自然会想到

① 宗白华:《艺境》,北京大学出版社 1989 年版,第 45 页。
② 余匡复:《〈浮士德〉——歌德的精神自传》,上海外语教育出版社 1999 年版,第 84 页。
③ [德]梅林:《歌德和现代》,《梅林文集》第十卷,迪茨出版社 1961 年版,第 89—90 页。
④ 董问樵:《〈浮士德〉研究》,复旦大学出版社 1987 年版,"前言",第 3 页。
⑤ [美]韦勒克:《近代文学批评史》第 1 卷,杨自伍译,上海译文出版社 1997 年版,第 265 页。

"浮士德精神";一提起"浮士德精神",自然会想到大文豪歌德。鲜明而突出的"浮士德精神"使歌德的这部诗剧在众多同一题材的作品中脱颖而出、独树一帜,在世界文学史上占据着难以撼动的历史地位。

"浮士德精神"的具体内涵,一直受到歌德研究者乃至普通读者的关注;国内外对此问题的回答,可谓异彩纷呈,但也有较为一致的地方,即"浮士德精神"代表了西方人的现代精神,"永不满足现状""不断追求真理""重视实践和现实"①是浮士德性格的内核,也正是理想生命的特质。具体说来,"浮士德精神"就是对现实永不满足、对理想和真理永远不断地追求,在理想与现实的矛盾中不断发展,在追求真理的过程中辨明进取的方向,并不断通过实践来检验真理,克服各种障碍和困难,最终实现人类的自我拯救。歌德具有坚定的启蒙主义的信念,相信人类一旦从中世纪的桎梏中解放出来就能无限地完善;而浮士德就具有永不止息地追求完善的欲望,在他身上"集中了一切伟大的发展倾向"②,浮士德"所走的荆棘丛生迷路纵横的道路,是人类发展本身的一个缩影"③。在歌德笔下,浮士德具有古希腊神话中的英雄西西弗斯般的毅力,却又比西西弗斯具有更高的理想和自由。浮士德用自己不断的奋斗提出了新时代的人生命题:自由是人的本质,而自由的含义是欲望的永不满足和毫不间歇的追求;没有终极意义上的理想,只有永恒意义上的追求。这充分体现着歌德自身的精神特征。歌德认为:人的"自我的源泉、活力和根本核心仍然是那欲无止境、永葆青春的原始激情"④。人靠着这种原始激情,保持着丰富完整的个体;同样,也靠着这种原始激情,个人行为才可能是个不断更新的整体,才可能与社会的行为相一致。它是自我实现的真正动力,而正是在无数个个体的自我实现中,带动了整个人类的进步。近现代西方文化的主流是反对消解情欲的,它追求欲望与理性的和谐发展,

---

① 董问樵:《〈浮士德〉研究》,复旦大学出版社 1987 年版,第 41—45 页。
②③ [匈]卢卡契:《〈浮士德〉研究》,载《卢卡契文学论文选》(第一卷),范大灿编译,人民文学出版社 1986 年版,第 297 页。
④ [美]H. M. 卡伦:《艺术与自由》,方江山译,工人出版社 1989 年版,第 286 页。

并且认为这种追求应该是无限的、无止境的。浮士德精神的出发点就是寻求生命的最高限值和全部奥秘，即使明知"有限永远不能成为无限的伙伴，也依然要走向生命毁灭的终点"①。

　　歌德在浮士德身上实现着关于自由的理想时也揭示了自由的矛盾性，与康德关于人的自由的认识——"人是自由的又是不自由的"异曲同工。从浮士德一生的五个奋斗阶段来看，我们不难发现，浮士德的意义蕴含在他对自我的否定中：凭着他那不安的激情，他从经院书斋中走出，投身到火热的现实生活中。他先是否定了死气沉沉的书本知识，意识到人生意义在书斋之外、在自由的求索中；接着他便在品尝爱情的醇美中酿出苦酒；他有政治抱负，却为腐朽的封建王朝服务；他狂热地追求古典美，结出的硕果却早早夭折；他要建立赫赫功勋，却把对自然的征服建立在非人道的基础上。浮士德一生五次奋斗都以悲剧告终，但是他的不断否定与不断进取，表现的正是人的追求与发展的必然过程。浮士德的经历表明：人类总是给自己提出难以企及的高尚目标，而每向这目标靠近一步，人类都要以自己的错误甚至牺牲为代价；这种庄严的悲剧性，决定了人类进步的道路曲折而又漫长，决定了人类必须一刻不停地努力向上。启蒙主义者提倡用理性去提高人的道德水准，对人类前景怀有乐观的信念，试图培养人自身的完整及人与环境的和谐；为实现这一理想，人类不可避免地要经历苦闷、彷徨。启蒙主义者认为这一过程是人类不断认识、了解自身的过程，也是不断受挫折从而获得启示的过程；人类正是通过对自我的一次次否定，才最终实现了对自身的超越。浮士德的一生经历了知识悲剧、爱情悲剧、政治悲剧、美的悲剧及事业悲剧，他在不断否定旧我的过程中确立新的自我，从而使他的生命具有了存在的意义。浮士德虽然经历了一次次失败，但是他的理想却始终没有幻灭；虽然他的理想超出他的实践能力使他成为一个悲剧人物，但是他的悲剧里面却

---

　　①　[苏]阿尼克斯特：《歌德与〈浮士德〉》，晨曦译，生活·读书·新知三联书店1986年版，第136页。

充满着鲜明的乐观主义色彩;他对自我的一次次否定成为他追求新目标的起点,他的追求和努力最终使他的灵魂获得了拯救。歌德曾这样解释说:"浮士德身上有一种活力,使他日益高尚化和纯洁化,到临死,他就获得了上界永恒之爱的拯救。"①歌德所说的浮士德身上有一种"活力"就是后人一再研修参详的"浮士德精神"。浮士德惊心动魄的一生并不旨在表明生命是一个毫无意义的循环,而是要宣告生命应在超越中获得升华;不旨在表明生命的行为是外在力量压迫下的无奈选择,而是要宣告内在的灵与肉的需求才是生命之水奔涌向前的原动力。

　　浮士德的不满、骚动、欲求与五个奋斗的悲剧同时构成了深层的隐喻和象征,它展示的是人类历史的发展现状与永恒的二律背反规律。人类正是因为具有那种出于本能的原始激情,具有那种虽是盲动却始终坚持不懈的努力,才使进步与发展成为可能;人生的意义并不完全体现于善本身,还在于趋向善的过程和行为。浮士德在现世生活的大海中畅游,痛饮生活美酒,遍尝人生的酸甜苦辣,历经无数种欲望的满足、造善的初始、罪恶的滋生、成就与荣誉的获得等。这里既不是至善的天堂,也不是至恶的地狱,而是包容了这两种属性的多极世界;浮士德身上兼有双重人格,他把上帝的意志与魔鬼的品行融为一身,上帝所代表的善和魔鬼所代表的恶一同发挥作用。由此,也引出了西方文学中那个有名的"浮士德难题":怎样使个人欲望的自由发展同接受社会和个人道德所必需的控制和约束协调一致起来,即怎样谋取个人幸福而不出卖个人的灵魂?从哲学上讲,就是康德所探讨的"自然欲求与道德律令"之间的矛盾。康德认为,道德必须脱离人的动物本能(去苦求乐)而诉诸超人性的纯粹理性;在他看来,道德与情欲的冲突是绝对的,而道德的崇高是在扼制人的情欲中实现的。歌德笔下的浮士德面临的正是这种两难心态,即"紧贴凡尘的爱欲"与"先人的灵境"之矛盾,而他的追求就是实现两者结合的"新鲜而绚烂的生命"。然而,这种两难境地往

---

①　[德]歌德:《歌德谈话录》,爱克曼辑录,朱光潜译,人民文学出版社1978年版,第244页。

往预示着探索的结局可能是一无所获。魔鬼靡菲斯特在同浮士德打赌时
就曾预言:

> 你是什么,
> 到头来还是什么,
> 即使你穿上几尺高的靴子,
> 即使你戴的假发卷起千层皱波,
> 是什么,永远还是什么!

浮士德承认魔鬼说得对:

> 我也想到,只是徒然,
> 把人类精神的瑰宝搜集在身边,
> 等到我坐下来的时候,
> 仍无新的力量从内心涌现;
> 我没有增高丝毫,
> 而对无垠的存在未曾接近半点。①

　　这是歌德难消的隐忧,也是他比其他启蒙主义者高明的地方,他能够意
识到把握宇宙并非易事,实现自我超越何其艰难! 如果说"哈姆雷特式的忧
郁"是个体独立意识刚苏醒并意识到自身的软弱的标记,那么"浮士德难题"
则是人类刚走向成熟时对情感与理智、自然欲望与精神追求、个人发展与社
会改造等矛盾的严峻思考。浮士德是人类精神困境的完美阐释者与体现
者;作者安排他在双目失明后实现理想、体验满足感,说明歌德清楚人类存
在的困境,清楚睁开双眼的浮士德或者清醒着的人类并未找到解决自己存

---

① ［德］歌德:《浮士德》,董问樵译,浙江文艺出版社 1992 年版,第 177 页。

在悖论的办法。人类一直在希冀以有限抗衡无限，于是产生了痛苦，也激发了创造力；就个体而言，这种反抗是失败的，就整体而言，则仍在继续。《浮士德》的这种悲剧意识反映了歌德的深刻，也反映了不断进取的奋斗者们共同的历史命运。

　　有学者认为，浮士德的悲剧是由于其性格所致。浮士德的生活历程本身是悲剧性的，而悲剧性的性格带来悲剧性的命运。这源于他的本性，他经过所有失败之后，不断重新开始，又不断跌落下去，直到最后又重新抬头。这只有在无限中才能实现。然而持久的东西他不想要，也不能要。这基于他悲剧性的天性，因为他不可以停留，尽管他想要停留，他自己不能完成他想要完成的东西。他向前的渴望，越过任何停顿，他不顾一切，向前直奔，于是他失去安宁，生活中屡犯过错，而展望将来，只有在憧憬中的一瞬间，才达到与宇宙一致①。

三、超越启蒙的现代洞察与反省寓言

　　《浮士德》的思想非常丰富而复杂，歌德的许多思想都深藏其中，甚至因为这种丰富而复杂的内涵，全书的结构不免趋于松散。《浮士德》在艺术风格上也显示出一种多样性，其中既有狂飙突进时代充沛的感情（如第一部的甘泪卿悲剧）、古典时期的明净稳健（如第二部的第三幕完全模仿古希腊悲剧），也有浪漫主义时期的丰富幻想（如第二部的第二、三幕），更有晚年歌德常用的象征暗示（如第二部的各幕及第一部的第一、四场等）。正是利用了多种多样的技巧和方法，歌德才能在《浮士德》中广泛地反映他对政治、经济、文化、哲学、科学、社会问题、人类前途、人生价值等各方面的见解。可以说，《浮士德》不仅在内容上有百科全书式的多样性，在形式、风格、诗体上也同样有着百科全书式的多样性。《浮士德》丰富而复杂的内容使它成为一部

---

① 　董问樵：《〈浮士德〉研究》，复旦大学出版社 1987 年版，第 173 页。

"说不尽"的作品，人们可以根据自身的经历和所处的时代，从不同的角度对它做出新的解释，获得新的启示。

对真善美不屈不挠的追求是《浮士德》中所体现的"浮士德精神"，它概括了从文艺复兴到启蒙运动的西方近代精神历程，构成了西方人文主义精神的传统；而"浮士德难题"所体现的歌德对这种追求的悲剧性预感和对人类存在悖论的隐忧，则使《浮士德》穿越西方人文主义传统，超越启蒙时代，形成了一种非常可贵的现代洞察和现代反省。

从根本上说，浮士德是积极、善良、肯定的化身，但在其进取的路上，他也常常流露出对追求本身的怀疑。他仰望太阳感到"两目受刺而痛眩"，便转眼"掉向一方"时，有一段由衷的感叹：

> 焦灼的憧憬呀不正和这相仿？
> 待确切地要达到那最高愿望，
> 成就之门已为他把双翼张开；
> 但从那永恒的真理发出过量光芒，
> 我们便瞠目而立，不免惊惶；
> ……于是乎我们又只得回向下方，
> 在最幼稚的面纱中自行隐藏。

浮士德的所有行为，其实质指向一个终极目的，包孕着形而上的追求，但是他在追求的中途从太阳得到启示：目标是不可及的，生命不可能趋向目标，人生本是在目标引领下的反复与回旋。这种感受在现代主义文学中比比皆是，卡夫卡的"K"们就是代表。启蒙主义的中心命题是对人自身力量、自我价值的信任，而20世纪的失落正是从对人自身的失望开始的，歌德通过浮士德与魔鬼签约时说的"我从前把我自己吹得过分，/我其实只能和你（指靡菲斯特）品衡"将"人"降到了"魔"，几乎预先宣告了现代主义对人文传统的颠覆;并且让两者联手入世,通过浮士德的嘴玩世不恭地喊出了:"让我在那感官世界的深处,/疗慰我这燃烧着的一片热情!"颇像 20 世纪着意破坏传统、挑战道德的"垮掉的一代"的言行。以启蒙理性为支撑的"浮士德精神",虽然根子上有一种对永恒的向往和追求,但是又常常表现出深深的迷茫;与魔鬼签约,表明了浮士德对自己的彻底否定和对人生的无奈——生也有涯,而永恒无边。

　　魔鬼靡菲斯特虽然是作为至善的对立面出现的,但是他常常语出惊人,代表了洞察宇宙奥秘、尽知一切枉然的冷酷与真实,通过他,歌德传达出一种非常可贵的现代洞察和现代反省。单从开篇他和上帝打赌来看,其必胜的把握就是建立在对人本身、对世界的绝对否定上。在他看来,人不过是"长足的阜虫",人世间只有"苦厄"和"古怪";而且他认定这种状态即使是上帝也无法改变。这种对人生和世界的根本认识,几乎与 20 世纪现代主义文学的见解如出一辙;卡夫卡作品中的变形、荒诞派戏剧中人类的猥琐和丑陋等几乎就是这种认识的细节注解。靡菲斯特以一种完全独立于启蒙主义者之外的视角,审视和评判所谓"启蒙理性"和"人性力量":当综观社会时,他说"强权就是公理";当俯察生存时,他说"人总是盲目的";当洞察人性时,他说——

> 神明把自己放在永恒的光中,
>
> 把我们恶魔放在暗窖,
>
> 你们人呢,是一明一暗的相交。

当浮士德陷入困境无力自拔时,靡菲斯特以其强悍、凶险的行动推动浮士德前进,这个"否定的精灵"每每成为关键时刻的创生动力。"对浮士德来说,靡菲斯特是不能撇开的同伴,他挫败他的自我而同时又用意志来煽动他的激情之火。他把自己称为生命疾患的痛苦医师,本质上就是一种灾难的存在救星，是产生光明和所有事物并给这些事物带来非存在宁静的原始罪恶的一部分；是'不可理解的力量的一部分，它总是欲恶而从善'。"①然而，特别有意思的是，作为人类的象征、上帝所肯定的浮士德却总是"欲善而从恶"。无论是对人类整个生存的蔑视、否定，还是显示人性本身的缺陷与不完满，都是现代主义在 20 世纪的深切感受。歌德笔下的靡菲斯特，富有力度地立足于生存之上，以自己的强力全面、彻底地将人类的生存玩弄于股掌，成为 20 世纪现代主义文学中常见的、人类难以把握的"存在"或"造化"的化身。歌德在他四面开拓的漫长生涯中，在他作为大臣与诗人的夹缝中，在他沉稳的风范与激荡不羁的心灵冲突中，在他极力赞叹"浮士德精神"的同时，竟然创造出一个靡菲斯特，以之与 20 世纪遥遥相通，真正显示了一种卓越高超的洞察力。

　　剧中女性甘泪卿没有过人的聪颖和才智，却富有无私的奉献精神，是作者心目中的理想女性。她天真纯朴而又美丽善良，在与浮士德相遇后不久，甘泪卿全然不计后果地献身于爱情，给自身带来了一连串的灾难：为了与浮士德幽会而不让母亲知道，她用了过量的安眠药，致使母亲中毒而亡；哥哥华伦亭也是为了她，在与浮士德的决斗中丧生；为了避免更多的羞辱降临，她溺死了自己与浮士德的私生婴儿，又被关进死牢。当浮士德奔赴监狱营救她时，甘泪卿在种种巨大的精神刺激下，神志已处于半错乱状态，这个"无罪的罪人"（卢卡契语）因爱情的无望而拒绝逃走、甘愿领死，一心忏悔自己的罪行，最后得到上天的赦免。甘泪卿的形象在歌德笔下充满了抒情色彩，作家不无用意地让她唱出了忠贞爱情的颂歌《图勒王》、坐在纺车前的动人心弦的诉情曲（即著名的《纺车旁的甘泪卿》）以及对圣母满怀激情的祈求。悲剧的最后一场更是悲酸凄婉、回肠荡气：甘泪卿神志错乱的呓语揭示了她极为纯洁的灵魂的全部悲剧所在，惊心动魄，催人泪下。连浮士德都深深懂得：甘泪卿对他的爱情（即"善良的痴心"）造成了她如今凄惨的结局。最后，

---

　　①　［美］H. M. 卡伦：《艺术与自由》，方江山译，工人出版社 1989 年版，第 401 页。

浮士德跟着靡菲斯特离去时，甘泪卿呼喊出充满感情、恳求、警告、叮嘱的微弱的"亨利！亨利！"（即浮士德的名）。她的两声令人心肺俱裂的"亨利！"表达了对浮士德依依不舍的恋情和凄凄惨惨的诀别，她临死前对浮士德最后的劝告和叮嘱："亨利！你要警惕，你的伙伴（即靡菲斯特）要引你毁灭！"表达了对浮士德前途的担心，要浮士德珍重与自爱、不要堕落沉沦的恳求，表达了她对在靡菲斯特伴随下的浮士德前程的恐惧。第一部最后一场的最后两句"亨利！"和《浮士德》第二部最后一场的最后两句诗"永恒的女性，/引导我们前进！"（意即：女性的爱使人奋发向前）遥相对照，达到了内容上的统一和结构上的呼应。甘泪卿这位"永恒的女性"充满感情的、恳切的警告从此将引导浮士德的一生前进。歌德以莫大的内在激情、真实的情感窥探着受伤害女人的心灵，创作了世界文学中震颤人心的悲剧。

　　《浮士德》是一个预言，也是一个寓言，它写出了人类理性的一种普遍的"悲剧性"宿命：人类由于拥有理性而永远不会像动物一样满足于现实，一方面，人类的追求永无止境，一切都不过是有始无终，未来总是一种幻想和不可言说之境，因此追求之人必然感到孤独和忧伤；另一方面，人类既渴望向善飞升又永远受物质世界牵引，既拒绝靡菲斯特又接受靡菲斯特，因此每一次追求又总与自身内部的"恶魔"相伴，每一次超越都不过是唤起更高的追求。面对这样一种"贪得无厌"、有加无已的悲剧性理性，歌德笔下的浮士德义无反顾，大胆进取，乐享人生，体现了一种无限开放的性格和积极健康的人格。"浮士德精神"并不能证明他会在除旧布新的人生探索中愈来愈从善如流，摆脱遗憾进入辉煌，浮士德是人类精神世界的一种写照：既乐观又迷茫，既冲动又沉着，既肯定又神秘。所以歌德的《浮士德》既是对"浮士德精神"的颂歌，也是对浮士德式追求的反思；既是对人的自信，也是对人的怀疑；既是对现实生活的肯定，更是对理想生活的呼唤①。

　　如果说浮士德对真善美不屈不挠的追求构成了西方人文主义精神的传

---

　①　潘一禾：《故事与解释——世界文学经典通论》，学林出版社 2000 年版，第 203—204 页。

统性,蕴含了一种时代意义,那么歌德本人对这种古典精神的俯视和超越则形成一种现代洞察,使《浮士德》具备了诸多现代甚至后现代的气息。正是这两种价值视角的交叉贯穿,形成了《浮士德》宏阔的生命空间和深邃的生命时间,使其不断地启示着后人,显示出一种永恒的生命之光和艺术魅力。

第二节　清寒世界的生命热忱：克·罗塞蒂的天国与尘世

克里丝蒂娜·乔治娜·罗塞蒂（Christina Georgina Rossetti，1830—1894）是英国文学史上最有才华的女诗人。20 世纪英国著名女作家弗吉尼亚·伍尔芙曾说："在英国女诗人中，克里丝蒂娜·罗塞蒂名列第一位，她的歌唱得好像知更鸟，有时又像夜莺。"①

克里丝蒂娜是英国维多利亚时代著名女诗人，拉斐尔前派的一员。她的诗受其兄但丁·迦百列·罗塞蒂（Dante Gabriel Rossetti，1828—1882；画家兼诗人，拉斐尔前派的领袖）影响，兼有抒情性和神秘性，并带有悲哀的和象征的色彩。但与其兄相比又自有特色：兄的诗浓艳华丽而妹的诗清新哀婉，兄重感官而妹重虔信。尽管二人的诗都带有中世纪色彩，但妹的中世纪色彩有较浓的宗教情绪，而兄的诗中的宗教材料只不过是一种艺术素材；妹怀着宗教幻想仰望着天，而即使是兄的《升天的少女》也是从天上满怀深情地回望着大地②。相比之下，克里丝蒂娜比哥哥更多宗教虔诚，更专心致志于诗艺，她的诗用词清纯、简练、情感真挚、平易近人，因此在英语诗歌史上经久不衰。

一、人生的界标：父亲大病与宗教虔信

克里丝蒂娜生长于书香门第。其父迦百列·罗塞蒂（Gabriel Rossetti）是意大利爱国者和诗人，因反抗奥地利统治，于 1824 年逃往英国定居，在伦敦大学的国王学院中任拉丁语及意大利文学教授。克里丝蒂娜的父母于

---

① 飞白译著：《英国维多利亚时代诗选》，湖南人民出版社 1985 年版，第 204 页。

② Jones, Kathleen, *Learning Not to be First*：*A Biography of Christina Rossetti*，Oxford University Press, 1991.

1826年结婚，婚后接连生了四个孩子：老大玛丽亚·弗朗西丝卡（Maria Francesca）、老二但丁·迦百列、老三威廉·迈克尔（William Michael）和老四克里丝蒂娜·乔治娜。这个家庭热情、活泼，爱聊天，充满爱心；孩子们看戏看歌剧，有时也在家中置起舞台道具表演一些有趣的小故事，读书、画画、写作更是日常生活的必需。四个由古雅的书籍经卷及热烈的阳光笑语伴着长大的孩子，都聪明、早熟、可爱：但丁·迦百列诗情难收，画兴更浓；威廉·迈克尔温柔敦厚，喜欢钻研古籍和理论；最受娇宠的克里丝蒂娜，从小就是家中的诗人。然而，1843年父亲突然病倒引起家庭变故。目睹父亲失业后母亲和姐姐做家庭教师维持生计的窘困与贫寒、曾经精力充沛的父亲被病魔一天天侵蚀的惨状，以及受母亲和姐姐虔信英国国教（Anglo-Catholic）的影响，16岁的克里丝蒂娜性格开始发生剧变：曼妙美丽的快乐童年造就的那个活泼、开朗、好表现自己、爱讨人喜欢的小姑娘完全不见了，她变得阴郁、内向、矜持、缄默，宗教渐渐成了她生命中最重要的一部分。她是兄长但丁·罗塞蒂画上的那位低垂着眉眼、美丽而沉默的少女时代的圣母玛利亚，白色的百合纯洁无瑕，但这过分的纯真却让人觉得冰冷；快乐自足的童年已逝，青春仍在的克里丝蒂娜却宛如一枝清寒的百合，近在咫尺却遥不可及①。父亲的这场病一直拖到十一年后去世为止。

　　鲁迅先生在《呐喊·自序》里曾谈及"父亲的病"及"家庭变故"对自己人生发展的重大影响；天生体弱、敏感早慧的克里丝蒂娜无疑也因此而受到剧烈震撼，家庭变故在她的人生历程上留下了最惨痛的印迹：她深深感到世界的无常和冷酷、人生的无奈和悲凉，尤其是她已然开始不相信人世间有什么纯粹的幸福和快乐，万能的上帝和来世的天堂才是唯一的完美与归宿。当然，克里丝蒂娜的这种感受并不是一次性沉淀下来的，"父亲的病"坚固了她的宗教信仰，二者又共同引导她认识这个世界，感受维多利亚时代对女性的

---

① 　Packer, Lona Mosk, *Christina Rossetti*, University of California Press, 1963, P. 13–17.

禁锢和限制①。与克里丝蒂娜同时代及其后的许多人都不理解她的冰冷古板与宗教气息,关键的原因是忽略了她人生发展的这一特殊界标。不关注克里丝蒂娜在"父亲的病"及"家庭变故"中的精神转向和个性变化,就像忽略了"美国诗歌之父"惠特曼在"新奥尔良之行"后神秘的历史性转变一样。可以说,克里丝蒂娜的人生转变直接影响了她的艺术风格,少年时单纯的欢快与向往消失了,意大利血统遗传的热烈激情深隐在虔诚、温和与幽默的吟咏之中,也许只有在传达爱情体验与美好企盼的抒情诗作中才偶尔冲溢而出。清寒的百合沉默而矜持,如血的罂粟难得一现;然而,清新哀婉的主调之中终有难舍的热切深情。

二、莉姬的无望:两首长诗及其精神指向

克里丝蒂娜起初在《萌芽》(The Germ)上发表诗作,1862 年正式出版的《小妖精的集市和其他的诗》(Goblin Market and Other Poems)是她最有名的诗集。克里丝蒂娜为人虔诚、热爱自然,并能在自然中感觉到象征的境界,这都在她的代表作《小妖精的集市》中得到了体现。长诗《小妖精的集市》是她成功地运用民歌格律写出的一首叙事童话诗,也是一则寓言。在这首诗的一开始,克里丝蒂娜便以奇妙的想象将小妖们描绘得如动物一般:

> 这个长着一张猫脸,
> 那个摇着一根尾巴,
> 这个踏着老鼠步,
> 那个在学蜗牛爬;
> 这个笨头笨脑探头探脑,
> 像只树熊毛茸茸,

---

① Pieter Liebregts and Wim Tigges, eds. , *Beauty and the Beast : Christina Rossetti* , Rodopi Press,1996,P. 43.

那个慌慌张张跌跌撞撞,

像只食蜜獾出了洞。

小妖们带着满篮的水果,在森林中不停地叫卖:

快来买,快来买:

葡萄刚从藤上来,

石榴圆鼓真可爱,

枣子外加无花果,

先来尝过再来买,

……

有一天,莉姬和萝拉两姐妹在森林中遇到小妖们叫卖,莉姬惊慌逃走,因为她知道:

我们不可以看小妖精,

他们的水果也不可以买,

谁知道它的根吸什么养分,

谁知道它在什么泥土上栽?

萝拉最终没有抵制住他们的诱惑,"用一卷金发"换来了小妖们的果子,一气吃了个够;她却不知道这果子的魔力,吃了它们以后,她将时时渴望着它们,然而,这世界上只有因渴望这些果子而死去的人,却没有人能第二次尝到它们,因为在吃过一次以后,她将永远听不到小妖们的叫卖声,再也没有机会用金发换取它们。萝拉因心中的渴望而日渐消瘦衰竭,她的金发"变灰变淡",她"流着泪","梦想着果子";于是,莉姬回到森林中,寻到了小妖们,乞

求他们卖给她一些鲜果，她能带回去给妹妹吃。小妖们逼她先尝，才肯卖给她，她拒绝了，一动不动地站在那儿，

> 好像水流中一枝百合花，
> 像一块岩石，带着青色的纹理，
> 遭到喧哗的潮水冲激，
> ⋯⋯⋯⋯⋯
> 像一座庄严的处女城，
> 高扬起镀金的尖塔和圆顶。

小妖们见无法诱惑她，便设法折磨她，还把果汁抹在她脸上，莉姬紧咬着牙齿，硬是不吃。小妖们玩厌了，哄然离去；莉姬带着满脸的果酱和果露，急奔回家，让萝拉吮吸她面颊与双唇上的汁液，"吃我，喝我，疼爱我，/萝拉呀，一点都不要浪费我。"当萝拉"如饥似渴地吻着"姐姐的时候，她发觉"果汁在她舌头上发苦，/这宴席使她厌恶。/她像中了邪似的扭曲，又跳又唱，⋯⋯"最后她晕倒了。当她醒来时，她又恢复为当初的、女孩身的自己："她的金发里再不见一丝灰，/她的呼吸像五月一样甜美。"后来她俩都成为幸福的妻子和母亲，常用卖鲜果的小妖商（fruit-merchant goblin men）警醒自己的女儿们，萝拉向孩子们

> 讲她姐姐为她的缘故，
> 如何冒死相救，挺身而出，
> ⋯⋯
> "因为不论是风雨还是天晴，
> 什么也比不上姐妹之情：
> 在苦冈的途中她鼓励，

在迷路之时她接引,

你若跌倒了她扶起,

支持你永远站稳脚跟。"①

显然,在基督教传统和维多利亚社会风俗影响下,这首诗有意无意地讽喻了情欲的诱惑,表现了把尘世之乐视作"禁果"的宗教情绪。恶人送给萝拉声色乐园中的"禁果"(the forbidden fruit),换取的是姑娘通常最谨慎珍存的东西;然而,一旦失去了它,她就丧失了自身价值,因而也就不值得进一步诱惑了。萝拉的欲望与堕落,无疑令人想到人类始祖夏娃因偷食禁果而被逐的故事;萝拉由此成为维多利亚时代的文学中常见的堕落形象,面目丑恶。同时,正如基督降世,用自己的身躯和鲜血充当献祭的面包与酒水而赎救人类的灵魂一样,萝拉的好姐妹莉姬,像一位女救世主,与小妖们谈判;正如基督将人类从原罪中赎救出来,为夏娃的子孙后代恢复了天堂的希望一样,莉姬挽救了萝拉,使她从迷途中回返,恢复为处女身的新娘,并且引导她进入纯真无瑕的天地中来。作为维多利亚文学中的理想女性,莉姬身上既有坚贞清纯的品性,又有危难之时挺身而出的热血浓情,并成为克里丝蒂娜自我操守的代言人。

当然,作为一首引起过轰动、为人珍爱的名诗,从现代阐释学理论出发,还有其他解法:有人说它赞扬了姐妹间的情谊;有人则读出了情欲的萌动;也有人说它表现了自然的诱惑力及其象征境界;女权主义者则关注诗作对女性的描述,发掘社会、传统及男性对女性的压迫与不公正②。

克里丝蒂娜的诗给人们带来一种新鲜感,一种全新而独特的声音,一种清晰、纯粹的曲调。后来,弗吉尼亚·伍尔芙曾这样赞扬她:"你的直觉是那么清晰、直接、强烈,这种直觉写出的诗篇,如同音乐唱在人的耳中——像是

---

① 飞白译:《英国维多利亚时代诗选》,湖南人民出版社 1985 年版,第 208—232 页。

② Harold Bloom, ed. , *The Pre-raphaelite Poets*. Chelsea House, 1986,P. 97-132.

莫扎特的旋律，或是格里格的曲调。"①

　　克里丝蒂娜的第二本诗集《王子的历程及其他》(*The Prince's Progress and Other Poems*)出版在四年以后。《王子的历程》同样是一首叙事长诗，但与神秘古怪的《小妖精的集市》相比，诗意则要明显得多，"爱已是太迟，快乐亦已太晚"。许多人说，这首诗是但丁·罗塞蒂与爱人伊丽莎白·西德尔浪漫故事的重叙与哀挽。

　　那位英俊但意志软弱的王子显然像克里丝蒂娜的兄长，"他黑色的胡须如缎子一样"。巫婆的咒语锁住了公主，她无法动弹，在森林深处的白色木屋中，等待王子前来为她解除咒语，"等到所有甜蜜的树胶及汁液流动，等到所有盛开的花瓣吹拂"，像西德尔等待着婚期一样的等待、一样的无望。诗中花的意象翻涌，百合花、玫瑰花尚未开放，围绕着公主，象征着她仍未识风情。此外还有罂粟花：红罂粟似血，是生命；白罂粟如雪，是死亡。王子优柔寡断，终于决定上路了，然而在行程中又必然受到诱惑，绿眼睛的牛奶女郎，炼金术士的国度，无数谜一样的女孩，虽然王子的耳中有一声声的呼唤，然而结果却是一次次的延误，等他到达公主身边，白罂粟已堆满了公主的床，一切都为时太晚……对于误了公主性命的王子，克里丝蒂娜没有太多责怪。也许因为她那颗自抑而冰冷的心，早已否定了女人会有幸福；也许因为这是事实，在那个时代的男女关系中，女人只能是被动地等待，唯一显示权力的机会只是等待之后对等待的结果的拒绝②，就如克里丝蒂娜拒绝了一次科林逊(James Collinson)，又拒绝了一次卡莱(Charles Cayley)一样。这首诗风格哀婉悲凉，在爱情无奈的咏叹中隐藏着些许神秘的气息。

　　《小妖精的集市》中的理想女性莉姬凭借坚贞清纯成为幸福的妻子和母亲，然而《王子的历程》中的纯洁女性公主却爱无着落，在无尽的期待和孤寂

---

　　①　[英]伍尔夫：《一间自己的屋子》，王还译，生活·读书·新知三联书店1992年版，第107页。

　　②　Hassett, Constance W., *Christina Rossetti: the patience of style*, University of Virginia Press, 2005, P.15.

中死去,成为彻底无望的莉姬。在这两首长诗中,克里丝蒂娜用她的理想女性显示了她的精神指向与艺术主调:前者通过"大团圆"结局显示诗人对人世间仍抱有些许希望(比如亲密的姐妹之情等),后者则通过彻底的悲剧结局显示诗人对女性在人世间享受幸福的可能性的彻底否定;同时,《小妖精的集市》所形成的自抑克制的美学风格在《王子的历程》中强化为哀婉悲凉的艺术倾向,虽然清新朴素依旧。

三、难舍的心痛:爱情诗中的生命热忱

克里丝蒂娜的诗才是很广的。除了两首长诗,克里丝蒂娜还有大量的抒情短诗(short lyrics),这也是她文学声誉的主要来源。这些诗有继续宗教虔信、受难与自制主题的,有抒发生活感想的,更多的则是些爱情诗。这些抒情短诗很好地体现了她的艺术风格:朴实、纤巧、清新、哀婉。读她的抒情诗,很容易联想到我国古代最杰出的女诗人李清照哀婉清新的词作。

克里丝蒂娜性格文静内向,可也有点鬼精灵的怪念头。关于灵魂与上帝神交的向往很早就支配着她。表面上看,克里丝蒂娜一生六十四年是在伦敦的哈莱姆等地度过的,实际上她的灵魂一直寄居在天国,接受着上帝的判决。伍尔芙曾指出,克里丝蒂娜的宗教信仰制约着她生活中最小的细节,干预着她内心深处最重大的问题,比如她的爱情。克里丝蒂娜对人有很高的品赏能力,能一眼看出人之个性,她爱情生活的不幸似乎与此不无关系;在她心目中,也许除了上帝之外,世上再没有第二个男子能承受得了她的爱。伍尔芙说,宗教是克里丝蒂娜生命中的核瘤,是她一生不幸的根源;克里丝蒂娜一生中的一切事情,都是由这个痛苦而紧张的核瘤生发出来的①。

克里丝蒂娜有过两次恋爱,但都因宗教信仰上的分歧而失败,这在她的

---

① 陆扬、李定清:《伍尔夫是怎样读书写作的》,长江文艺出版社2000年版,第153页。

诗中也留下了悲哀的印记。1850 年与画家詹姆斯·科林逊(James Collinson)解除婚约后,她写道:"我把脸沉默地转向四壁,我的心因这极小的爱情而破碎……"据说她的名作《记着我》就是表达她对科林逊的爱情的。十六年后,她虽然又拒绝了学者查尔斯·卡莱(Charles Cayley),但她还是动了真情的;她死后,她二哥威廉(William Michael Rossetti, 1829—1919)在她的抽屉深处发现一叠密藏的诗稿①,这些诗大都作于 1862 年到 1868 年她与卡莱交往的日子里,大部分是爱情诗。

在克里丝蒂娜的爱情诗里,第一类当数"爱的渴望与喜悦",如《在那儿,要么在别处》:

> 在那儿,要么在别处,一定有
> 一张脸我不曾见过,一种声音我不曾听到,
> 一颗心还不曾——从来不曾(呵,可怜我!)
> ——回答我的话语。
>
> 在那儿,要么在别处,或近或远,
> 山那边,海那边,目力以外的所在,
> 甚至远于徘徊的月球以及
> 夜夜追随她的星辰。
>
> 在那儿,要么在别处,或远或近,
> 相隔一堵墙,一道篱笆,
> 或者一年里最后的几片黄叶

---

① Jones, Kathleen, *Learning Not to be First: A Biography of Christina Rossetti*, Oxford University Press, 1991.

飘落到已经泛青的草坪里。①

在那儿，要么在别处，茫茫人海之中，总有一个前世约好的爱人在等你来相会；然而，这前世的约会，却忘了在何时在何地。渴望爱的纤细的心总难免带着几分沉痛与忧伤。又如《生日》：

> 我的心像一只欢唱的鸟，
> 窝儿在雨润露滋的嫩芽间；
> 我的心如同一棵苹果树，
> 累累的果子把树枝儿挂弯；
> 我的心好似斑斓的海螺，
> 浮游在波浪不兴的水面上；
> 我的心比所有这些都欢畅，
> 因为我的恋人来到了我身边。
> 备好我锦缎羽绒的高座，
> 用毛皮和紫料子把它装点；
> 刻上带着百翎斑的孔雀，
> 刻上野鸽子和石榴的图案；
> 再做上镀金嵌银的葡萄，
> 做上叶瓣和纯银的百合花；
> 我的生活也有了个生日，
> 因为，我的心上人儿来啦。②

任何的欢乐、任何的收获、任何的斑斓都不如爱人的到来有力度，这才是她最欢畅的心事；因此她的"生活"也有了个"生日"，这才是人生的最大界标。

---

①② 黄杲炘译著：《英美爱情诗萃》，上海译文出版社 1992 年版，第 103—137 页。

克里丝蒂娜的诗也不都是忧郁、哀伤的,如这首《生日》就表达了爱的喜悦,透出一种难以自抑的欢乐情绪,诗风清新、轻快。

　　克里丝蒂娜的爱情诗中数量最多而且最有影响、最令人感动的是第二类"爱的磨难与追忆",如《五月》《古风》《歌》《记着我》等,以及下面这首《我并不寻求》:

> 我并不寻求美如梦幻的情爱——
> 我只求找到保持平静的勇气;
> 只要有忍受悲痛的不屈的意志;
> 在我萎靡时,表情上不露出来。
> 让地球去转,让太阳仍放光彩;
> 让风去吹拂,让山顶上的棕榈
> 在孩子们的眼里把天空触及;
> 让百川注满万世无穷的大海。
> 任初春和盛夏全部已经过尽,
> 任秋天和寒冬再次降临人间,
> 任我躯体入土,灵魂备受煎熬
> 而终于离开这片悠久的凡尘,
> 我的唇间也决不会吐出怨言——
> 这天之后没人能把我当笑柄。①

爱情幻灭了,诗人辩解说"我并不寻求美如梦幻的情爱",这是她的真实想法,还是一种无奈、悲伤的掩饰,以便"保持平静","忍受悲痛"? 爱之愈切,失之愈痛。由此可见,"决不会吐出怨言"的情爱,才是无怨无悔的真情真爱。此诗在朴实清新中浸透着哀婉悲凉。然而,同样是"爱的追忆",下面这

---

① 黄杲炘译著:《英美爱情诗萃》,上海译文出版社 1992 年版,第103—137 页。

首《回声》却是另一种格调：

> 来吧，趁着万籁俱寂的夜晚，
> 来吧，驾着梦中无声的寂静，
> 来吧，带着温柔的圆圆的脸蛋，
> 闪着明澈如溪的眼睛；
> 在泪水中归来吧，
> 哦，回忆，希望，逝去的岁月中的爱情。
>
> 哦，梦啊，是多么甜蜜，痛苦的甜蜜，
> 醒时，一定正好待在天堂，
> 在那儿，满盛爱情的心灵等候相会，
> 用渴望、祈求的双眼
> 急切地注视
> 慢慢启开的、准进不准出的门扇。
>
> 在梦中归来吧；尽管死一般寒冷，
> 但我愿把过去的日子再过一次；
> 在梦中归来吧，我愿与你
> 脉搏对着脉搏，呼吸对着呼吸，
> 低声地说话，低低地偎依，
> 就像以前，我的爱人，那很久以前的日子。①

谁说克里丝蒂娜是一个不问世事、不涉世间感情，一心仰望天堂的"准修女"？这首诗深情中带着热切，甜蜜中夹杂一丝忧伤，追忆往事犹如重新坠

---

① 飞白主编：《世界诗库》第二卷，花城出版社 1994 年版，第 503 页。

入熊熊燃烧的爱情之火："脉搏对着脉搏,呼吸对着呼吸,/低声地说话,低低地偎依",以及"我愿把过去的日子再过一次"的表白比任何的山盟海誓都有震撼力。生命的热忱在爱情中得到激发,两颗满盛爱情的心灵相会在一起是她永远期待的"回声"。同样热烈深情的诗作还有下面这首《逗留》：

> 用鲜花和绿叶他们使室内芬芳,
> 馥郁的花香撒满我的卧床;
> 我的灵魂追随着爱的踪迹,四处飘荡。
> 我从不闻屋檐下鸟儿细语呢喃,
> 也不闻谷堆边收割人谈笑风生;
> 唯只有我的灵魂每日在守望,
> 我饥渴的灵魂把别离的人儿盼望：——
> 我想,也许他爱我,怀念我,为我悲伤。
> 终于从阶梯上传来了脚步声响,
> 门把上又重见那以往熟悉的手：
> 顿时我的心灵仿佛感到天堂的气息
> 在空中荡漾;那迟缓的流沙——
> 时光也闪现金光;我感到一轮光晕
> 在我发间辉耀,我的灵魂升华。①

一位将死的女郎,灵魂徘徊着不忍离去,只为等待远方爱人的到来,这是她弥留之际的最后愿望。人间情爱使时间停滞,更是使她灵魂升华的真正动力。

　　羸弱的体质,虔诚的宗教信仰,对爱情过于完美的追求,以及老姑娘敏感脆弱的神经,都使克里丝蒂娜更适合生活在想象的诗情世界中,不允许现

---

① 　孙梁译：《英美名诗选》,中国对外翻译出版公司 1987 年版,第 87—91 页。

实世界的侵入，哪怕是她芳心期许已久的爱情生活。爱情的挫折与幻灭，加重了她对现实人生的疏离；难舍的心痛，对失去的爱的暗示，是她与人世间的唯一联系。哀婉的诗情，难消爱的温热；貌似平静的吟咏中，涌动着情感的激流。克里丝蒂娜的爱情诗清寒中时现热切、宗教虔敬里难舍生命的热忱，耐人琢磨。

克里丝蒂娜懂事成人以后，虔诚克己，一心侍奉父母，默默地帮助着别人，只有在诗歌创作中才将自己对生命的深切感悟完整地表达出来①。她的诗作具有双重张力：虔信宗教下的爱情企盼，清寒自制里的热切奔放。这种看似矛盾其实又统一的诗意境界才是她真实的精神与艺术风貌。在诗歌创作中，克里丝蒂娜以 17 世纪的精神诗人乔治·赫伯特（George Herbert，1593—1633）为师，又融入拉斐尔前派唯美、忧郁与细腻的艺术风格；她十分善于将思维变成情感，使理性的概念变成诗歌中的感情体验，并且喜欢用大量比喻来表达它们。当然，她在使用比喻方面比较注重自然平易，常以花鸟虫鱼之类日常景物入诗。作为虔诚的国教徒，克里丝蒂娜的诗显示出一种虔诚、温和和幽默，但这种安详的外表下却隐藏着深刻的精神矛盾：宗教信仰与世俗感受的矛盾，尤其是爱情企盼的冲击。这种矛盾构成了一种内在的紧张，使她的诗歌表面朴素而蕴义丰富，哀婉中存有一股热切。20 世纪的批评家尤其欣赏她诗歌的用词清纯简练、情感真挚。

多少年以来，人们大多以为克里丝蒂娜是一个不问世事、不涉世间感情，一心仰望天堂的"准修女"；又加上两次拒婚，中年以后疾病缠身的她脾气越发古怪，成为"古板的清教徒"，外表总是那么冰冷孤傲难以接近，更加重了她身上的宗教气息和神秘性②。克里丝蒂娜一生为宗教所困，诗作中的忧伤情调确切无疑地根源于她的宗教情感，它破坏了作品的和谐与美；当她

---

①　恺蒂：《冬日里的女子》，《读书》1995 年第 3 期。

②　Jones, Kathleen, *Learning Not to be First：A Biography of Christina Rossetti*, Oxford University Press, 1991.

眼见美好事物刚觉喜不自胜时,那个满脸无情的上帝就会告诉她:美是空虚,美要消逝①。死亡、忘却、安息,用它们黑色的波浪将诗牢牢围住,从而使她的诗像戴着镣铐跳舞的舞伎,摇摇晃晃,站立不稳。克里丝蒂娜中年之后出版的几本诗文集,影响都不如前期诗作。她优秀的诗作,其中生命的热忱能够冲决宗教的围困;然而她常常又束手被擒,天堂的圣念湮灭了人世火热的生活。

克里丝蒂娜的人生经历与创作风格,很容易让人联想到与她同年出生的美国最杰出的女诗人艾米莉·狄金森(Emily Dickinson, 1830—1886):她也是出身名门,家中的宗教气氛浓厚,因爱情受挫而终身未嫁;深居简出,平时除操持家务外,以写诗自娱。其诗用词清新丰富,诗风独特。她们俩在诗中都对宗教、上帝、永生的信仰以及爱情、死亡、自然等题材做过深入的探索,尤其是通过对爱情的细腻体验来感悟生命、感悟存在方面具有惊人的相似性。如果总结一下二人的异同,可以说:克里丝蒂娜是指向传统的艾米莉,艾米莉则是指向现代的克里丝蒂娜。她们二人都有相似的艺术感觉力和表现力,但是在思想的穿透性方面艾米莉却比克里丝蒂娜现代得多。宗教束缚了克里丝蒂娜的思想和生活,使她局限在宗教给定的狭小世界里,跃不出传统的固有疆界;而艾米莉却不为所羁。传统与现代,成为她们俩最大的分界线。

理解人是为了更好地理解她的诗,尤其像克里丝蒂娜这样不同一般的人。毕竟她不总是生活"在那寒冷的冬天"(In the bleak midwinter),因为她有过充满"热烈的阳光笑语"的童年,她血液中依然深蕴着地中海边特有的热情和温暖,也许正是这才支撑她度过孤独寂寞的后半个人生。对天堂的期待与渴望,不仅蕴含了对美满生活的向往,也许还深藏着她复活美好童年的心愿。

---

① Hassett, Constance W. , *Christina Rossetti: the patience of style*, University of Virginia Press, 2005,P. 15.

第三节　惠特曼的诗性神秘主义:清教徒颂歌与美国灵魂

独立战争的胜利,使美国走上了一条崭新的发展道路,但独立后的几十年里美国却在文化上、精神上严重依附于英国和欧洲大陆。19世纪初,爱默生首先在思想界倡言精神独立,尔后有沃尔特·惠特曼(Walt Whitman,1819—1892)等一些人在文学创作上加以响应,从而形成了美国历史上的"文艺复兴"。其中,惠特曼的功绩是显赫的:当同时代其他诗人对美国仍以"外国人的眼光"观察、以"过去的声音"发言时,惠特曼却坚持以他"自己的眼光"观察、以"现代的语言"说话,从而赢得了"最伟大的现代歌手"①的称号。

美国民族诗人惠特曼以其伟大作品展示的是一个民族的勃勃生机与旺盛生命力,一种波涛汹涌、前仆后继、长江后浪推前浪式的不可遏止、不可阻挡的迅猛发展势头;其中虽有阴暗面,比如生老病死等人生痛苦,比如不公、欺诈、暴力、战争等泥沙俱下的社会邪恶现象,但是诗人眼里见了、心里有了却不为其所困,他所持的是一种包容态度;所谓"水至清则无鱼",正像前辈诗人歌德、后世伟人恩格斯一样,惠特曼认为痛苦和邪恶正是人生进取和社会发展的鞭策力量。更难能可贵的是,惠特曼在其诗作中首次塑造和展现了一个多维度的"美国神话",一个人们久违了的、关于成功与幸福的"地上乐园"形象,开启了"美国梦"(the American Dream)的世间神话。

一、《草叶集》:歌唱自我与民主的美国抒情史诗

《草叶集》②于1855年第一次出版后,到1891年共出了九版,诗歌数量

---

① 　[美]斯皮勒:《美国文学的周期》,王长荣译,上海外语教育出版社1990年版,第81页。
② 　[美]惠特曼:《草叶集》,楚图南、李野光译,人民文学出版社1987年版。(文中引诗均出自此书)

随之增长。这部诗集不但忠实记录下美国在那个时代的发展与壮大，而且反映了诗人惠特曼心灵的成长历程。这部以诗意神秘主义的现代观念创作的诗集，其核心意象是"草叶"，它是宇宙间最平凡、最伟大的生命的象征，它是"神的手巾"，宣告着宇宙的神秘；它是"坟墓未经修剪的美丽的头发"，死亡像生命一样必要，也像生命一样美好。诗人惠特曼借"草叶"表达了超越个体生存的、对宇宙间浩荡不息的生命洪流的彻底信仰和神秘信念。《草叶集》中处处都能让人感受到神秘的宇宙生命的存在。

惠特曼崇仰的英国思想家卡莱尔，曾在《论英雄与英雄崇拜》中指出："诗人的基本特性，就在于他发现现实中一切事物的神秘性和无限性的那种天才。借助自己的作品，诗人向人们呈现出神圣之物和它的象征。"在《草叶集》的前几页，屹立着两行诗，综述了惠特曼对自己有限但重要的成就的看法：

> 我自己将只写下一二指示着将来的字，
>
> 我将只露面片刻，便转身急忙退到黑暗中去。
>
> （《未来的诗人们》）

到现在还没有一个人能确定他的"一二指示着将来的字"究竟何所指。然而，惠特曼也说过：

> 我将我自己遗赠给泥土，然后再从我所爱的草叶中生长出来，
>
> 假使你要见到我，就请在你的鞋底下找寻吧。
>
> （《自己之歌》第52节）

于是，百余年来，人们从他提供的有限文字中，寻找其中包含的一切线索。他曾经被定义为"民主诗人""自我诗人""科学诗人""性诗人""神秘诗

人""唯物诗人""爱国诗人""宇宙诗人"等。而令人大为惊讶的事实是：他的
作品像《圣经》一样，可以引用来支持这些说法中的任何一个。他容许这种
复杂性与包容性的存在，因为他说：

> 我自相矛盾吗？
>
> 很好，我就是自相矛盾吧，
>
> （我辽阔广大，我包罗万象。）

（《自己之歌》第 51 节）

惠特曼可以轻易地接受各种矛盾，但是他对自我的专注和忠诚却保持前后
一致，丝毫不肯马虎，他发表看似矛盾的见解，以便对内在的幻象保持忠实。
惠特曼历经少小、老大，历经喜乐、失望，而一直保持的幻象，乃是未受侵犯
的"自我"，是强不可撼的自我意识——这是生命最可贵的财产。《草叶集》
开宗明义，第一行就说得清楚：

> 我歌唱一个人的自身，
>
> 一个单一的个别的人。

（《我歌唱一个人的自身》）

惠特曼以自我意识的主题作为基础，在上面构筑他的诗的上层建筑。
他特别关注自己的本性与时代，在其中充分发掘自我个性与民族精神，并且
以气势雄浑、具有独特生命的语言，把他的发现加以戏剧化。照他晚年在
《回顾》一文里面的解释，他的策略来源很简单："这是一种感情或雄心，要以
文学或诗歌的形式表现并忠实、不妥协地表明我自己的身心、道义、智力以
及美学上的个性，从中记下当时的和当今的美国的重要精神和事实——并
在比迄今为止的诗和著作更加真实、更加完整的意义上来开拓这种与地点

和时间一致的个性。……(我)只唱关于美国和当今的歌。现代科学与民主政体似乎已向诗歌提出了挑战,要求在诗歌中得到表现,以示与过去的诗歌和神话截然不同。"①所以有人说,《草叶集》的中心主题是:为新大陆的民主塑造的典型个人②。

一言以蔽之,惠特曼认为发现他自己便是发现美国,他想借特立独行的自我与鲜活诱人的现世探索美利坚民族的个性与灵魂的永生。这种假设的根据,是他体会到美国的自我意识并不存在于它的地理形势——它的山岳与湖沼,它的平原与海岸,而在于它的新式民主人物的内心。惠特曼明白他自己正是这种人物,因此他的单纯信念便是:探索他自己的存在迷宫,他就会在其中发现美国灵魂的神秘③。他在《草叶集》的首行"我歌唱一个人的自身,一个单一的个别的人"后面补充一句"然而倡言民主,倡言全体"(《我歌唱一个人的自身》),点明了诗集的基本主旨。因此,著名的惠特曼研究专家詹姆斯·E.米勒认为《草叶集》是"歌唱自我与民主的美国抒情史诗"④。

惠特曼的民主是建立在平等、自立的独特"个人"(a Particular Individual)基础上的,民主是协调人际关系、建立良好的社会秩序和国家制度的原则,"民主"甚至也是处理世界上、宇宙中一切问题的依据,因为在惠特曼看来,所有的一切都有"灵魂",他们都是上帝(或超灵)在世间的体现,他们也是绝对平等的。实质上,惠特曼所说的民主不仅是一种政治和社会事务意义上的民主,他更强调的是一种"精神民主"。正因为惠特曼坚信"个人"也即"个性"的独立与完善,所以他对世界的看法是乐观的,认为世界将会越来越美好,由此引发出他开拓、扩张的无限激情和超越具体的生存时空

---

① ［美］惠特曼:《惠特曼散文选》,张禹九译,湖南人民出版社1986年版,第190—191页。

②④　James E. Miller, Jr., *Leaves of Grass: America's Lyric-Epic of Self and Democracy*, Twayne Publishers, 1992,P.1.

③　［美］柯恩编:《惠特曼的〈自我之歌〉》,《美国划时代作品评论集》,朱立民等译,生活·读书·新知三联书店1988年版,第268页。

的探索——死亡、宇宙交流、神秘的对话。

以探索自我的存在之谜、发现美国灵魂的神秘为起点，便产生了惠特曼带有神秘色彩的创作与博大深邃的诗歌。著名诗评家 V. W. 布鲁克斯曾说："沃尔特·惠特曼的真正意义在于他破天荒地赋予我们生活中某些有机内容的意义……美国人性格中迄今为止水火不相容的事物在他那里融为一体。"①著名诗人 T. S. 艾略特曾称赞过惠特曼"将现实变为理想的才能"②，更有许多人注意到惠特曼"热情而模糊的追求"③。

二、诗性神秘主义的源头：东西方灵性的杂糅与融化

《欧洲哲学史辞典》这样解释"神秘主义"："宗教唯心主义的一种世界观。主张人和神或超自然界之间直接交往，并能从这种交往关系中领悟到宇宙的秘密。"④那么，惠特曼创作中的神秘主义是什么性质呢？飞白先生认为："惠特曼的神秘主义——诗人心灵（通过幻想）与宇宙的心灵交融。"⑤苏联评论家密尔斯基曾说："惠特曼的神秘主义并不是和唯物主义分开的……理想主义者是从正确的唯物主义者的前提下得出他们的结论的。"⑥通观《草叶集》可以发现，惠特曼并不是正统宗教意义上的"神秘主义者"——那种一心一意侍奉上帝、抛弃自我、抛弃肉体、抛弃世界的人。在谈到他毕生尊敬的英雄人物伊莱亚斯·希克斯时，惠特曼说：希克斯像"一个老希伯来神秘主义者那样感伤和虔诚"，"我虽然背后也有这些东西，但我主要对各种令人

---

① 刘树森：《重新解析惠特曼与文学传统的因缘——〈惠特曼与传统〉评介》，《世界文学》1995年第 2 期。

② 李野光：《惠特曼研究》，漓江出版社 1988 年版，"前言"，第 13 页。

③ 同上，第 11 页。

④ 马小彦主编：《欧洲哲学史辞典》，河南大学出版社 1986 年版，第 341 页。

⑤ 飞白：《世界名诗鉴赏辞典》，漓江出版社 1990 年版，第 380 页。

⑥ ［苏］密尔斯基：《美国民主主义诗人》，李野光：《惠特曼研究》，漓江出版社 1988 年版，第 234 页。

惊奇的事物以及各种事物精神的具体表现很敏感——我赞美这一切"①。

总的来说,古代的神秘主义是宗教性的,它以人的现实生存的无价值性来凸显。论证冥冥中一个超然存在的终极价值性,从而号召人们出世以待来生。而19世纪中后期以来出现的以爱默生、尼采、柏格森为代表的现代神秘主义,本质上是一种人本主义、生命主义;它主张生命的价值就来源于自身,神秘的存在只是由于人的天然局限和诗性本能,即:人天然地能将进入人的生活世界的偶然事件连成一个必然性的"整体",并且因为推究不出这个"整体"的意义何在,便将其命名为"神秘的""神性的"。现代神秘主义作为一种诗性神秘主义,主张人以诗意的生活方式来对应宇宙从不言说自身的"神秘诗意习惯"。

惠特曼的神秘主义,既不是以上帝为本的宗教神秘主义,也不是以严密推理为宗的逻辑神秘主义,而是一种直觉感悟现世生命现象的诗性神秘主义,它与爱默生的现代神秘主义属于同一种性质;它们的共同特征是:取消理性思辨的进程和法则,把人们置身于想象力的迷惘里以及人类自然原初的混沌中,因为人类的精神被束缚在理性的清规戒律里就无法趋向"无限",只有在知觉的生命力和自由的生命冲动中,人的灵魂才感觉到泛神论意义上的"上帝"的脉搏,人的生命才体会到"有限"与"无限"相统一、相融合的原初混沌状态。惠特曼的诗性神秘主义是对启蒙运动以来僵化的理性主义的反拨,它同属经历了启蒙运动以后的哲学家和文学家对人性的进一步认识和探讨,他们希望通过这种不可知的认识论来促进人类对自己在心灵上和精神上的认识,引起人类对自身最本质问题的思考,引导人类走向更完美和谐的未来。

无疑,惠特曼有自己的哲学观念和宗教信仰,但他没有死抱住哪家哪派的教条或成规不放,而是采取灵活吸收、为我所用的态度。因此,体现在《草

---

① 　[美]贾斯廷·卡普兰:《沃尔特·惠特曼的一生》,赵炳权译,广东人民出版社1988年版,第261页。

叶集》中,惠特曼的思想并不脱离实际、脱离生活,更不会远离他文学创作的信念和宗旨——探索他自己的存在迷宫,在其中发现美国灵魂的神秘这一中心。比如对待自然科学——正统宗教的死敌,惠特曼的赞美最不含糊;对于从自然科学研究中产生的知识,他也倍加赞扬。然而这与他的神秘主义又并行不悖。在1876年版的序言里,惠特曼写道:"愉快地接受现代的科学,毫不犹豫地忠实地追随着它,但仍存在一个众所公认的更高的境界,更高的事实,人类(和其他一切事物的)永生的灵魂,那精神上和宗教上的东西。"

《草叶集》思想内容方面的神秘主义倾向,主要体现在它的泛神论和宗教经验上。关于泛神论,《欧洲哲学史辞典》上说:"泛神论是一种把神融化在自然界中的哲学理论。它断言神等同于自然,彼此合而为一,构成统一的有机整体。在历史上有过唯心主义泛神论,把神看成是一切存在物的本原。整个世界都是神的精神或意志的体现。这种唯心主义的泛神论是同神秘主义交织在一起的。"①

惠特曼生活的年代,正是美国超验主义(transcendentalism)、德国唯心主义和印度神秘主义在新大陆流行之时。从《草叶集》中的诗篇来看,其内容、思想与以上各家均有密切关系。

印度神秘主义,主要是指古老的婆罗门教与印度教。印度教对惠特曼直接的影响源自惠特曼对作为印度教教义的印度古诗的热爱。在1888年版的序言里,惠特曼承认,为了准备写作《草叶集》,他已经"读过了古老的印度诗歌"②。在许多场合,惠特曼也证明自己具有不少印度古诗和其他东方诗的知识③。难怪评论家多罗西·默寒说:"惠特曼的'灵魂'和《薄伽梵歌》(Bhagavadgita)中的'我'(atman,即个体灵魂)好像是同一东西。"④印度教

① 马小彦主编:《欧洲哲学史辞典》,河南大学出版社1986年版,第247页。
②③ [美]亨利·梭罗:《寻找精神家园——梭罗书信集》,史国强译,中信出版社2007年版,第203页。
④ 李野光:《惠特曼评传》,上海文艺出版社1988年版,第35页。

对之的间接影响，则明显来自惠特曼与美国超验主义者爱默生的密切联系。

惠特曼毫不讳言地承认，爱默生的超验主义思想曾给他的创作带来许多启发。首先，超验主义者认为，发现真理是通过情感和直觉，而不是通过逻辑证明；认识自身是通过直觉和探索自然，而不是死啃书本。其次，爱默生提出了"超灵"（supersoul）说，认为它是"一个整体……其中，每个人的特殊生命都得以容纳并与万物合而为一"。漂流出这个整体，"人则是一条隐藏着源头的溪流"。人类全部的思想和才智都来自超灵："我们无法决定该想什么，我们只是打开我们的器官……让智慧去观看。"①再次，爱默生认为自然本身是精神的象征，具体的自然现象是具体精神现象的象征，词语最终是自然现象的象征，所以他提出了创作中的"有机论"，强调象征手法的运用。还有，爱默生提倡超验主义个性主义，即强调个人的主观精神，将个人从经验层次上升到超验的层次。他强调个人的四个方面，即个人的神圣性、个人的特殊性（即个性）、个人的无限潜力和个人的自足与自治权。爱默生提倡个性主义，强调民族自助精神，主张美洲大陆应摒弃别国的影响，为人类奉献更好的东西："我们依赖旁人的日子，我们师从他国的长期学徒时代即将结束。"②在此基础上，他提出了美国社会的民主原则与模式。惠特曼曾说："我用文火慢慢地煮着、煮着，爱默生使我沸腾了起来。"③约翰·柯文霍夫在《〈草叶集〉和散文选编》的前言中，也指出了惠特曼在"寻求人生道路的岁月中，爱默生曾强烈地影响过他"④。而美国超验主义虽然表面上直接得自欧洲唯心主义哲学，特别是康德哲学，骨子里却同印度的教义有许多相通之处。比如，康德著名的"自由"概念，与印度教典籍《奥义书》中的"我"（atman）与"梵"（Brahman）的概念基本相似。而且，爱默生本人也曾研究和

---

① ［美］彼得·B.海：《美国文学掠影》，华东师范大学出版社1992年版，第32页。
② ［美］爱默生：《爱默生集：论文与讲演录》，赵一凡译，生活·读书·新知三联书店1993年版，第622页。
③④ 福建师大编：《外国文学教学参考资料（三）·惠特曼》，福建人民出版社1980年版，第156页。

借鉴过印度教的教义以充实和发展自己的超验主义。

惠特曼并未拜伏在前贤的脚下做简单的呼应，他有自己对人生和文学艺术的独立思考与探索。惠特曼在笔记中写道："我不能理解神秘事物，但是我常常觉得自己像是两个人，即我的灵魂和我。并且，我想所有的男人和女人都是这样。"这里的"两个人"，正是接受了爱默生的"超灵"观念并化为己有的结果；不同于超验主义的是，惠特曼的"灵魂"不同于一般的"精神"，它往往带有独立性，能够游离于身体之外，有的成了"自己"的主体或代表。惠特曼还相信万物有灵，灵魂具有放射作用，所以他能进入对象物里面，或者与之相互渗透融合。这里既有泛神论"神融化在自然界中"和超验主义的"超灵"容纳万物并"与万物合而为一"的影响，也有惠特曼自己的创见——"灵魂"不像"神"或者"超灵"那般高高在上、虚无缥缈，而是依存在每个人的形体之内；每个人都具有实实在在的"神性"。

三、《草叶集》四大主题：诗性神秘主义的细密展现

惠特曼诗歌创作中的神秘主义倾向集中体现在自我、民主、性和死亡四大主题的艺术表现上。《草叶集》反映了多重主题，但是，毫无疑问，"自我"主题是它的基础。在惠特曼笔下，"自我"借助永恒、普遍的"灵魂"，纵横驰骋，上天入地，无限延伸，它可以与任何事物化为一体：

> 我们变为植物、树干、树叶、树根、树皮，
> 我们睡在地上，我们是岩石，
> 我们是橡树，我们在露天下并排生长，
> 我们吃着嫩草，我们是野兽群中的两个，如任何野兽一样地自
> 然生长，
> 我们是两条鱼，双双地在大海中游泳，
> 我们是刺槐花，我们早晚在巷子的周围放散着芳香，

我们是两只掠夺的鹰雕，我们在高空飞翔，向下窥视，

我们是两个光辉的太阳，我们在星球的轨道上均衡而对称，我

们也如两颗彗星，

……

（《我俩，被愚弄了这么久》）

它也可以与任何人化为一体：

我是属于各种肤色和各种阶级的人，我是属于各种地位和各

种宗教的人；

我是一个农夫、机械师、艺术家、绅士和水手，奎克派教徒、

一个囚徒、梦想家、无赖、律师、医生和牧师。

（《自己之歌》第 16 节）

它还可以与时间、空间化为一体：

我是已成就的事物的一个最高表现，在我身上更包含着将成

的事物。

（《自己之歌》第 44 节）

万物皆有神性，而这个神只是"自我"灵魂的扩展："我发誓，我现在看见万事万物都有一个永恒的灵魂。"这种泛神论不仅切合印度教的教义——世界上的一切事物和现象都是由最高的实体或结构"梵"（Brahman）所演化而来，而且更接近超验主义的主张——"超灵"包容万物，主宰一切。惠特曼说：

我赞美我自己，歌唱我自己，

　　　　我所讲的一切，将对你们也一样适应，

　　　　因为属于我的每一个原子，也同样属于你。

　　　　　　　　　　　　　　　　　　　　（《自己之歌》第 1 节）

诗人在强调"自我"的同时，流露出一种民主精神。"民主"本来是最不神秘的，但在惠特曼的哲学体系中却与神秘有关。惠特曼自己承认："我们若是用一个字眼来概括《草叶集》的各个部分的话，这个字眼似乎就是'民主'一词。"①可见，民主主题是《草叶集》的核心。然而，惠特曼的"民主"并不仅仅是代表政治制度或政治观念含义的，而是有其强烈的个人色彩的。惠特曼自己说："可这(民主)并不意味着局限于政治方面的民主。政治方面的民主只不过是(全人类的)诗歌中的民主的一个组成部分。"②惠特曼笔下的"民主"实际上已经成为与印度教中的"灵魂相等"的宗教体验一样的概念，而且更加合乎爱默生凡物都有神性、一律平等的观念，是人与人之间在精神上绝对平等的幻觉的表现：

　　　　我相信你，我的灵魂，但我绝不使别人向你屈辱，

　　　　你也不应该对别人自低身份。

　　　　　　　　　　　　　　　　　　　　（《自己之歌》第 5 节）

这种民主的要求，由于"梵"和"超灵"观念的影响而表现出向外伸展的趋势，不仅包括每个人，而且及于物：

　　　　我不认为其间有伟大与渺小之别，

　　　　任何一件占据着自己的时间和空间的事物都与任何其他事物

---

① 董衡巽、朱虹、施咸荣等：《美国文学简史(上)》，人民文学出版社 1987 年版，第 138 页。

② Gay Wilson Allen, *A Reader's Guide to Walt Whitman*, New York, 1970, P. 203.

相等。

(《自己之歌》第44节)

这种泛化的民主意识的标志是"爱":

> 来呀,我要创造出不可分离的大陆,
> 我要创造出大阳照耀过的最光辉的民族,
> 我要创造出神圣的磁性的土地,
> 有着伙伴的爱,
> 有着伙伴的终生的爱。

(《为你,呵,民主哟!》)

这种"爱"超越道德、阶级与社会,超越时间与空间,闪烁着一种神奇乃至神圣的理想之光。

歌唱"自我"、歌唱"灵魂"是有前提的,惠特曼认为只有有形的实在肉体才是"灵魂"的基础和根本:有了肉体的意识才能使灵魂的感受力和辨别力更加敏锐。并且,他最关注的不是局部而是有机的整体。于是他说:

> 我歌唱从头到脚的生理学,
> 我说不单止外貌和脑子,整个形体更值得歌吟,
> 而且,与男性平等,我也歌唱女性。

(《我歌唱一个人的自身》)

诗人要歌颂那完整人,既有肉体,也有灵魂。诗人宣称自己,既是"肉体的诗人",又是"灵魂的诗人"。印度教也是把肉体看成是人整体的重要部分,是无法与精神分离的,它注重精神与肉体的联系,甚至毫不压抑性爱的快

乐。《草叶集》中这样写道:

> 人体器官的交感、心瓣的开合、口盖的蠕动、性爱、母爱,
>
> 女性与一切属于女性的,生自女人的男人,
>
> 子宫、乳房、乳头、乳汁、眼泪、欢笑、哭泣、爱的表情,爱的不安
>
> 和兴奋,
>
> ……
>
> (《我歌唱带电的肉体》第9节)

惠特曼认为人体有奇妙的力量,所以称它为"带电的肉体"。同时,他认为人自身的性机能具有神秘力量,甚至将性视为宇宙发展的原动力。他说:

> 冲动,冲动,冲动,
>
> 永远是世界的生殖的冲动!
>
> 自晦暗之中,旗鼓相当的事物向前推移,永远是物质与增加,
>
> 永远是性,
>
> 永远是编结在一起的自我意识,永远与众不同,永远是一族
>
> 生命。
>
> (《自己之歌》第3节)

惠特曼不认为性是孤立的生理机制,而认定性在个人的发展以及在维系人际关系方面具有重要作用,尤其是在人的灵魂自由与解放方面;同时,民主的真正实现,不但依靠千千万万身心健康的"现代人",而且需要更健康的后代子孙,因为惠特曼明白实现民主理想不是一朝一夕的事情,而有形的人终有一死。他说:

性包括一切，身体、灵魂，

意义、证据、贞洁、雅致、成果、传送，

诗歌、命令、健康、骄傲、母性的神秘、生殖的奶汁，

一切希望、善行、赠品，一切的激情、爱、美、尘世的欢欣，

所有的政府、法官、神明，世界上被追随的人，

这些，作为性本身的部分和它自己存在的理由，都包括在性之中。

……

我把将来的一千年存放在你们体内，

我把我和美国最珍爱的礼品赠送给你们，

我洒落在你们身上的那些点滴要生出猛烈而健壮的姑娘，新
的艺术家和歌手，

我在你们身上生殖的婴儿长大了也会生殖婴儿，

我将从我的爱情开销中索取完美的男人和女人。

……

（《一个女人等着我》）

在所有的象征中，最具有神秘主义色彩的是死亡的象征，面对死亡，惠
特曼说：

他们都在某地仍然健在，

这最小的幼芽显示出实际上并无所谓死，

即使真只有过死，它只是引导生前进，而不是等待着要最后将
生遏止，

并且生一出现，死就不复存在了。

一切都向前和向外发展，没有什么东西会消灭，

> 死并不像一般人所想象的，而是更幸运。

（《自己之歌》第 6 节）

青草的冬枯夏荣表明，死亡并没有使生命停止，它成了新生命的推动力——死亡"引导生前进"。生命就在停止的这一刻，又以新的形式出现了；反过来，生一出现，死就消失了。死亡是生命循环的一个环节。

超验主义认为："上帝、世界与上帝在世界的存在是统一的，因此，万事万物都是包含了所有法则和生存意义的微观宇宙。每个个体的'灵'与世界的'灵'是一致的。"①根据这一理论，万事万物的存在都来源于、也最终归于一个单一的实体与结构，即爱默生所谓"超灵"。这不禁令人想到印度教教义的生死轮回。印度教认为："没有物是永恒的或者是长久的，甚至天神也不是如此。因为天神也会死亡，死亡也不是永恒的，因为死，它必然会变为新的生命。"②而推动这一切变化的正是永恒的"梵"（Brahman）。同时，死是精神或灵魂从肉体中解脱，达到自身与"梵"（Brahman）结合、求得永生的重要一步。显然，这两种观念对于惠特曼的影响都很大。在他看来，"死"并不是普通人想象的那样悲惨和恐怖，而要幸福多了，因为"它也导致了生"，一种新生。所以，当他所敬仰的林肯逝世后，惠特曼先是深切哀悼，随后便转而为其精神的永生欢呼，最终认识到了死生一致的关系：

> 来吧，可爱的，予人以慰藉的死哟，
> 像波浪般环绕着世界，宁静地到来，到来，
> 在白天的时候，在黑夜的时候，
> 或迟或早地走向一切人，走向每个人的、微妙的死哟！
> ……

---

①　James D. Hart. *The Oxford Companion to American Literature*, New York, 1978, P. 868.
②　［英］查尔斯·埃特奥利：《印度教与佛教史纲》，李荣熙译，商务印书馆 1982 年版，第 117 页。

　　来吧，你强大的解放者哟，

　　当你把死者带去时，我欢欣地为他们歌唱，

　　他们消失在你的可爱的浮动的海洋里，

　　沐浴在你的祝福的水流，啊，死哟。

（《当紫丁香最近在庭院中开放的时候》第 14 节）

　　如果从时间上看，惠特曼创作中的神秘主义倾向在两个时期较明显：其一是惠特曼创作的早期（即《草叶集》的前三版），有许多诗篇，神秘主义气息非常浓厚；其二是晚期（即 1873 年 5 月之后），宗教意识渐盛，惠特曼的泛神论思想更加接近正规的美国清教概念，诗人曾说《向着印度行进》是他"全部宗教意识的最后陈述"。

四、诗性神秘主义的艺术方式：直觉感悟与神秘想象

　　《草叶集》的神秘主义倾向同样体现在艺术表现方式上。罗·布坎南曾说："惠特曼是在最高尚的意义上崇尚精神的人；他写的每一个字都有象征性——他是一位巨大的神秘主义者。"[1]惠特曼也曾对他的朋友卡彭特表白说："我有一种像老母鸡喜欢偷偷摸摸那样的本性。你看，一只老母鸡在灌木丛中转来转去，表面上显得毫不在乎的样子，但当它一发现有个可以躲藏的地方，马上在那里偷偷摸摸地下一个蛋，然后，就像从来没有发生过什么事那样走开了。我在写《草叶集》时就有这样的感觉。"他还说："我认为，有些真实的东西是需要包藏起来的。"[2]惠特曼的这种创作策略决定了其艺术表现上的神秘性。惠特曼认为，诗是某种内在的触摸不到的东西——"诗的

---

　　①　[英]罗·布坎南：《惠特曼的风格》，李野光：《惠特曼研究》，漓江出版社 1988 年版，第 81 页。

　　②　[美]贾斯廷·卡普兰：《沃尔特·惠特曼的一生》，赵炳权译，广东人民出版社 1988 年版，第 11—12 页。

特质……寓于灵魂之内。"①因此,真正的诗是超验的,是人类灵魂中的东西,是永恒神性的乍现。

《草叶集》艺术表现上的神秘主义倾向,主要体现在它的直觉式感悟和神秘的想象(幻想)力上。米勒认为,惠特曼主要依托敏锐的直觉悟性感知世界②。确实,惠特曼具有一种凭借直觉的神奇洞察力。在创作中,诗人的心惯于把它自己的神性散布在外部世界的空间,以诗性直觉去贴近现世与生命中的"神秘真理",不假思索而能即刻把握与领悟,而不依靠任何现有的观念、世所公认的准则、前人事例和经验去行动,因此,在惠特曼笔下,草并不是一个小孩捏在拳头里给他带去的那种没有生气的东西,而是他"意向的旗帜,由代表希望的绿色物质所组成"。惠特曼的感性,特别是他的色欲,经常修饰着他为我们写的那些事物的形象:

> 啊,喷着清凉气息的妖娆的大地,微笑吧!
> 有着沉睡的液体般的树林的大地呀!
> 浮着刚染上淡蓝色的皎月光辉的大地呀!
>
> (《自己之歌》第 21 节)

于是物质被溶化了;树木变成了液态,而且轮廓是流动的(这两个形容词"液态"和"流体"在他的诗中经常出现)。人们目睹现实情况的一种神秘变化,他的想象力也参与其中了。因为惠特曼对他眼前所有的一切还不满足,他仿佛要唤醒世界上其余的一切,上至空间的无限和"时间的悠悠"。他的想象力犹如一匹善驰俊美的雄马,然而他很快放弃了那匹给他留下深刻印象的雄马:

① 盛宁:《二十世纪美国文论》,北京大学出版社 1994 年版,第 19 页。
② 刘树森:《探索惠特曼诗歌的深层结构与价值——〈草叶集〉:歌唱自我与民主的美国抒情史诗评析》,《国外文学》1995 年第 1 期。

雄马哟,我只使用你一分钟,就将你抛弃了。

我自己原跑得更快,为什么还需要你代步?

即使我站着或坐在这里也会比你更快。

(《自己之歌》第 32 节)

放弃了骏马的诗人,凭借他独具的奇妙想象,融入大千世界,以其博大的胸怀拥抱万物。于是,在这里便出现了这样的宇宙景象:

我的缆索和沙囊离开了我,我的手肘放在海口上:

我环绕着起伏的山岩,手掌遮盖着各洲的大陆,

……

我飞着一种流动的吞没了一切的灵魂的飞翔,

我所走的道路超过铅锤所能测量的深度。

……

(《自己之歌》第 60 节)

惠特曼喜欢用丰富的、强烈跳荡的想象(或幻想),把幽深的思想潜藏在各种形式的具体形象中,曲折地表现出来,使人们感觉到诗歌呈现出一种神秘的气氛。惠特曼写《草叶集》的时候,觉得自己像个"梦行者",在他醒过来时,惊讶地发现自己正随着他的幻想在前进,已经安全地越过了令人眩晕的高度,摆脱了十分困难的处境。他说:

我在梦中,做着别的做梦者的一切的梦,

我也是别的做梦者之中的一个。

(《睡眠的人们》第 1 节)

　　美国著名的惠特曼传记家布里斯·佩利说:"就其耽于那种幻想的入迷状态看,与其说他属于西方,还不如说他属于东方。"①当惠特曼躺在晒干了的草地上或卧在科尼艾兰海滩上的时候,或当健康不好而去"林间小溪"寻求冷僻幽静环境的时候,他都有过忘我的、出神入迷的体验。他像爱默生或梭罗那样,也研究过进入忘我境界的东方文学作品。他去世前一年写的《波斯人的一课》这首诗,就是为了向苏菲派教徒(泛神论神秘主义者)的诗人表示敬意。这些诗人在他们的情诗中赞美我—你关系,"那是每个原子中心的强烈要求,要回到它的神圣的来源和出处,不管多远"。也许一次出神入迷的经验是生物胺诱发出来的一次神经病,一次不断加剧的躁狂症或冲动。但无关紧要,惠特曼明白他所知道的东西是超验主义的:

　　　　我的兄弟姊妹们哟,你们看见了吗?
　　　　它不是混沌不是死亡,——它是形式、联合、计划——它是永
　　恒的生命——它是幸福。

　　　　　　　　　　　　　　　　　　　　　　　　(《自己之歌》第60节)

　　在阳光下躺在夏日的草地上,诗人从前半生醒过来,以惊人的细致手法和决断语气写下了抒情诗,赞美"幸福":

　　　　立刻一种无与伦比的安宁与知识,迅速地在我的周围兴起和展开,
　　　　因此我知道了上帝的手便是我自己的诺言,
　　　　上帝的精神便是我自己的弟兄,
　　　　而一切出生的人也都是我的弟兄,一切女人都是我的姊妹和
　　我所爱的人,
　　　　而造化的骨架便是爱,

---

① 李野光:《惠特曼评传》,上海文艺出版社1988年版,第71页。

无穷无尽的是僵枯地飘落在田地里的树叶子,

和叶下小孔里的棕色的蚁,

是虫蛀的藩篱上面的苔藓、乱石堆、接骨木、毛蕊花、牛蒡草。

(《自己之歌》第 5 节)

古往今来,狂喜的诗人往往在性的想象中促成了灵魂与上帝的结合:

冲动,冲动,冲动,

永远是世界的生殖的冲动。

(《自己之歌》第 3 节)

我愿意走到林边的河岸上,去掉一切人为的虚饰,赤裸了全身,

回响,涟漪,喁喁低语,爱根草,合欢树,枝丫和藤蔓,

几次轻吻,几次拥抱,手臂的接触,……

(《自己之歌》第 2 节)

我不能看见的某种东西高举起它的色具。

一片汪洋的透明的液汁喷泼遍天上。

(《自己之歌》第 24 节)

在这种超验的结合中,诗人的兴奋心情久久不能平静:

我降落到西方的路上,我的筋力衰惫了,

芳香和青春从我面前经过,而我只是它们的辙迹。

(《睡眠的人们》第 2 节)

有研究者将惠特曼自己的想象(幻想)与布莱克的进行比较,说:"布莱克的幻想成了规律,取代了正常的情况,充塞着整个场面;抛开了这可以看见的事实是,他把主观精神置于绝对的宝座上,固执己见而不受任何约束。但惠特曼,虽然他偶尔昂首阔步……却始终克制住自己,即使在他猛冲急转时也从未失控过一次,甚至还保持平衡。"①不管惠特曼怎么在屋脊上高声"喊叫",他的脚跟牢牢地站在地面上。

另外,惠特曼还爱用暗示的方法和抽象、暧昧甚至带神秘色彩的字眼来表达他内心的"感悟"和信仰,这就更增加了《草叶集》的神秘主义特征。象征派诗人马拉美曾说:"说破是破坏。暗示才是创造。""诗写出来本是叫人一点一点去猜想的。这就是暗示,就是梦幻。"②这样写出来的,不复是具体的对象,而是神秘的心灵状态和谜语。在语言方面,惠特曼惯用颅相学术语"黏着力"来表示强烈的兄弟情谊和友好关系。他还常把灵魂的、永恒的、精神的叫作"液体",而把肉体的、短暂的、物质的叫作"固体";同时也把前者命名为"海洋",后者命名为"大陆"。在《黄昏》一诗中,惠特曼则使用了佛教用语"涅槃",来表达最高程度的超凡脱俗。

五、"孤独的歌者":灵魂探险者与存在之"真"

惠特曼探索他自己的存在迷宫,开始了一趟神秘的旅程,最终发现:

> 经过一阵痉挛出一阵汗,然后我的身体安静清凉,
> 我入睡了——我睡得很久。
>
> 我不知道它——它没有名字——它没有被人说出过,
> 在任何字典里、言语里、符号里也找不到它。

---

① 《由神秘主义到艺术》,李野光:《惠特曼研究》,漓江出版社1988年版,第280页。
② 飞白:《诗海(现代卷)》,漓江出版社1989年版,第953页。

它所附着的某种东西更重要于我所居住的地球,

创造是它的朋友,这个朋友的拥抱使我苏醒了。

或者我还能说出更多的东西。纲要吧! 我要为我的兄弟姊妹
们辩护。

(《自己之歌》第 60 节)

深沉的神秘幻境的一切记号都出现了。诗人"经过一阵痉挛出一阵
汗",到最后他的身体变得"安静清凉";他需要睡眠,久久的睡眠,来恢复体
力。一个人苦思、费神之后,感情或精神消耗殆尽,他的身体状态便是如此。
更甚者,他从这个神秘经验出来,一面还要摸索可以把他的发现委婉道来的
语言——一种"在任何字典里、言语里、符号里也找不到"的语言。他在摸索
之际终于想到的文字——"形式、联合、计划""永恒的生命""幸福"都是存在
之"真"的苍白贫瘠的复制品;"真"是无法表现的,只有心灵的深处才能了
解,而那是语言无法贯穿之处。

神秘的旅程,领悟到的也是一种神秘,其中真味只有会心者明了。然
而,天下的会心者又有几多? 盖·威·艾伦曾称惠特曼为"孤独的歌者"[1],
女诗人艾·孟肯则认为他远远超越了时代,一个人"逆水而游,找不到同
伴"[2]。至于惠特曼本人则说:

一只无声的坚忍的蜘蛛,

我看出它在一个小小的海洲上和四面隔绝,

我看出它怎样向空阔的四周去探险,

---

[1]　Gay Wilson Allen, *The S01itary Singer:A Critical Biography Of Walt Whitman*, Oxford University Press, 1987,P. 152.

[2]　[美]埃·哈罗威:《自由而孤独的心》,凡蒂奇出版社 1960 年版,第 110 页。

　　　　它从自己的体内散出一缕一缕一缕的丝来，

　　　　永远散着——永不疲倦地忙碌着。

　　　　　　　　　　　　　　　（《一只无声的坚忍的蜘蛛》）

如此精当的自我写照，将一个孤独而顽强的灵魂探险者、在茫茫大地甚至苍
苍宇宙中寻求存在之"真"的诗人形象展现在我们眼前。美国学者布鲁姆对
惠特曼评价甚高，认为惠特曼是我们这个时代氛围的诗人，无可取代也无法
匹敌①。作为美国经典的核心，惠特曼如同摩西率领信徒开辟家园一样，在
美国文学贫瘠的时代里开拓出一片新天地。惠特曼的经典性在于他成功地
永久改变了美国的声音形象②。

---

　　① ［美］哈罗德·布鲁姆：《西方正典：伟大作家和不朽作品》，江宁康译，译林出版社 2011 年
版，第 235 页。

　　② 同上，第 223 页。

第四节 直面生死见真情:哈代与纳兰性德的悼亡诗比较

自古以来,人类在直面死亡的阴影下,承受着死亡所带来的个体生命消逝的恐惧与悲痛,同时也思考、探索着生命的价值和意义,其精神产物反映到文学上便形成了一种独特的文学形式——悼亡诗。悼亡诗为"抚存悼亡,感昔怀今"之作,诗人为亡妻所作之哀歌居多。在追思亡妻的悼亡诗中,诗人面对的是朝夕相伴的爱侣永逝不返的悲恸与巨大冲击,由此诗人得以直面死亡、思考生命,因而悼亡诗以情感的真挚与哀恸作为诗歌的内在情感底蕴,并结合了爱情与死亡两大主题,其情感的力度和思想的深度都高于其他题材的诗作,构成了悼亡诗独特的艺术魅力。同样经历过丧妻之痛,英国诗人哈代与清代词人纳兰性德以同样真挚醇厚的情感与细腻自然的笔触表达了对亡妻的思念与哀恸之情,写下了大量的悼亡名篇。

英国"现代诗歌之父"哈代的爱情诗,以强烈的自传色彩见长。因与妻子爱玛的婚姻前期不睦,哈代在其前三部诗集中关于爱玛的诗作寥寥无几;然而,婚姻后期的破镜重圆,尤其是爱玛的意外死亡却给哈代带来了巨大的震动,诗人重新审视夫妻间过往的点点滴滴,回忆起婚前与爱玛甜蜜的恋情,妻子的离去唤醒了哈代因种种隔阂而消磨的爱情,没能更好地珍惜这份真挚情感的悔恨之情深深击打着哈代。爱妻已逝,心中之爱却再度复活;1912—1913年,哈代创作了许多悼念爱玛的诗作,并故地重游,踏上了缅怀往昔美好爱情的旅程。回到那些萦绕着甜蜜回忆的地方,柔情和悔恨、甜蜜与哀恸、幸福与孤寂、过往与今夕、梦幻与现实相互交织,使得诗人的诗情迸发,最终形成了垂名青史的"爱玛组诗"。"爱玛组诗"不仅是哈代爱情诗迈向成熟的标志,而且被公认为哈代爱情诗的精华所在。更有评论家认为:"1912年爱玛死后,哈代对她的感情之泉再度哗然喷放,他所写的关于他们关系的百首诗歌,作为组诗不仅是他的最好的作品,而且也是英语爱情诗中的精髓与瑰宝。"①此后,哈代又陆续在其他诗集中收录了许多悼念爱玛的诗作,这些堪称"哈代全部诗作中最富个性色彩、最真挚动人、最朴质纯洁"②的悼亡诗,全面、细致地向读者展示了哈代与爱玛之间爱情的全貌,同时以其细腻的笔触,交织的情感,呈现出真切自然、深刻动人的风貌。

被尊为"清词三大家"之一的纳兰性德,其词作主情致,师承李后主和晏小山,以其独有的情真意远、格调高秀被晚清词家况周颐推为"国初第一词人"③。纳兰性德的词作达 300 余首,其中数量最多、最具特色的便是爱情词,这些词篇多为幽怨苦多、悲凄伤感之作,以表达爱情之悲苦,摹写失意与泪水为主要内容,历来以"哀感顽艳"著称。而在这些爱情词作中,最使人伤情感动的便是纳兰的悼亡词作。这些为悼念情意甚笃的亡妻卢氏所作的词篇,满溢了词人真挚浓烈的思念之情,无论是在亡妻生辰忌日、团圆佳节,抑或是词人的醒时梦里,始终伴随着这些字字泣血、呜咽凄绝、低回缠绵的悼亡之音。正是这些融入纳兰深刻生命体验的词作,展现了词人真挚纯净的情感世界,体现了纳兰"纯任性灵,纤尘不染"④的词篇品格,同时也奠定了纳兰性德清代词坛巨擘的地位。

作为诗歌的一种特殊题材,悼亡诗的抒情客体是与诗人朝夕相伴、相濡以沫的妻子,表达的情感也多是诗人在妻子亡故后所抒发的悲痛、哀伤或思念之情。因此,悼亡诗之所以动人便在于诗作情感内涵的至真至淳,这也是悼亡诗审美价值的最根本因素。情感的真挚与哀恸是悼亡诗共同的内在情感底蕴,而哈代悼亡诗与纳兰性德的悼亡词正是由心痛与情悔所谱成的曲曲哀歌之佳作典范。在哈代的悼亡诗中,诗人很少运用浪漫夸张的语言来

---

① ［英］乔治·麦克倍斯:《1900 至 1975 年的诗》,转引自吴笛:《哈代研究》,浙江文艺出版1994 年版,第 230 页。

② ［英］赫伯特·格利森等:《英国诗歌批评史》,转引自刘新民:《哈代文集·诗选》,人民文学出版社 2004 年版,第 5 页。

③④ 况周颐:《蕙风词话辑注》,江西人民出版社 2001 年版,第 235 页。

赞美、渲染爱情，而是以真挚深厚的情感为内在底蕴，采用充满诗意而又质朴清新的语言如实地描写与爱玛相知相恋的往昔时光，坦诚展现了夫妻间常年不和睦的婚姻生活。然而从哈代字字深沉的诗行间，不难看出诗人对妻子那如大海般沉静广博的爱。同样地，面对妻子的早亡，纳兰以自度曲《青衫湿遍·悼亡》等为代表的悼亡词作，语气哽咽、如泣如诉地写出了面对妻子早亡的那种柔肠寸断、悲恸欲绝之情，也道尽了词人对亡妻一往情深、生死不渝的情感，其悲之重，其情之真，感人肺腑，令人动容。纳兰在其悼亡词中写梦醒之恸，写死别之伤，以落花、凄雨、剩月、零风来寄托词人之哀思，毫无保留地将自己对妻子的一片真挚深纯的情感倾数投入这些词作中，所道之情皆出自肺腑，所言之语皆情生笔端，情"痴"之人，其词也至"痴"，因此纳兰的悼亡词便能够产生巨大的感染力，使人读来心灵震颤，引发无限感伤，并随纳兰一起伤情动感、柔肠寸断。

哈代与纳兰性德的悼亡诗篇之所以能屹立于诗林，除却诗人真挚的诗情以及深刻的思考之外，与诗人各自的诗歌艺术表现是分不开的。探讨、比较二人悼亡诗的艺术手法，不仅能够从更直观的层面上领会诗人杰出的诗艺，感受诗歌的言外之情，同时也能从中管窥中西悼亡诗在艺术手法上的巨大差异。

一、对照艺术的诗情表现：明朗的哀伤与沉重的悲恸

作为悼亡诗常见的艺术特征，哈代与纳兰性德都采用了对照的艺术手法，但在诗歌创作的具体实践中，两位诗人却在对照对象的选取及其背后所体现的情感色彩上表现出巨大的差异性。

哈代在其悼亡诗中采用的对照艺术主要是以今昔为比照对象。诗人极力渲染往昔爱情时光的美好，将爱玛的形象理想化，同时凸显因种种隔阂而逐渐冷漠的夫妻情感以及诗人如今形影相吊的孤寂和凄清，今昔之间构成了强烈对比。如《伤逝》一诗中，诗人既回忆了与爱玛往昔欢乐的时光，也写

下了后来与爱玛的隔膜；既有恍惚间与爱玛相见的美妙的梦幻世界，也有妻子离去后凄凉的现实情境。又如在《比尼悬崖》中，诗歌的前三节描写了十多年前的一个三月日子里，诗人与爱玛同游比尼悬崖的美妙情景。而诗的末两节则转到了四十三年后的又一个三月，诗人故地重游，奇观美景依旧如同当年，可是"那骑马缓行的女子，如今已——在别处长眠"，诗人同爱玛"再无法登临比尼悬崖，并在崖顶欢笑"，再也寻不回那曾有过的欢馨，剩下的只有物是人非、形单影只的孤寂与凄凉。诗人将两个三月日子里的不同情境相互对照，往昔与如今，梦幻与现实，幸福与孤寂糅合对照，诗人的情感便隐藏在这绚烂的画面之下，更显出了诗人欲语还休的悼亡之情。事实上，哈代在诗中所表现的强烈的今昔对比并非仅仅是为了悼念亡者，凸显失去爱侣的悲痛之情。对于哈代来说，这样的对照更是为了表达自己对爱玛的内疚与忏悔之情。过往有多甜美，如今就有多悲戚，没能珍惜这份真挚情感的内疚之情也就更甚，诗人便在这对往昔美好生活的回忆中，深深地忏悔、自责。

　　哈代擅长将生命之短暂瞬间与细节场景赋以永恒意义，正如王佐良先生所言"把临时与永久结合在一起"①。这种"瞬间即永恒"的时间观既是哈代诗歌的重要特征，同时也是其悼亡诗的一大特点。如《在勃特雷尔城堡》是哈代重返早年与爱玛相伴游览的故地后所写下的动情之作。诗人在前三节回忆了与妻子早年同游勃特雷尔城堡这个海滨小镇时的情景。在朦胧的夜色中，诗人与爱玛一起跟着马车在山道上攀行，或许他们一路上曾笑语连连，彼此交流着自己对于自然、文学创作等方面的看法，又或许他们根本不曾对话，诗人只是紧握着爱玛的手，偶然相视一笑，带着她一步步沿着山道缓缓攀行。尽管年轻时这样纯真的时刻"只延续了一刻"，"严峻无情的时光"或许会"冷漠地挟裹去那个形体"，但是爱玛的幻影将"依然留在这坡上"，那样纯真的时刻将为这"亘古的巉岩"永恒地铭记着，铭刻进那苍山斑驳的罅隙中。可以说，"这样的爱情诗早已脱离了卿卿我我式的浅薄无聊，

---

① 王佐良：《英国诗史》，译林出版社1997年版，第402页。

它的深刻就在于把一个普通的人生处境同无限大的时间联系起来了"①,此即哈代独特的赋予生命之短暂瞬间与细节场景以永恒意义的时间观念。

很多中国古典诗歌表现出诗人对于时间的敏锐体察,以及面对时间一去不回的哀叹,流露出诗人浓郁的哀伤之情。然而,哈代在诗歌中并不哀叹时间的无情流逝,而是认为唯有过去的时间才是永恒的。而正如上文所讨论的,哈代在其悼亡诗中所广泛采用的对照艺术——将过去与现在相互比照,运用哈代"瞬间即永恒"的时间观来分析,即可知诗人"所采用的比照艺术是为了抵抗时间的侵蚀而寻求达到永恒的一种形式"②。从对哈代悼亡诗中对照艺术的分析可知,尽管如今"鸳鸯头白失伴飞"的诗人以强烈的今昔对比表达了自己对于亡妻的一片思念之情,但诗人在其中所浸淫的情感却是哀而不伤的,是带有理性的悲痛之情,是于一片痛苦灰暗之外的明朗色彩。

纳兰性德的悼亡词也善用对照艺术,但不同于哈代的今昔对比,纳兰词主要是在虚实对照的基础上以梦境之殇来表达自己的悼亡之情。作为人生情感缺失的一种补偿,纳兰在悼亡词中记梦、写梦之作甚多,或写梦中之境,或以梦托情,或梦后忆梦……多情者,不以生死易其心,词人因情而思,因思而梦,以梦达情。纳兰将满腔浓情寄于梦境之中,婉转地宣泄了痛失爱妻的强烈情感,将虚幻情境与现实情境在时空上相互交错、对照,梦中之景有多美好,现实便有多残酷,梦醒时分的痛楚也就更加浓烈,这样的虚实对照极大地深化了词人所意图表达的情感与精神上的伤痛,充分凸显了词人对于亡妻的一片生死不移、深厚绵长的真情。如词人为亡妻守灵期间所作《寻芳草·萧寺记梦》一词,全篇以问句开篇道出词人如今形单影只的孤寂凄凉,紧接着便描绘了梦中与亡妻相会的温馨旖旎以及妻子薄嗔佯笑的明媚动人之姿。词人全心沉浸在这虚幻的幸福中,满心期望着这样的美好能待到"晓

---

① 王佐良:《英国诗史》,译林出版社1997年版,第404页。

② 吴笛:《试论哈代诗歌中悲剧主义的时间意识》,《国外文学》2004年第3期。

钟敲破"之时，然而终是"梦好难留"，结处以忽而梦断收束，一切的温馨美好皆消散无踪，唯有词人空对着飘忽的灯火，悲哀惆怅之情顿生，言有尽，景有终，而情无穷。全词因其"在轻倩的格调后面隐藏着变徵之音，使旖旎温馨归于惨淡"①的比照艺术，而使词意更加深婉绵长，耐人寻味。

　　不同于哈代在独特时间观作用下所具有的理性色彩，纳兰性德以梦境作为虚实对照的对象来寄托自己的悼亡之情，使人最深切地感受到词人对于妻子那思念成狂、浓得难以化开的深情及其面对妻子亡故的巨大的悲恸与哀伤，可以说，纳兰性德的悼亡词是词人掬其血泪，和墨铸成的一曲哀歌。而实际上，纳兰悼亡词中这种难以抑制的巨大的悲恸之情在某种程度上正代表了中国悼亡诗词所普遍存在的一种情感色彩上的传统，即"人死如灯灭"的剧痛、凄苦之情。

　　综观中国古典诗词，每逢涉及悼亡题材，诗人无一不抒其对妻子亡故的巨大的悲痛哀伤之情，悼亡诗词中的情感色彩也基本上是哀恸悲愁的凄苦之色。前有潘岳如泣如诉的声声悲叹，后有苏轼的悼亡名篇《江城子》，词人开篇的一句"十年生死两茫茫，不思量，自难忘"便如黄钟大吕般地道出了词人在妻子亡故后的多少思念与哀伤之情。十年的时光对于词人来说恍如一梦，对于妻子的情感不是时光能够磨灭的，它早已深深刻在了词人的心上，是词人心上那一道永远难以愈合的伤口。苏轼于梦中重见亡妻，回想起妻子离去的这十年自己悒郁不得志的人生经历，人世沧桑之感顿生，一片凄苦之情难以言喻，唯有那千行泪才能道尽自己多年的酸楚与哀伤。词人将梦境与现实相互交融，以素朴、自然之笔抒写词人那浓郁的情思与哀愁，全词情真意切，凄楚哀婉，读来催人泪下。

　　而这样呜咽凄绝，字字泣血的悼亡之情在西方的悼亡诗中则极为少见。在西方的悼亡诗中，诗人所传达的情感虽亦是悼念亡妻的悲痛之情，但并非如中国悼亡诗般的柔肠寸断、凄苦卓绝，而多是悲中有慰，于死亡的痛苦中

---

①　黄天骥：《纳兰性德和他的词》，转引自张秉戍：《纳兰词笺注》，北京出版社1996年版，第76页。

包含着生的希望。故西方悼亡诗的情感色彩更为明亮温和，哀而不伤。

在独特的时间观指导下的哈代，其对于往昔美好时光的描述与思考是具有深刻的理性意义的，对于如今丧妻后的孤寂与悲戚之情，诗人也并没有一味地反复渲染，而是常以冷静现实的笔触来描写爱情丧失的痛苦与哀伤。诗歌中相互交织的情感的表达常是冷静而克制的，具有强烈的理性色彩。与哈代在悼亡诗中冷静克制的情感表达相对应的，就是诗人强烈的反思悔恨意识。诗人在妻子亡故后重新审视夫妻间的关系，对于妻子的愧疚之情，对于往昔不和睦婚姻生活的反思与悔恨意识构成了哈代悼亡诗中最基本的情感脉络。除却如《伤逝》等诗篇直接表达对早年甜蜜美好的婚恋生活的向往与怀念，对晚年夫妻间疏远、不和睦关系的深刻悔恨与内疚之情之外，哈代也经常以妻子的视角来作诗，以爱玛的口吻向自己发出诘问，将心比心地站在对方的角度来写出自己未能珍惜这份真挚情感的悔恨与内疚，不仅为悼亡诗开拓了全新的叙事与抒情视角，也从另一个角度体现了哈代悼亡诗中强烈的理性色彩。

同样地，如弥尔顿著名的悼亡诗《我仿佛看见》（又名《梦亡妻》）中，前十二行（全诗共十四行）诗人描绘了于梦中重见妻子的情景，对梦境的描写充满了美好的憧憬之情，仿若妻子并非因亡故而彻底消失了，而是通过死亡进入幸福美好的天国，那是生命得以永恒的美好世界。诗中的妻子也不再是俗世凡尘中的妻子，而化为了圣洁的圣母形象，高贵优雅而充满爱意地来到诗人的梦中，抚慰诗人的心灵，使诗人从生死的哀伤中超脱出来。诗人以带宗教性的圣洁情感冲淡了悼亡的哀伤，流露出一种希望，一份宁静慰藉之情。又如勃朗宁的《展望》中，诗人幻想自己面临死亡时的情景，以极大的笔墨渲染了面临死亡时的恐惧氛围以及诗人不惧死亡的勇敢无畏，最后诗意一转，幻想了死后能与妻子在天堂永远相守的幸福情景，涌动着一片憧憬与期盼之情：

> ……黑暗时刻的结束就在眼前，
>
> 风啸雨吼，鬼哭神号，渐渐远去，融成一片，
>
> 渐渐在改变——平静首先把痛苦点化，
>
> 然后在闪出光明，然后是你的胸房，
>
> 你，我的灵魂啊！我又将把你拥抱，
>
> 永远安息在天堂。

这些悼亡名篇也鲜明地反映了诗人在悼亡之情上的明朗温和，于悲痛中涌动着希望与祥和，体现了西方悼亡诗中哀而不伤的诗情特征。

实际上，中西悼亡诗在情感色彩上的这种差异也正反映了中西方不同的死亡观念。

二、诗歌意象的选择分野：全景式意象与生活化意象

黑格尔曾说："艺术作品中的感性事物本身就同时是一种理念性的东西，但是它又不像思想的那种理念性，因为它还作为外在事物而呈现出来。""有力量从人的心灵深处唤起反应和回响。"[1]在诗歌创作中，将情感融于外在事物而得以将"理念性的东西"形象鲜明地传达给读者，这便是诗歌中意象的重要作用。因此，在悼亡诗这种具有强烈情感特征的诗歌题材的创作上，意象的选取便成为诗人能否成功地、真挚地传达悼亡之情的重要环节。同时，一位成功的诗人在意象的选取上也会随着创作实践的不断增加而逐渐形成具有个人特征的意象体系，而作为传达情感的媒介，探讨不同诗人在意象选取上的不同特征也能够从中辨析出诗人细微的情感差异，甚至是不同民族的诗学传统及其文化特征。

现实性与幻想性相结合是哈代悼亡诗的又一特征。正如评论家所说

---

① ［德］黑格尔：《美学》（第一卷），朱光潜译，人民文学出版社 1958 年版，第 46 页。

的："诗人往往通过对一次经历或一个事件的回忆，来展开想象的翅膀，翱翔于爱情的天地，然而他总是能够通过现实与幻想的鲜明对比来加强因失去爱情而产生的痛苦心情。"①哈代将小说中细致的现实性笔法纳入悼亡诗的创作中，以朴素、简练的叙述和口语化的白描来细致地描绘夫妻间的日常生活场景与重要事件，借以表达对妻子深切的思念与缅怀之情。

在哈代悼亡诗中，随处可见这样的生活场景：与妻子并辔挽缰地郊游，在市镇中等候自己的天蓝色身影，殷勤款待宾客的聚会，雨中为妻子画下的肖像素描……诗人将往昔一个个生活细节捕捉到诗歌中，凸显出诗人与妻子平凡却又真挚的深厚情感以及如今诗人对妻子深切的思念、缅怀之情。然而哈代的悼亡诗又不仅局限于日常生活的现实性描绘之上，而在其中融入想象与幻想的成分，对浪漫、广阔的幻想式场景的描绘为诗人那素朴、真切的诗风平添了几分绮丽、灵动之色。在《幻觉中的骑马少女》《什么样儿的梦》《石上倩影》等诗中，诗人均通过想象或幻觉的形式来表达自己对妻子深深的眷恋之情。著名的悼亡诗《声音》中，穿插着诗人幻想中的妻子的声声呼唤，它将诗人带回那幸福的往昔时光，诗人仿佛看见了亭亭玉立的爱玛那一袭天蓝色的身影。正如学者所说的，在"'爱玛组诗'中，爱玛幻影时时出现。自然界的树叶、风声、飞蛾都成了爱玛幻影的客观对应物，被赋予了人的生命，与哈代的心灵产生契合。"②而诗歌中不断出现的爱玛的幻影，也正是诗人强烈情感的外化，反映了诗人对妻子深刻的爱恋与思念之情。或许对于哈代来说，能够想象是幸福的，因为只有驰骋在记忆与想象的世界中，才有爱玛的身影，才有诗人的爱情，才有那曾经拥有过的缱绻和幸福。然而这一切在现实世界中却都已经变成了一场虚妄，幻影之下便只有那挥之不去的孤寂与哀伤萦绕于心。

而与哈代悼亡诗中现实性与幻想性相结合的广阔性意象不同的是，继

---

① 　颜学军：《哈代诗歌研究》，人民文学出版社 2006 年版，第 31 页。
② 　朱黎航：《悼亡深处见深情——读哈代的"爱玛组诗"》，《名作欣赏》1998 年第 4 期。

承并代表了中国悼亡诗传统的纳兰性德，其悼亡词中有一首《于中好·十月初四夜风雨，其明日是亡妇生辰》，其文如下：

> 尘满疏帘素带飘，
> 真成暗度可怜宵。
> 几回偷拭青衫泪，
> 忽傍犀奁见翠翘。
>
> 惟有恨，
> 转无聊。
> 五更依旧落花朝。
> 衰杨叶尽丝难尽，
> 冷雨凄风打画桥。

全词情景交融，以连绵的意象组合成一幅幅画面来寄托词人的悼亡之情。在上片中，词人所选取的意象均为日常生活场景中琐碎的物件——尘帘飘带、妆奁翠翘，以妻子之遗物来传达自己的思念、哀伤之情。而在下片中，词人的视角由室内拓展到室外，落花残叶衰杨、冷风凄雨画桥，以自然意象的衰残凄苦来进一步烘托词人愁苦的情怀。而这首词在其意象选取上即概括了纳兰悼亡词的意象特征：一方面以日常生活中具有特殊意义的事物入词，另一方面则是在自然界中选取与自我心境相契合的景物入词。

清代诗学家沈德潜在评悼亡诗词时认为："越琐屑，越见真全。"此话虽不尽然，却反映出了中国悼亡诗词自西晋潘岳所作《悼亡诗》以来便呈现出的一个重要特征，即于平凡、琐碎的日常生活中选取具有特殊意义的事物为意象来寄托诗人对于亡妻的悼念、缅怀之情。纳兰的悼亡词亦不例外。纳兰善于选取日常生活中那些能够触动自己心灵的普通事物，如兰膏渍粉、金泥蹙绣、妆奁翠翘等妻子的遗物及所居之处的尘帘飘带、雕栏绣榻、回廊疏窗等相关物件。心心念念的那个人早已消失于世，然而她的踪迹却清晰地存在于这些物件中，存在于词人的心中，故看到这些具有特殊意义的物事时皆能够触发词人对于妻子的思念之情，产生物是人非的沧桑感而备感孤寂凄凉，这样的特殊物件与情感相融合，经加工后入词便成为纳兰悼亡词以至中国悼亡诗词所特有的典型化的意象群。另一方面，在自然景物的选取上，纳兰很少选择具有明亮色彩的意象，而多选取那些具有残缺状态的，或蕴含有凄冷、哀伤、孤寂氛围的意象，如残月、落花、冷雨等。实际上，这些意象正与纳兰在丧妻后备感孤寂凄凉的心理体验相互契合，是纳兰情感与精神状态的物化，也是词人悲剧人生的真实写照。如词中频频出现的皎洁而清冷的月亮意象，实际上包含了词人主体生命的内涵。纳兰将月亮与人生联系，如在《蝶恋花·辛苦最怜天上月》中，词人便以月的残缺来喻写自己爱情的缺失以及哀伤、孤独之情。

可以说，纳兰的悼亡词是在继承中国悼亡诗词的传统意象群的基础上，将其与自我生命的具体经历相结合，同时又于广阔多姿的自然界中选取与自我心理体验相契合的景物来传情达意，纳兰悼亡词中所特有的凄怆冷寂的意象群，巧妙地传达了词人悲恸、哀伤、凄苦、孤寂等多种内心感触，进一步深化了纳兰悼亡词的艺术感染力，唤起了读者心灵深处强烈的震动和回响。

中国悼亡诗词具有善于从平凡、琐碎的日常生活中选取意象的传统，故作品中普遍存在着物存人亡、感物伤怀的情感模式。而这一传统在《诗经》之《邶风·绿衣》一诗中便始露其迹。全诗以日常生活中的平凡琐事，妻子生前所制之衣为起兴之寄托，以小见大地反映了诗人与妻子生前琴瑟和鸣的幸福生活以及妻子的贤淑、温柔之德，真切地表达了诗人痛失爱侣的悲恸哀伤之情。这种以日常生活中的琐碎物件为寄托来抒发诗人悼亡之情的艺术手法，其后为潘岳《悼亡诗》所沿用而逐渐形成了中国悼亡作之传统。如在其《悼亡诗》第一首中,诗人对闺房庭院中曾经见证过诗人与妻子美满生活的物事做了细致描绘,一切似乎都不曾改变,然而诗人心中的人却已了无形迹,香消玉殒。全诗对于悼亡之情未抒一字,却以物是人非之景真切地表达了诗人对亡妻的思念、缅怀之情。

综观中国悼亡诗,这些于日常生活中选取的意象多是与妻子生前常做之事相关的物件或是所住之闺阁庭院中的种种物象,如雕栏疏窗、孤灯沉香、绣榻旧筐、妆奁翠翘等。这些对于诗人有着特殊意义的事物往往能够触发诗人强烈的诗情使诗人谱下一曲曲悼亡哀歌,同样地,这些物件又成为诗人传情达意的载体,以物寄情,使情意更为含蓄隽永。同时,这种物存人亡、感物伤怀的情感模式,是在现实性物象的基础上展开诗人情感的宣泄,体现了中国悼亡诗词的现实主义色彩,也代表了中国悼亡诗词的一个普遍性特征。

而在西方的悼亡诗中,这样平凡而琐碎的生活化意象却很少出现。西方悼亡诗的作者善以幻想、想象的方式来描绘往昔与妻子共度的美好的爱情生活,表达对妻子的思念、缅怀之情。故其意象的选择极为自由且范围广阔,大大超出了闺阁之景而向更广阔的宇宙自然开拓,具有鲜明的浪漫主义色彩。

如爱伦·坡的悼亡名作《安娜贝尔·李》,诗人以幻想的形式回忆了与妻子从相爱、相守到逝去的过往,然而诗人的诗情并不因妻子的离去戛然而止,反之,在诗人看来,与妻子相爱的力量足以超越生死,即使死亡也不能拆散他们相爱相守的灵魂。诗中月光、海岸与坟墓意象的频繁出现烘托出诗歌幽深、神秘的氛围,伴以诗人哀而不伤的情感表达,使全诗散发出奇幻瑰丽的绚烂色彩。如上文所探讨的,哈代悼亡诗中有想象与幻想性成分。同时,尽管哈代在现实性笔法上将日常生活场景、事件纳入诗歌中,但它又与中国悼亡诗词的意象传统有所不同,诗人并非只着眼于对闺房庭院等琐碎物件的描绘,而是具有叙事性意图地对日常生活场景与事件进行描绘,其意象的选择更为广阔、自由，如"临海的悬崖"、"紫红的海滨"、"湿润的草地"、"水雾缭绕彩虹飞扬的瀑布"、棘丛间的阵阵寒风、高耸云天的比尼悬崖等，想象瑰奇，意象广阔，在一定程度上缓和了诗人的悼亡之哀情，不同于纳兰性德悼亡词中的凄苦冷寂，而于悲恸哀伤之中自有一种明亮辽阔的美感，使人体会到诗人于哀恸中所涌动的对于生命的希望。因此，不同于中国悼亡诗的现实主义色彩，受浪漫主义诗歌传统的影响，西方悼亡诗中所选取的意象大都超出了视野较为狭窄的闺阁庭院之景而向着更为广阔浩渺的宇宙自然发展，自由广阔而丰富多彩，带有鲜明的浪漫主义色彩，反映了西方悼亡诗的诗学传统。

三、诗歌传达的情景关系：情景相生与烘托对应

意境是中国古典诗词的灵魂，也是中国古典诗学最重要之特征。景唯与情相合而得意境，王国维便指出："境非独谓景物也。喜怒哀乐，亦人心中之一境界。故能写出真景物，真感情者，谓之有境界。"①触景生情，移情于景，情景之所以能够相生，便根源于作词之人心中所固有的那份喜怒哀乐之情。而悼亡词作为词作的一种特殊题材，词人的敏感多情在遭遇丧妻之痛后，以己心观物言景，故所触之物、所见之景皆染上凄苦之色，形成悼亡词共同的悲怆凄苦的意境之美。

同样地，在纳兰性德的悼亡词中，凄婉悲怆的意境美也正是其悼亡艺术的重要组成。但不同的是，纳兰独特的生命体验与悲观主义的人生态度，以及纳兰作为婉约一派词人所特有的缠绵深婉的意境艺术，皆赋予纳兰词在意境上更为凄婉悲怆的审美风格。纳兰"以自然之眼观物，以自然之舌言情"，所见之落花梨影、冷月残阳、苦雨孤灯、剩月零风，皆着词人之色而倍增凄清孤寂、哀恸伤感的情感氛围，令人读来与之一同绪触神伤，备感凄婉。

---

① 王国维：《人间词话·人间词》，群言出版社1995年版，第4页。

此即是顾贞观所言"容若词一种凄婉处,令人不忍卒读"的艺术魅力之所在。如《浣溪沙·谁念西风独自凉》一词中,纳兰以一问句开篇,直接道出词人悲哀孤寂之情。此后接以黄叶、疏窗、残阳之深秋景物,渲染一片孤寂凄清的艺术氛围。下片词作中,触景生情的词人立于残阳中回忆起往昔与妻子把盏对饮,剪灯泼茶的欢乐。而词尾一句"当时只道是寻常",使词义骤深,极尽道出词人今日之凄凉、酸苦、哀伤与惆怅,使全篇词作包含丰富而复杂的情感内涵,读来令人备感神伤。

纳兰词的意境,即是触景生情、融情于景。纳兰的一切长歌当哭皆由景而生,因景而发,然而在情感宣泄的同时,词人又将其一片赤诚之情注入所见之景中,情景相生,互为生发,使纳兰的悼亡词中时时见景,处处含情,句句有意境,诗意含蓄而绵长,言有尽而情无穷。

在情景关系上,受天人合一的宇宙观影响,中国悼亡诗词讲求的是触景生情、移情于景、情景相生、物我统一的诗歌境界。诗人的悼亡之情多由眼前萧索凄凉的景物所触发,反之,这些景物又成为诗人悼亡情感的载体。此时的景物已不再是客观的自然物,而融入诗人自我的情感色彩,形成了情景相生、物我统一的诗歌意境。除却纳兰悼亡词为情景相生、物我统一之意境典范之外,李商隐、梅尧臣、吴伟业等人的悼亡诗词中,情景交融的意境也处处可见。如李商隐的《正月崇让宅》中,诗人上文对与妻子生前生活过的故居仅以几点景物、数笔白描便烘托出一片凄苦孤寂的氛围,下句接以写夜幕之景,寒风乍起,月光含晕,春花未开……诗中的这些绿苔寒露、晕月晚风等都是渗透着诗人强烈主观情感的景物,是诗人满腔的悲恸哀伤之情的承载物,是诗人一片凄苦孤寂之心的映射。虽未直接言情,但通过这些凝聚着强烈情感的景物的描绘,诗人难以言尽的思念与无限的悲痛哀伤之情得以尽数传达,情景相生,共同深化了诗情。而这种情含景中,情景交融的意境艺术反映到诗歌风格上,便使中国悼亡诗词呈现出哀怨凄美、含蓄隽永的风貌。

不同于中国的悼亡诗词讲究以景寄情、情景相生的意境艺术,西方悼亡诗中诗人多从自我的角度直接抒发对于亡妻的爱恋、思念与缅怀之情，故其诗中出现的景致，也多是诗人情感的一种陪衬，是对诗歌氛围的烘托，并未完全达到情景交融的境界。在对自然景物的处理上，哈代对自然意象既做逼真的细节描写，又做深层次的挖掘，让各种意象成为诗人主观情感的对应物。尽管哈代的悼亡诗中对于景物有着诸多描写，且在一定程度上达到了寓情于景、情景交融的物我艺术，但它仍与中国传统诗学意义上的意境概念相去甚远。另外，像爱伦·坡《安娜贝尔·李》中频频出现的海岸、坟墓意象，只是诗人情感表达的一种陪衬，起到烘托诗歌氛围的作用。勃朗宁的《展望》中，全诗几乎没有景物的意象，更遑论借景抒情、情景交融了，诗人只是以幻想的形式描绘了自己面对死亡时的情景，诗中出现的意象基本上都是诗人幻想的产物而并非真实的所见之景。可以看出，西方悼亡诗的情景关系反映到诗歌风格上，便是其诗情的抒发更为坦率直露，诗人将自己强烈的情感在诗律节奏的配合下直接抒发出来，坦率地表达了诗人对于妻子的思念、缅怀之情，不同于中国悼亡诗那种哀怨凄美、含蓄隽永的诗歌风格，西方的悼亡诗则呈现出一种直露坦率、瑰丽刚健的诗歌风貌。

在时光洪流的冲刷下，生命的渺小与爱情的脆弱或许不值一提，但值得庆幸的是，文学的存在却固定了时间，延续了生命，拯救了爱情。垂暮之年的哈代，以其深沉隽永的笔触将爱玛的生命与自己的爱情一同书写进悼亡诗中，从此西方文学斑斓的画卷中便添了一抹平淡却动人的色彩。而纳兰性德则将其对卢氏的一片真纯之情倾数融入那声声凄婉哀怆的悼亡之音中，将自己如蒲苇磐石般坚韧不移的爱情永恒地保存在了文学的记忆中。尽管中西方不同民族在创作悼亡题材的诗作上存在诸多的差异，但其诗歌中所反复吟唱的对亡妻的无限思念与难以言尽的哀伤怅惘之情却是同样的细腻真纯，动人心魂。而后人便得以在这只语片言勾勒出的美好爱情世界中遥想诗人那曾有过的甜蜜与哀伤，随着诗人的悼亡之音一起伤情动感，忧思难忘。

第五节　同根异果两相宜:中美同题名诗的诗学因缘

美国诗人威廉斯的意象主义名作《红色手推车》问世于 1923 年;十五年后,艾青创作了《手推车》一诗。尽管两位诗人都以"手推车"为中心意象结构诗篇,但是两首诗作并无直接的前后师承关系;两位诗人借"手推车"传达的是各自不同的感受和体验,展现的是迥然有别的意境。

一、中美名诗写境的深致:引而不发与引而即发

先看美国诗人威廉斯的《红色手推车》:

很多事情
全靠

一辆红色
小车

被雨淋得
晶亮

傍着几只
白鸡①

---

① 飞白主编:《世界名诗鉴赏辞典》,漓江出版社 1990 年版,第 725 页。

英文原只有十六个单词,写的是普普通通的一辆手推车。开头两行点示了一种"方向",接下来便描写了一样样具体的东西——车、雨水、鸡,并且色彩鲜明——红色、水光色、白色。这首诗的独特之处在于极其客观化:它排除了诗歌语言的一切抒情性、象征性甚至想象性,异常纯粹的直白与简洁;它并不企图表白什么,刻意营造一种意义指向,更没有追求什么深奥的思想,向人们执着地暗示一种观念。全诗仅仅是以"手推车"为中心,雨水和白鸡两个意象为辅助,形成了一幅淡远、安闲的油墨水彩素描。而在艺术手法上,全诗仅一句话,分列成均匀的四节,后三节都是先写一种颜色后点出一种物品。威廉斯的《红色手推车》言简意远、淡而有味,虽貌写静景却内中有动,虽所指有限却能指无穷,并在诗中蕴藏了丰富的画意。

再看中国诗人艾青先生的《手推车》:

在黄河流过的地域

在无数的枯干了的河底

手推车

以唯一的轮子

发出使阴暗的天穹痉挛的尖音

穿过寒冷与静寂

从这一个山脚

到那一个山脚

彻响着

北国人民的悲哀

在冰雪凝冻的日子

在贫穷的小村与小村之间

手推车

　　以单独的轮子

　　刻画在灰黄土层的深深的辙迹

　　穿过广阔与荒漠

　　从这一条路

　　到那一条路

　　交织着

　　北国人民的悲哀 ①

　　这首抗战时期的名诗,虽然给人们展示了一幅完整的中国北方画卷,包括了天空、大地、山脉、河流、村庄、道路和天气等,但是仍旧以"手推车"为中心,"手推车"成为整幅画卷的灵魂和主导。这首诗带着浓郁的主观情绪,营造了一种让人备感压抑的氛围——"使阴暗的天穹痉挛的尖音"使人心惊,而"灰黄土层的深深的辙迹"令人触目;这完整而执拗的声音与形状,分明在提示和引导人们注意它的"话外之音"与"言外之意",甚至是强迫人们往诗人所指的方向去想,拒绝人们脱离诗人的意义预设而做他解。这首诗同样有不少色彩的表述,如阴暗、冰雪色、灰黄等,却不再像《红色手推车》那般明快开朗,呈现出一种低沉的、使人备感郁闷的暗色与冷色。在艺术手法上,全诗分作两节,但是除了几个关键词语的变更与几个重要意象的调换,这两节诗在音节的安排与意境的营造上,几乎就是一种简单的重复。与《红色手推车》意境上的明净安闲与意义上的淡远悠长不同,《手推车》传达着一种有意的执拗和绝望的嚎叫——为"北国人民的悲哀"而执拗地嚎叫,以消解诗人感同身受的生活苦难与精神重压。如果说《红色手推车》是一幅色彩明快、搭配和谐的静物写生图,那么艾青的《手推车》则是一幅沉郁悲抑的山河写意卷。"写生图"清新乐观却用语平静如止水;"写意卷"苍凉悲愤中极尽风云狂卷之势,用语恣肆如怒涛汹涌,毫不掩饰诗人自己的主观情感和写作

---

　　① 陈敬容主编:《中外现代抒情名诗鉴赏辞典》,学苑出版社 1989 年版,第 514 页。

用意,极尽发泄之能事,一吐胸中之块垒! 从表层看,两首诗的联系在于使用了同一个中心意象,而在意境指向上却差别很大。仅从这个层次上分析这两首诗的异同,理论意义非常有限。实际上,这两首诗还有更深层的联系与差异,即:它们的诗艺源头都在中国,从中国古典诗歌这同一条根上结出了两颗饱满的时代文化之果。

中国古典诗歌大致有两个发展方向:一是用心于情趣的"韵致"派,二是关注现实的"深致"派①。以《诗经》为例,《小雅·采薇》中"昔我往矣,杨柳依依;今我来思,雨雪霏霏"就属"韵致";《大雅·抑》中"讦谟定命,远猷辰告"就属"深致"。王国维提倡的"境界",也分为两类,"有造境,有写境,此理想与写实二派之所由分";以及现代文艺学所提倡的浪漫主义与现实主义的两分法,实际都是承袭了前代的分析惯例。按照王国维的"境界"理论来分析,这里所探讨的《红色手推车》和《手推车》两首诗应该都属于"写境"。然而,正如王国维所说:"二者(指造境和写境)颇难分别。因大诗人所造之境必合乎自然,所写之境亦必邻于理想故也。"中美两位诗人的两首名诗均以写实手法贯穿,却营造出了某种理想之境。当然,以反对浪漫主义而闻名于世的意象主义名作《红色手推车》更有些中国传统诗学所提倡的"引而不发"的艺术效果,文面上的客观化用语及"意象连缀"手法使其无限接近中国诗学的最高境界"言有尽而意无穷"。威廉斯的这种隐去诗作的象征意义和现实意义,营造一种诗意氛围、耐心等候读者领悟的做法耐人寻味;艾青的《手推车》却因现实的急迫和内心的焦虑,在略作陈述之后便跳出来并最终形成了一种执拗的强调,为削平"北国人民的悲哀"而振臂高呼,剑走偏锋地"引而即发"了。

二、传统诗学的引而不发:意象连缀与遗貌取神

中国传统诗学向来强调"引而不发",以求达到"言有尽而意无穷"的艺

---

① 周作人先生曾就此有过一次著名的演讲,虽命名有别却也是类似的二分。

术效果和美学境界。这种诗艺追求的具体体现是:注重意象的使用,注重情感的节制,强调"乐而不淫,哀而不伤";因此,"意象连缀"是其最常见的表现手法,"遗貌取神"是其最根本的表现原则。何谓"意象连缀"呢?"意象连缀"就是指意象可以直接拼合,无须中间媒介(即各种虚词)①。譬如温庭筠《商山早行》里的两句"鸡声茅店月,人迹板桥霜",几个意象直接拼合的五言诗句,虽貌似客观陈述,却于意象取舍之间,恰切地使读者体验到了一个早行旅人的孤独感与空旷感。

那么,何谓"遗貌取神"呢?"遗貌取神"就是提倡观察万物应首重神髓而不是皮相与外表。譬如看人,不是看他(她)的描眉画鬓,而是看俗话说的"神气儿"。《红楼梦》里曹雪芹写宝玉,最重要的一句是"神采飘逸";写探春,重要的也只有两句:"顾盼神飞""文采精华"。《诗经》中的"杨柳依依",正是三百篇时代的诗人"抓住"了杨柳独特的风韵,并用"依依"这个叠词传达出来的。"意象连缀"中的意象取舍与拼合,也要贯彻"遗貌取神"的精神,否则成品只会是一堆彼此分离的意象零件而不是一首有机结合的优美诗作。

中国传统诗学"遗貌取神"的表现原则与禅理也是相通的。禅家以为:把握一事物之真必须有最亲切的感受,即要有心得领悟。于是,诗家与禅家在将其所感受的事物之真设法传达于人的愿望上,即在传达真谛上,二者有了共同性。正是结缘于此,佛教传入中国以后不久便有了"以禅论诗"②之举,典范代表即唐代的诗论家严羽,他提倡"妙悟"说,讲求"直截了当"地把握情景神髓,破除"意障""理障"以及"语障"。禅家反对所谓"语障",即认为语言是一种障碍,妨害人最直接地接触所追求的对象本身,因此禅家主张"不立言说";诗家虽然有时也有"词不达意"之痛,但是他们通过"遗貌取神"最终还是要"立言""立说"的,否则就无从谈起辉煌的"唐诗""宋词"了。与

---

① 袁行霈:《中国古典诗歌的意象》,《中国诗歌艺术研究》,北京大学出版社1987年版,第67页。
② 袁行霈:《诗与禅》,《中国诗歌艺术研究》,北京大学出版社1987年版,第111—113页。

严羽相似,南宋诗坛四大家之一的杨万里也认为:作诗必先去辞、去意,然后方才有真诗在。这种诗论在世俗常理看来皆属怪论,其实他们正是为了破除日常生活中一般的"推理性""逻辑性""认识性"等非诗性的思维与习惯。近代词论家王国维推举的"不隔之境",其真意旨也在于此:他认为能把客观事物的神理和诗人的深刻感受真切自然地表现出来的诗作,才能叫有"境界",即他所说的"意与境浑",也只有这样的诗才算进入"不隔之境"。

20世纪初兴起的意象派诗潮,其直接主旨是对19世纪泛滥了的浪漫主义思潮的反动,而其思想资源和理论武器之一则直接源于中国古典诗歌与传统诗学。受中国影响,意象派反对一味抒情与题材怪异,提倡情感的节制化与题材的现实化,重视使用意象;主张将诗人的情绪全部隐藏在具体意象背后,通过意象把它们暗示给读者。这些有别于西方诗学传统的新型创作原则,恰恰是在译介和接受中国古典诗歌过程中确立起来的;虽然在艺术细节上有较大的误读与错位,但是中国传统诗学"意象连缀"的艺术手法与"遗貌取神"的艺术精神却得以继承和流传。至于美国意象派诗人威廉斯,他主张写诗要直接反映现实,重视感性生活,反对将宣讲思想和辩证说理放在创作的第一位,用他自己的话表述其诗学理念就是:"观念只能寓于实物(No Idea but in Things)[①]。"由此可见,无论意象派诗潮多么复杂和多变,从美国诗人威廉斯的这句诗学名言中仍可以看出,他更靠近中国古典诗歌的诗艺精神和美学境界。具体到威廉斯的意象主义代表诗作《红色手推车》,开篇即说:"很多事情/全靠/一辆红色/小车……"平淡中蕴含着悬念——那是什么事情呢? 诗人与这辆手推车之间有何种心理或精神上的联系呢? 手推车为什么如此强烈地吸引了他? 而白鸡与手推车之间又构成怎样的关系呢? ……诗作"引"出了一系列的疑问。但是,诗人没有任何解答,他只是用极其省简的语言、客观陈述的方式、单刀直入地将他片刻间的观察告诉给读者,极力压缩词语的所指空间,"不"做任何的甚至必要的解读性提示,遗留下大

---

① 钱青主编:《美国文学名著精选》(下册),商务印书馆1995年版,第219—220页。

片意义空白，与读者玩着充满意味的诗意游戏，充分展示出"引而不发"的无穷魅力。

曹雪芹在《红楼梦》里曾借书中人念出王维的"大漠孤烟直，长河落日圆""日落江湖白，潮来天地青"二例，对"直""圆"与"白""青"的诗法与诗境做了评析。试看这四个用字，其中有何"意"？何"理"？有何"修辞技巧"藏在后面呢？王维正是破除了"意障""理障"以及"语障"后，直截了当地把握了那时那刻景象的神髓。美国意象派诗人特别推举寒山、王维之类有禅宗背景的诗人与诗作；而寒山等佛门中人或信士不仅喜用诗歌表达其对禅理的参悟，而且其诗歌创作也融入禅悟的独特原则。因此，威廉斯的《红色手推车》以"遗貌取神"的精神取舍和置放具体意象而结构成篇，无疑是受到了中国古典诗歌的启发。当然，应当看到中国古典诗是建立在汉语这种独特语言品类之上的，意象主义诗派所使用的英语语言本身的表达性能和西方人思维中的求"真"倾向，以及译介上的局限和接受上的选择，决定了"根"与"果"之间只属于一种"庶出"关系而绝非"嫡生"之亲。

艾青的《手推车》里使用的意象很多，而且意象的跳跃性很大，象征意味与现实意味相当强；虽然其诗作并没有采用单纯的、传统式的"意象连缀"，但是《手推车》话语的白描方式是地道中国的，而《红色手推车》的话语方式却是地道西方的"叙事"——一件完整的、相互关联的事实的陈述与展示。从诗意传达上看，艾青的《手推车》更重视描摹诗人身处的环境、时代与人群，整首诗注重营造一种特定的气氛和情绪，其诗意与诗境指向都是异常清晰和完整的；表现风格上更倾向于痛快淋漓，恰似温飞卿小令"过尽千帆皆不是，斜晖脉脉水悠悠/肠断白蘋洲"之抒写闺人念远的强烈程度。无疑，艾青的诗作既吸收了中国传统"写实"派关注现实、积极参与的"入世"精神及传统士子悠久的忧国爱民风习，又融入当时全民团结抗战及日军入侵带给中国百姓无边苦难的时代内涵，形成了他此时具有明显革命现实主义的创作风格。

1938 年，在烽火连天的抗战前线，"一切为了抗战"的现实需求与救亡重任迫使文艺家投身抗日斗争。这时的艾青暂时摒弃已然熟稔于胸的欧洲象征主义艺术①，自觉顺应中国新诗"为民族解放服务"的时代发展趋势，将自己的创作融入"诗歌大众化"运动的洪流之中，提前实践了毛泽东于 1942 年在《在延安文艺座谈会上的讲话》里提倡的"文艺为大众，首先为工农兵"及首重文艺的"普及"而反对隐晦或纯艺术实验的文艺思想。艾青革命现实主义的"半自由体诗"②就是在这种情势下诞生的。在 1938 年日军入侵中国最为猖狂的时候，诗人以敏锐的亲身体验，深切感受到抗战的艰险与民族的坚韧，并将这种时代情绪化为个性化的情感之作，从而成就了现在的《手推车》。当然，比起威廉斯于美国第一个繁华盛世——"爵士时代"创作的《红色手推车》来，《手推车》这首诗在素材处理上似嫌粗糙了些，"遗貌取神"的功夫似嫌不够，但是其时代意义却是不可替代的，对此应该有充分的审美历史感。

以上比较了两诗的异同，分析了它们对中国古典诗歌和传统诗学这条"根"的吸取与变通，并初步探讨了变通借鉴中的深层原因，由此可见中美两国文化的因缘与内在差异。总之，威廉斯的《红色手推车》是在反对末流浪漫主义、有意借鉴和吸取中国古典诗歌与日本俳句而兴起意象主义诗潮的背景下写出来的，同时又与威廉斯本人对生活所持的审美性态度有关。据研究，此诗意在表明：美在生活中无处不在；对具有审美眼光的人来说，世界永远新鲜、充实和生动③。而艾青的《手推车》更多继承了中国古典诗学的写实风格、白描手法和传统文士（譬如屈原、杜甫、陆游、辛弃疾、龚自珍等）融入现实，关心民族命运的忧愤精神，关注抗战，激愤于战争带给人民的苦难与悲哀，同时顺应中国新诗自身发展的规律性，反对浪漫主义文艺思潮的滥

---

①②　孙玉石：《新诗流派发展的历史启示》，《中国初期象征派诗歌研究》，北京大学出版社 1983 年版，第 14—32 页。

③　钱青主编：《美国文学名著精选》（下册），商务印书馆 1995 年版，第 219—220 页。

情与自闭,坚持文艺的大众化,为我国新诗发展做出了较大贡献。由此看来,两首以"手推车"为题材的诗作,结缘于共同的诗艺,成于诗、境、艺三者的和谐,展现出迥异的艺术风采和文化内涵。

第二章　文心相通的人性细节：文学里的严酷人生与悲悯情怀

　　"经典"的概念来自拉丁文 classicus，意为"第一流的"，指"公认的、堪称楷模的优秀文学和艺术作品，对于本国和世界文化具有永恒的价值"。显然，这一定义反映了一般人对于"经典"的理解，它主要从实在本体论角度来看待经典，将其视为因内部固有的崇高特性而存在的实体。近代以来，许多理论家更倾向于从关系本体论的角度来看待经典，将它视为一个被确认的过程、一种在阐释中获得生命的存在。辩证地看，文学经典既是一种实在本体，又是一种关系本体的特殊本体，亦即是那些能够产生持久影响的伟大作品，它具有原创性、典范性和历史穿透性，并且包含着巨大的阐释空间①。

　　需要说明的是，文学经典除具有一般的经典特质外，还有自身的特点，因为与历史和哲学经典相比，它更具有文学性，更富有心灵的感动，更具有审美的内容，所以，文学经典更强调从艺术和审美的角度来理解"人"。从这个意义上说，文学经典一方面作为实在本体，是文学艺术的高峰；另一方面又是关系本体，意味着一种新的文学传承阐释关系，从而也就意味着一段新的历史②。因此，文学经典是在一代代读者的接受过程中不断展开和呈现的历史性审美存在，是实在本体和关系本体的复合体。

　　歌德曾提出"说不尽的莎士比亚"，别林斯基也谈到"说不尽"的普希金，他认为："普希金不是随生命之消失而停留在原有的水平上，而是要在社会的自觉中继续发展下去的那些永远活着和运动着的现象之一。每一个时代就这些现象发表自己的见解，不管这个时代把这些现象理解得多么正确，总

---

①②　黄曼君：《中国现代文学经典的诞生与延传》，《中国社会科学》2004 年 3 期。

要给下一代说一些什么新的、更正确的话,并且任何一个时代都不会把一切话都说完。"①俄国学者巴赫金依据他著名的"对话理论",曾经指出:一部好的作品既可以与过去时代和当今时代的人们对话,也能够与未来时代的人们对话,因为它除了具有"现实内容",还具有"潜在内容"。而"潜在内容"则是一种在作品中刚刚涉及的具有胚胎或萌芽形式的东西,是作家本人在作品中尚未完全实现,但可以被未来时代的作家和读者接受,并创造性地加以发展的东西。另一位俄国文学理论家什克洛夫斯基,论述了文学经典的"多结构和多声部"的意义和价值。他在谈到陀思妥耶夫斯基的"对话小说"时,认为其小说的内容从本质上看是难以结束的,"只要作品还是多结构的和多声部的,只要人们还在争论"。对于陀思妥耶夫斯基,"小说的结束意味着新巴比伦塔的倒塌"。这表明对话小说内容的"难以结束",或者说它的"未完成性",是它的艺术奥秘之来源。

在一个科技、理性、效用占据主流的社会中,包括小说在内的文学艺术能起到什么作用?情感与感受还能扮演什么样的角色?想象力是否能够促进更加正义的公共话语,进而引导更加正义的公共决策和国家治理?这些"原初性"的跨界问题,都值得人文学界重新思考和评估。美国著名古典学家玛莎·努斯鲍姆(Martha C. Nussbaum,1947—   )认为:文学,尤其是小说,能够培育人们想象他者与去除偏见的能力,培育人们同情他人与公正判断的能力;而正是这些畅想与同情的能力,最终将锻造一种充满人性的公共判断的新标准,一种我们这个时代急需的诗性正义。② 她以狄更斯的小说《艰难时世》为材料,对经济学及功利主义所带来的种种弊端进行了揭露和批判,并在这种批判的基础上提出了一种诗性正义,一种建构在文学和情感

① [苏]别林斯基:《别林斯基选集》第 3 卷,上海译文出版社 1980 年版,第 278 页。

② 芝加哥大学教授、当代最重要的古典学家玛莎·努斯鲍姆的论著《诗性正义:文学想象与公共生活》(*Poetic Justice: The Literary Imagination and Public Life*,丁晓东译,北京大学出版社2010 年版),考察了文学想象如何作为公正的公共话语和民主社会的必需组成部分。作者以优美而犀利的文字回答了一些看似不相关的人文问题,正式提出跨界性的思想命题"诗性正义"。

基础上的正义和司法标准。努斯鲍姆提出,公民要"培育人性"(Cultivating Humanity)需要三个方面的能力:批判性的反思、相互认可与关心、叙事想象力①。努斯鲍姆倡导,通过文学艺术的审美想象来培养自我的道德同情和伦理认知;她认为,文学与情感能够使人们最大限度地感受和认同他人的生活,帮助人们最大限度地开放自身②。可见,"诗性正义"根源于诗人悲天悯人之心,它以一种反省性的艺术精神来感染人心,使文学直接作用于人的内心,实现人的生命精神的觉醒,进而推动社会的进步和发展。古希腊哲学家柏拉图曾针对他那时文学创作内容和形式上的弊端将一部分诗人驱逐出理想国,导致后世产生了文学为政治附庸的误解;实际上,柏拉图是在强调诗性正义,以迎回他心目中的理想诗人。

第一节 《伪君子》:理性喜剧的娱乐正弊与悲剧底蕴

一个编剧,死无葬身之地,但其作品却是法兰西喜剧院创办三百年来上演次数最多的剧目;一个作家,身后无手稿流传,却仍被称为"法语创作中最全面最完满的诗歌天才";一个演员,不肯离开舞台,宁愿放弃法兰西学院"四十名不朽者之一"的荣誉,然而,法兰西学院却为他立了一尊石像,并刻下这样意味深长的话语:"他的光荣什么也不少,我们的光荣却少了他。"这些颇有兴味的事情都发生在一个人身上,他就是集编剧、导演、演员、剧团负责人于一身的莫里哀(1622—1673)。

---

① [美]玛莎·努斯鲍姆:《培养人性:从古典学角度为通识教育改革辩护》,李艳译,上海三联书店2013年版,第18—33页。

② 丁晓东:《走向诗性正义——〈诗性正义:文学想象与公共生活〉代译序》,《法制日报》2010年3月24日。

一、莫里哀的戏剧：讽刺喜剧的丰碑与克制

17世纪的法国，是一个戏剧繁荣的国家。剧坛上群星灿烂、人才辈出，高乃依、拉辛、斯卡隆、莫里哀等一系列光辉的名字，放射出耀眼的光芒。但是，在喜剧方面，只有莫里哀才称得上是泰山北斗。他把毕生精力献给了法兰西民族戏剧事业，他的作品达到当时欧洲喜剧的最高水平，堪称近代喜剧与法兰西民族语言的艺术典范。莫里哀是一位杰出的戏剧大师，他是欧洲戏剧优秀传统的继承者和发扬者，尤其是文艺复兴以来法国文学艺术中反封建、反教会传统的继承者和发扬者。

文艺复兴时期的法国，以拉伯雷为代表的作家，扛起人文主义的旗帜，反对天主教的神权统治，反对封建等级制度，开创了法国近代文艺史的第一章。莫里哀继承了这个思想斗争传统。他的作品触及当时社会的一切问题：从封建等级关系、妇女地位到恋爱、婚姻、家庭等问题；从揭露教会的伪善到医疗、儿童教育等方面，真可谓无所不包、无所不谈，他的喜剧是比巴尔扎克早诞生二百年的"人间喜剧"。在这些剧作中，通过他塑造的三百一十六个人物，我们看到了生活在17世纪中叶法国不同阶级、不同阶层的形形色色的脸谱。莫里哀也像文艺复兴时期的许多作家一样，提倡个性自由，反对封建束缚。他把青年人纯正的爱情与封建顽固势力及金钱至上、自私自利放在对立的地位，同情青年们为爱情自由而进行的勇敢斗争。他把教会、贵族、资产阶级当作讽刺的对象，把下层人民写成富有正义感、头脑清醒、生气勃勃的人物。

在莫里哀的诸多作品中，最为人们称道的是讽刺喜剧《伪君子》（又译作《达尔杜弗或者骗子》《答尔丢夫》）。富商奥尔贡在教堂巧遇形容枯槁的达尔杜弗，为其虚假的虔诚所触动，把他领回家中。笃信宗教的奥尔贡及其母亲白尔奈耳夫人，一时对达尔杜弗供若神明，甚至到了顶礼膜拜的程度。奥尔贡强迫女儿毁掉婚约，嫁给达尔杜弗，并立下字据，要把全部的家产送给

他，最后，还把一个政治秘密也告诉了他。谁知这个"上天意志的执行者"，原来是一个十足的伪君子，他不但想夺得奥尔贡的家产，还想占有奥尔贡的妻子。这一切，最先被女仆道丽娜察觉。为了让奥尔贡觉悟，她与奥尔贡的妻子艾耳密尔、妻舅克莱昂特等设下圈套：事先把奥尔贡藏在桌下，让艾耳密尔约达尔杜弗单独见面。结果，奥尔贡亲眼看见了达尔杜弗对自己妻子的放肆，因此怒不可遏，叫达尔杜弗立即滚蛋。但达尔杜弗却逼迫奥尔贡搬家，声称自己是奥尔贡全部家产的主人，并到国王那里告发奥尔贡窝藏一个叛逆者的黑匣子，欲把奥尔贡置于死地。幸好国王对达尔杜弗早有觉察，奥尔贡被赦免无罪，达尔杜弗则银铛入狱。

《伪君子》是莫里哀喜剧中功力最深、影响最大的一部，莫里哀为它花费了整整五年时间、三易其稿。为了争得它的上演权，莫里哀三次陈情路易十四，并且亲自为该戏写了序言。《伪君子》又是莫里哀创作中战斗性最强的一部作品，它通过达尔杜弗的丑陋表演，对邪教士的伪善进行了尖锐犀利的揭露和批判。这部喜剧在艺术上充分体现了古典主义戏剧的原则，它结构严谨，矛盾集中尖锐，层次分明。譬如，按照"三整一律"，剧中地点安排在奥尔贡家就不能改变，而莫里哀能充分利用这个室内环境进行巧妙的艺术构思：大密斯藏在套间，奥尔贡躲在桌下，都是对于剧情发展有着关键意义的情节，达尔杜弗的求爱和艾耳密尔的巧计，离开这个室内环境就无法令人相信。另外，《伪君子》的人物语言具有个性化、点墨成金的特点，譬如道丽娜的明晰、朴素、生动，达尔杜弗的矫饰、造作、辞藻堆砌等。

《伪君子》以其高度的思想性与艺术性赢得了世界性的声誉，它不仅是莫里哀的代表作，也可以说是欧洲古典喜剧中成就最高的作品。在欧洲戏剧史上，莫里哀是继莎士比亚之后成就最大、影响最深的戏剧家，他把欧洲的喜剧提高到真正近代戏剧的水平，为后来的作家开辟了前进道路。意大利喜剧家哥尔多尼、法国戏剧家博马舍等都是直接效法莫里哀，写出了富有时代精神的优秀作品，哥尔多尼为此而被誉为"意大利的莫里哀"。巴尔扎克的作品与莫里哀有着明显的血缘关系，歌德、雨果、果戈理、托尔斯泰、狄更斯、萧伯纳等也都把莫里哀当作他们学习的榜样。

二、邪教士的伪善：好色的软肋与未得逞的奸险

莫里哀时代，法国天主教会日渐失去其统治地位，但教会并不甘心退出历史舞台，他们在各地设立了一个叫"圣体会"的反动机构，利用宗教进行复位活动，并肆无忌惮地迫害和镇压异教徒、自由思想者和无神论者。他们渗入民间，特别是渗入法国新兴资产阶级家庭，扩大影响和势力范围。莫里哀创作的《伪君子》矛头直指这个宗教狂者和邪教士的组织，对当时的反动宗教势力进行了辛辣的嘲讽和沉重打击。中心人物达尔杜弗的形象集中体现了当时法国社会中宗教卫士虚假、伪善的恶习，具有高度的典型意义，"达尔杜弗"也由此成为法语中"伪君子"的同义词。

达尔杜弗本是一个由外省流落到巴黎的没落贵族，穷得一文不名却伪装成最虔诚静修的苦修士，骗取了奥尔贡的信任，被奥尔贡当作良心导师和精神上的圣徒请进了家门。其实，这个人从外表到内心，没有一点虔诚信士的样子。我们先看看奥尔贡眼里的"大圣徒"对其教导的效果："自从和他谈话以后，我就完全换了一个人，他教导我对任何东西也不要爱恋；他使我的心灵从种种的情爱里摆脱出来；我现在可以看着我的兄弟、子女、母亲、妻子一个个死去，我也不会有动于衷了"。——这简直就是泛滥于 20 世纪末期的"邪教"的 17 世纪翻版，盲目偏信使奥尔贡不仅变得不辨真伪、专横执拗，而且变得不近人情、丧失起码的生活常识和自然人伦。达尔杜弗口头上宣扬苦行主义，实际上却贪恋人世的各种享受和乐趣。他好吃贪睡，表面上像苦行的修士一样备着鬃毛紧身和抽身的皮鞭，但是一餐就能吃掉两只鹌鹑加半只羊腿，然后一觉睡到第二天清晨，哪像一个"把全世界看成粪土一般"的禁欲主义者？达尔杜弗对财富更加贪婪。他落魄巴黎时，奥尔贡见他可怜，给他一点钱，他总说太多，并当着奥尔贡的面把钱分给其他穷人；后来他却

打着上帝的名义毫不犹豫地接受了奥尔贡赠送的财产契约,并在伪善败露后驱赶奥尔贡一家,图谋其家产。剧中人物克莱昂特曾一针见血地指出:"这些利欲熏心的人,把侍奉上帝当作了一种职业、一种货物,想用骗人的眼风、矫作的热诚当作资本去购买别人的信任,去购买爵位。"达尔杜弗矫揉造作、伪装慈善,捏死一只跳蚤也认为罪孽深重、后悔不已,然而就是他几乎逼得奥尔贡倾家荡产、家破人亡。

　　达尔杜弗还是一个灵魂丑陋的淫棍,但总是以"圣徒"的面目出现。直到第三幕第二场才第一次登台亮相的达尔杜弗一看见女仆道丽娜穿着低胸的衣服,马上掏出手绢要她把胸部遮上,说是"看了灵魂会受伤"。实际上,达尔杜弗极其好色,本来他已经诱使奥尔贡把女儿嫁给他,却还要勾引奥尔贡年轻貌美的续弦艾耳密尔。在《伪君子》中,莫里哀为达尔杜弗选择的中心动作就是对美色的追求;莫里哀瞄准他好色这根软肋,顺着他勾引艾耳密尔这条线索,设计展开了"大密斯揭发"和"桌下藏人"两次喜剧桥段的跌宕。在第一次跌宕里,达尔杜弗向艾耳密尔求欢时还处处标榜上帝,说什么"我一看见您这绝色美人,就禁不住赞美手创天地的万物之主,并且面对着一幅上帝拿自己做蓝本画出来的最美的像,我的心不觉就发生了一种炽热的情爱",把自己打扮得超凡脱俗;可到了后来的第二次跌宕,他为了把美色的"实惠"迅速弄到手,干脆就把他此前虔奉的上帝一脚踢开,"如果只有上天和我的爱情作对,去掉这一障碍,在我并不费事",并声称"只有张扬出去的坏事才是坏事","私下里的犯罪不叫犯罪"——就是这样,这个彻头彻尾的伪君子的原形被暴露无遗。

　　作为一个伪善的邪教士,达尔杜弗运用"貌似虔诚"的法宝:他伏地祈祷,施舍刚刚乞讨到的钱财,装模作样地忏悔自己不小心弄死了一只跳蚤……作为一个贪食贪睡者,他"心安理得"地大肆享用美味佳肴,明目张胆地吃吃睡睡,全然不把所谓苦行修炼当回事;作为一个好色者,他有色心也有色胆,一方面要奥尔贡小心看管娇妻,别让人家向她抛媚眼,另一方面自

己却急煎煎地向她示爱。事情败露后,不仅不慌乱,反而以退为进,高高在上
地将自己打扮成一个接受厄运考验的"圣徒"、被别人陷害而不图报复的正人
君子,直骗得奥尔贡对他更是佩服得五体投地,从而变本加厉地对待自己的家
人:赶走儿子大密斯,坚定了将女儿嫁给达尔杜弗的决心,慷慨地将全部财产
馈赠给他。作为一个贪财者,达尔杜弗面对这笔飞来横财摆出一副却之不恭
的姿态,声称"这是上帝的旨意,应该遵从",毫不客气地据为己有,并大言不惭
地说:"恐怕这份家业落到坏人手中;怕的是有些人分得了这笔钱财拿到社会
上去为非作歹,而不能照我计划的那样拿来替上帝增光,来替别人造福。"李健
吾先生在分析达尔杜弗时说:"他狡猾,甚至于油滑,随着情节的发展,还显出
毒辣的恶棍本质。不过他缺乏修行人的克制功夫。冷静在他不是'天赋'。他
本来可以马到成功,但是他的'弱点'一经对方掌握,他也只有束手就擒了。"①
正是由于无耻和露骨的好色弱点,达尔杜弗才被艾耳密尔等人以"桌下藏人"
计逮个正着,并使奥尔贡母子等人最终认清了他的本来面目和真实嘴脸。

达尔杜弗不仅表里不一、品性恶劣,而且是一个心怀叵测、奸险恶毒的
恶棍。他披上宗教外衣混进良心导师的队伍,目的是鲸吞别人的财产、勾引
别人的妻子;在"遵照上帝的旨意办事"的幌子下,将"凡是世人尊敬的东西"
当成挡箭牌,他什么坏事都做得出来。当宗教还不够用来掩饰他的恶行时,
他又搬弄出王法。醒悟后的奥尔贡曾说:"(达尔杜弗)表面上假冒虔诚、万
分动人,内里却包藏着一颗万分险诈的心、一个万分恶毒的灵魂。"达尔杜弗
的伪善与恶行是对 17 世纪的法国上流社会,尤其是集虚伪和丑恶之大成的
"圣体会"的讽刺与嘲弄。莫里哀在撕破达尔杜弗伪善画皮的时候,着重暴
露他的恶棍本相,揭露他未能得逞的、奸险恶毒的用心以及这种伪善罪恶所
必然产生的严重危害。当伪善骗不了人的时候,达尔杜弗干脆撕破脸皮,拿
出流氓恶棍的招数,他利用法律、串通法院,还进宫告发,亲自带领侍卫官来

---

① 李健吾:《〈莫里哀喜剧六种〉译本序》,莫野哀:《莫里哀喜剧六种》,李健吾译,上海译文出版社
1978 年版。

拘人。在剧中,莫里哀不惜违背古典主义戏剧的戒律,在喜剧中加入悲剧因素,显示奥尔贡一家几乎落到家败人亡的结果,把邪教士伪善的严重后果写得触目惊心,以激起人们对宗教伪善的痛恨和警觉。

剧本的结尾出人意料,由于国王的英明决断,一场灾难顿时烟消云散。结局完满固然是古典主义喜剧的要求,但是这样的收场太突然,并不是剧情发展的自然结果,前四幕戏剧冲突的发展也没有为这样的结局做好充分的准备。这样处理当然反映了莫里哀主观上的良好愿望和拥护王权的政治态度,同时也从侧面显示出达尔杜弗们势力强大,单从现实生活中找不到克服这类社会危险势力的实际依据,当时社会并不具备惩罚达尔杜弗的客观条件,所以莫里哀才不得不抬出国王,以最高权威来主持正义。

三、超越法则:贴近民间的理性的笑与悲剧性的喜剧

在《伪君子》这部戏里,莫里哀使用的主要喜剧手法是讽刺。他把社会人生中无价值的丑陋邪恶的东西撕破给人看,使人们在贬斥、否定丑陋邪恶之中获得审美的精神愉悦。莫里哀总是强调喜剧要通过笑来打击恶,笑对于喜剧艺术来讲是打击社会恶习的最好的武器。他说:"喜剧的责任既是在娱乐中改正人们的弊病,我认为执行这个任务最好莫过于通过令人发笑的描绘,抨击本世纪的恶习。"[①]"一本正经的教训,即使最尖锐,往往不及讽刺有力量;规劝大多数人,没有比描画他们的过失更见效的了。恶习变成人人的笑柄,对恶习就是重大的致命打击。"[②]由此可见,他既强调喜剧具有惩恶扬善的战斗作用,又强调必须把笑当作打击恶习的有力手段。莫里哀喜剧的讽刺性和民主倾向,不仅得力于对传统的继承,而且是他长期深入民间、学习民间戏剧艺术的结果。他曾漂泊民间 12 年,大量接受了法国民间闹剧

---

① [法]莫里哀:《第一陈情表·为喜剧〈伪君子〉事上书国王》,《莫里哀喜剧选》,赵少侯译,人民文学出版社 1981 年版。

② [法]莫里哀:《〈达尔杜弗〉的序言》,李健吾译,人民文学出版社 1958 年版。

和意大利即兴喜剧的影响；回到巴黎进入宫廷后也没有脱离广大的池座观众。莫里哀创作的一个显著特色，是他与民间文学日趋紧密的联系。他特别喜爱在露天广场表演那些愉快、俏皮和辛辣的闹剧，因为它们让莫里哀强烈感受到民间创作中生气勃勃、乐观幽默的艺术氛围，包括其中仿佛出自天然的技巧，这使他的剧作进一步贴近了人们习焉不察的日常生活。

毫无疑问，莫里哀是以喜剧著称于世，他的作品勾出的笑声一直延续了三百多年。笑是莫里哀喜剧的灵魂，他常常用机械重复手法让观众在人物还没开口之前就知道他要说什么，让观众在看见人类愚蠢的、自命不凡的和别扭的行为时发出理性的笑，这种理性的笑使观众在感情上与被笑的对象保持距离，而在意识层面又对这些可笑的对象进行了思考。当然，莫里哀喜剧激起的何止是笑声，人们在大幕徐徐落下之后，便会扪心自问：奥尔贡一家真能在太阳王的庇护下逃脱达尔杜弗的欺骗与诬告吗？莫里哀的喜剧具有一种"乐极生悲"的效果，他把社会的不平、人性的变态、伦理的堕落展现在人们面前，观众在这种无情的鞭笞中不禁落下悲伤的泪水。莫里哀喜剧的悲剧性日益为人们所认识，19 世纪的一位评论家曾经指出过："莫里哀只是努力以悲哀来娱乐我们，他的每一个疯狂的细节都是其苦涩的哲学思索的产物，毋庸置疑，人们可以坦率地说，他的作品常常叫你笑得泪水夺眶而出。"①这就一语道破了莫里哀喜剧中包容着相当深刻的悲剧性意蕴。

喜剧原非法国戏剧的正宗，在 17 世纪，喜剧在地位上仍不如悲剧，是莫里哀亲手缔造了法国的喜剧。虽然他在开创自己的喜剧世界时吸收了民间闹剧与意大利、西班牙喜剧的养料，使他的作品具有明快、幽默、乐观、爽朗的格调。但是，莫里哀长期生活在民众之中，百姓的疾苦、资产者的苦恼、贵族的没落使他心潮难以平复，他个人的经历包括家庭生活又充满着坎坷与痛苦，难怪他的作品要给浪漫派诗人以"消沉"的感觉了②。莫里哀虽然以创作喜剧闻名世界，

---

① ［法］比埃尔·高里耐汇编：《莫里哀论集》，瑟伊出版社 1974 年版，第 134 页。
② ［法］雨果：《雨果论文学》，柳鸣九译，上海译文出版社 1981 年版，第 47 页。

但是生活的艰辛、社会的不公、贵族的堕落、资产者的残忍都融入他的喜剧，所以，这种喜剧绝非轻松的幽默与无聊的调侃，而是渗透着悲戚与凄凉。正如雨果在《〈克伦威尔〉序》中指出的那样："由于他们对生活深思穷究，由此发出辛辣的讽刺，但他们自己内心里却是非常忧郁的。"①

《伪君子》具有强烈的喜剧效果，它既有民间闹剧的那种插科打诨，尤其是利用屏风偷听和藏到桌子底下的场面都会招致满场哄笑，同时它又具有传奇喜剧的艺术手法，譬如伐赖尔与玛莉亚娜的爱情争执、奥尔贡藏匿秘密政治文件的小箱子等，在情节上环环相扣、引人入胜。《伪君子》的第一幕第一场被歌德称为"现存最伟大和最好的开场"：白尔奈耳夫人与一家人吵架，一下子就揭开了矛盾，吸引了观众，同时交代了每个人物的身份以及他们在这场冲突中的地位与态度，真是单刀直入、一举数得。第一幕第四场也是有名的场次。奥尔贡从乡下回来，不关心正在生病的太太，一个劲儿地追问达尔杜弗的情况。他四次重复"达尔杜弗呢？""真怪可怜的！"这样两句话，造成强烈的喜剧效果，同时把他对达尔杜弗的入迷之深，表现得淋漓尽致。当然，最富有喜剧趣味的还是伪君子达尔杜弗的形象。莫里哀使用那种突出并夸张人物身上构成喜剧性矛盾的某一主导性格的聚焦透视法，将达尔杜弗贪财好色的举动定格在伪善上。当达尔杜弗出场时，莫里哀用一个小小的动作——"耍手帕"就揭穿了他伪善的嘴脸和卑污的内心，手法之简练，真是惊人。后面的几幕，莫里哀顺着达尔杜弗勾引艾耳密尔这一情节线索，让达尔杜弗自己一层层地剥下了外衣，露出了本性。另外，《伪君子》的人物语言具有个性化、点墨成金的特点，譬如道丽娜的明晰、朴素、生动，达尔杜弗的矫饰、造作、辞藻堆砌，等等。英国小说评论家福斯特曾经指出：类似莫里哀围绕着单一品质塑造出来的"扁平人物"较之多面性格的"圆形人物""在制造笑料上能够发挥最大的功效"②。

---

① ［法］雨果：《雨果论文学》，柳鸣九译，上海译文出版社1981年版，第47页。
② ［英］福斯特：《小说面面观》，苏炳文译，花城出版社1984年版，第59页。

《伪君子》的喜剧格调异常鲜明,但是,又有谁能否定它深刻的悲剧色彩呢? 整出戏的剧情始终是正不压邪:坏蛋处处紧逼推进,善良的人们步步后退设防,甚至退无可退到无法解脱的境地。莫里哀为达尔杜弗安排了两次不利的情势,他竟然能化险为夷、嫁祸于人,从而显示出这个"故作虔诚的奸徒"的伪善与狠毒确实不同寻常,强调了这类人物的危险性和可怕性。如果没有"国王恩赦"的奇迹发生,悲剧的结局是谁都无法挽回的。就算是这样"奇迹"般的安排,观众仍然能领略到教会邪恶势力的横行暴虐,体察到奥尔贡一家经受的精神折磨,尤其是假面具被剥去之后达尔杜弗的凶狠、毒辣与不可一世及奥尔贡一家的张皇失措与惶惶不安,都给人难以磨灭的印象。法国 19 世纪著名的戏剧评论家于尔·雅南曾经精辟地指出:"《伪君子》是人们头脑中所产生的最为可怖的悲剧。"①

莫里哀打破古典主义把喜剧和悲剧决然分开、不得交错的"风格整一"法则,在《伪君子》这出喜剧中穿插一些悲剧性因素,如奥尔贡女儿婚姻的将遭破坏、奥尔贡濒临家破人亡的险境,喜中含悲,加速了喜剧矛盾的发展,收到了较好的艺术效果。莫里哀是一位对现实人生有着极其深刻理解的喜剧家,他在看到事物可笑性的同时,能够相当清醒与敏锐地捕捉和透视到可笑性背后深刻严肃的理性内涵与悲剧底蕴。歌德曾说:"莫里哀是很伟大的,我们每次重温他的作品,每次都重新感到惊讶。他是个与众不同的人,他的喜剧作品跨到了悲剧界限边上,都写得很聪明,没有人有胆量去模仿他。"②单纯的喜剧往往流于闹剧,不重性格刻画,单纯以逗哏发噱为目的,而最高的剧体诗总是悲喜剧渗透,令人啼笑皆非。伟大的剧体诗人莎士比亚就是另外一个打破了悲剧和喜剧的传统界限的典型实例。歌德对莫里哀的这段评论可谓切中肯綮。

---

① [法]比埃尔·高里耐汇编:《莫里哀论集》,瑟伊出版社 1974 年版,第 134 页。
② [德]歌德:《歌德谈话录》,爱克曼辑录,朱光潜译,人民文学出版社 1978 年版,第 86 页。

第二节　《红与黑》：世俗人生的时代冒险与高贵终结

在欧洲，现实主义思潮形成于 19 世纪 30 年代，它的出现是对浪漫主义的反拨，但并不是对浪漫主义的彻底否定。它最初是打着浪漫主义的旗号登上文坛的，司汤达的文学评论集《拉辛与莎士比亚》就是第一部现实主义的宣言书，文中提出了文学反映现实、为现代人服务的创作原则。1830 年，司汤达的长篇小说《红与黑》(Le Rouge et le Noir)第一次实践了现实主义的创作原则。其后，梅里美、巴尔扎克等先后步入文坛，创作了一大批优秀作品，为现实主义文学的蓬勃发展开拓了道路。由于现实主义文学具有强烈的社会批判性，高尔基称之为"批判现实主义"。自从 20 世纪初欧洲 19 世纪现实主义小说传入中国后，很快成为统治中国文学界近百年的所谓主流标准；即便是在现代主义思潮大盛的 20 世纪最后 20 年的中国，像以《红与黑》为代表的一批欧洲现实主义小说仍然备受中国读者的欢迎，并出现了一个外国经典名著重译的高潮，单《红与黑》一部据说当前就有三十多个译本。

当然，《红与黑》或许是一个文学译介与文化接受的成功典型，但无论怎样，作为成长小说的《红与黑》在中国几代读者情感与心灵深处引起的共鸣与畅想却是毋庸置疑的；它的意义已经超越了司汤达创作时的时代预设与文化传承，成为新时期、新形势下中国读者精神成长与心灵充实的高级营养品，并成为他们做出理性判断和审美想象的艺术中介物，从而应验了司汤达当初所做的"为未来的人们"写作的预言。

一、奇异的社会公敌："后拿破仑时代"的末路英雄

原名亨利·贝尔(Henri Beyle)的司汤达(Stendhal，1783—1842；或译作斯丹达尔)是法国批判现实主义的始祖，是 19 世纪法国文坛上唯一最彻底的

反封建、反教会的战士和唯物主义者。他的代表作《红与黑》被公认为批判现实主义的奠基石，对19世纪欧洲文学产生了深远的影响。

《红与黑》写于1828—1829年，1830年"七月革命"以后出版。小说直接取材于当时的两则社会新闻：一则是1828年10月他在《司法公报》上看到的神学院学生出身的贝尔泰在为贵族做家庭教师期间情杀这家主妇的事；另一则是他在《罗马漫步》中谈到的巴黎木匠拉法格杀死其不忠实的情妇的案件。现实的社会新闻只是一个简单的内容概要，因其戏剧性强而被选用；而小说家则使之改变，提高到一个形象命运的高度。

小说以主人公于连的遭遇为线索，以维立叶尔市、贝尚松神学院和巴黎木尔侯爵府为活动舞台，形象地展现了法国"后拿破仑时代"即波旁王朝复辟时期广阔的社会生活和错综复杂的阶级矛盾。小说的主人公于连是法国复辟王朝时期平民自我奋斗者的典型。他仪容俊秀、身材颀长、记忆力好、才智超群而且生性敏锐、毅力过人又志向远大，他性格的主要特征是以个人名利为前提，满怀为出人头地而敢于冒险的英雄主义热情和虚荣心。于连幼年时受过法国大革命精神的熏陶，崇拜拿破仑和卢梭。他最爱读的书是卢梭的《忏悔录》和拿破仑的《出征公报节略》《圣赫勒拿岛回忆录》。卢梭的学说激起他不安于被奴役的思想和对社会不公平的反抗意识，拿破仑的经历激起了他的英雄梦，更激发了他狂热的功名进取之心。出身寒门的他曾打算像拿破仑时代的年轻人那样凭勇敢和才干建功立业，却生不逢时，门第与血统阻挡了他实现自我价值的正途。他发现教会势力盛极一时，就有意隐藏自己的理想，投靠教会，扮演伪君子以实现自己飞黄腾达的梦想。为此，他装作虔信宗教，凭着超人的记忆力，把拉丁文《圣经》和《教皇传》背得滚瓜烂熟。为了向上爬，他以虚伪为武器，以反抗和妥协为手段，开始了个人奋斗的冒险历程。在这一过程中，真诚与虚假、自尊与虚荣共同铸就了于连的性格。于连在短暂的一生中，以非凡的热情投入个人奋斗，以惊人的聪慧去实现自己的抱负和野心，以反抗和妥协的方式同上流社会周旋，以少有的勇气去克服心理上的障碍和现实中的凶险。然而，这一切并不能改变其命运。于连虽然有对统治阶级的反抗意识和行动，但他终究不是大革命时代的英雄，不幸只能成为与当时整个社会作战的"社会公敌"。

小说原名《于连》，1830 年出版时改为富有象征意义的《红与黑》，并加副标题"1830 年纪事(Chronique de 1830)"。司汤达根据自己对复辟时期社会阶级矛盾的认识，在小说的爱情线索中有意插入许多政治斗争、阶级斗争的材料和有关社会生活与时代风貌的材料，并巧妙安排成小说故事情节的灵魂与核心，从而在爱情故事的框架下反映了当时的政治斗争情形。作者后来也特意说明作品要描写的是复辟王朝时期的"社会风气"①。因此，可以说《红与黑》是一部通过爱情故事而写成的政治小说。《红与黑》更是作家对大革命以来的法国社会，特别是对人的处境及心灵进行历史的和哲学的研究的成果，他将两个多世纪以来资产阶级思想家关于"人"的学说与反封建的革命意识融合在一起，熔铸成于连的形象；他将自己对法国大革命和拿破仑时代的深刻理解和坚定信念注入于连的头脑，将自己强烈的爱憎和敏锐的判断力赋予于连的灵魂，细致入微地揭示出面对庸俗于连内心狂妄的自尊与奴仆式的自卑的冲突。总之，司汤达成功地使他笔下的这个人物成为时代精神的高度概括，深刻地反映着法国社会新旧交替时期的观念更新。

《红与黑》摆脱了 18 世纪以来的流浪汉小说的传统，把人物性格作为情节故事的基础，并且自觉地把人物置于具有典型意义的环境中，运用出色的心理描写来刻画人物性格。司汤达所塑造的人物带有某种神秘的、震慑人心的气质。此外，《红与黑》情节紧凑、结构严谨。它以于连的个人奋斗史为经线，以他与德·瑞那夫人、玛蒂尔德小姐的恋爱生活为纬线，经纬交织，不枝不蔓。唯利是图的维立叶尔市、阴森可怖的贝尚松神学院和阴谋与伪善的中心巴黎这三个典型环境的转换衔接自然顺畅。人物、情节和环境都严整清晰，形成一个有机的艺术整体。《红与黑》是欧洲现实主义长篇小说成

---

① 柳鸣九：《司汤达论》，《外国文学研究集刊》(第三辑)，中国社会科学出版社 1981 年版，第 31 页。

熟的标志。

司汤达生前文名寂寞,他的小说未被人们重视,但是死后却赢得一致好评,特别是《红与黑》深受各国读者的喜爱和文学史家的赞赏。从许多方面说来,司汤达都是极其现代化的。他曾预言:"大约到 1880 年,人们将要读我的作品了。"这话已经准确地得到应验。著名文学史家勃兰兑斯曾这样评价司汤达:"我不仅把他看作 19 世纪 30 年代的主要代表之一,而且还是 19 世纪伟大文化运动中一个必不可少的环节。"①19 世纪后期尤其是 20 世纪 20年代以后,司汤达得到充分肯定,并在西方形成了"司汤达热"。

二、虚伪与真诚:经受恶之考验与成功进身的于连

《红与黑》是极其现代化的,它在 20 世纪被视为具有超前意识的作品。也正因如此,《红与黑》一直是一部争议很大的小说。毫无疑问,《红与黑》的艺术魅力主要来自于连这个人物,而人们争议的焦点也集中在于连这个人物身上,尤其是如何认识作为正面主人公的于连同时带有某种人性的"恶习",譬如"虚伪""欺诈""两面派"等。

于连是一个具有贵族性格的人物。对他所到过的地方、所遇到过的人,他大部分都很轻蔑,他颇为自己的天资才智与身份境遇不相称而苦恼。他最关心的是确切地证明自己优越,相比之下,对于获得权力和财富并不太关心。于连最重视个人尊严并将"人格"视为高于一切的品质。于连一生崇拜力量,奉拿破仑为神明;他给自己树立了一个很高的楷模,因此常常采用战斗的词汇来表达他的选择与行为。在他身上,有一种经常挨打的孩子所特有的对外界的不信任感,他时时处于警惕状态;有时又会出现年轻人的冲动,往往一下子突然激昂兴奋起来、无法自制。他有一颗善感的心灵,容易为别人的仁爱所动,常常被他人的严酷害得哑口无言。于连自己承认有"一

---

① [丹麦]勃兰兑斯:《十九世纪文学主流》(第五分册),李宗杰译,人民文学出版社 1982 年版,第 271 页。

颗容易激动的心"，他在谢朗神父的慷慨大度面前哭泣，在彼拉尔神父的严峻瞩目下晕倒。由此看来，于连在本性上并不虚伪，他内心充满真情。在许多场合，于连尽管想自我克制，做出"虚伪"的举动自欺欺人，来满足时行的道德需要，但他的真诚总要"情不自禁"地流露出来，以至于做出反叛的行径。所以只有当他独自在森林中散步时，他才感到真正的自由，才从心底里本能地意识到无须强迫自己干"违心"事的快乐。在监狱里，当他抛弃一切杂念、抹去灵魂的污秽以后，他显得格外真诚和自在。

《红与黑》"走上断头台"的结尾是颇具匠心的，它渗透着作家对主人公真诚品格的肯定，表达了作家对美好人性的企盼，完全符合于连性格发展的逻辑。作为法国大革命以后成长起来的青年才俊，于连早在心目中粉碎了封建等级的权威，而将个人才智视为分配社会权利的唯一合理依据。他在智力与毅力上大大优越于在惰怠虚荣的环境中长大的贵族青年，只是由于出身微贱，便处在受人轻视的仆役地位。对自身地位的不满，激起于连对社会的憎恨；对荣誉和功名的渴望，又引诱他投入上流社会的角斗场。毫无疑问，于连"英雄梦"里的核心成分是自我实现，同时也不可避免地夹杂着世俗野心与名利欲望。鉴于社会的不公正，于连的一生虽然被迫参与了种种肮脏的"游戏"，但他在经历了人生种种考验之后，最终还是明白了生活的真理：他看到到处都是虚伪，到处都是阴谋，意识到过去自己所追求的一切正是对自己良心和意愿的背叛，所以，他悔恨不已，并最终找到了符合自己性格的归宿——抛弃逢场作戏的象征玛蒂尔德小姐，投入纯洁真诚的代表德·瑞那夫人的怀抱。于连向往真诚、厌恶虚伪，即使在他与上流社会最为融洽的时候，他也"本能地不尊重"（木尔侯爵语）他们；他最终没有向他所痛恨的阶级低头，满怀勇气地走向断头台，达到真善美的完满结局。

为了出人头地，于连"按照时代的精神行动"，曾有意仿效伪君子的伎俩，耍过两面派的手法，也犯有虚伪的行径，但是这个人物的魅力在于他最终保持了心灵的纯洁。于连的慷慨赴死，在人文意义上就是人类自身的自我拯救;现实人生的悲剧,赢得的是在生命激情中完善的高贵人性。司汤达曾把于连比喻为从顽石下面弯弯曲曲生长起来的一株美好的植物,并用于连自己的话对其一生做了总结:"我动摇过,我受过颠簸。……但是我并没有被风暴卷去。""我有的只是内心的高贵。"自从狄德罗在其小说《拉摩的侄儿》中突破人物塑造非美即丑、非善即恶的格局以后,19世纪作家就普遍使用了同一人物身上的美丑对照手法,即把美与丑、是与非、光明与黑暗放在一起描写,目的是更有效地突出光明与美好的一面,因为他们坚信:善必须通过恶的考验,才能更加焕发出光辉。正是经历了恶的磨难以后,于连才更加坚定了对真善美的信仰,出乎常人所料地选择了死亡,这实质上是在否定生命的无价值中肯定了有价值的生命。

另外,虚伪也是于连与上流社会周旋的一种手段,是获得自由、达到真理彼岸的桥梁。司汤达认为,在丑陋卑鄙的社会里,到处充满虚伪和欺骗,因此人们为了实现美好的愿望,就得使用两面派的手法来对抗社会;只有将自己与众不同的性格隐藏起来,表面服从这个社会,才能保持纯洁的心灵和精神的独立。于连的恶,基本上是作为一种自我实现的手段而存在的,他与巴尔扎克笔下拉斯蒂涅式的彻底出卖灵魂的"以恶抗恶"不同。有论者认为,到了巴黎以后,于连的纯朴感情已经荡然无存,是个十足的伪君子。其实不然,在巴黎这个阴谋和虚伪的中心,于连的本性并没有改变,而是因为情况更加复杂、环境更加险恶,他求生自存的方式才更加隐蔽、巧妙罢了。在巴黎,于连首先感到自己是个"陌生人",既觉孤独又不自在;就是在最受重视、参加阴谋黑会时,他也从未感到自己是上流社会的一员。他意识到,处在这样一个"豺狼相咬"的环境里,除了提高警惕之外,还必须以"欺诈""权术"和"假面具"来对待周围的一切。由此可见,于连的虚伪和两面派并非目的本身,而是他与上流社会进行较量的手段。

毋庸讳言,于连有强烈的世俗野心与名利欲望,但是他始终没有改变自己的本性,他平民的自尊心和善良的品格阻止他与上流社会相容。尽管有时于连也曾这样想过——"我应当遵照给我勋章的政府的意志行动",但他始终不愿做有损于他自尊心的事情。于连太自尊又不够卑鄙,主观上又始终与上流社会保持一定距离,使得他对上流社会总是怀有二心。之所以说于连的虚伪是一种非本质性的、求生自存的手段,还因于连有更高的人生目标和理想,他并非一个纯粹的利欲熏心之徒,他将他的"事业"与"荣誉"看得高于一切。于连崇拜拿破仑,不只是看到拿破仑发迹这一表面现象,不只是羡慕拿破仑全凭军刀从一个下级军官一跃成为主宰世界的伟人,更应看到,他同样崇拜拿破仑给人类、给社会带来的前所未有的变革、道德的纯化及情操的升华,他立志要像拿破仑一样凭一己之力负起拯救社会和人类的重任。司汤达说,于连所考虑的是"自己的荣誉和人类的自由"。由此可见,于连完全是一个从时代恶习中走出来的精神英雄。

三、虚荣与激情:"脑袋里的爱"回归"心坎里的爱"

关于《红与黑》的争议,除了主人公于连的复杂性格之外,还有一个一直吸引人们的话题就是《红与黑》中的爱情冒险,这也是最终理解于连性格之谜的必经之路。

有人说卢梭是描写男女爱情的大师,其实司汤达远远胜过卢梭。他不仅每一部小说都会写到男女爱情,而且在1822年还专门写过《论爱情》一书。他在这部作品里,详细地讨论了爱情的产生及其自然属性,并把爱情分为"热烈的爱情""趣味的爱情""虚荣的爱情"和"肉体的爱情"四种。他还着重分析了"热烈的爱情",认为恋爱着的男女精神上的默契和互相的交流,可以给人们带来无穷的幸福;这种"热烈的爱情"充满激情,是一种纯真的爱情、高尚的情操,一种完美的、精神境界的默契。在《红与黑》里,于连与德·瑞那夫人的爱情即属于这种类型。司汤达不回避肉体的爱情,但是他更重视爱情的精神价值;他特别注重男女之间的情爱所带来的幸福,认为"爱情是一切快乐的总和",它能使人净化和崇高起来。作为一部形象的爱情哲学,

《红与黑》中出色的爱情心理描写是其艺术魅力之一,它所塑造的两位个性鲜明的女性形象给人们留下了深刻印象;而司汤达在小说中通过对"脑袋里的爱"与"心坎里的爱"的取舍,甄别出虚荣与激情在生命中的地位与价值,辨明了幸福的本来内涵。因此可以说,这部小说的爱情冒险具有一种形而上的象征意蕴,它代表了主人公于连对生命的体悟和对真诚的皈依。勃兰兑斯也曾说过:"司汤达在他那个时代的法国作家中是形而上学者,正如达·芬奇在文艺复兴时代的伟大画家中也是形而上学者一样。"①

　　于连的第一个情人是已婚的、长他十几岁的德·瑞那夫人。她真挚纯朴、不虚荣不矫饰,有一颗对子女忘我的爱心,是一个美妙的腼腆而温柔的人物。她之所以爱于连是因为于连的智慧才能和他的清白、高尚。而于连起意占有德·瑞那夫人并非只为了爱情,主要是为了满足自己的虚荣和骄傲,为了试验自己的意志力量,为了完成一个"英雄"的"责任"。在这里,爱情主要是他用来衡量自我价值和实施报复的一种手段,他把这场爱情看作是对德·瑞那夫人的征服,是对于她所属的那个阶级的报复。于连最初是以挑战感、复仇感和征服感来对待这场"爱情"的,也就是说,它首先是一种理智支配下的"脑袋里的爱"。但不可否认的是,这场爱情冒险中于连也有对德·瑞那夫人的深厚同情和真挚感情。后来,当他感受到德·瑞那夫人热烈的真情时,于连往往会"回到他本来的面目,两眼充满了眼泪",进入"一无所思,一无所欲"的甜蜜幸福的境界,此时于连的爱情就从"脑袋里"沉浸到"心坎里"了。德·瑞那夫人对待爱情的态度是严肃的,情感是真挚的,她所追求的是爱情双方的"相互满意和爱慕",事实上,她把自己年轻的情人看成理想的英雄,所以于连给德·瑞那夫人带来的主要不是肉体的爱情,而更主要的是精神上的满足。于连对德·瑞那夫人热情的追求,唤醒了这个贵族妇女沉睡的爱情,打开了她紧闭的爱情心扉,滋润了那即将枯死的贵族少

---

①　[丹麦]勃兰兑斯:《十九世纪文学主流》(第五分册·法国的浪漫派),李宗杰译,人民文学出版社 1982 年版,第 237 页。

妇的心灵，带给她人生的欢悦和享受。从这个角度说，于连对德·瑞那夫人的爱情是高尚的、强有力的。

于连的第二个情人是贵族社会的千金玛蒂尔德小姐。与德·瑞那夫人完全相反，她聪慧娇嗔、任性冷酷、耽于幻想，是一个只关心"自己在生命的每一瞬间去做轰轰烈烈的事业"的、渴望惊世骇俗、爱好虚荣的人物。她之所以爱于连只是因为被他那种高傲冷漠的态度所慑服、所驯化；在她的心目中，他象征着一种冒险、一个挑战。她需要的不是真正的、现实生活中的爱情，而是完全符合自己幻想的爱情，是接连不断的冒险游戏。而于连对玛蒂尔德小姐的爱情则完全出于利害的深谋远虑，他将征服玛蒂尔德小姐看作是满足虚荣心、证实意志力、达到飞黄腾达目的的必要手段，是"一种业务上的事情"。在这场爱情游戏中，二人共同的东西不是真情与融洽，而是虚荣的竞赛与权术的比拼。因此，于连的第二次爱情冒险自始至终是一种理智支配下的"脑袋里的爱"，而非温情的、自发的"心坎里的爱"。

在司汤达的作品里，激情是虚荣的对立面。真正的爱情，像于连最终认识到的他对德·瑞那夫人的爱，是从对方身上发现优秀品质，他们所期待的爱情幸福也不是虚幻的。爱情、激情总伴随着敬重，建立在理智、意志、情感和谐无间的基础上。于连爱的是真实的德·瑞那夫人，真实的玛蒂尔德他并不爱。与德·瑞那夫人的爱是激情，与玛蒂尔德的爱是虚荣。在叙述于连对玛蒂尔德的爱情征服时，作家将其比作饲虎："一个英国的旅行家叙说他怎样和一只老虎亲密地生活在一起的故事。他饲养它，常常抚摸它，但是在他桌子上总是预备好一把装上子弹的手枪。"在同德·瑞那夫人的交往中，于连产生了越来越强的恻隐之心，而与玛蒂尔德相处他预备的是饲虎之道。

司汤达认为，追求幸福是人的基本欲望，人们除了"自我的利益"即对"享乐的期望"和对"痛苦的畏惧"之外，没有别的动机和目的；他认为，人们在追求幸福包括追求爱情幸福时，只有带着满腔的激情坚持不懈地努力，才能显示出无穷的力量，实现美好的愿望，而这种坚持不懈的激情就叫"意志力"。在他看来，人的激情既有好坏之分也有内在与外在之别。"司汤达认为，欲望出于自身而且竭尽全力满足欲望的人便是高贵的人。因此，从精神意义上讲，高贵和激情完全同义。高贵的人以其欲望的力量而超越一般人。在本源上，必定先有了精神意义的高贵，才有社会意义的贵族。"①即便是在最优秀的人物身上，真实的激情也出现在虚荣的疯癫之后，和人物在崇高时刻登上顶峰时静穆的心境相融合。在《红与黑》里，于连临死前的宁静和过去病态的躁动恰成对照。从虚荣向激情的过渡，在以明智和坚定为基本特征的于连身上，有时可见一种濒临疯狂的热情因素，有时则出现一种达到自我牺牲顶峰的温柔因素。

　　于连虽然曾经利用过女人作为进身的阶梯，但他毕竟对女人有过真情并终归以真诚的回归结束了自己的人生历程。现实生活的压抑，曾迫使他在自我实现的过程中奋力反击，在反击中又不得不着意伪装自己，并因此玷污了自己的英雄梦和人格理想；同时，因为他的清醒和天分，所以他一直处在精神紧张与心理焦虑之中。只有跟德·瑞那夫人在一起，他的猜疑才马上被追求幸福的自然倾向所取代。末了，他觉得一切都已过去，平静地等待死亡时，他又成了他自己。他曾经追求过许多幻景，到头来，却在与德·瑞那夫人的崇高爱情里净化了心灵，找到了宁静的幸福和满足。这种结局是非常有意味的。

---

① ［法］勒内·基拉尔：《浪漫的谎言与小说的真实》，罗芃译，生活·读书·新知三联书店 1998 年版，第 122—123 页。

第三节　《悲惨世界》：人道主义的悲悯情怀与现实投射

作为第一个世界性的文学思潮，浪漫主义文学产生于18世纪末，19世纪上半叶达到繁荣。在文学传承上，浪漫主义文学深入开拓启蒙文学所提倡的思想自由、个性解放和返回自然，并以人道主义、空想社会主义和德国古典哲学为思想武器反思与批判资本主义制度。在文学创作上，浪漫主义文学更注重"理想的真实"，表现生活"应该怎样"，因此其塑造的形象多是些非凡情境中的非凡人物和英雄人物，其艺术风格大多具有明显的传奇性和主观性，善用夸张的对比手法，具有浓郁的抒情与政论色彩。借用雨果在《〈欧那尼〉序》中的话说：浪漫主义"不过是文学上的自由主义而已"[①]。浪漫主义文学最早出现在德国，兴盛于英法，波及全世界。

一、跨越三十年的创作："这部作品是一座大山"

维克多-马里·雨果（Victor-Marie Hugo，1802—1885）是法国浪漫主义文学杰出的领袖和导师，更是世界文学史上第一流的文学巨匠，被称为"法兰西的莎士比亚"。他那鸿篇巨制的小说创作、思如泉涌的诗歌珍品、激情横溢的浪漫戏剧和洋洋洒洒的理论雄文，把一代浪漫主义文学艺术推向了新的高峰。他给人类留下瑰丽的传世佳作，成为众人交口称赞、努力效法的榜样，曾影响和继续影响着千百万后来者。正如巴尔扎克所说，雨果的诗文"达到了优雅、精美、雄伟、朴素的非常境界"，"雨果先生当然是形象文学的巨子"[②]。

早期的雨果是一个文学保守者和极端的保王派诗人，留下了像《读书

---

① ［法］雨果：《〈欧那尼〉序》，《雨果论文学》，柳鸣九译，上海译文出版社1980年版，第92页。
② ［法］巴尔扎克：《谈雨果的诗〈光与影〉》，《文艺理论译丛》第2期，人民文学出版社1957年版。

乐》这样歌颂波旁王朝、咒骂拿破仑的诗文；后来他成为法国浪漫派的领袖，其理论文献《〈克伦威尔〉序》成为法国浪漫主义的宣言，并领导法国文坛推翻了新古典主义的统治；他曾是法国贵族院里的新贵，主张君主立宪制，后又因支持共和、反对拿破仑三世的专制统治而成为政治流亡者。他既是一个文学家，又是一个思想者，他将傅立叶主义与圣西门主义糅进他热情的浪漫派仁慈观念里，构成了一个具有鲜明雨果特色的人生之谜。雨果的小说是人道主义的教科书，是浪漫主义精神的集中体现，是将浪漫主义与现实主义进行某种结合的最初尝试。长篇小说《巴黎圣母院》《悲惨世界》《海上劳工》《九三年》等作品，以无情的笔调揭露了天主教会的罪恶、封建制度的残酷和资产阶级司法的不公道，形成了喜用对比手法，钟情神秘和恐怖色彩的浪漫主义文风。

雨果的代表作《悲惨世界》(*Les Misérables*，1862)，原名《苦难的人们》，从 1828 年起构思，到 1845 年动笔创作，直至 1861 年才终于写完全书，历时三十余年。它"有托尔斯泰的《战争与和平》那样伟大的气魄，那样多方面的生活描写，那样多的篇幅"[①]，是法兰西文学王冠上一颗耀眼的明珠。小说共分五部，冉阿让一生的经历贯穿全书；作品从他出狱之日写起，一直追溯到他入狱的 1796 年，往下涉及 1832 年的巴黎街垒战。小说人物活动的背景相当广阔，包括拿破仑当政、波旁王朝和七月王朝三个时代。作品对贫苦人民的不幸遭遇表示深切同情，对当时的社会进行了揭露和控诉。主人公冉阿让被监禁十九年并为社会所不容，起始原因是他打碎橱窗玻璃偷了一块面包给饥饿的外甥们吃；芳汀本是个天真善良的姑娘，被巴黎浮浪男子诱骗后有了私生女，她不仅受到房东、店主的诈骗，还受到所谓绅士的欺凌，为了养活唯一的女儿，她不得不出卖自己的金发、门牙乃至肉体，最终含恨而死；小珂赛特悲惨的童年遭遇更令人同情。雨果在作品的序言中说："只要因法律和习俗所造成的社会压迫还存在一天，在文明鼎盛时期人为地把人间变成

---

① 茅盾：《世界文学名著杂谈》，百花文艺出版社 1980 年版，第 170 页。

地狱并使人类与生俱来的幸运遭遇不可避免的灾祸；只要本世纪的三个问题——贫穷使男子潦倒，饥饿使妇女堕落，黑暗使儿童羸弱——还得不到解决；只要在某些地区还可能发生社会的毒害，换句话说同时也是从更广的意义来说，只要这世界上还有愚昧和困苦，那么，和本书同一性质的作品都不会是无用的。"这些话道出了造成这个悲惨世界的根本原因。

应该说《悲惨世界》是最能代表雨果思想艺术风格的作品，他以卓越的艺术魅力展示了资本主义社会奴役平民、逼良为娼的残酷现实。雨果认为：在文明鼎盛时期造成了地狱般生活和人民苦难的根源在于社会压迫，尤其是法律的不公道；世俗的偏见与社会的不平等是造成犯罪的真正原因。然而，始终坚守人道主义信仰的雨果深信，唯有道德感化才是医治社会灾难的良方。因此，小说通过米里哀主教和冉阿让宣扬了以"仁爱""慈善"为核心的人道主义理想，歌颂了光明战胜黑暗的伟大力量。雨果认为，只有像米里哀主教那样以德报怨才能淳化人心，才能最终消除社会弊病；米里哀不仅把冉阿让感化成为一个济困扶危、乐善好施的人，而且通过冉阿让的仁慈感动了顽固的警探沙威，证明人间的法律必定能向上天的正义让步。小说还通过滑铁卢战役和1832年的巴黎街垒战探讨了人道主义与战争暴力的关系。小说将真实刻画与大胆想象相结合，具有十分鲜明的浪漫主义特色；其史诗般的叙述风格与高昂、激烈、热情的语言格调，再加上强烈的政论性，共同构成了《悲惨世界》丰富多彩的艺术空间。

《悲惨世界》是时代的作品，但也是生活的作品，更是精神的总和。确实，《悲惨世界》不仅反映了19世纪上半叶法国社会的丑陋与偏见，也表现了人世的苦难与悲哀，更阐明了光明战胜黑暗的信心和对未来的希望。《悲惨世界》既有对战争暴力的全景式描绘，对家庭生活与风俗场景的工笔写照，又有对人物内心的斗争与变化的细致刻画，这一切带给小说以包罗万象的瑰奇雄伟的气势，连雨果自己也不禁惊叹说："这部作品是一座大山。"[①]这部

---

① 　[法]安德烈·莫洛亚：《雨果传》，程曾厚、程干泽译，人民文学出版社1989年版，第573页。

小说不乏现实主义因素，但是，就人物形象的塑造、环境的描写以及象征与对比手法的运用等而言，仍然是一部浪漫主义的杰作。

《悲惨世界》不仅在法国，而且在世界范围内，都受到极高的评价。俄国文豪列夫·托尔斯泰认为，它是法国当时最优秀的作品。苏联文学家高尔基曾这样赞美雨果："作为一个讲坛和诗人，他像暴风一样轰响在世界上，唤醒人心灵中一切美好的事物。……他教导一切人爱生活、美、真理和法兰西。"

二、善能胜恶与爱能消恨：米里哀精神的德厚与仁爱

在欧美现代文学史上，人道主义几乎是每个进步作家的思想基础，他们从这一思想出发来判别美丑、看待善恶、评价道德的高尚与卑下、衡量政治和宗教的进步与反动，19 世纪的司汤达、狄更斯、巴尔扎克、托尔斯泰、罗曼·罗兰等都是如此，雨果也不例外。

雨果在《〈克伦威尔〉序》中说："生活有两种，一种是暂时的，一种是不朽的；一种是尘世的，一种是天国的。它还向人指出，就如同他的命运一样，人也是二元的，在他身上，有一种兽性，也有一种灵性，有灵魂，也有肉体。"①在雨果看来，一个人身上同时寄寓着黑暗和光明，黑暗属于尘世，光明属于天国；雨果坚信人的光明面可以战胜黑暗面，一个人如此，一个社会也如此。他对人的这种信念，表现为人性思想和人道主义，对社会的这种信念则化为乌托邦社会理想。

在《悲惨世界》里，人性中的黑暗面转化为光明面是主人公冉阿让一生最重要的界标。这个本性善良的农民，因为偷了一块面包便身陷囹圄十九年之久，即使被释放仍不见容于社会；社会地位不平等、分配不公正、审判不公允、处罚不得当以及习俗陈见结合在一起，促使他犯罪，又促使他仇视一

---

① ［法］雨果：《〈克伦威尔〉序》，《雨果论文学》，柳鸣九译，上海译文出版社 1980 年版，第 26 页。

切人。恶意报复社会的冉阿让身上主要体现出"兽性"，他的灵魂浸没在黑暗中，是米里哀主教的"仁慈"与"博爱"感化了他，使他恢复被遮蔽的人性，开始改恶从善。冉阿让的转变体现了一个人心灵中光明与黑暗的生死搏斗。偷走银器后被抓回来的冉阿让，面对米里哀主教的巧言掩护和一对银烛台的加赠，感受到了"仁慈"和"宽容"的善的力量，灵魂受到空前的震慑，本已决心作恶到底的他深感不安；经历了侵吞小孩四十铜子的反复后，米里哀精神终于在他身上取得了决定性的胜利，从此冉阿让义无反顾地将这种精神发扬并传承了下去，成为一个维护人的尊严、追求博爱和理想、善良宽厚甚至具有舍己救人的牺牲精神的人间"天使"与"正道的化身"。雨果认为，整个世界是美与丑、善与恶、真与伪、光明与黑暗的搏斗场，但是他深信善能胜恶、人性能够汰除污秽而不断地自我完善。

《悲惨世界》里的人道主义精神不仅体现在"善能胜恶"上，更凝聚在"爱能消恨"方面。雨果认为，人与人之间应该具有一种纯朴的爱惜、同情、怜悯的"心灵关系"，即"恻隐之心"；在他看来，被侮辱和被损害的人只要得到怜悯和同情、得到爱的滋润，生命力便会旺盛、灵魂便能得救。出于对外甥们的真爱，冉阿让才在无奈之下偷了面包；但长期无情的苦役生活扼杀了他的爱心，是米里哀主教的嘉言懿行消除了他积聚的仇恨、重新点燃起他心中早已熄灭了的爱，使他从一个善心汨没的恶棍变成了择善而从的正派人。米里哀主教的博爱精神传递到他身上，使他也成为爱的源泉，并促使他将这种同善结伴而生的爱施于芳汀、"割风"及他工厂里的工人们身上；成为海滨小城蒙特猗的市长后，他又广施厚爱于市民身上，营造了一个理想的"蒙特猗乐土"。在解救和抚养珂赛特的过程中，爱逐渐上升为冉阿让生命的第一需要。他与珂赛特的父女之爱净化了他的灵魂，充实了他的生活内容，使他的善行有了物质力量，推动他坚定地走完为善的道路。在冉阿让性格发展的阶梯上，起点是苦役犯，然后是"感悟向善"的慈善家马德兰市长，高尚的逃犯冉阿让，慈爱的"割风"老爹，终点是真善美的极致、超凡出世的圣人冉阿让。在《悲惨世界》里，雨果用一节的篇幅和诗一般的语言阐明了爱的真谛，他认为爱是同高贵与伟大相联系的，爱就是心灵的火炬，"人间如果没有爱，太阳也会灭"；一个人心中有了爱，任何邪恶都不能滋生。雨果阐明的这种爱是浪漫主义的至上之爱、理想之爱，他正是把这种爱赋予了小说人物。因此，冉阿让与珂赛特的父女之爱，珂赛特与马吕斯的男女之爱，都具有更广阔的意义空间。起义领袖安灼拉曾在街垒上向即将赴难的战士们说："爱，你就是未来。"这句话代表了作家对爱的最明确的概括：对爱的追求就是对未来的追求，就是对光明的追求。

警探沙威的放人与自杀，也许是最能体现"爱能消恨"的仁爱万能事例了。作为法权的盲目信徒和忠实执行者，沙威顽固地追捕冉阿让；但是事实告诉他，法律冤判了冉阿让，这个他认为下贱的囚犯原来是一个圣人，就连自己的苟活竟也出于这个敌手的宽容。以德报怨的善良与无私无畏的爱心使人性僵化的沙威幡然醒悟，他被迫承认指向天国的人性之爱而背离了现世法律；良心的苏醒促使他放人，而动摇了的信仰又无法叫他释怀，他只好选择自杀。雨果在描述沙威残酷的正直时，一再将其比作"岩石"或"花岗石"，但在仁爱面前，它们还是熔化了。雨果并没有不切实际地期望彻底消除黑暗，他在小说中说："减少黑暗中的人数，增加光明中的人数，这就是目的。"因此，雨果的人道主义思想中含有理性的成分。小说里那个恶贯满盈、以怨报德却死不悔改的德纳第就代表了作家的现实判断与理性思维。在雨果看来，社会的法律只惩罚那些表面的犯罪，人民的起义也只变更了朝代，因此他主张"既不要专政主义，也不要恐怖主义。我们要的是舒徐上升的进步"。受圣西门、傅立叶等空想社会主义者反对法国大革命的暴力行动、认为暴力革命使文明制度的社会沦于野蛮状态的观念的影响，雨果认为人民的反抗并不是敌对力量的冲突，而仅仅是一种"朝着理想境界前进的骚动"，一种预示着到达未来天堂的赎罪性的献祭。

雨果是一个把精神救赎看得至关重要的人道主义作家，巴尔扎克或许对冉阿让发迹的方式很感兴趣，但雨果并不去描写人们激烈的征服，而是断然宣布了人的突如其来的变化；雨果并不强调主人公的社会成功，而是着重描述主人公的精神得救，所以在他笔下，人的心灵向善迈进的史诗取代了社会前进的故事。雨果并不致力于描绘世人对物质财富的攫取，而是竭力描写黑暗世界中的光明的种种化身。雨果的小说不像巴尔扎克的作品那样描写具体现实事物，而是倾向表现精神价值的史诗。法国文学史家皮埃尔·布吕奈尔说，在《悲惨世界》中，雨果宣称力图"把一切史诗融合在一部高级的、终极的史诗中"；这部史诗表现"从恶到善，从非正义到正义，从假到真，从渴望到觉醒，从腐朽到生命，从兽性到责任，从地狱到上天，从虚无到天主"的精神进化①。

三、人性世界的精神进化：传记史诗性的浪漫主义小说

对雨果而言，艺术家的职责不是描述或记录生活，而是像上帝一样去创造这个世界，让这个活着的世界洋溢着清新、自由、高尚、圣洁的空气和阳光，所以他不是用笔去模仿现实，而是用想象力、用激情和理想在梦幻般的情景中创造一切。雨果本质上是一个浪漫主义作家，《悲惨世界》中的现实主义成分虽然比较多，但艺术风格上总体属于浪漫主义；因为他是"为使人相信十足的浪漫主义故事而采用了巴尔扎克的创作手法"②，从而把变幻莫测的浪漫主义的跌宕起伏的故事情节放在了社会底层，尽管冉阿让、芳汀和小珂赛特的悲惨经历以及滑铁卢战役、巴黎街垒战斗等都有厚实的生活基础。雨果的小说是人道主义的经典教材，是浪漫主义精神的集中体现，更是将浪漫主义与现实主义进行某种结合的最初尝试。

---

① [法]皮埃尔·布吕奈尔等：《19世纪法国文学史》，郑克鲁等译，上海人民出版社1997年版，第90页。

② [法]米歇尔·莱蒙：《法国现代小说史》，徐知免、杨剑译，上海译文出版社1995年版，第109页。

《悲惨世界》最显著的浪漫主义美学特征首先在于它滔滔不绝、不可遏止的情感洪流。雨果或以歌手的眼光、诗人的笔触娓娓倾诉，倾诉弱者的不幸；或直接潜入主人公的内心世界发掘那切身的感受，体验光明与黑暗的殊死搏斗；或直接抒发英雄豪情，为孤苦高洁的马白夫咏叹；或在马吕斯与珂赛特的爱情牧歌里、冉阿让交响诗一般的内心世界里、作家自己呼天抢地的悲歌里、伽弗洛什色彩明丽的横笛短唱里生动地抒发他强烈的热情。《悲惨世界》里，冉阿让的经历令人遗恨，芳汀的遭遇令人断肠揪心，商马第事件叫人啼笑皆非，德纳第夫妇令人发竖齿冷……艺术家在动情的叙事中，逼人深思；《悲惨世界》为芳汀呼喊，替商马第鸣冤，向法律开火，向街垒起义的英雄们礼赞，作家直抒胸臆的情感批评富于启示也不乏哲理。《悲惨世界》以它那强大的艺术情感，冲击着读者的心田，唤起欣赏的哀乐喜怒。

《悲惨世界》是一面人生的三棱镜，它使这世界上的人和事或多或少、不同程度地变了形。理想夸张的性格形象，在《悲惨世界》里比比皆是。譬如冉阿让理想的天赋——非凡的品性、非凡的才智、非凡的臂力和非凡的勇气；像苦行者一样严于律己，又有普罗米修斯式的坚韧和仁慈；他既有"直登陡壁"、独自顶住倾塌屋柱的奇特本领，又能改变整个蒙特猗社会的风俗面貌。米里哀主教、珂赛特、马吕斯、安灼拉、芳汀、伽弗洛什、马白夫、彭眉胥男爵等都具有类似这样不可思议的理想个性。通过这些理想形象，雨果试图说明人性世界的精神进化：恶人感悟从善而变成好人；好人净化陶冶，道德纯化、灵魂超生，臻于完人。《悲惨世界》中善的形象极尽理想，恶的性格也着意夸张。德纳第夫妇就是恶的化身，他们一生作恶、一恶到底；尤其是德纳第，他集人间虚伪阴狠之大成，其嘴脸的丑恶、行径的卑污世间难找。此外，像维持"世道人心"的刁钻婆维克杜尼昂夫人、咖啡店门口寻开心的绅士、拔去芳汀门牙的江湖郎中等都属于这类滑稽丑怪的魔鬼形象。通过这些漫画式的人物，雨果试图表达他对现实社会的清醒判断。理想夸张的个性化形象离不开独特浪漫的戏剧环境与戏剧冲突，《悲惨世界》不仅偏爱法庭、监狱、修道院、黑社会、坟场、战场、情场、下水道等具有明显浪漫主义色彩的环境,而且喜欢潜逃与追捕、偷盗与诈骗、抢劫与绑架、反省与自杀等不乏浪漫奇特和怪诞色彩的情节。简言之,《悲惨世界》的故事背景离现实相对疏远,且黑幕居多,富于恐怖、朦胧、惊人的色彩;情节推进与个性发展中,偶然因素的比重和作用举足轻重,使整部作品具有浓厚的浪漫传奇风格。

《悲惨世界》的浪漫主义风格还体现在它贯彻了最显著的浪漫主义创作原则——"美丑对照"。1827 年,雨果在《〈克伦威尔〉序》中提出了著名的美与丑、善与恶、优美与畸形、崇高与粗俗、光明与黑暗的艺术对照原则,即把美丑、是非、善恶、光明黑暗等放在一起表现,目的是更有效地强调和突出美、善、是、光明、优美与崇高,因为他坚信善能胜恶,认为善必须通过恶的考验才能更加焕发出光辉。正如雨果所说:"同样的印象老是重复,时间一久也会使人生厌。崇高与崇高很难产生对照,人们需要任何东西都有所变化,以便能够休息一下,甚至对美也是如此。相反,滑稽丑怪却似乎是一段稍息的时间,一种比较的对象,一个出发点,从这里我们带着一种更新鲜、更敏锐的感受朝着美而上升。鲩鱼衬托出水仙;地底的小神使天仙显得更美。"①在《悲惨世界》里,雨果将米里哀主教与沙威摆在一起,前者代表"仁慈",后者代表"残暴";把冉阿让与德纳第对照,前者代表"博爱",后者代表"私欲",借以凸显"爱"优于"恨"、"仁义"优于"邪恶"、宗教道德优于法律偏见的小说主题。此外,蒙特猗市这个理想社会与现实人生的悲惨世界形成对照,作家在塑造同一个人物时也运用了对照手法。"美丑对照"的运用,明显增强了小说的浪漫主义艺术效果和感染力,对塑造人物和深化主题等都起到了极好的作用。

宏伟的艺术构架、理想的形象个性、广袤的戏剧场景以及非凡的戏剧情节,诉诸华美堂皇犹如格言般精粹雄辩的语言,再配以不可遏止的创作激情

---

① ［法］雨果:《〈克伦威尔〉序》,《雨果论文学》,柳鸣九译,上海译文出版社 1980 年版,第 35 页。

与典型的艺术对照原则，使《悲惨世界》的浪漫主义艺术风格与美学特征独步文坛。当然，它也并不是完美无缺的。《悲惨世界》在主体结构上沿用了18世纪《吉尔·布拉斯》《汤姆·琼斯》等这种从流浪汉小说演变过来的"传记形式"的艺术框架，通过主人公冉阿让的一生经历、耳闻目睹来展开整个社会场面；但是，小说的背景和细节描写过多，结构也不够集中紧凑。譬如《悲惨世界》的开头描写滑铁卢战役，雨果从客观的角度来写战场的背景、场面和双方军队的组织，着意展现当时宏伟壮观、叱咤风云的场景，甚至还在殷红的鲜血、闪光的刺刀和精致的肩章上花费了很多笔墨，颇有些历史学家或者政治家的癖好，却没有优秀小说家所具备的艺术点染的经济，因此显得有些拖沓冗长甚至偏离主题。

《悲惨世界》是时代的作品，更是精神的总和；它反映了19世纪上半叶法国社会的丑陋与偏见，表现了人世的苦难与悲哀，更阐明了光明战胜黑暗的信心和对未来的希望。《悲惨世界》既有对战争暴力的全景式描绘，对家庭生活与风俗场景的工笔写照，又有对人物内心的斗争与变化的细致刻画，这一切带给小说以包罗万象的瑰奇雄伟的气势。

第四节　《格列佛游记》：社会寓言的人性反省与多维对照

斯威夫特(Jonathan Swift, 1667—1745)是英国文学史和欧洲文学史上一位杰出的讽刺作家；他既是小说家、政论家，又是文学批评家和诗人。他的作品是 18 世纪英国社会的一幅讽刺图画，从这幅图画上我们看到了那个时期的英国社会政治制度和寄生在这种制度里面的贵族、议员、政客、法官、宗教家、假学者以及其他各式各样的人物的面貌。斯威夫特的作品是为时为事的，与当时许多具体的政治、社会、宗教问题和争论有着密切的关系，因此，它们既具有极高的文学价值，又具有巨大的社会历史意义。

一、合为时而作的全能作家

1667 年 11 月 30 日，爱尔兰首都都柏林一个贫苦家庭中诞生了一个小男孩。呱呱落地的婴儿并没有给这个家庭带来欢乐，因为七个月前婴儿的父亲就离开了人世，这是个遗腹子。对亡夫深切的怀念使妻子给婴儿取了丈夫的名字：乔纳森·斯威夫特。斯威夫特的父母都是英国人，但他生于爱尔兰，长于爱尔兰，因此他具有一副英国人的脑筋和一颗爱尔兰人的心灵。斯威夫特在慈善机构的救济和亲戚的帮助下度过了艰难的童年生活。后来母亲也弃他而去，幸好伯父收留了他。在伯父家，斯威夫特过着寄人篱下的生活，这给他幼小的心灵留下了无法愈合的创伤。在以后的几十年生活中，一个孤苦伶仃的苦命人的阴影始终笼罩着他。

十四岁那年，斯威夫特考入都柏林的三一学院学习哲学和神学，但他对学校里的许多必修科目一点也不感兴趣，却喜爱历史和诗歌；他发奋读书的同时还喜欢搞点恶作剧，捉弄那些自视清高的老师。他在学校时的成绩不好，毕业时经学院当局的"特别通融"，才取得学位。

1688 年，二十一岁的斯威夫特风华正茂，他渴望有所作为而苦于没有出路。他回到英国，在亲戚的介绍下来到了威廉·坦普尔爵士家，给他做私人秘书。坦普尔是一位退休的大臣和外交家，在当时的英国上流社会中颇有影响，他隐居在穆尔庄园，栽花种树，著书立说，仍不时介入政治斗争，国王威廉常向他咨询国政。斯威夫特原以为能借坦普尔爵士的力量大展宏图。但他想错了，这位出身显赫的贵族并没有用平等的眼光来对待他。坦普尔爵士命令他与仆人们一起用餐，让他处处服从自己，并且常常给他脸色看。斯威夫特的自尊心受到极大的伤害。由于他低下的社会地位，斯威夫特时常感到苦恼和屈辱。在这段黯淡的日子里，穆尔庄园内有着丰富藏书的私人图书馆给斯威夫特带来了一些宽慰。坦普尔准许他翻阅自己所有的藏书，这对嗜书如命的斯威夫特来说，真是个千载难逢的机会。在为坦普尔工作之余，斯威夫特几乎全泡在图书馆，埋头于古典名著的阅读，日复一日，年复一年，他打下了扎实的文学基础。除了 1694—1696 年在爱尔兰奇尔路特城当过两年牧师之外，斯威夫特没离开过穆尔庄园，直到 1699 年坦普尔过世。

早期对社会政治的接触，培养了他观察事物的敏锐性和分析事物的才能，再加上他深厚的文学功底，这对于一位讽刺作家来说，都是必不可少的条件。在穆尔庄园期间，斯威夫特完成了两部作品：《书的战争》（1697）和《桶的故事》（1698）。这两部书以故事的形式提出和探讨了当时广泛的政治、社会与宗教等问题。

《书的战争》描写了一只蜜蜂飞进一个图书馆，不幸落在窗角边的蜘蛛网里，于是两者吵起来，争论谁厉害、谁强大。这时，图书馆的古今书籍和作家也分成两派，吵闹起来。古代作家支持蜜蜂，近代作家支持蜘蛛。两派争执不下，于是请古希腊的伊索出来仲裁。这部作品中涉及的古今之争，正是 17 世纪末 18 世纪初英国学术界为了古代和近代作品的比较评价问题而发生的一场争论。虽然斯威夫特在书的开头就表明他倾向于古学一边，但他认为这种脱离实际的学究式的论争，就像狗抢骨头，无聊得很。他认为重要的是文艺创作必须对社会有益，像蜜蜂给人类带来甜蜜与光明。斯威夫特在这里所提出的文学的社会功利原则是完全正确的，他同时又借蜘蛛网的譬喻来反对当时文学界的宗派主义和一种妄自尊大的风气。这部作品初次显示了斯威夫特的讽刺才能。

《桶的故事》的主题是对宗教的讽刺。斯威夫特把矛头指向教会，同时对于当时贫乏的学术、浅薄的文学批评和趋炎附势的社会恶习也予以抨击。他通过三兄弟的形象淋漓尽致地讽刺了天主教会、英国国教和加尔文教派。他讽刺这些教派都自以为是基督教的正宗，事实上却阳奉阴违。斯威夫特自己认为《桶的故事》是他最得意的作品，有许多人讨厌书里的不同流俗的见解和新颖的文笔，但又不得不由衷地佩服作者的才华。《桶的故事》是斯威夫特第一部重要的文学作品，为他在英国文坛上带来了声誉，也确定了他的文学创作道路。

离开穆尔庄园后，斯威夫特回到爱尔兰，担任都柏林附近一个小村子的牧师。尽管收入微薄，但终于摆终了寄人篱下的生活。斯威夫特生活的时代，正是英国历史上的一个剧变时期，政治斗争的风风雨雨，激荡着年轻的斯威夫特那颗不安分的心。当时英国的两大党派是代表地主阶级的托利党和代表大资产阶级的辉格党，两大党派激烈斗争，轮流操纵国会，剥削广大人民。党派的纷争给人民带来无穷灾难，斯威夫特气愤地说："这个时期，哪怕猫儿狗儿也都分党结派，也都染上了党派的仇恨。"当然，他也不自觉地卷入政治斗争的旋涡。但不久，斯威夫特就发现，无论是托利党还是辉格党，都是在极力维护自己政党的利益，以他个人微薄之力不能改变时局的发展。于是他急流勇退，离开了待了三年的政治中心伦敦，于1714年回到爱尔兰，在都柏林做圣派得立克教堂教长，终其一生。

回到爱尔兰的斯威夫特，对爱尔兰人民的苦难有了进一步的了解。斯威夫特不是一个冷眼旁观者，而是积极干预生活。当时的爱尔兰是英国的第一个殖民地，那里的经济遭到英国殖民者的严重破坏，城乡萧条，民不聊生。斯威夫特积极地号召爱尔兰人民为自由独立而斗争。1723 年，英王的情妇肯德尔公爵夫人获得了在爱尔兰铸造铜币的特许状，又把它高价卖给了英国商人伍德。伍德只要用价值六万英镑的铜就可以铸造价值十万多英镑的半便士铜币，从中可获得四万多英镑的暴利。新币流通后，物价立刻上涨。这对本来就穷苦不堪的人民来说，无疑是雪上加霜。斯威夫特勇敢地站出来，连续发表了几封公开信，鼓动爱尔兰人民起来反对铸币阴谋。爱尔兰人民在斯威夫特的鼓舞和领导下终于取得了胜利，英国当局被迫收回成命。斯威夫特成了爱尔兰的人民英雄，得到了人民的拥戴，无数信件像雪片般飞来，庆祝他的成功。都柏林城中到处洋溢着赞颂他的歌声。他的像雕在纪念章上，织在手帕上，刻在日用器皿上，俱乐部以他的名字命名，商店门口挂他的肖像。这次事件后，斯威夫特又为爱尔兰人民的利益到伦敦奔走，当他返回爱尔兰时，全城鸣钟，满街火炬，人们还组织仪仗队把他送回寓所。文学史上恐怕很少有作家享受过这种殊荣，这是斯威夫特一生最值得骄傲的荣耀。

从 1714 年前后直至他发动爱尔兰人民反抗殖民主义的斗争，这一段政治生活对于这位讽刺大师来说是极为重要的。可以这么说，没有这段经历，《格列佛游记》无论是从思想上还是艺术上都不会达到这么高的成就。他的晚期作品除了代表作《格列佛游记》(1726)之外，还有一篇《一个使爱尔兰的穷孩子不致成为他们父母或国家的负担的平凡的建议》(1729)也非常有名。这是一篇"由崇高而凶恶的愤怒"所产生的、读之令人心碎肠断的讽刺作品①，他尖锐地讽刺了英国殖民主义政策，表达了对爱尔兰人民的无限热爱和同情。

1726 年斯威夫特回到爱尔兰以后，再没有去英国，他在故乡度过了晚

---

① Annette T. Rubinstein, *The Great Traditional in English Literature From Shakespeare to Shaw*, The citadel Press, P. 242.

年。晚年的斯威夫特目睹爱尔兰人民的贫困和痛苦，心情十分悲凉；每当在镜子里看到自己形容枯槁，他总会悲哀地说上一句："可怜的老头儿。"他在生命的最后几年，身体日渐衰弱，耳聋头痛加重、精神失常、时常昏睡。1745年10月19日，这位七十八岁的、杰出的讽刺作家便与世长辞了。他死后，人们评价说：斯威夫特自始至终是一个"可怕的孩子"，他说穿了不愉快的事实真相却不知道隐讳。

二、杰出的讽刺性政治寓言

《格列佛游记》是一部杰出的讽刺巨著，作家通过幻想旅行的故事，对18世纪英国社会进行了全面辛辣的讽刺。小说共分四卷：第一卷，利立浦特（小人国）游记；第二卷，布罗卜丁奈格（大人国）游记；第三卷，勒皮他（飞岛国）等地游记；第四卷，慧骃国游记。

第一卷写外科医生格列佛在远航太平洋的"羚羊号"上工作。这一天，"羚羊号"扬帆出发，不料突遇风暴，触礁沉没。格列佛死里逃生，他奋力向岸边游去，终于上了岸，炎热的天气、过度的疲劳使他在昏昏沉沉中睡去。……突然，耳边传来极低小、极低小的声音，睁开眼一看，原来他被身高不满六英寸的利立浦特国（小人国）人，用细绳从头到脚给捆牢在地上，稍一挣扎就被他们用箭猛射，无奈，格列佛成了他们的俘虏。利立浦特人用一千五百匹拖的专车把他运到京城献给国王。国王约比大臣们高出一个指甲盖，就这一点已经令人肃然起敬。小人国的臣民听说来了一个巨人，都挤到宫前看热闹，一时间乡村差不多都走空了。国王不得不召开紧急会议，讨论处理格列佛的措施。因为格列佛的食量太大，引起全国的饥荒，利立浦特人准备把他处死，但考虑到他能帮国王抵御外侵，于是格列佛得到了赦免，留在了王宫。

利立浦特国虽小，但也有一套完整的选拔官员的制度。他们根据在一根细绳上跳舞的水平来决定官职的高低。候选人冒着跌断脖子的危险表演绳技，朝廷的官员也时常奉命在国王面前表演。小人国国内党派斗争也十分激烈。根据鞋跟的高低分为高跟党与低跟党两个党派。正当两大党派争斗不停时，另一个小人国不来夫斯古发动了侵略战争，战端是争论吃鸡蛋应打破较大的一头还是较小的一头。格列佛不费吹灰之力就打败了敌国，迫使敌国前来求和，但利立浦特国王还是贪心不足，要格列佛把不来夫斯古的残余舰只全部俘房，使该国变为利立浦特国的附庸。格列佛不干，从此他就失去了国王的恩宠。又因他用小便浇灭了王后寝宫火灾，王后引为奇耻大辱，怀恨在心；再加上大臣嫉贤妒能，于是国王决定处死格列佛。格列佛得知消息后，逃出了利立浦特国，在不来夫斯古人的帮助下顺利地回到家里。这里所写的小人国显然就是"大英帝国"的缩影。作者站在高处、从望远镜里看这个妄自尊大的帝国，是多么渺小；它的卑不足道的小朝廷，钩心斗角的小政客，猥琐鄙屑的小政党，为了争权夺利而在一些与国计民生全不相干的小节目上不断地争论，为着鞋跟高低而分党，为着鸡蛋大端小端而战争，而一些文人学士又兴风作浪，为此而大做文章，这一切都相当荒谬而可笑。

第二卷写格列佛回到家里住了两个月，闷闷不乐，于是又一次出海。"冒险号"被风暴吹得偏离了航线，船上的淡水也越来越少。一天船员们发现了一块陆地，于是格列佛下船去寻找淡水。他来到一块田里，只见田里长满了二十英尺高的草。正在纳闷之际，来了一个拿镰刀的巨人，身材有普通教堂的尖塔那么高。原来，格列佛来到了布罗卜丁奈格国，也就是大人国。这个当地的农民发现格列佛后把他带回了家，格列佛受到了热情的款待。不久就与主人九岁的女儿成为好朋友。附近一些居民听说这个农民家里来了个很小很小的"怪物"，纷纷前来参观，有人还给这个农民出主意，让他带格列佛到各个镇去玩把戏赚钱。这个唯利是图的农民觉得这个主意不错，于是把格列佛装在一只箱子里，带上自己的女儿，到全国各大城市去表演。格列佛的精彩表演和特技传到了王宫，于是王后派人出高价从农民手里买下了格列佛，把他留在自己身边。格列佛终于摆脱了这个把他当作赚钱机器的农民，感到很高兴。王后很仁慈，对格列佛不错。在宫里格列佛还能常常见到博学多识、性情善良的国王。这个国王用理智和常识、公理和仁慈来治理他的国家。

王后派人给格列佛做了一只舒适的大箱子，便于带着他到各处去观光旅游。王后对格列佛的喜爱，引起了她身边一个矮子的嫉妒。格列佛没来之前，他是这个国家最矮小的人，是王后身边的红人；格列佛一来，他就不再受重视了。好几次他都想致格列佛于死地，但都没得逞。王后知道后，把矮子赶出了王宫。国王也很器重格列佛，常找他谈话。格列佛滔滔不绝地夸耀自己的祖国——英国的议会、法庭、军事和财政如何优越、开明、公道等。但明察秋毫的国王却看出了这个国家的许多弊病。格列佛还向国王介绍了火药的威力和武器的制造，但国王不仅毫无兴趣，而且认为，发明武器的人是人类的公敌。

格列佛在大人国待了两年，但他十分渴望自由。一天他陪同国王和王后到海岸巡行。他住在舒适的旅行箱里，看不见大海，可只有大海才是他唯一逃生之路。格列佛假装生病，让仆人带他去海边散步。突然来了只巨鹰，把箱子叼上了天。不一会儿一松嘴，箱子落到了海里。后来装着格列佛的箱子被路过的船只打捞起来，格列佛被载回了英国。

这一卷的主题基本上可以说是前一卷的发展，而且是从另一个角度提出来的。它所讽刺的是资产阶级所引以自夸的东西：英国的国会制度、国会选举，以及他们所谓"光荣宪法"。在这一卷里，斯威夫特用了一种与第一卷完全不同的手法：第一卷是用望远镜来看英国，第二卷用的则是放大镜。斯威夫特把"大英帝国"放在放大镜或显微镜下面，使那隐在美丽的外表底下的一切丑态毕露无遗。

第三卷写归家后不久，格列佛又随"好生号"出海。在路上遭到贼船抢劫，他们把格列佛放到一只小独木船上任他随波逐流。格列佛找到一座适宜登陆的岛屿，这时头顶上飞来一个不透明的遮住了太阳的大东西，原来这是个飞岛，岛上还有人。在格列佛的求救下，飞岛上放下了梯子，格列佛上了飞岛，也就是勒皮他岛。这个岛上的人长得十分奇怪，他们的头不是向右偏，就是向左歪，一只眼向里凹，另一眼却直瞪着天。他们整天沉思默想，精神恍惚，不是担心太阳会失去热量，就是担心地球会被彗星撞毁。他们的发音器官和听觉器官很迟钝，他们只有在拍手、拍他们的嘴和耳时，才能与别人对话。这些飞岛上的人统治着岛下的巴尔尼巴比国人。地上的居民如果不听他们的话，他们就把岛飞过去，罩住这个城市的上空，剥夺他们享受阳光和雨水的权利，或者从飞岛上掷大石头，砸他们的房屋。

格列佛游历这里的时候曾参观过一座规模宏大的学院，这里的设计家们整天忙于研究各种奇怪的课题：从黄瓜里提取阳光，把大便还原为食物，主张盖房子时先盖屋顶再打地基，或者要用蜘蛛来纺绸缎，软化大理石做枕头、针毡等。这个国家因大力推广这批院士的研究"成果"而给人民带来了无穷的灾难：房屋倒塌，遍地荒凉，无衣无食。在这里，斯威夫特并不是笼统地反对科学，而是反对虚伪的科学，例如以嗅觉辨色本身就是不科学的；他所写的那些院士不是生活在地上而是在悬空的飞岛上，其用意是十分明显的：斯威夫特是在挖苦脱离生活、脱离实际的科学。最后，这些地上的居民被逼得走投无路，只得起来反抗，他们在城市建上很多高大的尖塔或石柱，并在顶端安上一大块磁石，让飞岛不敢靠近城市上空。

格列佛觉得这个国家荒唐透顶，没什么值得留恋的，于是来到巫人岛。岛上的总督精通魔法，具有召唤鬼魂的法术。这使得格列佛有机会见到古代的历史人物，了解到今人所写的史书和编纂的评注之类与历史真相相去甚远，甚至是颠倒是非、胡编乱造。后来格列佛还游历了拉格奈格，见到了一种长生不老的人，这些人不会死，但他们年老昏聩、记忆全失，也永远跟不上新时代，他们虽生犹死，充满了痛苦。格列佛离开拉格奈格后，乘船去了日本，最后回到英国。这一卷写格列佛游历飞岛国和巫人国，其主要讽刺对象是经院派的伪科学，其代表人物是脱离实际的主观主义科学家、断章取义的评注家和考证家、颠倒史实与任意歪曲的历史编纂家等。

第四卷写格列佛和家人一起过了四个月的快乐日子后，受聘为"冒险号"船长，再次出海。不料途中水手叛变，把他长期禁闭在舱里，后来又把他扔到了一块不知名的陆地上。格列佛踏上这块土地不久，就被许多长毛的、有点类似人类的凶狠怪兽给挡住。他们冲着格列佛大吼，忽然一声马叫，吓得他们四处逃窜。原来格列佛来到以马为主人的国家慧骃国，而那些丑陋龌龊、贪婪浮荡、残酷好斗的畜类——"耶胡"只是马主人的奴役。这些耶胡好吃懒做、贪得无厌，特别喜欢在日间寻找一种发亮的石头，为了争夺这种石头他们大打出手，甚至发动大规模战争。它们喜欢吮吸一种草根，吃多了以后就互相搂抱厮打。它们也有自己的头目，头目还有宠臣。所有的腐化堕落几乎全能在耶胡身上找到。而慧骃国的主人马却既有智慧又有美德，把这个岛国治理得井井有条。

在马主人的眼里，格列佛也是耶胡，只不过是有"理性"的。也因为有"理性"之故，马主人对他感兴趣，格列佛也乐意与马主人相处。格列佛很快就学会了这里的语言，还不时与马主人进行交谈。马主人对格列佛的祖国英国十分感兴趣，于是问他各种关于英国的问题：为什么英国老打仗，法律是怎么回事，升官的诀窍是什么，等等。格列佛如实回答说：打仗是因为国王的野心、臣子们的贪污腐败或是压制人民对劣政的不满；法律是用行话写的，一般人看不懂的，它是能把白的说成黑的、黑的说成白的的一门学问；升官发财的诀窍有三个，一是美人计即出卖自己的妻女或姐妹，二是陷害前任的大臣，三是在公共场合慷慨激昂地指责朝政的腐败，以骗取人心。马主人对格列佛所说的一切都感到十分诧异，这也使他们更加肯定格列佛所说的"人"就是耶胡。格列佛在慧骃国生活得自由快乐、心情恬适，他与慧骃国相处愈久，愈觉得它们的可爱，不想离去。但这个国度将要消灭耶胡，格列佛虽有"理性"，究竟也属于耶胡，于是不得不离开相处了三年的慧骃们，回到英国。他回国以后，觉得到处臭气熏天，无论是在家里还是在街上，他的鼻子里总是紧紧地塞着芸香和烟草。当时的英国社会，在斯威夫特看来实际只是一个"衣冠禽兽"的社会。

很显然，这部小说里所写的与当时乔治一世王朝政事特别有关，例如第一卷所写利立浦特国与不来夫斯古国的战争，即指当时英法为了互争西班牙的海上霸权而引起的战争；书里的人物也大多影射当时的权要，如那位弹劾格列佛并串通其他朝臣要把他置于死地的财政大臣佛林李浦，就是那位想逮捕斯威夫特的乔治王朝首相瓦普尔。

应该说，《格列佛游记》并不是一部普通的政治寓言。斯威夫特的讽刺所针对的绝不只是某一人或某一事，而是同一类人和同一类事；因此《格列佛游记》获得了广阔的概括性质，揭露了资本主义社会政治制度的许多本质问题，例如书中所写小人国里的宫廷倾轧和所谓高跟党与低跟党之争，所指的绝不仅仅是当时乔治王朝的宫廷以及托利党和辉格党，而是资本主义的政治机器和政党制度的变形再现。高尔基曾指出斯威夫特是"全欧洲的一个讽刺家"①，那就是说，斯威夫特的政治讽刺虽然是以18世纪英国社会现实为背景，但是具有比一般人所理解的更为深广的意义。

三、奇妙的幻想与尖锐的讽刺

《格列佛游记》是斯威夫特讽刺天才的结晶，它不仅蕴含了丰富的社会内容，在艺术上也是独特精湛的。在这部作品里，斯威夫特的艺术风格得到了充分的展示，奇妙的幻想与锋锐的讽刺结合得天衣无缝。

《格列佛游记》突出的特点之一是作家把虚构的情节、幻想的故事和对现实社会的揭露讽刺紧密地结合起来。他大量采用象征影射、夸张漫画的手法，做到寓意深刻，战斗气息浓厚。如对小人国的描写，实际上反映了作家对伦敦的印象。在这里，作家主要讽刺了英国君主制度的腐败和统治集

---

① ［苏］高尔基：《苏联的文学》，《马克思主义与文艺》，中国社会科学出版社1981年版，第122页。

团之间的矛盾。以跳绳高低来选拔官吏的做法，嘲笑了官吏们无才无德，他们只要灵巧，能取悦统治者就能升官。高跟党和低跟党，影射了英国当时两大政党——托利党和辉格党。这两个党并没有什么质的差别，差别只在于鞋跟的高低而已。作家以此来讽刺英国议会中无原则的党派纷争。大端派和小端派的争执，象征着当时天主教和新教之间的斗争。作品中的利立浦特指的是英国，不来夫斯古指的是法国。因为在争夺西班牙王位继承权的战争中，英国曾利用宗教进行煽动，发动对法国作战。

在飞岛国游记中，作者揭发了宗主国与殖民地人民的矛盾和斗争。飞岛上的君主是脱离人民的，他们是一群高高在上的特权统治者。他们除了向人民征收高税，进行镇压之外，根本不顾群众的死活。飞岛和下属国的关系，犹如英国和爱尔兰的关系；飞岛夺去巴尔尼巴比居民的雨水和阳光，使人民屈服，正是影射英国夺去了爱尔兰的资源，破坏了他们的贸易自由。作品中通过格列佛对兰敦（指伦敦）的介绍，对英国社会做了尖锐的讽刺，并用了一连串指代名词，嘲笑了政府各部机构。如"一群呆鹅"指上议院，"臭水坑"指朝廷，"关起门的厕所"指枢密院，"出脓的疮"指行政，"瘟疫"指常备军，"无底洞"指财政部，等等。

从以上分析可以看出，《格列佛游记》是一部寓意深刻的作品。作家通过幽默讽刺的艺术手法，达到对英国统治集团抨击的目的。作品揭发了宫廷、议会、司法、军界、文化、金钱关系等各方面的黑暗与罪恶现象，抗议英国政府的侵略和殖民政策。与此同时，作家也通过虚构的游历故事，表达了他对社会政治的理想。如在大人国中，作家表达了对开明君主的看法。这位大人国的国王具有开明君主的一切美德，他善良、公正、理智，他反对暴行，谴责战争，并热爱自己的人民。他奖励那些对改善人民生活有过贡献的人，颁布一些有关平民福利的简单明晰的法律，并用民兵来维护社会治安。如果说斯威夫特在小人国中，提供了君主制国家的反面典型，那么在大人国中，则肯定了他所追求的正面理想。

在慧骃国游记中,作家表达了他对宗教法制社会的理想,把有理性、公正、诚实的马和贪婪、残暴的耶胡对立起来。为什么作家在大人国中赞美"开明君主制",而在慧骃国中改变了他的理想呢? 这和时代有关。后两部游记是作家亲自参考了爱尔兰人民反对英国殖民者的政治斗争后写成的。他对开明君主支持贵族和资产阶级日益憎恨,因此,他把美好的社会理想放在没有沾染资产阶级文明恶力的宗法制社会上面。但作家这种企图回到宗法制社会的理想,显然是违背社会发展规律的,作家也感到这种理想很渺茫,因而他的作品中包含了一种阴暗失望的情绪。一些资产阶级批评家认为作家对耶胡的描写是对人类的诽谤,说明作家憎恨人类;这实际是一种歪曲,耶胡可憎的形象是对资本主义社会那种见钱如命、尔虞我诈的资产者的一种讽刺,并非指全人类。

《格列佛游记》在一幅色彩斑斓的画面上,把游历、见闻和作家鲜明的爱憎情感紧密地交织起来。四部游记基本上按照一反一正排列。在讽刺揭露了反面对象后,出现了正面肯定的事物,并使之形成鲜明的对照。如小人国和大人国,飞岛国和慧骃国都形成鲜明对照。作家所采用的讽刺手法是多种多样的,有时迂回曲折,掩映多姿;有时开门见山,单刀直入。小说第一卷是以大喻小,第二卷是由巨观微,第三卷是借古讽今,第四卷是以兽讥人;斯威夫特从不同的角度来透视现实社会,把他所要讽刺的人物和事件反复地但是在不同的形式下显露出来。如果说,作品第一、二部较多采用幽默、委婉的手法,那么,第三、四部多半是辛辣凌厉的讽刺,甚至是痛快淋漓的斥骂。

《格列佛游记》第二个特点是绝妙的想象和生动的细节。这是它吸引读者的又一重要原因。四部游记出现了四幅童话般的幻想世界。主人公每到一个幻想的国土均遭到不同待遇,看到不同的景物和人物,不同的生活习俗,这些都把读者带进一座神奇的艺术迷宫。如在小人国中,没有一脚高的树木,草低得像天鹅绒一般,拔起腿就可以跨过城墙和房子。这里的鸭子同英国麻雀一般大,麻雀又好比苍蝇,苍蝇则小得看不见。大人国则是另一番景象：这里有非常宽阔的街道，森林一般高的青草；格列佛要花很大劲，才能斗败老鼠和黄蜂；他害怕青蛙，更怕那发出难听的呜呜叫的巨猫。格列佛所见的飞岛，则靠一块磁石操纵，随意降落。所有这些特定环境描写，都使读者惊叹不止。格列佛在各个国土所遇见的人也都不一样：小人国的人只有格列佛的十二分之一，才六寸高；大人国的人则比格列佛大十二倍，有教堂尖塔那么高；飞岛国的人，从国王到大臣都是一只眼朝天；慧骃国则出现了人格化的马和身姿丑陋、类似猿猴的耶胡。

除了这种有趣的环境和人物之外，还有大量的生动的细节描写。如小人用了好几匹马把格列佛的帽子拖到京城；小人在搜查格列佛的口袋时，把手帕当成折叠的船帆，头梳当成栅栏。在大人国中，格列佛有几次差点送了命：一次被猴子抱去洗澡，差点淹死；一次被宫廷侏儒塞进皇后吃完了骨髓的骨头腔里；最后一次，他被老鹰连人带箱子叼到半空中。当格列佛返回英国时，他从口袋里掏出他从小人国带回的小牛，放在船长桌子上漫步。所有这些细节，都刻画得那么生动真切，使这作品中的荒诞情节，不仅不令人生厌，而且让人很有兴趣地读下去。作家在描写细节时，也充分发挥了想象和夸张。如"跳舞"和"打蛋"两个平常的细节，作家凭借想象，把它们和政治、宗教联系起来，既写得活灵活现，又具有深刻的讽刺意义。

此外，《格列佛游记》文字简洁、形象、生动，并且巧妙地运用了反语。斯威夫特很注重修饰文字，他对自己的语言进行了认真的推敲，力求做到准确和形象。《格列佛游记》不仅是成人爱读的书，更是儿童喜欢的优秀读物，它启发了孩子们的想象和智慧。两个世纪以来，它在世界各国广为流传，是斯威夫特留给世界人民的一份珍贵的精神遗产。正如高尔基所说的那样，斯威夫特是世界上"伟大文学的创造者之一"。鲁迅先生也很推崇斯威夫特，认为他可以与俄国文豪果戈理相提并论①。

---

① 　鲁迅：《什么是讽刺?》，《鲁迅全集》第六卷，人民文学出版社 2005 年版，第 113 页。

第五节 《匹克威克外传》:狄更斯风格的幽默与反省

在英国文学史中,恐怕很少能举出第二个小说家像查尔斯·狄更斯(Charles Dickens,1812—1870)那样,从青年时代开始踏上文坛起就一帆风顺,受到读者热烈的欢迎。英国家家户户都在读他的作品;他去世的时候,全国为他举哀。当然,狄更斯不同于那种享受盛名的多产的通俗作家,生前走红,身后光彩逐渐暗淡,若干年后再也无人问津了;他们昙花一现,经受不住历史的无情考验。而狄更斯既是受欢迎的时代宠儿,又是人才辈出的维多利亚时代最有代表性的一位大作家。可以说,狄更斯既征服了当时的读者,又经受住了历史的考验;生前的洛阳纸贵,并没有影响他作为伟大的经典作家在英国文学史上应该占有的地位。

一、人道主义者的伦敦叙事

1812年2月7日,查尔斯·狄更斯出生于英国南部港口城市朴次茅斯,父亲约翰·狄更斯是在海军部供职的小职员,因为不会理财,家庭经济经常拮据。狄更斯童年时有过短暂的欢乐时光,后来又失去了。九岁时,小查尔斯曾在查塔姆的一所浸礼会学校上学,其聪明才智给老师留下了深刻的印象;这段时期,他还通过父亲的藏书,开始接触塞万提斯、莎士比亚、笛福、斯摩莱特、菲尔丁、哥尔斯密的作品。一年多的查塔姆生活给查尔斯留下的回忆是甜蜜的。1822年冬天,查尔斯的父亲调到伦敦工作,不久贫穷的阴影笼罩狄更斯一家,他们被迫迁到伦敦最贫穷的郊区之一开姆顿镇居住,小查尔斯不得不辍学。十二岁时,狄更斯在一家皮鞋油公司做小工兼当活广告,艰苦的日子和屈辱的经历在幼小的狄更斯心灵中留下永不消失的痕迹;不久,父亲因无力偿还债务而被关进负债人监狱,母亲和他的兄弟姐妹跟父亲同住在监狱内。这种艰苦的日子和屈辱的生活虽然为时不长——查尔斯在鞋油公司至多工作了四个多月，其父在负债人监狱也只待了三个月，因为获得一笔小遗产而出狱，但是它却成了狄更斯一生的隐痛。苦难的童年往往给人留下深刻的、不可磨灭的印象，并对人一生的性格形成产生重要的影响；但是，如果人在童年时代曾经尝过幸福的滋味，后来因为家境变迁又失去了欢乐，这种打击在他心灵上留下的创伤则较之前一种更令人心酸，日后的欢乐哪怕多大都无法磨灭这种埋在心灵深处的伤痕；因此，对查尔斯·狄更斯来说，童年岁月的踪迹总是自觉或不自觉地在其作品中以这样或那样的形式表现出来。

　　狄更斯的父亲出狱后，继续在海军部任职。由于经济好转，从 1824 年 6 月到 1827 年 3 月，狄更斯在威灵顿学校又上了两年半学。校长琼斯先生是一个又愚昧又野蛮的人，对学生任意鞭打、辱骂；这个人物在狄更斯的作品中曾多次出现。不久，家中仅有的一点钱财又用尽了，狄更斯不得不停学就业，为糊口而奔忙。1827 年 5 月，在他十五岁时母亲托人为他在伦敦一家律师事务所找到一份差使；这份工作为年轻的狄更斯提供了观察社会、接触社会各个阶层人物的良好机会，为他日后创作储备了十分丰富的素材。1832 年，他进入报界做了议会记者。其间，他一面从生活中汲取丰富的经验和知识，一面利用业余时间在大英博物馆的阅览室里勤奋学习；不久，便开始了他的文学创作。从 1833 年 12 月起，狄更斯用"鲍斯"的笔名发表了一些札记，并于 1836 年初收集为《鲍斯札记》出版；该书的主调幽默诙谐，但也有抑郁的篇章，如对监狱、无家可归的流浪汉、伪善的教区干事的描写。紧接着创作的并于 1837 年出版的《匹克威克外传》，以其丰富的当代素材及无与伦比的幽默取得了巨大成功，使狄更斯一举成名，从此他摆脱贫困生活，专门从事文学创作。刚过二十四岁的狄更斯之所以成名，除了他的天赋、勤奋、经历以及他敏锐的观察力与异乎寻常的想象力等因素之外，他惊人的工作毅力也是必须提到的；狄更斯常常废寝忘食地同时执笔几部长篇小说，并投入地参加其他工作。

19 世纪三四十年代是狄更斯创作的第一个时期，这一时期较重要的作品除了上面两部之外，还有描写儿童悲惨遭遇的《雾都孤儿》(1838)，暴露学校教育黑暗的《尼古拉斯·尼克贝》(1838—1839)和抨击高利贷者对小私有者摧残的《老古玩店》(1840—1841)。这一时期狄更斯对社会矛盾有一定揭露，但讽刺还比较温和。1842 年 1 月至 6 月狄更斯应邀访问美国，受到了热情接待，但是新兴的合众国使他大失所望；回国后发表了游记体小说《美国札记》(1842)，尖锐批评了美国的蓄奴制和虚假的民主。紧接着，他在长篇小说《马丁·朱什尔维特》(1843—1844)中通过主人公马丁·朱什尔维特在美国的经历，再一次揭穿美国的假民主批评美国的新闻界和出版界。19 世纪 40 年代后期，狄更斯在作品中猛烈抨击金钱主宰一切的资本主义制度，创作了描写海外贸易的长篇小说《董贝父子》(1846—1848)以及集中反映作者的人道主义理想的中篇小说《圣诞故事集》(1843—1848)等作品。

19 世纪五六十年代，是狄更斯创作的高峰期，这时的作品不论是在思想上还是艺术上都达到了前所未有的高度。1850 年 11 月完成了自传体小说《大卫·科波菲尔》，接着又完成了《荒凉山庄》(1852—1853)、《艰难时世》(1854)、《小杜丽》(1855—1857)、《双城记》(1859)、《远大前程》(1861)、《我们共同的朋友》(1864—1865)等长篇小说。这些小说揭露了资本主义社会的种种黑暗腐败现象，其批判矛头不仅指向个别冷酷无情的资产者或者个别扼杀人性的社会机构，而且指向整个英国社会；一种愤懑抑郁的情绪构成狄更斯后期作品的主调。

1870 年 6 月 8 日，狄更斯因劳累过度，在撰写未完成的《艾德温·德鲁德之谜》时突患脑出血于次日去世，终年五十八岁。狄更斯的遗体被埋葬在英国著名作家和诗人的专门墓地——威斯敏斯特寺的"诗人角"。

狄更斯是一位正义的战士，更是一个伟大的人道主义者，他疾恶如仇，对社会的罪恶势力冷嘲热讽，暴露它们的丑恶面貌、出它们的洋相，无限同情受到社会不公的苦难的各阶层人民；同时，他用温暖的笔调与喜剧性的手法赞美英国人民在日常生活中间，特别是在困难面前所流露出来的乐观主义精神。善良正直、富于风趣的狄更斯，在这些场合就成为英国的一位民间诗人，表达了一种英国的民族精神。狄更斯温情地展示他所喜爱的人物的善良美好心灵，同时又无情地暴露了社会黑暗，描绘了形形色色的社会罪恶及其代表人物；在他展现的善与恶的冲突世界里，总是充溢着对未来的希望，给读者留存的常是一种巨大的道德纯洁性和美感。即使不把狄更斯称为"改革"小说家，也不能否认，他倾向于把小说当作工具来提出问题，奋起反抗他所耳闻目睹的非正义和僵死的陈规陋习。狄更斯让幽默摧毁一向被视为理所当然的事，无论它是一般的还是特殊的。中国当代作家刘震云说：狄更斯的过人之处，在于他对所处的时代充满情感，其中最伟大的情感是怀疑，他带着幽默的态度，把怀疑渗透在他的人物和故事中①。

　　狄更斯的小说种类繁多，常常节外生枝，内容广泛丰富，它们真实反映了维多利亚社会各种各样的冲突与不和谐、怪癖、压抑、活力及不同寻常；他很少去推究笔下人物心理和良心的活动方式，但他也许是一个用英语描写精神异常的最出色的人，同时他也是形色各异的谋杀者、自我折磨者和哥特式恶棍的创造者。正如爱德蒙·威尔逊所指出：狄更斯可以说是陀思妥耶夫斯基的师父，因为《罪与罚》和《卡拉马佐夫兄弟》两书从狄更斯对杀人犯及社会叛逆者的研究中得益不浅。1870 年狄更斯写约翰·贾斯珀时已经探讨了难理解的、复杂的、神经错乱的领域，陀思妥耶夫斯基也有某种牵强的喜剧性，但比起狄更斯的轻松愉快和生气勃勃，他就望尘莫及了。确实，在这一点上甚至幽默大师们，如拉伯雷、伏尔泰、菲尔丁，都要甘拜下风。桑塔亚那宣称："像这样的作品只能向历史上最伟大的喜剧诗人去找，向莎士比

---

① 《莫言、刘震云、李洱共读狄更斯》，http://cul.qq.com/a/20140709/049083.htm，2014-07-23。

亚或阿里斯托芬去找。"①虽然狄更斯生和死都不在伦敦，但是他却创造了一个万花筒般的、实实在在的、19世纪最大的城市；伦敦成了他作品的中心，它毫无生气、纵横交错的大街小巷成了他灵感的主要来源。在艺术上，狄更斯是一位社会讽刺家和幽默大师：他善于抓住主要特征，以讽刺、幽默、夸张的手法和漫画式的勾勒来塑造令人难忘的人物形象。他又是一位非凡的语言大师，词汇丰富并有惊人的驾驭语言的技巧；他所描写的人物都有特殊和固有的语言风格，因而个个都有鲜明的个性。他在描绘大自然时同样显示出非凡的技巧和魄力。

二、寓教于"笑"的流浪汉小说

狄更斯认为作家的任务是给人们提供娱乐，通过娱乐获得教益。他秉承18世纪英国小说家菲尔丁的小说理论，把小说家比喻为饭店主人，他们的任务是款待顾客、向顾客提供佳肴、让顾客得到享受并满意。狄更斯认为艺术家就是款待家，要像饭店主人那样为客人端上一盆盆佳肴，向读者提供一部又一部合乎他们口味的小说；同时，他认为作家的任务并不局限于"款待"，他们还应该通过作品使读者得到"教益"，并能促进社会"改革"。狄更斯不仅是"款待家"，而且是"教育家""改革家"。狄更斯是以"笑"开始款待读者的，他的第一部小说《匹克威克外传》就是一部"笑"的喜剧。

1836年，出版了《鲍斯杂记》的狄更斯受到一位欣赏其才华的出版商的邀请，要他为一位著名画家将要画出的一些漫画写说明文字。狄更斯同意合作，但坚持应由他自己先写文字，再由画家来配画。《匹克威克外传》就是在这种情况下诞生的。全书没有事先设计好的严密结构，狄更斯只是兴之所至，信笔写去，即兴发挥，采用的是典型的"流浪汉体"小说（picaresque novel）形式。

①　[英]爱德迦·约翰逊：《狄更斯——他的悲剧与胜利》，林筠因等译，天津人民出版社1992年版，第743页。

《匹克威克外传》开创了狄更斯长篇小说发表的方式:分若干卷逐期发表。狄更斯开始写这部书时并没有一个完整的构思,只是边构思边写作,因此作品没有连贯的故事情节,但作家笔下的匹克威克形象却栩栩如生,他那幽默滑稽的举止受到人们的喜爱。这部小说分二十期发表,第一期只印了四百份,到第十五期时预订就超过四万份。《匹克威克外传》受到热烈的欢迎,以至于有一个读者在临终前还喃喃地念叨着"匹克威克",许多商人也都争着以这个喜剧人物为自己的店铺或产品命名。《匹克威克外传》使狄更斯一举成名,从此他便专门致力于文学创作。

长篇小说《匹克威克外传》取材于一系列彼此相联系的有关一个伦敦俱乐部成员的奇异故事,其中有插图说明;这个俱乐部的游历和探求的性质,正如狄更斯最初解释的那样,能够让他笔下的人物在英格兰四处活动,经历各种各样的喜剧性遭遇,每当匹克威克身陷法网和囹圄,小说情节就在更大的范围中展开。主人公独身老绅士匹克威克先生是一位德高望重的名流学者,他在伦敦创办了一个以自己姓氏命名的绅士俱乐部——匹克威克社,并亲自担任社长。他领导成立了一个包括四位社员的"通讯部",其他三位社员是:年岁已高却仍热衷于谈情说爱的特普曼先生;在朋友们中享有大诗人名气,却从未出版过一部作品的史拿格拉斯及自诩为运动健将和游猎高手的文克尔先生。他们的任务是到全国各地旅行采访,考察风俗民情,并写出书面材料向社里汇报。这些天真幼稚、涉世不深的堂吉诃德式的先生一路上的冒险事业构成了小说的主要情节。上路不久,他们就碰上了生活中邪恶的化身、冒险家和骗子金格尔。金格尔原是流浪艺人出身,他一路上滔滔不绝、妙语如珠,赢得了匹克威克一行的好感和信任。他们一同到新朋友老绅士华德尔的庄园中小住。逗留期间,多情的特普曼爱上了主人的姐姐、老处女雷切尔小姐。可是,金格尔为了攫取雷切尔小姐的财产,使诈破坏了特普曼与雷切尔的"罗曼史",引诱她与自己私奔。华德尔和匹克威克一路追寻,终于在伦敦一家小旅店里找到了这对私奔者,并用一百二十英镑的离婚赔偿费把这个流氓打发走了。在此过程中，匹克威克先生认识了旅店里一个擦皮鞋的小伙计，聪明伶俐的山姆·维勒，并雇他为仆从。匹克威克先生和他的同伴们继续旅行，由伦敦来到伊顿斯威尔。大选前的镇上火药味特浓，"蓝党"和"浅黄党"的竞争已到了白热化的程度。而匹克威克一行作为外乡人，处于亢奋的选民中间却感到无所适从。回到伦敦后，匹克威克遇上了麻烦。一心想嫁给他的女房东寡妇巴德尔太太控告他违背婚约。不可思议的是，她在两个居心叵测的无赖律师道孙和福格的帮助下，竟然胜诉了。匹克威克断然拒绝支付七百五十镑的赔偿金，宁愿被送进监狱也不让道孙和福格的阴谋得逞。在狱中，匹克威克先生不仅遇到了瘦得皮包骨头的金格尔和他的仆人乔伯·特拉伦，而且还遇到了昏死过去的巴德尔太太。原来，她也因无力支付律师费用而遭关押。匹克威克先生又大发慈悲：他帮助痛改前非的金格尔还清债务，使金格尔和他的仆人出狱，并给他们安排好了工作，又帮助巴德尔太太支付了那些害得他自己被判了三个月徒刑的律师的费用。匹克威克出狱不久，文克尔带着爱拉白拉来找他，因为他们没征得双方家长的同意，就私奔结婚了；于是匹克威克说服了爱拉白拉的哥哥、青年医生班·爱伦和文克尔的父亲，终于使他们获得了幸福。匹克威克还促成了史拿格拉斯和华德尔先生的女儿爱米丽、山姆和爱拉白拉的侍女玛丽的婚姻。最后匹克威克解散了匹克威克社，在他的新居里安度晚年。

　　幽默滑稽的匹克威克先生受到广大读者的喜爱。匹克威克的一连串遭遇是一连串笑料。值得注意的是，这一连串笑料故事虽然曲折离奇，似乎在日常生活中不可能发生，但是如今发生在匹克威克先生身上却是令人信服的，读者并不感到它们是一些仅仅逗人发笑的、肤浅的噱头。这些笑料大多有一定的内在含义：在"笑"声之外，读者会察觉到它们或是针对时弊，或是揭穿虚伪的假面具，旨在支持正义；有些笑料虽然没有什么社会意义，但在刻画人物性格和推动情节发展方面却起了强化艺术效果的作用。

　　《匹克威克外传》与《堂吉诃德》有许多相似之处。首先，这两部作品都采用了流浪汉小说的形式。这种小说形式源于 16 世纪的西班牙,小说主人公都是出身于社会底层的小人物,大多是骗子或者无赖,他们追随一个或者几个主人在各处流浪;通过他们曲折离奇的遭遇,反映了 16 世纪封建主义和资本主义交替时期的欧洲社会面貌。流浪汉小说是一种比较原始的小说形式,也是维多利亚时代的读者所熟知和习惯了的小说形式;狄更斯用流浪汉小说作为他第一部小说的艺术形式,说明他的小说创作一开始就是贴近大众的,也说明他的艺术风格是在融汇传统的基础上确立的。其次,匹克威克先生和堂吉诃德先生在品质上也有许多相似之处。他俩各自生活在自己的理想世界里,都抱着那种神圣的轻信态度投身到生活中去,正像堂吉诃德先生从骑士的眼光看待社会、希望周围的一切都像理想中的骑士世界那样完美,匹克威克先生则以"天真无邪"的目光看待社会,认为社会里的一切都像五月那样阳光明媚;他俩为了维护各自的理想,锄强扶弱,反对欺诈和压迫,与一切不正义做斗争。由于他们的理想不切实际,同时更由于社会的邪恶势力过于强大,他们常常陷入困境。有人说匹克威克先生是 19 世纪的堂吉诃德先生,但所不同的是堂吉诃德先生对付社会使用的是一根过了时的中世纪长矛,而匹克威克先生凭借的则是资本主义社会里最厉害的武器——金钱;有了金钱,匹克威克先生可以到处逢凶化吉、遇难呈祥,而不像"愁容骑士"堂吉诃德先生那样碰得头破血流,险些丧命。

三、幽默轻快里的反省与沉重

《匹克威克外传》以生动的笔触向人们展示了 19 世纪初期英国广阔的社会生活,从各个方面刻画了当时英国上流社会的各色人等,也描绘了许多受尽苦难的下层善良人,还用大量的篇幅抨击了资本主义的法律、司法制度、监狱等上层建筑。正如萨克雷所说的,"《匹克威克外传》比起某些堂而皇之的或纪实的史书更能帮助我们了解当时人们的状况和习俗"。尽管狄更斯并不回避生活中的黑暗面,但总的来说,这本书充满狄更斯特有的幽默,洋溢着一种积极和乐观的精神。

但是《匹克威克外传》又不同于一般暴露性小说,全书充满了丑恶又到处洋溢着荒唐与滑稽。这与狄更斯后期的作品不同,这部小说是以一种生机勃勃的乐观主义态度来看待现实生活的。它所描绘的不是一个充满尖锐矛盾的冷酷的社会,而是一个带有田园生活色彩的和谐的生活环境,是作者对"古老而快活的英格兰"中世纪宗法社会的理想化表现。狄更斯在创作这部小说时只有 24 岁,青春的热情使他对生活充满了信心,那种抑制不住的欢快情绪和向上的精神弥漫在整部作品中。狄更斯主要是一个小说家,但在这部作品中却表现出无与伦比的幽默和惊人的喜剧才能;他善于发现生活中的谐谑之美,把一切具有可笑性的人物、事物都串进他的艺术构思中。

小说主人公匹克威克先生是狄更斯人道主义精神、乐观主义精神的体现者。他有一颗赤子之心,天真、善良、热心、乐于助人。他是仁慈和博爱的化身,凡是接触过他的人都这么一致认为。但匹克威克又不是《奥列佛·退斯特》和《尼古拉斯·尼克贝》中那种单纯的慈善主义者,他还疾恶如仇。匹克威克之所以成为匹克威克,就在于他可笑,他身上的种种不谐调引出无穷尽的笑料。他全不通人情世故,好像"人诞生了,过了二十五年才长心眼儿",因而闹出许多笑话。他刚出门旅行,就向车夫问东问西,还拿笔记本记下来,结果被车夫当成密探,下车付了钱后,车夫揪住他就要打。还有一次,他放弃自己的旅行计划,去追赶骗子金格尔,结果自己被金格尔设计骗到一座女子学校,闹了大笑话,淋了雨风湿痛复发不说,还被一群住宿的女学生当作歹徒关在壁柜里过了一夜。这个插曲特别集中地表现了匹克威克性格的特点,因为只有像他那么天真才会上金格尔的当,也只有像他那么善良才会去追赶骗子,以免他危害更多的人。

形成小说高潮的匹克威克"赖婚"案更富有戏剧性:匹克威克要雇青年山姆当贴身仆人,便对房东巴德尔太太说,这个家就要增添一名男性成员了，巴德尔太太今后就有人做伴啦，等等，结果被这位寡妇误认为是求婚，她竟快活得当场晕倒在匹克威克的怀抱里，又刚好被匹克威克的三位朋友撞见，这就造成了老先生有口难辩的滑稽场面。在法庭上这三位朋友出庭做证反帮了倒忙，匹克威克竟被判以"破坏婚约"罪入狱。一连串的形势就这样不凑巧，或者说被太凑巧地撮合起来，故意跟匹克威克过不去。事实上匹克威克的游历可以说是由匹克威克先生一系列的窘境串起来的：被车夫抓住就打、被伊顿斯威尔选民围攻、亲自驾车时翻车、滑冰掉到冰窟窿里、被锁在女子学校的壁柜里、半夜闯进老小姐的卧室……他热心肠、缺心眼、专办傻事，到头来总是自己吃亏。正因如此，他更逗人喜爱，正像我们喜欢那种心眼好、心眼少的伙伴，对于太精明的人总要存几分戒心一样。华盛顿·欧文说"我们始而笑他，最后爱他"，大概就是这个道理。

狄更斯在塑造山姆·维勒这个人物时，饱含感情地表现出劳动人民的机智、勇敢、忠诚和富于正义感等优良品质。山姆的出现，不仅使分期按月发表的《匹克威克外传》销售量激增，而且承继了西方文学传统的一类典型形象：其"祖先"有桑丘·潘沙、李尔王的弄臣、莫里哀的斯加纳莱尔和博马舍的费加罗等。山姆是一个地地道道的伦敦穷孩子，他是在社会里锻炼出来的，在各方面都与匹克威克形成对比。匹克威克先生和仆人山姆·维勒的关系是模仿堂吉诃德和他的仆人桑丘·潘沙写成的。匹克威克年长却不通世故，山姆年少却阅历很深、精明老练。在整个故事的发展过程中，都是山姆一次又一次替主人解围。特别是当一对黑心肠的律师挑唆巴德尔太太以所谓破坏婚约对匹克威克进行起诉时，是山姆以串门聊天的方式摸清了这一对坏蛋兜揽此案的底细。妙就妙在他假装天真，在法庭上做证时和盘托出道孙与福格的阴谋，这等于在法庭上爆了一枚炸弹。可他自己装得毫无意识，实在狡猾得可爱。山姆有时也确实天真无知，看他给心爱的姑娘玛丽写情书，凭着他的一身机灵，却被几个大字难倒了。山姆的语言是这个形象中极有特色的部分，他开口便是歇后语，充满土生土长的智慧。性格豁达开朗、充满智慧和现实精神的山姆，以他独特的方式体现了跟匹克威克一样的乐观主义的人生态度。

小说还塑造了两个主要的反面人物：骗子金格尔和与之狼狈为奸的仆人乔伯。这两个人物在很大程度上也都是滑稽角色。金格尔是个流浪艺人，口若悬河，一路行骗，可他并没有真正损害了谁。他破坏特普曼与老处女姑妈的"罗曼史"，扮演了《奥赛罗》中"伊阿古"式的角色。但那两位不切实际的老者的"罗曼史"本身那么可笑，金格尔至多只能算是个喜剧性的伊阿古罢了。至于那个专门用眼泪骗人的乔伯，他使我们不禁从哈姆雷特所说的"一个人能笑呀，笑呀，还是一个坏蛋"而联想到"一个人哭呀，哭呀，也照样是个坏蛋"。不过，他的鳄鱼泪也只害得匹克威克大出洋相，所以到最后，他一拿手帕，匹克威克就引起条件反射，使我们要发笑。

总之，作者是用滑稽化、漫画化、喜剧化的手法来处理人物和事件的，即使是揭露资本主义社会里泛滥的霸道、贪婪、虚伪等丑恶行径，也同样蒙上了一层喜剧色彩。譬如，关于伊顿斯威尔市选举的描写就是对政客派别斗争的讽刺。两派互相攻击到了歇斯底里的地步，所用语言夸张到了极点。这是个漫画的境界，突出了当事者的可笑，但并不揭示政治在生活中的现实意义。又如易卜斯威契市市长先生以"破坏治安"罪捉拿和提审匹克威克，也是绝妙的喜剧场面。首先，匹克威克不是被押送，而是坐在轿子里。他本人一路演说，其他"匹克威克社"成员和山姆沦为"同犯"跟着轿子走，前后还有一群看热闹的人簇拥着，他就这样来到市长家。接着市长老爷开始"升堂"，好不威风。他不知道匹克威克犯"罪"的情节，对法律条文更是一窍不通，但这并不妨碍他给匹克威克一行人一一定罪与罚款，其荒唐滑稽，犹如卡夫卡的《审判》。最后，市长先生自己被夫人数落一顿，威风扫地，更为这喜剧场面平添了意想不到的幽默情趣。再如全书后半部最富于揭露性的关于诉讼案和监狱的部分，也同样极富喜剧性。匹克威克莫名其妙地被控为"破坏婚约"，他不肯出赔偿费，便自动来坐牢。他一路进铁门，就被看守们团团围住，死盯着看，"好像准备为他画像"。原来，他们是在那里记下匹克威克的相貌特征。他们正是用这种方法防止在押者逃跑的！随着匹克威克的入狱，我们来到一个压迫人的世界，也是一个荒唐的世界：在押者的境况十分悲惨，但很多情景通过山姆玩世不恭的眼光表现出来，也是光怪陆离甚至包含一种阴沉沉的、冷酷的幽默，令人感到一种轻快中的沉痛。

四、夸张与讽刺的喜剧手法

狄更斯在塑造人物上，继承了英国文学传统中"类型化"的方法。有些评论家认为狄更斯不擅长人物塑造，其作品中的人物是扁平的和静止的。的确，狄更斯刻画人物不是从心理上，而多半是从人物的行为、言语等方面着手；而且，其作品中的正反面人物泾渭分明，正面人物往往是善良和正直的化身，不像莎士比亚笔下的正面人物还有相反的另一面且往往具有致命的弱点。应该说，狄更斯与莎士比亚在人物塑造方面各有千秋。狄更斯塑造人物的主要特点是运用漫画式的夸张手法，他往往表现人物外貌特征，或者用人物的习惯用语和习惯性动作来突出这个人物形象。《匹克威克外传》中，出现了"上自王子，中至贵族、商人、学者、夫人，下至囚徒"等许多人物。狄更斯不去管人物的整体形象，而仅仅突出人物的某一方面特点，然后把这一方面特点尽量夸张开去，使得人物形象异常鲜明、生动。比如特普曼、史拿格拉斯、文克尔三位先生，关于他们的出身、容貌、身高、职业、婚姻状况等情况，小说都没有介绍，而只突出了他们各自一点：特普曼先生非常多情，"他总是控制不住对女士的爱意"；文克尔先生多愁善感，"他具有诗人的气质，尽管一首诗也未曾写出来过"；而史拿格拉斯"则是擅长运动的"。另外，狄更斯在小说中还突出了维勒的"机智、幽默"、巴德尔太太的"矫情"以及里奥·亨特尔夫人的"浅薄造作"等。

狄更斯小说艺术的主要特征，如幽默、夸张、巧合和戏剧化等在《匹克威克外传》中都已充分呈现；它还体现了精力充沛的青年作家的创作特色：才气横溢,想象力不受拘束,汹涌澎湃,一泻千里。在小说中,形象和比喻沸腾翻滚,接踵而至,好像只能信笔记下,来不及仔细构思;丰富的情节、变化的场景、形形色色的人物往返穿梭、层出迭现,令人眼花缭乱。这一切又在喜剧风格中得到完美的统一,真正做到"既逼真,又逗乐"。

《匹克威克外传》卓越的艺术成就,主要表现在讽刺艺术上,这也是狄更斯文学天才的主要特征之一。鲁迅先生曾说:悲剧将人生有价值的东西毁灭给人看,喜剧将人生无价值的东西撕破给人看。讥讽又不过是喜剧变简的一支流。鲁迅先生这句话的意思是说,悲剧往往展示的是崇高、伟大、庄严的事物或人失败的过程,让人看到美的东西毁灭;而喜剧则是把一些渺小、可小、丑恶的事物或人展示开来,让人看到丑的东西肆虐。因此所谓讽刺,实际是喜剧艺术的简练化,它经常通过揭露讽刺对象的矛盾,艺术地将无价值的东西撕破给人看。可见,讽刺是喜剧所特有的,它与恶和丑的揭露与批判紧密相连。在《匹克威克外传》中,狄更斯运用的主要讽刺手法是"漫画笔法",在总的"漫画笔法"中他又结合了小的"喜剧矛盾笔法"。所谓"漫画笔法",就是用特殊的夸张变形的方式来反映事物的本质特征,使其特点因为格外突出而极不协调,也就是说,作家采用"歪曲原形"的方式,通过放大或缩小反面事物的典型特征来造成漫画式的效果。比如,狄更斯对 19 世纪学术界、政界、司法界社会生活的讽刺性描写;并用一块"因农夫无聊而刻上了几个字的石头",却被"匹克威克社"当作考古发现而进行"声势浩大的学术研究",引起"激烈的学派辩论",导致"一部部的学术专著发表",从而夸张了学术界的"故弄玄虚、扯淡、无聊"现象,颇富讽刺意义。与鲁迅悲剧性的"哭"的讽刺相比较,狄更斯则是喜剧性的"笑"的讽刺,《匹克威克外传》让人们在"笑"的审美享受中去否定和鞭打丑恶与落后的东西。

《匹克威克外传》是狄更斯天才的第一次真正的显露。他后来的作品中许多丰富的内容,譬如对英国社会各方面的揭露讽刺都在这部小说中初见端倪;他的丰富的语言、他的喜剧手法、他小说里的诸多成分,如讽刺、象征、荒诞、闹剧、童话、流浪汉体、现实的暴露等都在《匹克威克外传》中第一次发出艺术的光芒。《匹克威克外传》是打开狄更斯全部作品的一把钥匙；可以这么说，不了解《匹克威克外传》，就不能了解整个的狄更斯。

第六节 《双城记》:时代的良知与上帝的真理

英国著名作家查尔斯·狄更斯(1812—1870)一生创作了十五部长篇小说以及许多中短篇小说和散文,其作品广泛地描绘了维多利亚时代的英国社会。狄更斯是一个了不起的讲故事的大师,百科全书式地呈现了那个时代,生动而经典地刻画了英国社会形形色色的人物。狄更斯的小说体现了英国人的核心精神,一种发自内心的快乐和满足以及一种自觉的反思和批判精神;其作品为弱势群体代言,追求社会正义,探寻能使人类和谐相处的核心价值,叩问那时的世界首富之国的良心,以锐利的目光透视现代生活,以文学形式道出了许多人的心声和梦想。他与萨克雷、夏洛蒂·勃朗特、盖斯凯尔夫人等人一起,被马克思称为"现代英国的一批杰出的小说家"①,马克思认为他们向世界揭示了许多"政治的和社会的真理,比起政治家、政论家和道德家合起来所做的还多"②。

一、合为时而作的忧患之思与盛世危言

狄更斯在《双城记》的一开篇就激情澎湃地写道:"这是一个最好的时代,这是一个最坏的时代! 这是一个智慧的年代,这是一个愚蠢的年代!……人们面前应有尽有,人们面前一无所有!"③作为一部忧患之作,狄更斯的著名小说《双城记》以一种借古喻今的方式,以法国大革命为载体,反映了当时法英两国尤其是巴黎和伦敦两座城市尖锐的阶级对立和激烈的阶级斗

---

①② [德]马克思:《英国资产阶级》,《马克思、恩格斯论艺术》(第二卷),中国社会科学出版社1983年版,第296页。

③ [英]查尔斯·狄更斯:《双城记》,石永礼译,人民文学出版社1993年版,第1页。以下所引均出自此书。

争;通过各种人物的遭遇及其人性剖析,展示了人道主义视野下革命的合理性与复仇的疯狂性,极力提倡用仁爱和宽恕的精神来化解仇恨,感化和抚慰那些受伤的或被扭曲的心灵。《双城记》不仅体现了狄更斯对人性与社会的严肃思考和探讨,而且以其优美的语言、鲜明的个性描写、扣人心弦的故事情节、含蓄幽远的象征意象及浪漫的现实主义风格等赢得了世界各地读者的喜爱。

《双城记》创作于 19 世纪 50 年代,正值狄更斯创作的高峰期,也是英国资本主义经济迅速发展的时期。资本主义发展带来的种种罪恶和劳动人民生活的贫困化,使英国社会处于爆发一场社会大革命的边缘。早在 19 世纪三四十年代,工人阶级为了争取政治权利,就在全国范围内展开了规模宏大的"宪章运动"。这次被列宁称为"世界上第一次广泛的、真正群众性的、政治性的无产阶级革命运动"①虽然失败了,却让狄更斯清醒地意识到 19 世纪 50 年代的英国,与 18 世纪末的法国社会非常相似,下层群众中普遍存在着一种愤懑与不满的情绪,人民的革命情绪大有一触即发之势;为此,他决定创作一部以法国大革命为背景的小说,用以针砭英国的社会现实,为同时代的英国人提供借鉴,正是在这种背景下长篇小说《双城记》于 1859 年问世了。

由于是为了警示英国人并以法国历史为题材,狄更斯将故事的发生地点确定在巴黎和伦敦这两个城市,小说也由此得名《双城记》。全书分为"复活""金钱"和"暴风雨的踪迹"三部分,讲述了法国医生梅尼特从 1757 年到 1789 年期间的一段曲折的人生经历及下层革命者德伐日太太一家的悲惨遭遇。1757 年 12 月的一个深夜,寓居巴黎的外科医生亚历山大·梅尼特突然被绑架到厄弗里蒙地侯爵府,为一位美丽的青年农妇看病。在这里他偶然地了解到一桩令人发指的罪行:侯爵的弟弟为了霸占这位新婚不久的美貌农妇,残酷地害死了她的丈夫、气死了她的父亲、刺死了她的弟弟,只有她幼

---

① ［苏］列宁:《第三国际及其在历史上的地位》,《列宁全集》(第二十九卷),人民出版社 1972 年版,第 276 页。

小的妹妹（即后来的德伐日太太）侥幸逃脱；最后，这位农妇不堪凌辱，含恨而死。正直的梅尼特写信给一位大臣告发侯爵府里发生的罪恶，不料信却落到侯爵兄弟手里。为了灭口，侯爵兄弟将梅尼特医生投进巴士底狱。梅尼特年轻的妻子因为丈夫莫名其妙的失踪，两年后忧郁而死；在他入狱后才出生的女儿路茜则被梅尼特的好友——英国银行家劳雷接到伦敦抚养。梅尼特在狱中被单独囚禁了十八年，逐渐由一个年轻有为的医生变成了一个满头白发、神志不清的人，每天只知道机械地做鞋来打发时光。为了控诉侯爵兄弟的暴行，他在丧失理智之前，用铁锈和着眼泪写下了一份控告书。十八年后的1775年，梅尼特的仆人和好友劳雷等人设法将他营救出狱，他逃离了法国并定居伦敦。厄弗里蒙地侯爵的侄子查理斯·代尔那由于厌恶家族的罪恶，主动放弃了爵位和领地，隐姓埋名来到伦敦自食其力，并与梅尼特的女儿路茜产生了爱情。在举行婚礼的那天早上，代尔那单独向梅尼特说出了自己的真实身份。为了女儿的爱情幸福，梅尼特超越了巴士底狱十八年的苦难，宽容地同意了他们的婚事。1789年法国大革命爆发，代尔那为了营救一名无辜的老仆人返回巴黎，却因受到家族的牵连而被革命政权逮捕并判处死刑。外表酷似代尔那的英国律师卡尔登，由于深爱着路茜，甘愿为她牺牲一切，为了使路茜不失去丈夫，卡尔登设法潜入监狱，救出了代尔那，而自己则坦然地走上了断头台。

小说的另一条线索是：在血海深仇中成长起来的德伐日太太与贵族阶级势不两立，她积极参加反对封建专制的秘密活动，以顽强的毅力在黑暗中迎来了大革命。在大革命高潮中，广大群众用极端化的暴力手段对贵族阶级进行了狂热的镇压，整个法国社会尤其是首都巴黎像汹涌澎湃的复仇海洋；而浸润着深仇大恨的德伐日太太则变本加厉，为了彻底、痛快地复仇，她不仅一心要把无辜的代尔那送上断头台，甚至还想把代尔那的妻子和幼女，以及为营救代尔那而奔走的梅尼特医生等人统统置于死地。当她得知代尔那已被判死刑，又兴冲冲地赶到代尔那处想亲手杀害代尔那的妻女时，被路茜的女仆普洛斯在扭打中失手杀死,结束了她恶意复仇的一生。

《双城记》虽然是一部历史题材的小说,但狄更斯的着眼点却紧紧地瞄准在现实生活上。作品对 19 世纪后期法国及英国社会生活的广泛描绘,对法国大革命爆发根源的探索,都是为了把法国大革命时期的种种社会危机与现实的英国社会联系在一起,以一种借古喻今的方式,告诫英国资产阶级统治者:残酷的剥削与压迫、百姓的极度贫困就是革命的根源,如果不能减轻平民的苦难,那么当前的英国爆发革命就不可避免。小说把法国大革命前的社会矛盾展现得十分细致与真实,无论是在城市还是在乡村,“饥饿到处横行”,广大百姓以“桑叶草”为食,而贵族阶级则穷奢极欲、欺男霸女,他们在全国看不到“一张面孔带有任何敬意”,不堪压迫的人民群众正准备着“用绳子和滑车来吊死仇敌”。1859 年,狄更斯在谈到《双城记》的创作经历时说:“我花了大量时间和精力来创作《双城记》,经过无数次的修改,总算感到满意。能够偿还我在创作中所付出的心血的,绝不是金钱和其他任何东西,而是小说的主题意义和创作完成时的喜悦。”[①]的确,狄更斯的这部殚精竭虑之作,无论其揭示的历史意义和社会意义,还是其本身所具有的审美价值,都是值得后人挖掘和探讨的。

对于《双城记》这部小说的评价,评论家们的意见是不一致的:英国本土和西方的不少评论家认为这部作品在狄更斯的全部创作中地位不高,认为“《双城记》的写作风格是灰暗的,不事修饰的,因此许多读者都不愿意在狄更斯的正宗里给它一席之地”[②]。“许多不喜欢狄更斯其他作品的人倒十分偏爱《双城记》,而许多热爱狄更斯的人却不肯把《双城记》读上两遍。这是作者所有的小说中最缺乏狄更斯风格的一部了。”[③]然而,由于文化观念的差异、接受语境的不同,自从 20 世纪上半叶《双城记》被译介到中国以来,它却

---

① Nornan Page, *A Dickens Companion*. The Macmillan Press Ltd,1984,P. 207.

② [英]约翰·格劳斯:《双城记》,《狄更斯评论集》,上海译文出版社 1981 年版,第 275 页。

③ [英]乔治·桑普森:《简明剑桥英国文学史》,刘玉麟译,上海外语教育出版社 1987 年版,第 211 页。

一直被中国文艺评论家和广大读者当成狄更斯批判现实主义的经典之作而
备受推崇。对于中国人来说，"革命"与"现代化"是20世纪中国社会的思想
聚焦点，无论是出于"哪里有压迫，哪里就有反抗"的革命启蒙教育与革命合
理性宣传，还是出于中国先哲庄子所谓"克核太至，则必有不肖之心应之"的
文化传统熏染，《双城记》里所反映的"压迫与反抗"之间的辩证关系以及人
类内心深处"心理能量的淤积与宣泄"规律都深深地感染和吸引了中国读
者，小说所阐明的道理无疑是一条跨越东西方文化与心理界限的社会通则。
狄更斯当年的社会忧思之心，即使是在当今社会主义市场经济初级阶段的
中国社会里，也仍然能够引起许多有识之士的精神共鸣。在这样的社会背
景下，重读《双城记》，发掘暴力冲突的根源、化解仇恨与对立，预防社会动
荡、巩固社会发展成果，探讨社会各阶层和睦相处、共同提高的方案，等等，
成为21世纪思想史视野下外国文学经典阐释与解读的题中之义。

二、人道主义视野中的革命合理与复仇疯狂

《双城记》的创作是有其深厚的思想史背景的。19世纪英国伟大的思想
家卡莱尔(1795—1881)深深地影响了维多利亚早期和中期的一批重要作
家，对他们作品的社会倾向的形成是至关重要的。但是在这些作家中，没有
谁能够像狄更斯那样诗意地表现卡莱尔的写作，没有哪位作家能够像狄更
斯那样卓越地转化这种影响。卡莱尔是狄更斯真正喜欢的唯一抽象思想
家。毫无疑问，他对卡莱尔的深深崇敬是他在众多的革命中选择法国大革
命的一个明显原因；另一个原因无疑是他对法国十分熟悉，尤其是巴黎。我
们将《双城记》与卡莱尔的《法兰西革命》加以对照也不难看出，《双城记》不
仅在思想上深受卡莱尔及《法兰西革命》的影响，而且小说中反映的历史进
程和历史事件，大多也以此书为据。

像他同时代的许多所谓资产阶级激进派一样，狄更斯看到了英国维多
利亚时代的社会症结；像同时代的作家那样，狄更斯学会了在自己的小说里

直接质疑社会的优先权和不平等现象,表达出对某些制度,特别是那些僵死的、已失去作用的制度的怀疑,急切呼吁行动和真诚。但是,他们的中产阶级立场和人道主义思想素养决定了他们仅仅提倡积极的社会改良而不是激烈的阶级斗争和革命。面对 19 世纪三四十年代三起三落的"宪章运动"和 1848—1849 年风起云涌的欧洲大陆各国革命运动,他们忧心忡忡,纷纷以自己的著述(政论的、历史的、文学艺术的)来揭露和抨击种种社会弊端,旨在提醒人们:不要被歌舞升平的表面现象迷惑,应该正视现实,积极从事改革;如果听任社会矛盾不断激化,人民会奋起以更加残酷的暴力对加诸他们身上的剥削、压迫和苦难实行报复。

两个相当不同的监狱——纽盖特监狱和巴士底监狱,主导了《双城记》中的前两部分,背景是在 18 世纪 70 年代和 80 年代的伦敦和巴黎;小说的第三部分移到了革命的巴黎,转向了推翻旧压迫和引进新压迫后实行刑法惩治的后果。狄更斯满怀同情地描写了法国平民的悲惨遭遇,愤怒地谴责了封建贵族的为非作歹和为所欲为。他明确指出,法国大革命的爆发是贵族阶级的腐朽残忍与飞扬跋扈的结果,是下层人民长期仇恨的总爆发;小说通过厄弗里蒙地侯爵和"朱古力爵爷"的荒淫奢侈与残暴狠毒、梅尼特医生和德伐日太太一家的苦难遭遇雄辩地说明了这一点。小说揭示了一条真理:压抑在法国平民心头的愤怒,必将像火山一样爆发出来,不可避免地要发生一场革命。从人道主义立场出发,狄更斯在《双城记》中首先肯定了法国大革命的历史必然性和本质上的正义性,肯定了它摧毁法国强固封建堡垒的赫赫伟业;他一定感觉到了法国大革命在欧洲释放出来的民主精神,它仍未实现的"自由、平等、博爱"的诺言,对他的时代具有独特的重要性。同时,狄更斯又对积蓄起来的革命力量的爆发充满恐惧,在他看来,一旦革命爆发,群众的兽性就将一发不可收拾,必然会把国家投入无政府、无秩序的深渊;杀戮必将毁灭人类固有的本性,最终将导致人类的自我毁灭,因此他强烈谴责革命中的过激暴力行为,反对失去理智的革命冲动。

描写城市暴动，狄更斯通篇将其比作海水、人的海洋、人声的波涛，像海水冲击堤岸，砰訇大作；乡镇暴动，狄更斯着重描写了火：府邸着了火，万家点燃了灯火，星星之火，顷刻燎原。这两层描写，用意颇深，旨在说明：革命的激情达到顶峰，会泛滥成灾、不可收拾；大规模的群众运动是失控的，运动中的群众是疯狂的、盲目的和丧失理智的。于是，从德伐日太太在市政厅前手刃老弗隆开始(第二卷第二十二章)，场院内磨刀石霍霍飞转(第三卷第二章)，革命法庭将无辜者判处死刑(第三卷第六章)，大街上囚车隆隆前进，刑场上断头机吉洛汀嚓嚓操作(第三卷第十五章)。这一切是那样的阴森可怕、野蛮凶残。狄更斯认为，暴力并不能改造社会，反而伤害了无辜——不仅代尔那、路茜、卡尔登等无辜者受到失控了的革命暴力的伤害，连真心拥护革命的孤苦伶仃的女缝工也被送上了断头台。这种革命暴力的失控现象在各个时代的各个地方屡见不鲜，中国当代著名作家张炜的长篇小说《古船》所展现的20世纪上半期的中国革命就是典型的案例，不过那主要是写乡镇暴动的。狄更斯写这一章时，是把卡莱尔和其他权威人士的记载当成事实，据他们说，在巴黎被处死的人数超过一万，而不是一千，其中只有一半是真正的政治犯。嗜血成性的疯狂，像瘟疫一样在法国传开，狄更斯生动地描绘出革命中危险而血腥的日子①。

《双城记》是一部有争议的小说，下层革命者德伐日太太的形象又是影响这部小说评价的重要因素之一。梁实秋先生曾说："狄更斯读了卡莱尔的《法兰西革命》，大受感动，决心再试写一部历史的罗曼史。卡莱尔送来两车书供他参考，可是狄更斯大部分未加使用，因为他不想写革命史，已有卡莱尔的佳构在前，无再写之必要，他只要捕捉那一时代的气氛，用一个故事来说明流血只能造成更多的流血，仇仇相报无有已时，只有仁爱的心才能挽救

---

① 傅守祥：《论〈双城记〉浪漫现实主义的仁爱精神》，《山东师范大学学报》(人文社会科学版)2004年3期。

浩劫。"①这是有见地的。狄更斯仅仅是以法国大革命为载体来反映社会尖锐的阶级对立和激烈的阶级斗争，反映在这种阶级对立和阶级斗争中各式各样的人和所表现出来的人性，表达一种超越具体事件而又有更加宽泛意义的东西，恰如中国现代作家梁实秋（1903—1987）所说的"（狄更斯）捕捉那一时代的气氛，用一个故事来说明流血只能造成更多的流血，仇仇相报无有已时，只有仁爱的心才能挽救浩劫"②。《双城记》的矛盾冲突主要是以厄弗里蒙地侯爵兄弟为代表的贵族统治阶级与以德伐日太太为代表的被统治阶级构成的。作家通过德伐日太太和梅尼特等人的悲惨遭遇控诉了统治者惨无人道的暴行，揭示出正是由于这种非人道的罪恶统治导致了被压迫者的激烈反抗。德伐日太太就是在这种压迫下成为一个复仇者的典型。但是，当复仇一旦丧失理性而成为盲目、褊狭、疯狂的报复时，当德伐日太太成为一名苦苦追索的复仇者和野蛮疯狂的嗜杀者时，作家的感情就由同情肯定变为怀疑否定了。英国评论家乔治·奥威尔曾这样评价狄更斯："他作为基督徒的时候总是在他类似本能地站在被压迫者一边反对压迫者的时候。事实上，他无论在什么时候，无论在什么地方，总是理所当然地站在处于劣势的人一方的。如果把这种做法引向一个合乎逻辑的结论，那么当处于劣势的人一旦变成处于优势，人们就不得不站到对方去了。而事实上狄更斯正是趋向于这种做法的。比如说，他厌恶天主教堂，然而当天主教徒遭受迫害时（见《巴纳比·拉奇》），他便站在这些天主教徒的一边。他对贵族阶级甚至更为厌恶，然而一旦那个阶级真正被推翻（见《双城记》中有关革命的那几章），他的同情便转向了他们。"③

　　狄更斯并没有简单地责备德伐日太太的过激行为，他一再强调正是"由于德伐日太太自幼受到郁结的受害感和不共戴天的阶级仇恨的影响"，她才泯灭了怜悯心和人道主义精神。德伐日太太是如此，那些在大革命暴风雨

①②　梁实秋：《英国文学史》（第三卷），协志工业丛书出版股份有限公司1985年版，第1661页。
③　[英]乔治·奥威尔：《不朽的狄更斯》，《狄更斯评论集》，上海译文出版社1981年版，第142页。

中被强烈的复仇欲驱使的群众也是如此。作家这样描写狂热的群众："那时由阴沉沉的凶险的海水，由能摧毁一切的滚滚波涛组成的海，它有多深，还没有探测过，它有多大的威力，也不知道。那时由一个个猛烈摇摆的形体，由一片复仇的声音，由一张张因受尽苦难已磨炼得怜悯之情无法留下任何痕迹的铁面，组成的无情的海。"狄更斯从疯狂压迫和疯狂复仇的两极对立中，既批判了残酷压迫，又否定了盲目复仇：残酷的压迫制造罪恶、摧残人性，褊狭的复仇又产生新的压迫，"如用相似的大锤，再次把人性砸变形，它就会自己扭曲成同样歪扭的形象"。狄更斯主张以仁爱和利他之心来化解矛盾冲突，坚决反对革命激进主义一厢情愿的所谓彻底的、破旧立新式的报复性革命，认为那样并不能真正解决社会深层问题，而只会造成冤冤相报、仇恨相袭。德伐日太太的形象表现了作家对压迫与反抗问题的理性思考、对轮回式阶级斗争的忧虑和对美好人生的企盼。

《双城记》被誉为"书里有上帝的真理""更能表达那个时代的良知""所塑造的人物比人们本身更为深刻""使人奇妙地感觉到了人的深度"。狄更斯在小说中塑造了路茜、梅尼特医生、代尔那和卡尔登等人道主义的理想人物，他们身上体现了一种以仁爱为核心的圣诞精神。这种圣诞精神强调用仁爱和宽恕的精神来对待敌对的阶级，它不仅能使敌对的阶级、敌对的人们互相谅解，而且可以改变人们被扭曲的心灵，使人们在精神上获得再生。小说第一部描写了梅尼特医生入狱十八年而丧失了理智，是女儿路茜用爱的力量使之恢复。后来为了路茜的幸福，梅尼特不计私怨，同意了仇人之子的求婚；又是这种仁爱精神，促使他顶住重大的精神打击，千方百计地营救代尔那。但是，最能体现这种仁爱精神的要数英国律师卡尔登，纯粹为了爱，他无条件地实践着"我愿意为你和你所爱的人而做出一切牺牲"的诺言，帮助路茜的丈夫逃出监狱、安排路茜一家远离险地，而自己却代替他人上了断头台。小说写到卡尔登从容就义时，反复引用《新约·约翰福音》中的一段话："主说：复活在我，生命也在我；信我的人，虽然死了，也必复活；

凡活着信我的人，必永远不死。"意在强调卡尔登的仁爱和利他精神永存人间。

宽恕一度被视为是一个宗教而不是科学研究的命题，20世纪后期在哲学和心理学领域得到深入探究。在不同时期，人们对宽恕主题的理解也会有所不同。从经验的角度出发，人们对宽恕的理解是：受另一个人严重伤害的个体通常会与这个人抗争，宽恕就是个体停止对这种人的抗争，并无条件地把对方作为人来认同和接纳。也有人从宽恕的这一特点来阐明宽恕的内涵：宽恕只发生在人与人之间，在造成持续而深重的身心伤害之后，宽恕是个体的一种选择，而不是外部强加的结果；宽恕需要时间，它是一个漫长而艰难的过程。

关于"宽恕"主题的提出，正是在当时的那个社会背景下，通过对人物的描述来深化主题，用宽恕和丑恶的时代做对比，因而"宽恕"的主题就更加凸显出来。整篇小说的主要人物梅尼特和代尔那，虽然二者的身份有天壤之别，一个是贵族残暴的受害者，另一个是贵族的象征，但是二者有一个共同之处，他们都主张仁爱，宽容为怀。也正因如此，才有了后来发展的种种情节。在二者之间，更有一个重要的纽带——路茜。路茜是梅尼特医生的女儿，但也是代尔那的妻子。梅尼特医生不仅作为受欺压的代表人物，同时也是实施宽恕的主体，作者这样来展开描述，无疑就是借古讽今，通过对恶行的宽恕来升华小说的主题。梅尼特医生的宽恕和仁爱正是狄更斯推崇的人道主义。作者通过对梅尼特医生的描述，来进一步深化小说的主题。作者认为爱比恨伟大，革命有革命的理由，但是人与人、阶级与阶级之间的和解比对立更加可贵，因此小说中作者对德伐日太太那种非理性的报仇态度始终持反对态度。从这个角度来看，这也是对小说"宽恕"主题的进一步升华。

三、浪漫主义色彩的悬念现实主义小说

人们一般把狄更斯看成现实主义作家,而忽视他作品中强烈的浪漫主义因素,法国文学史家卡扎明却认为狄更斯本质上是一个浪漫主义者,他把狄更斯和勃朗特姐妹归为理想主义者,把萨克雷称为现实主义者;卡扎明的这一论点对后来的狄更斯研究很有启发。英国小说家吉辛和杰斯特顿也意识到狄更斯创作中的浪漫主义色彩:吉辛认为狄更斯与莎士比亚一样,都是至高无上的理想主义者,他甚至直接将狄更斯的创作方法命名为"浪漫的现实主义"(romantic realism)[1];杰斯特顿认为狄更斯所塑造的人物不是人而似"神",他把狄更斯称为英国"最后一个神话作家,也许还是最伟大的神话作家"[2]。英国现代著名诗人 T. S. 艾略特也认为"狄更斯的人物与但丁和莎士比亚的人物一样,都属于诗的范畴"[3]。确实,理想主义精神使狄更斯永远不可能排斥浪漫主义手法:在他的作品中,爱情描写往往是浪漫的;善战胜恶的斗争是浪漫的;人物的悲欢离合、生死离别往往是浪漫的。具体到《双城记》这部小说,卡尔登和普洛斯在完成他们的高尚行为时就极富有浪漫色彩,连克朗丘在奋勇救人中焕发出的那种改恶从善的决心也极富有慷慨激昂、令人振奋的浪漫主义气息。尽管狄更斯的细节描绘独具特色,对人物的外部特征观察也细致敏锐,可把他说成是一个"现实主义者"则并不妥当。他很少去推究笔下人物心理和良心的活动方式,但他也许是一个用英语描写精神异常的最出色的人,同时他也是形色各异的谋杀者、自我折磨者和哥特式恶棍的创造者。

狄更斯是制造悬念的大师。《双城记》是经过狄更斯精心安排的艺术佳构,通过气氛紧张的社会历史背景,它特别成功地戏剧化了个人的困境与人格的冲突。小说的开始,作家对造成梅尼特十八年牢狱之灾的原因只字不

---

① [英]乔治·吉辛:《查尔斯·狄更斯》,海斯克尔书屋1925年版,第72页。
②③ 罗经国:《狄更斯评论集》,上海译文出版社1981年版,"前言",第4页。

提,留给读者一个巨大的悬念。狄更斯一次又一次让读者探奇的心悬着。当代尔那请求梅尼特医生同意他娶路茜时,曾表示愿意全盘托出自己的真实身份,梅尼特似乎意识到了什么,恐慌不已,连连制止代尔那,要求他在结婚的那天早上再说;当天晚上,梅尼特再次犯病,其精神又迷失在巴士底狱的日子里。此刻读者就更加纳闷了,然而,狄更斯仍不做交代。代尔那和路茜举行婚礼那天,梅尼特得知代尔那的身世后又失去理智,并持续了九天九夜。读者不禁要问:代尔那的身世与梅尼特医生究竟有什么联系呢？直到书的结尾,当法庭将梅尼特医生在狱中写的血书当作起诉书宣读时,人们才知道梅尼特被迫害的原因,才知道代尔那的身世与梅尼特的联系。正是悬念的运用,才使梅尼特医生的苦难经历蒙上一层神秘的色彩。一旦这层神秘色彩被揭开,读者不仅感受到故事情节的起伏跌宕和作品艺术上的美,而且还从梅尼特医生身上看到了人性光辉的一面,看到了爱和宽容战胜仇恨的博大精深,体会到作品深刻的主题意义。小说中不仅有大的悬念,而且有不少小的悬念,譬如克朗丘的盗墓等。在小说中,随着主要悬念的逐渐解开,过去的事件也一件件被翻出来,推动情节一步步地向前发展。

狄更斯是运用写作技巧的艺术大师,他善于使用不同的技巧来突出主题。在《双城记》里,他多次使用象征手法,增加了作品的内涵和深度。狄更斯以其高超的智慧和独出心裁的创造力创作了大量具有象征意义的形象:譬如以不停编织毛线活的德伐日太太象征命运女神;以圣安东区流淌成河的红葡萄酒象征革命爆发后流淌的人血;以厄弗里蒙地侯爵回乡下时的夕阳残照象征贵族统治的末日;以小个子锯木工的嚓嚓锯木象征吉洛汀的砍头动作。《双城记》还使用了不少对比手法来刻画人物和描写环境,以加强故事的真实性和艺术感染力:譬如厄弗里蒙地侯爵兄弟的邪恶、残忍与梅尼特医生的善良、宽容形成鲜明对比;又如在乡村里,一边是封建贵族的豪华庄园,另一边则是村民的破败小屋;而在城里,读者一方面看到贫民窟的儿童和成年人脸上都深深镌刻着饥饿的标记,另一方面又看到贵族爵爷喝早茶时要四位服饰辉煌的男仆伺候的豪华奢侈场面。总之,《双城记》将富人的骄奢淫逸与穷人的饥寒交迫勾勒为一幅鲜明生动的图画,给读者留下了难以抹去的印象。狄更斯还在《双城记》中尝试使用深层次的心理分析:譬如梅尼特医生出狱后精神和心理都不健全,狄更斯不仅刻画了他的外在表情、动作,而且深入他的内心,表达了他的潜意识活动和无意识动作,准确刻画了一个心理受到严重创伤的人物的心态;再如,代尔那被秘密关押之初一度发生的精神错乱及赴死前的心理状态、梅尼特全家乘车逃离巴黎时的急切慌怵心理等,都是作品中人物意识流动的生动真实的艺术写照。

狄更斯在其一生的创作过程中,始终严肃地思考和探讨人性与社会;他批判人类社会中的不公正,抨击人性的丑恶,宣扬人性的善与美,《双城记》完整体现了狄更斯的仁爱精神和人文思想。在艺术上,《双城记》以其优美的语言、鲜明的个性描写、扣人心弦的故事情节、含蓄幽远的象征意象及浪漫的现实主义风格等赢得了读者的青睐。狄更斯的作品虽多种多样,却具有其统一性,他的全部创作可以当作一出广阔的人间喜剧而令人百读不厌——从令人捧腹的《匹克威克外传》一直到令人难忘的悲剧《艾德温·德鲁德之谜》。就像莎士比亚一样,狄更斯也是英国最有代表性的作家。凭借自己的艺术敏感与创作天分,更缘于心里的良知与怜悯,狄更斯感动了世人,也征服了世界。狄更斯的缺点是英国性格的缺点,他的优点是英国性格的优点;这些优点和缺点,狄更斯以其蓬勃丰饶的构思、无比充沛的创作精力和广阔无边的慈悲之心,都充分地予以表达了。在这方面,英国文学史上也只有伟大的莎士比亚一个人可以和他相提并论。

第三章 思想共识的精神坐标：经典里的悲壮人生与存在准则

毫无疑问，世界文学经典蕴藏着世界各个族群的传统和习俗。多数时间这些传统和习俗是稳定、持续的，有时也会根据实际情况做出调整，以适应那些典型的和不断重复的情况，呈现出传统、习惯与创新、实验之间相互作用的博弈过程；相应地，世界文学经典则是一种"经典化"与"经典性"的博弈过程，二者相互促进时属于正和博弈，相反则属于负和博弈，这种逻辑关系同样存在于"经典化"与"去经典化"之间。当然，在经典化与经典性的博弈关系中，从历史哲学与文明进化角度看，经典性是"根源"，经典化则是"枝叶"，但有时"枝繁叶茂"未必就一定意味着"根深源远"。

海德格尔曾指出，真正的艺术作品具有它的"真理要求"，但这种"真理"并不是传统的"内容"与"形式"的"符合一致"，而是一种存在与本质的"澄明"。他在《艺术作品的本源》一文中分析说："在作品中发生着这样一种开启，也即解蔽，也就是存在者之真理。"[1]艺术经典之所以成为经典，更重要的一方面是因为它所具有的内在的"真理要求"，另一方面也是因为在受众的接受与选择中实现了经典的历史性延续。

世界文学的经典化意味着经典的形成是一个不断被接受、传播、评价、认可的动态历史进程，其中必然包含着人的自我建构指向，也就是说，经典的形成最终要回归到"人"并反映"人"的理想、价值和情感指向。因为在人类文明演化的历史长河中，没有宗教可以在虚伪中光大，没有文化可以在愚昧中灿烂，没有现实可以在肮脏中幸福，无论文化权力和特殊利益曾经多么

---

[1]　[德]海德格尔：《林中路》，孙周兴译，上海译文出版社 2004 年版，第 25 页。

强大,文学成为经典的过程多么艰难曲折,它都需要接受时间与历史的淘洗和检验,以及不同历史情境下众多读者对作品的不断接受、印证和生命体验。

人生的意义,不是一厢情愿式地"理想"出来的,而是"活"出来的,是在丰富的生命实践中"觉悟"到的,特别是立根于普通的世俗生活,不断积累、不断体悟出来的。尽管说"除却生死无大事",但对于普通人来说,"生"不由己,其实"死"也未必随心,真实的人生大约像但丁在《神曲》中"炼狱"所描述的那样——甚至可以说很多人来世间走一遭是来"还债"的。因此,关怀世界和他人的同时,更要不断给自己补充"精神能量"以抵御人世间的"重压"或者"生命中的不可承受之轻"。

第一节　西方文明的理性源头:希腊神话传说的民族性与现代性

作为西方文明最早的艺术结晶和文学样式,希腊神话和传说①对西方的思想文化和社会生活有着难以估量的深远影响,其中所描述的奥林匹斯山上的"神界英雄"以及希腊诸岛上的"人间英雄",代表了人类对驾驭、掌握自然界能力的热切渴望,也代表了洪荒时代关于人性成长、人际协调的思考与理想,是史前时代人类精神生活的主要内容和主要表现。希腊神话中的神或英雄"具有更大的驾驭自然界的能力,他们逐渐在漠然的自然界以外形成了一个无所不能的群体"②。神话并非某一独立于神话的客观现实的反映,而是真正创造性的精神行为的产物,它既是一种积极的表达力,也是一种独

---

① ［德］古斯塔夫·斯威布:《希腊的神话和传说》,楚图南译,人民文学出版社1978年版。
② ［加］诺思罗普·弗赖伊:《文学的原型》,［美］约翰·维克雷编:《神话与文学》,潘国庆等译,上海文艺出版社1995年版,第57页。

立的精神形象世界。神话是精神解放过程中的最初表达，精神解放也是在其实现过程中，从魔法－神话的世界观演变到真正的宗教观①。有人曾形象地比喻道，"两希文化"（即古希腊文化和希伯来文化）是哺育西方文明成长的两只丰硕的乳房。而以希腊神话为主要研究对象的现代神话学，在 20 世纪随着西方现代文学艺术中非理性神话的复活又勃然获得了新生，日趋发展成为一门横跨多学科的综合性国际显学②。

作为早期文学的主要类型，希腊神话和传说具有惊人的艺术魅力，它以丰富的想象力叙述了动人的情节，以优美的描写创造了美妙的意境。在古希腊人的幻想中，晚霞是给女神吻过的牧童的赤颊；山中回响是因为失恋而隐居深山洞穴的女神，她往往听到人声便长吁短叹；池沼里的水仙花，原来是个顾影自怜、抑郁而死的美男子；颀长而窈窕的月桂树，是被太阳神阿波罗追逐而无处藏身的美女的变形；第一个模仿苍鹰翅膀飞天的代达罗斯的大胆幻想，终于使他逃出迷宫，飞向自由的天空……这类想象丰富、意味深长的故事，在希腊神话和传说中举不胜举。走近它，你会惊奇地发现：在那个古老的年代，人的想象力竟是如此奇特，性灵是如此自由，大自然是如此神秘；而奥林匹斯山上的诸神却并非圣贤，他们竟然有那么多可爱的弱点，爱恨情仇均惊天动地。后世艺术家根据这些传说，演绎出惊心动魄的史诗与悲剧，创作出具有永恒魅力的造型艺术珍品。

一、"永久的魅力"：西方文明的摇篮与现代精神的源泉

希腊神话和传说是古希腊人集体创造的民间口头文学，是欧洲最早的文学形式，产生于公元前 8 世纪以前。它在希腊原始初民长期口口相传的基础上形成基本规模，后在荷马、赫西俄德等人的作品中得到充分反映。古希

---

① ［美］大卫·比德内：《神话、象征与真实性》，［美］约翰·约克雷编：《神话与文学》，潘国庆等译，上海文艺出版社 1995 年版，第 57 页。

② 叶舒宪编选：《结构主义神话学》，陕西师范大学出版社 1988 年版，第 1—7 页。

腊盲诗人荷马的两部著名史诗《伊利亚特》(又名《伊利昂纪》)和《奥德赛》
(又名《奥德修纪》)是在古希腊神话和传说的基础上创作的,是早期希腊神
话的延续和引申;它不仅是瑰丽的文学作品,也是宝贵的历史资料。赫西俄
德的长诗《神谱》及古罗马诗人维吉尔的《埃涅阿斯纪》、奥维德的《变形记》
中也整理和保存了大量古希腊原生神话、次生神话与再生神话。另外,希腊
神话和传说还散见于古希腊诗人萨福、阿那克里翁、西摩尼得斯、品达罗斯
等人的诗中;历史学家希罗多德也搜集了许多,记载在他的历史著作里;古
希腊三大悲剧家埃斯库罗斯、索福克勒斯、欧里庇得斯的作品,则从不同角
度丰富了希腊神话的故事内容。

　　大体上说,希腊神话包括神的故事和英雄传说两大部分。神的故事主
要包括开天辟地、众神的诞生、神的谱系与更迭、人类的起源与神的日常活
动。在古希腊人的想象中,神和人是同形同性的,神不仅具有人的形象和性
别,也具有人的喜怒哀乐与七情六欲,甚至还有人的各种弱点,譬如心胸狭
隘、爱好享乐、任性虚荣、自私暴戾、争权夺利、容易妒忌等;他们还风流好
色,不时溜下山与人间的美貌男女偷情。神和人不同的地方,不仅在于他们
是健康完美和永生不死的,他们具有惊人的超自然力量,而且主宰着人间的
祸福与命运。奥林匹斯山上十二个主要的神是众神之父兼雷电之神宙斯、
天后兼婚姻之神赫拉、海神波赛冬、智慧女神雅典娜、太阳神兼艺术之神阿
波罗、月神兼狩猎女神阿耳忒弥斯、爱与美之神阿佛洛狄特、战神阿瑞斯、火
神兼匠神赫菲斯托斯、神使赫尔墨斯、农神得墨忒尔、灶神兼家神赫斯提娅。
这些神实际上是自然力的化身,他们的自然属性都很强;随着社会生活的发
展,他们的社会属性也逐渐加强起来。

　　在希腊神话中,英雄是神和人所生的半人半神,具有过人的才能和非凡
的毅力。英雄传说中讲到个人的,有珀琉斯、赫拉克勒斯、忒修斯、奥德修斯
和俄狄浦斯等人的故事,其中尤以大英雄赫拉克勒斯所完成的十二件大功
最为著名;讲到集体的,则有关于以伊阿宋为首的阿耳戈英雄们寻找金羊毛

的远航、以梅里格尔为首的猎取卡利登大野猪的众英雄的故事和特洛伊战争的故事等。实际上,这些英雄都是理想化的人的力量与智慧的代表,他们反映了古希腊人在战胜自然力量的过程中所表现出的勤劳、勇敢与顽强等优秀品质,具有强烈的人本意识。希腊神话中还包括一部分关于生产知识的传说,譬如普罗米修斯教人如何造屋、航海和治病的故事。也有一部分神话描述了日常生活中的欢乐与愁苦,譬如农神得墨忒尔为营救爱女带来春冬时序变化的传说。许多神话还反映了古希腊人好客的风俗和对于音乐、舞蹈及竞技活动等的爱好。

　　希腊神话和传说以诗性想象表达了远古希腊人力图诠释纷繁复杂的自然现象和社会现象的原始观念,曲折地反映了从蒙昧时期到野蛮时期、从母权制过渡到父权制的史前史,是对人的存在和人生意义的一种早慧型、前逻辑的思考和诠释。马克思曾说:"希腊神话不只是希腊艺术的武库,而且是它的土壤。"①作为希腊艺术的源头、土壤和母胎,希腊神话和传说不仅揭示了历史上的人类童年时代是发展得最完美的阶段,而且充满了美妙绮丽的幻想和清新质朴的气息,至今"仍然能够给我们以艺术享受,而且就某方面说还是一种规范和高不可及的范本"②。因此,希腊神话是整个西方文明的历史摇篮和精神源泉,是躁动不安的西方思想文化超越性发展模式的内驱力。

　　希腊神话经历了丰富的时代变迁和历史风云,它几乎成为希腊乃至欧洲一切文学和艺术活动的基本素材。它从传说进入歌咏,从歌咏进入故事,从故事进入戏剧,最后进入通行全希腊的史诗,而且还在罗马文化中生根落户。从此以后,它为自身寻得了进入拉丁文和古德语的渠道,成为全欧洲的文化宝藏。今天,欧美的戏剧、诗歌和其他的文化活动都在滔滔不绝流传于

---

　　①　[德]马克思:《政治经济学批判·导言》,《马克思恩格斯选集》(第二卷),人民出版社1995年版,第28页。

　　②　同上,第29页。

世的希腊神话中汲取新的营养，成为文艺再创造的重要源泉。反映了人类精神风貌的希腊神话与英雄传说是美好的、永恒的，它不但记录了人类追求生活的无限理想和希望，而且库存了人类为争取未来而洒落的汩汩泪水和朗朗笑声。

楚图南译本《希腊的神话和传说》，是译自德国著名浪漫主义诗人古斯塔夫·斯威布(Gustav Schwab, 1792—1850；又译作施瓦布)的英译本著作《神祇与英雄》(God and Heroes)，它为读者敞开了一扇观察和认识古希腊乃至欧洲文化的窗口。斯威布的《希腊的神话和传说》取材范围广泛，从多种不同的希腊文献中将凌乱复杂、矛盾歧出的希腊神话和传说加以整理编排，使之前后贯串，形成前后相关的一个比较完整的体系，给人类的文化生活留下了丰富的精神遗产。

二、民族精神的隐喻：世俗个体的自由与人间英雄的荣誉

意大利思想家维柯曾说，不是神创造了人，而是人按照自己的形象创造了神，"神是人的本质的对象化"①。希腊神话和传说正是以隐喻或象征的形式反映了古希腊人意识的真正觉醒。美国著名文化学学者伯恩斯(Edward McNall Burns, 1897—1972)、拉尔夫(Philip Lee Ralph, 1905—2002)在其《世界文明史》中说，古希腊人是"这样一个人文主义者，他崇拜有限和自然，而不是超凡脱俗的崇高理想境界。为此，他不愿使他的神带有令人敬畏的性质，他也根本不去捏造人是恶劣和罪孽造物的概念"②。所以，希腊神话和传说中的神和英雄具有很强的世俗性。首先，希腊神话中的诸神与英雄具有理想人物的自然形体与自然人性，珍视和热爱感性的现实生活。"在古希腊人眼里，理想人物不是善于思索的头脑或者感觉敏锐的心灵，而是血统

---

① 朱光潜：《维柯的〈新科学〉简介》，《国外文学》1981年第4期。
② [美]爱德华·麦克诺尔·伯恩斯、菲利浦·李·拉尔夫：《世界文明史》第一卷，罗经国、陈筠等译，商务印书馆1987年版，第216页。

好、发育好、比例匀称、身手矫健、擅长各种运动的裸体。"①"希腊人竭力以美丽的人体为模范，结果竟奉为偶像，在地上颂之为英雄，在天上敬之如神明。"②古希腊诸神与英雄不仅在形体上都强壮、健美，具有一种令人陶醉的肉感与风韵，而且具有人的各种欲望。奥林匹斯诸神大多是风月场上的老手，具有强烈的性爱冲动，希腊传说中那些半神半人的大英雄如赫拉克勒斯、忒修斯、阿喀琉斯等就是神灵们思凡恋俗的风流产物；而这些大英雄也难逃情欲的诱惑，毫不掩饰自己对美丽肉体的占有欲望。荷马史诗里的特洛伊战争就起因于对神界与人间"最美丽"荣誉的争夺和占有，长达十年你死我活的民族战争正是起源于对人的自然形体即肉体之美的极力推崇和欲求，以至于将其升格为一种民族荣誉加以维护。

　　世界上有不少民族都认为，人死之后的灵魂，是上天堂还是下地狱，是由他活着时的行为、表现所决定的。因而有些人宁愿在尘世受苦，以求得死后进天堂，或是来生享福。这种宗教观念，使得他们消极地对待现实生活，安于他们不幸的命运。古希腊人则恰恰相反，他们酷爱感性的现实生活，被现实生活的强大魅力所吸引。对他们来说，享受现实生活，就是神的恩赐，他们追求自然的美景、追求物质的享受以及文化艺术的赏心悦目，并衷心地感到愉快和幸福。正因为如此，古希腊人对奥林匹斯诸神的信奉几乎完全不具有宗教气息。他们对死后的世界，与其说是冷淡，不如说是厌恶。譬如在特洛伊战争中战死的阿喀琉斯的魂魄曾对奥德修斯说："与其在地狱中为王，毋宁在人间为奴。"可见，他对死后的世界是极其反感的。正因为古希腊人不重视死后而着意现实，所以他们没有世界末日的观念。

　　美国著名文化学学者伯恩斯和拉尔夫在其《世界文明史》中对希腊人创造的文化做了这样的描述："在古代世界的所有民族中，其文化最能鲜明地反映出西方精神的楷模者是希腊人。没有其他民族曾对自由，至少为其本

　　①　[法]H.丹纳：《艺术哲学》，傅雷译，安徽文艺出版社1991年版，第89页。
　　②　同上，第92页。

身,有过如此炽烈的热心,或对人类成就的高洁,有过如此坚定的信仰。希腊人赞美说,人是宇宙中最了不起的创造物,他们不肯屈从祭司或暴君的指令,甚至拒绝在他们的神祇面前低声下气。他们的态度基本上是非宗教性和理性主义的;他们赞扬自由探索的精神,使知识高于信仰。在很大程度上,正是由于这些原因,他们将自己的文化发展到了古代世界所必然要达到的最高阶段。"①古希腊人创造的以追求世俗自由为特征的文化,形成了他们特有的"自由人"概念;"自由人"不仅享有世俗自由,而且在现实世界也能实现自己的价值与尊严(包括欲望、幸福、利益和权利等)。这种以世俗个体自由为重心的人文精神,就是古希腊文化的根本精神。

整个一部希腊神话传说,除少数神祇和传说(如普罗米修斯及其故事)外,行为的动机都不是为了民族集体利益,而是为了满足个人对生命价值的追求:或为爱情,或为王位,或为财产,或为复仇;他们的"冒险",是为了显示自己的健美、勇敢、技艺和智慧,是为了得到权力、利益、爱情和荣誉。在他们看来,与其默默无闻而长寿,不如在光荣的冒险中获得巨大而短促的欢乐。希腊史诗《伊利亚特》历来被认为是经典英雄史诗的顶峰②,其一号人物阿喀琉斯正是体现这种民族精神的最充分的代表。他那丰厚热烈的情感、无敌无畏的战斗精神,特别是明知战场上等待他的是死神也决不肯消极躲避的人生价值观念都是典型希腊式的。对古希腊人而言,战死沙场与其说是悲剧,不如说是一种宿命,他们还不习惯用善恶苦乐的现代伦理观念来考虑人生,他们更坦然地面对强弱的纷争、生死的转换和神或命运的任意安排,他们更含混地看待苦难;同时,他们留出更多的时间关注自己的耻辱和尊严,关注自己的行为是否具有神的品性或具有神一样的高贵气派③。

---

① [美]爱德华·麦克诺尔·伯恩斯、菲利浦·李·拉尔夫:《世界文明史》第一卷,罗经国、陈筠等译,商务印书馆1987年版,第208页。

② [俄]E. M. 梅列金斯基:《英雄史诗的起源》,王亚民、张淑明、刘玉琴等译,商务印书馆2007年版,第391页。

③ 潘一禾:《故事与解释——世界文学经典通论》,学林出版社2000年版,第10页。

在全世界的史诗作品中，对英雄挖掘最深的要数阿喀琉斯这个形象。阿喀琉斯式的"愤怒"已成了史诗的一种主旋律。阿喀琉斯已经不是原始史诗中吉尔伽美什、阿米拉尼、巴特拉德兹之类与天神抗争的人物，他狂放不羁，与权势作对，与迈锡尼王阿伽门农抗争。然而，在希腊史诗中这种对抗的结束与荷马史诗的结局相同，尽管他确实无辜地受到了伤害，可他的英雄气概依然如故。这种冲突的"史诗式"（而并非"戏剧式"）结局是未包括阿喀琉斯在内的英雄的个人情操使然，他们的情操还分明打着氏族造就的烙印。阿喀琉斯的朋友帕特洛克罗斯之死使得阿喀琉斯重返战场与亚该亚人一起搏斗，这种复仇是亚该亚民族的一种自尊观念，也正是这种精神力量摧毁了特洛伊城①。

对于阿喀琉斯的形象，俄国文艺批评家别林斯基（Виссарио́н Григо́рьевич Бели́нский，1811—1848）曾做过这样的评述："长篇史诗的登场人物必须是民族精神的十足的代表；可是，主人公主要必须是通过自己的个性来表现出民族的全部充沛的力量，它的实质精神的全部诗意。荷马笔下的阿喀琉斯便是这样的。"②忘我的战斗精神、温厚善良的情感和捍卫个人尊严的敏感意识，作为三个顶点构成了阿喀琉斯的性格三角形，其中对于英雄荣誉的理解与追求则是这个三角形的核心。

W. 格雷在《从荷马到乔伊斯》一书中指出：有三个希腊文字可以代表荷马时代盛行的英雄符码（the heroic code）：aristos（英雄本色）、aristeia（英雄行为）、arete（英雄荣誉）③。aristos 的本义是指最优秀者；所谓"英雄本色"是指战时勇于杀戮，平时是堂堂男子汉，航海是舵手，总之是无论在各种情境下都有最佳表现。要成为最优秀者，必须凭借 aristeia，即通过勇于开拓冒险

---

① ［俄］E. M. 梅列金斯基：《英雄史诗的起源》，王亚民等译，商务印书馆 2007 年版，第 392—393 页。

② ［俄］维萨里昂·格里戈里耶维奇·别林斯基：《文学的幻想》，满涛译，安徽文艺出版社 1996 年版，第 466—467 页。

③ W. Gray, *Homer to Joyce*, Macmillan Publishing Company, 1987, P. 1.

的"英雄行为"来实现自我价值，从而赢得"英雄荣誉"。荷马笔下的阿喀琉斯一旦因愤怒从战争中退出，他就不再具有"英雄本色"，即不再是爱琴海岸的最优秀者了；他不再以冒险精神和"英雄行为"来博取功名，就只配穿着女人的裙裤待在帐篷里歌咏他人的"英雄荣誉"。阿喀琉斯允许好友帕特洛克罗斯穿戴自己的铠甲参战，是一种重获"英雄荣誉"的悲壮的替代性仪式；他因好友战死而再次愤怒以至于重新参战，也是英雄符码使然。帕特洛克罗斯的死不仅揭开了史诗最后高潮的序幕，而且标志着非英雄的阿喀琉斯象征性地死亡后重获了新生。在阿喀琉斯的第一次愤怒中，不仅蕴藏着古希腊人对个体价值的肯定和对个人英雄的崇拜，而且包含着他们对个体尊严的极端重视；而阿喀琉斯的第二次愤怒则完全是出于对英雄荣誉的恢复和追求，体现了古希腊人对命运的独特理解——嗜杀的人间英雄阿喀琉斯不顾神谕"杀死赫克托尔后不久自己也会死去"的警告，勇敢地正视了自己的命运，表现出令人惊叹的"英雄本色"与民族精神。

三、存在境况的先觉：欲望的冒险与命运的抗争

古希腊人以不同于其他民族部落的特殊方式，譬如海盗掠夺、海上殖民、海上贸易、海上移民、内外交战、取消王权、建立城邦等，于公元前 8 世纪步入文明时代；酷爱冒险和斗争的征服性格决定了他们自由奔放却又躁动不安的生活方式，也决定了他们清明恬静却又变幻无常的性情。作为一个海洋民族，古希腊人特定的生存环境和生活方式造就了他们富有想象力、充满原始情欲、崇尚力量与智慧的民族性格，也培养了他们注重个人地位和尊严、追求个人幸福和生命价值的文化价值观念；他们被称为人类"正常的儿童"[①]，古希腊神话和传说正是人类童年时代天真与浪漫的完整记录。通过诸神和英雄的享乐与追求，古希腊神话和传说中流露出鲜明的个人意识，展

---

① ［德］马克思：《政治经济学批判·导言》，《马克思恩格斯选集》（第二卷），人民出版社 1995 年版，第 29 页。

示了生命的个体性存在的意义和价值;透过这些鲜活的艺术形象,人们不仅能够把握古希腊民族丰满而活泼的心灵感觉,而且可以体味到他们在追求生活欲望的满足或与命运抗争中所表现出来的最完整的人性和最浪漫奔放的自由精神。

古希腊神话和传说既富有情趣又极其深刻,许多故事都寓意颇丰,发人深省,成为后世人类共同的精神财富,包孕着不朽的现代性内涵,譬如潘多拉的盒子的故事、不和的金苹果的故事、赫拉克勒斯选择人生道路的故事、西绪福斯的故事、安泰俄斯的故事等。希腊神话认为,人类的不幸是由两方面原因造成的:一谓"天灾",二谓"人祸"。所谓"天灾"是指普罗米修斯盗火给人类后,天神之父宙斯为了惩罚人类,派美女潘多拉带礼品盒子下到人间,打开盒子从中放出各种灾祸,使数不清的形形色色的悲惨充满大地,唯独把"希望"关闭在盒子里面。所谓"人祸"则是指人类的各种情欲。潘多拉之所以降灾人间,也是因为人类被她的美色所惑而接纳了她。所以情欲实在是"万恶之源";但另一方面,人活着就要追求各种情感和欲望的满足,所以它又是"万乐之源"。幸福与罪恶、快乐与灾祸就这样相伴相随,古希腊神话深刻揭示了人的欲望冒险带给人们的悲剧性与喜剧性的人生体验。

古希腊神话里有关"金苹果"的争夺则是另一个颇具象征意味的传说,这里的"金苹果"代表着古希腊人对色欲、财欲、物欲、权力欲、个人荣誉等生活欲望的追逐,他们为了得到自己想得到的东西往往全力以赴,犹如飞蛾扑火一般拼命,即便自己死掉或招致灾难也在所不惜,而由此带来的纷争与杀戮便具有了一种盲目的性质。近乎完美的希腊英雄阿喀琉斯在独自一人静坐在营帐中拒绝出战的日子里,曾就战争与荣誉问题做过深刻的反省:这个从来自信天下无敌的勇士,自己虽不惧怕战场上的残酷激战,但一想到战场上无数生命的无谓夭折,就对战争的必要性和死亡的含义产生了从未有过的怀疑,对自己视若性命的荣誉和高贵也产生了质疑。正是有了这种深沉思考和自觉意识,才使战场上凶猛残忍的阿喀琉斯转瞬之间被特洛伊老王的跪求所感动，显示了富于人性光辉的同情心对暴戾"愤怒"的强大消融力。

神话故事的特点是隐喻。古希腊神话中有许多天才的臆测和机智的隐喻，譬如在有着健美身躯与高强武艺的民族英雄阿喀琉斯身上留下一个致命的弱点——阿喀琉斯的脚踵，将无畏的性格与致命的弱点相统一，体现了古希腊人对自己民族精神的辩证认识和深沉思考："阿喀琉斯的愤怒"作为西方古典文化的一个重要特征，即体现了古希腊人重视生命对于个人的价值曾极大地促进了西方社会的发展，但阿喀琉斯式的自由放任、漫无矩度的个人主义也给西方社会带来难以治愈的社会痼疾；对于个人权利、个人能力、个人智慧的体悟与运用一直都是西方社会前进的助推力，但是个人本位思想又像一把"达摩克利斯之剑"始终悬在西方人头上，影响和制约着西方社会的发展与人际关系。在希腊神话中还有一个美少年那喀索斯，他只钟爱自己而蔑视周围的一切，爱神阿佛洛狄特为惩罚他，使他爱上自己水中的倒影，最后憔悴而死；这则神话作为一种隐喻，同样表现了对狭隘的自我中心主义的批判。由此可见，希腊神话和传说本身既是民族的，又包含着普遍的人性内容；民族的特性展现得越充分，它所显示的人性内容也越发深刻。因此，希腊神话不仅是构成希腊艺术的土壤，而且为世界文学的发展提供了若干重要的母题，后来的许多文学经典都在不同时代、不同条件下讲述着古希腊史诗中讲述过的一些故事。

希腊神话和传说中经常表现的一个主题就是人与命运的冲突，其中虽有神祇对命运的主宰，却并不宣扬对所谓唯一真神的虚幻信仰而把人引向彼岸世界，而是通过对现实的抗争把人（神）引向理想的现实；神灵也并非是与人不同的另一种存在，他们过的也是现世中的生活，也和人一样受到高悬在头顶上的命运的支配，譬如乌剌诺斯、克洛诺斯和宙斯都是通过反抗建立了自己的神界。希腊神话里有对命运的妥协，但主要是颂扬与注定的命运进行抗争的顽强不屈的崇高精神。希腊神话中的许多神祇和英雄都具有这种反抗精神：小埃阿斯亵渎雅典娜神庙，被雅典娜用雷电击毁航船落入海中，临死前仍不肯屈服，声称即使全体神祇联合起来毁灭他，他也要救出自己；西西弗斯智斗死神，敢于欺骗宙斯和坦塔罗斯，结果被打入万劫不复的地狱；山林女神绪任克斯为了维护自己的尊严，宁肯变形为草木也决不为人妻，为此付出了青春乃至生命的代价；至今还震撼着人们心灵的俄狄浦斯悲剧故事，则向人们揭示了人类从必然走向自由是一个艰险多难的历程。用有限的生命抗拒无限的困苦和磨难，在短促的一生中使生命最大限度地展现自身的价值，使它在抗争的最炽烈的热点上闪耀出勇力、智慧和进取精神的光华，这是希腊神话和传说蕴藏的永恒性启示和现代性价值①。

　　人类从远古走向现代的过程，也是包含进步与失落的双向过程。理性驾驭和升华着情感，而情感总想摆脱理性的控制，一旦理性露出破绽，情感便如脱缰野马般奔腾而出。文艺复兴以来科学的发现，曾使近代人坚定不移地认为整个宇宙是按照一些简洁公式、定理来运转的，因此，理所当然地，人的生活（包括内心生活）都应当遵循某种理性的秩序，就像地球必然围绕太阳旋转一样。文艺复兴时期的人道主义思想体系同自然科学相结合筑起了理性的审判台，维护着从自然到社会乃至内心生活的秩序。但是，古典人道主义的虚幻性很快被社会矛盾所戳破，两次世界大战的无情现实，摧垮了理性的堤坝，西方人发现自己被现代科学所异化，失去了自己。在这种情况下，希腊神话所反映的古代人自由奔放的感情生活犹如一束强光重新照亮了现代人贫乏苍白的内心世界。他们发现，希腊神祇或英雄的那种为所欲为的自由人性，都是人类欲望的隐喻表现。现实主义文学近似现实生活的描写，使得人们被压抑的欲望远不如在神话中表现得集中和强烈。因此，神话艺术"恰恰为现代的畸形与片面化提供了最好的补偿"（荣格语）。人们在贫乏的现实生活中得不到的情感和欲望的满足，在神话艺术世界中得到

---

① 傅守祥：《西方文明的历史摇篮和精神源泉——试论希腊神话和传说的民族性与现代性》，《中南民族大学学报》（社科报）2006 年第 1 期。

宣泄①。

简言之,希腊神话和传说注重世俗个体的自由和人间英雄的荣誉,具有鲜明的民族性特征,体现了古希腊民族在追求生活欲望的满足或与命运抗争中所表现出来的最完整的人性和最浪漫奔放的自由精神;同时,它始终关注着人类的存在境况,展示了生命的个体性存在的意义和价值,揭示了人类的欲望冒险带给人们的悲剧性与喜剧性的人生体验,蕴藏着深刻的现代性价值,至今依然启示着世人。

---

① 徐葆耕:《西方文学:心灵的历史》,清华大学出版社1990年版,第34—35页。

第二节　英雄悲剧《俄狄浦斯王》：存在的寓言与悲壮的抗争

希腊神话和传说是西方文学艺术的源头之一，是西方文化史上一个伟大的成就。那些千古流传的故事，许多已浓缩成生动的比喻和成语，广泛融入我们的社会文化生活，譬如斯芬克斯之谜、俄狄浦斯情结、阿喀琉斯的脚踵、潘多拉的盒子等。在那个人神一体、万物皆灵的世界里，有许多神化了的英雄和史实，反映了人类的童年时代人与社会、人与大自然之间的各种矛盾和抗争。古希腊文学是欧洲最古老的文学，也是欧洲文学和欧洲文化的源头之一。千百年来，古希腊文化成为西方人寻求美丽和聪明的取之不尽、用之不竭的灵感来源，成为西方几乎所有理论的奠基石。马克思曾说："希腊人是正常的儿童。"[1]在古希腊，一方面，理性之光烛照西天，希腊人用智慧的静穆追求和谐深刻，站在宇宙的高度审视人的命运，体现了鲜明的理性精神；另一方面，酒神精神激荡心胸，希腊人无法抑制生命的冲动，主体精神激昂高扬，体现出强烈的感性精神。古希腊文学的卓越代表古希腊悲剧就很好地表现了这两个方面。在古希腊悲剧作家中，埃斯库罗斯、索福克勒斯、欧里庇得斯这三位古代戏剧的泰斗，享有世界声誉。

古希腊悲剧终极性地生存着原始的真理语言，是宗教、艺术、哲学还没有分裂之前的意识形态的母体，是无法被后世的概念性语言消融的原始意象。但是在很长的历史时间内，我们却由于天性的轻浮而漠视它的存在，以为人类自身的理性力量可以克服一切命运的制约，"只有当我们被迫进行思考，而且发现我们的思考没有什么结果的时候，我们才接近于产生悲剧"[2]。

---

① ［德］马克思：《政治经济学批判·导言》，《马克思恩格斯选集》第二卷，人民出版社1972年版，第114页。

② 朱光潜：《悲剧心理学》，安徽文艺出版社1998年版，第279页。

当现代人发现科学和知识的普遍有效性和目的性只是一种妄念，因果律并不能到达事物的至深本质，科学乐观主义便走到了尽头；反传统的人文主义哲学思潮应运而生，从亚里士多德开始的西方两千多年的形而上学，在 20 世纪遭到严格的怀疑与深刻的反省。

一、最伟大悲剧家的"十全十美的悲剧"

被西塞罗和郎吉纳斯等古代史学家誉为"戏剧艺术的荷马"的索福克勒斯（Sophocles，约前 496—前 406），生活在雅典奴隶民主制盛极而衰的时期，与当时雅典最高领导者、民主派领袖伯里克利交情颇深，同历史学家希罗多德交往密切，但他一生的主要成就是在悲剧创作方面。他人生中的最后六十五年都用来为每年在雅典举行的酒神节写剧本。他在公元前 468 年的戏剧比赛中战胜他所尊敬的前辈埃斯库罗斯。他为酒神节创作了一百二十三个剧本，参加过大约三十次戏剧比赛，获胜二十四次，直到公元前 441 年左右，他才输给了后起之秀欧里庇得斯。但他的悲剧只有七部完整地留存至今，另外还有半个轻松讽刺剧，若干片段和九十个剧目。他憎恶僭主和专制君主，始终忠于雅典和它的民主理想。他的悲剧题材主要是人类的危机，首先是苦难的危机及其死亡；剧中的英雄都是忍受痛苦并与命运斗争的活生生的人物，强调个人可以反抗命运。

索福克勒斯最负盛名的代表剧作《俄狄浦斯王》曾被西方文艺思想史上的泰斗亚里士多德誉为"十全十美的悲剧"，认为它是全部希腊悲剧中最典型、最成熟完美的命运悲剧。这部悲剧取材于古希腊神话中的俄狄浦斯故事，其剧名中加了一个"王"字，以与另一悲剧《俄狄浦斯在科罗诺斯》区别。根据古希腊神话，俄狄浦斯的灾难与命运源于其父忒拜国王拉伊俄斯诱奸了克莱西普斯这桩罪孽。作为惩罚，阿波罗神谕禁止拉伊俄斯有任何子嗣，如若违背，其子将难逃杀父娶母的厄运。因此，俄狄浦斯一出生就被笼罩在命运的可怕阴影里，他的苦难就是替父赎罪。出生后三天，他就被人用铁丝穿过脚踵并弃于荒野，只是由于执行命令的牧人起了怜惜之心，把他送给科任托斯的牧人，才大难不死。他日后成为科任托斯国王玻吕玻斯的养子，成人后因从神谕中得知自己必将杀父娶母的命运，于是离开"父母"所在的科任托斯，向真正的故国忒拜城进发。在三岔路口与一老者发生争执，误将其杀死，这老者实为他的生父拉俄斯。随后他来到忒拜城，破解了狮身人面女妖斯芬克斯之谜，铲除了为害忒拜人的妖魔，被拥戴为王，并依例娶了前王遗孀伊俄卡斯忒——他的亲生母亲，其杀父娶母的厄运全部应验，而他却毫不知晓。他在位十六年，国泰民安，受人尊敬，并与王后生下两儿两女。最后忒拜城瘟疫横行，忒拜人再次去求神谕，《俄狄浦斯王》这出悲剧就是由此开始的。使者带回神谕说，瘟疫是由杀父娶母的凶手引起的。俄狄浦斯王千方百计地按照神示去追查凶手，以保人民和城邦的安全，最终发现自己就是那杀父娶母的凶手，是导致这场瘟疫的根源。王后伊俄卡斯忒羞愤自缢，俄狄浦斯王在极度震惊中为洗刷罪恶而刺瞎了自己的双眼并自行放逐。

两千多年来，这部悲剧一直强烈地震撼着人们的灵魂。就戏剧特色而论，这部悲剧开创了戏剧结构的一大样式，它以洗练的倒叙手法回溯前因，揭示罪恶的过程，形成巧妙的延宕，环环相扣，高潮迭起；诗意的语言和精妙的双关语也堪称世界文学之典范，其在戏剧舞台上的魅力经久不衰。

就戏剧艺术而论，古希腊、罗马的批评家一般都认为索福克勒斯是最伟大的悲剧家。他的戏剧冲突和语言非常出色，布局相当完美。他更善于用形象表达自己的思想。他创造了形形色色性格鲜明的人物，并且使人物性格成为情节发展的动力。亚里士多德在《诗学》中多次把他当作典范来引用。在近代欧洲，文艺复兴时期就表现出对索福克勒斯的兴趣。古典主义时期，从高乃依到伏尔泰的所有作家都受他的影响，拉辛甚至自称是他的学生，称赞《俄狄浦斯王》是一个完美的悲剧。德国批评家莱辛和大诗人歌德对他的技巧也赞赏备至。19、20世纪也有不少人翻译和改编索福克勒斯的作品,其中较为著名的有法国的勒贡特·德·列尔(1818—1894)和奥地利的霍夫曼斯塔尔(1874—1929)。直至今日,欧洲舞台仍常常上演他的悲剧,尤其是《俄狄浦斯王》和《安提戈涅》。

二、命运的原型:神灵的意志与人的有限性

古希腊悲剧往往被人们称为"命运悲剧"。所谓"命运悲剧"是指主人公用自由意志同命运对抗,其结局则是他(她)无法逃脱命运的罗网而归于毁灭。自由意志与命运的冲突,向来被认为是古希腊悲剧的主旋律,古希腊三大悲剧家都涉及自由意志与命运冲突的主题。但综观古希腊悲剧,可以发现,埃斯库罗斯(Aeschylus,约前525—前456)和欧里庇得斯(Euripides,前485—前406)的悲剧实质其实是人暂时还没有能力认识和主宰自然现象、社会现象或事物发展的必然规律,只有索福克勒斯的《俄狄浦斯王》和《特拉基斯少女》中的俄狄浦斯和伊阿涅拉的悲剧真正缘于无法逃脱的命运罗网。正如罗念生(1904—1990)所说,只有《俄狄浦斯王》和《特拉基斯少女》才是命运悲剧[①]。那么,如何理解命运便成了阐释《俄狄浦斯王》意义原型的关键。

人们都认为俄狄浦斯是无辜的,因为在他还未出生之前,杀父娶母的悲剧就已经安排好。他的智慧,他的求知求真,他的诚实勇敢,他的责任感,所有的一切,不仅没有使他逃脱命运的魔掌,相反还使他陷入命运的怪圈。既然俄狄浦斯没有选择的机会,就不应该为罪恶承担责任。所以,严格地说,俄狄浦斯不是凶手,而是这场杀父娶母悲剧的受害者。那么,谁该为这出悲剧承担责任? 答案只有一个:命运! 当然也包括阿波罗或神灵。在悲剧中,命运与阿波罗、神灵是一组可以交替使用的概念。在原始人看来,这个世界没有偶然的事件,任何事物的发生都是由某种神秘的看不见的力量引起

---

① 罗念生:《索福克勒斯悲剧二种·译本序》,人民文学出版社1961年版,第16页。

的①。他们把那种自己无法控制又难以解释的力量归属于神灵。命运则常常以神灵意志的面目出现,它既神秘又强大,是一种外在于人类的异己力量。它或是体现人与自然的矛盾,比如风雨雷电造成的灾难,生与死;或是人与社会矛盾的象征,比如暴力流血、阶级对立和社会动荡等。

然而在《俄狄浦斯王》里,命运似乎还有更多的意味。阿波罗再三以神谕的方式警示杀父娶母的悲剧,给人一种印象,好像他是悲剧的制造者。但仔细推敲,阿波罗并没有为灾难的发生与发展做过任何事情。阿波罗的神谕充其量只是一种预言。预言既不是事件发生的缘由,也不是悲剧产生的动机。这场可怕的毁灭是在俄狄浦斯自以为理性的举止中,一步一步向前推进的。俄狄浦斯不明真相,不知道自己的行为将导致可怕的毁灭,这不能证明他是无辜的。就像我们无法把艾滋病、疯牛病出现的原因推给神灵一样。至于俄狄浦斯的高尚勇敢,为拯救城邦,无私无畏地追究事情的真相,这与灾难之因也是两码事。而在剧终时,俄狄浦斯甘愿接受惩罚,表明他对自己应该承担责任是认同的。假如把悲剧的原因定格在俄狄浦斯身上,命运就意味着人的有限性,意味着人性的某种缺损。它也是一种异己力量,不过是涌动在人的内心深处,支配着人的行为,而不被人所意识。我们说性格决定命运,就是把命运与人的自身关联起来。命运是人性某种缺损的外化形式。它带着冷漠的微笑注视着可怜的俄狄浦斯,具有很强的反讽意味。

关于人的有限性和人性的缺损,许多思想家和哲学家都有过论述。蒙田在《随笔录》里曾连篇累牍地论述人的有限与无知;帕斯卡尔在《思想录》中认为人在自然中是十分渺小的,"在各方面都是有限的",只是一个"虚无";叔本华认为人生是一片苦海;克尔凯郭尔认为人是有罪的。几乎所有的存在主义哲学家,无论是基督教存在主义哲学家还是无神论存在主义哲学家,都认为人是有限的存在。尽管他们中有的对人的理解过于悲观,但他

---

① [法]列维·布留尔:《原始思维》,丁由译,商务印书馆1981年版,第350—358页。

们道出了人的有限性与世界的无限性这一辩证规律。

三、人性的缺损:非理性原欲与片面理性盲区

具体说来,人的有限性和人性的缺损至少包含两个方面的含义:一方面是人性中潜在的野性冲动和本能欲望的笼罩。比如乱伦,"人类文化中再也没有什么观念能比乱伦这个观念更长久更繁复精臻的了"①。它是一种发自于人类性本能的行为,是导致灾难的直接原因。然而,俄狄浦斯的无辜吸引着人们关注的眼光,使得乱伦行为与灾难之间的关系有些模糊,责任落到神灵头上。颇有意味的是,弗洛伊德根据《俄狄浦斯王》构建起来的"恋母情结(即俄狄浦斯情结)",被现代心理学证明并非无稽之谈。也就是说,在意识层面上,俄狄浦斯绝对不会接受乱伦行为,但在潜意识中,这个卑劣罪恶的念头确实存在。俄狄浦斯不再是清白无辜的。没有人能够排除这种潜伏在人性深处的乱伦欲望对灾难发生的影响。事实上,要说俄狄浦斯和伊俄卡斯忒对杀父娶母之事一无所知是很可疑的。比如,俄狄浦斯成为忒拜国王十余年,关于前国王拉伊俄斯的情况,他的死、他的长相、他的品性等,不可能没有人告之。拉伊俄斯毕竟是忒拜城的重要人物,他的死是非同小可的事件。聪明的俄狄浦斯完全有可能根据零星的事实推断出事情的真相;比如,伊俄卡斯忒与俄狄浦斯的关系。她与俄狄浦斯以夫妻的名分朝夕相处这么久,为什么没有注意到他脚跋和脚踵上的伤疤? 或者注意到了,但为什么没有去查询? 甚至她与俄狄浦斯之间年龄上的显著差距,难道也不能激起她的好奇心? 当然,最暧昧的是,她在真相即将大白于天下时对俄狄浦斯的劝解,"最好尽可能随随便便的生活。别害怕你会玷污你母亲的婚姻;许多人曾在梦中娶过母亲;但是那些不以为意的人却安乐地生活"②。到最后,

---

① ［美］鲁思·本尼迪克特:《文化模式》,王炜等译,生活·读书·新知三联书店 1988 年版,第 43 页。

② 《古希腊悲剧经典》(上),罗念生译,作家出版社 1998 年版,第 163 页。

她几乎是再三地苦苦哀求俄狄浦斯，"看在天神面上，如果你关心自己的性命，就不要再追问了"①。

　　不能说两位当事人对事件的来龙去脉非常清楚，但他们对这场灾难的降临应该充满预感。这种预感来自神谕，来自灾难发生前的征兆。但他们为什么视而不见？为什么不在瘟疫发生之前抓住线索追查下去？如果能排除索福克勒斯创作的疏漏，排除是情景设置的需要——整部戏建立在俄狄浦斯一无所知的基础上，那么我们可以说，是人性深处那些非理性的欲望蒙住了俄狄浦斯的眼睛，使他对种种可疑的迹象缺乏敏感，使他有意无意地对那些征兆视而不见。他既自欺又欺人。这种被潜意识缠绕的情景，正如别尔加耶夫描述的，"人不但欺骗其他人，而且还欺骗自己。人自己常常不知道同他自己所发生的是什么，并且错误地向自己和别人解释所发生的事情"②。

　　另一方面是人的有限理性与无限世界斗争所形成的悲剧性处境。索福克勒斯生活在一个张扬理性的时代；同时代的苏格拉底把人定义为"一个对理性问题能给予理性回答的存在物"③；对《俄狄浦斯王》倍加赞赏的亚里士多德则认为人是"理性的生物"。在剧作中，索福克勒斯那狡黠的微笑闪烁着理性的光芒。然而，作者对俄狄浦斯那点可怜的理性，却是极尽嘲讽之能事。可以毫不夸张地说，俄狄浦斯正是在自己的思考与判断指引下走向灾难的。他过分夸大主体性的作用，过分相信和依赖理性的力量。他将经验形态的一切——智慧、力量、勇敢、对神的信仰、自由意志与世俗化的价值规定——正直、诚实、民主、信守诺言、爱护人民、有责任感等，看作世界的终极尺度，妄图通过它们穷尽世界的奥秘，摆脱人悲剧性的处境，寻找到人的解放、自由与幸福。在他看来，只要自己用自由意志反抗这一厄运，只要遵循

---

①　《古希腊悲剧经典》(上)，罗念生译，作家出版社1998年版，第166页。

②　[俄]别尔加耶夫：《论人的使命》，张百春译，学林出版社2000年版，第90页。

③　[德]恩斯特·卡西尔：《人论》，甘阳译，上海译文出版社1985年版，第9页。

了一切世俗化的价值规定，就可以摆脱悲剧性的处境。然而，人企图通过主体的力量走出封闭性的自我，就如同用自己的手托起自己的身体一样不可能，人性中的魔性也势必在这种精神的迷误中显现。当拉伊俄斯阻挡了他追寻主体性之途时，他就杀死了拉伊俄斯；当王后有利于他通往主体性之途时，他就娶王后为妻。就在他企图通过主体的力量走出封闭性的自我，通过自由意志反抗杀父娶母的厄运时，厄运却将降临在他头上；就在他负起道德责任，宣布他对杀死前任国王的人的诅咒时，他也就宣判了自己的罪行。正如罗念生所说："他之所以遭受苦难，与其说是由于他自身的过失，毋宁说是由于他的美德。"①他用智慧解开了斯芬克斯之谜，自以为是世上最大的智者；然而他只解开了斯芬克斯之谜的谜底是人，而并未弄清人是什么，既没有真正认识自己，也没有真正认识和主宰外部的世界。在"人是什么、世界是什么？"的问题上，他是无知的。他面对自己的父母，却不认识，做了杀父娶母的事也不知晓，不知道神谕为什么会降临在自己身上。

　　在西方哲学中，"人被宣称为应当是不断探究他自身的存在物，一个在他生存的每时每刻都必须查问和审视他的生存状况的存在物。人类生活的真正价值，恰恰就存在于这种审视中，存在于这种对人类生活的批判态度中"②。可是，俄狄浦斯从来没有怀疑过自己的智慧，也从来没有意识到理性的局限性。他反而自恃理性与智慧的力量，粗暴多疑、自负而容不得别人的意见。先知忒瑞西阿斯拒绝说出杀死老国王的凶手，迫不得已下才暗示俄狄浦斯是城邦的罪人。恼怒的俄狄浦斯先是指责先知是罪恶的策划者，继而又嘲讽先知的才智。追查凶手时，其发展趋势与俄狄浦斯的判断出现差距，他就无端怀疑是克瑞翁出于妒忌搞的阴谋诡计。甚至对于伊俄卡斯忒善意的劝解，也被他看作在"玩赏她的高贵门第"③。他意识不到人们不愿意

　　①　罗念生：《索福克勒斯悲剧二种·译本序》，人民文学出版社 1961 年版，第 7 页。
　　②　［德］恩斯特·卡西尔：《人论》，甘阳译，上海译文出版社 1985 年版，第 8 页。
　　③　《古希腊悲剧经典》（上），罗念生译，作家出版社 1998 年版，第 166 页。

揭开真相是出于对他的爱，对他的敬重。片面的理性扭曲了他的判断力，却使他陷入非理性的迷宫。他想否定的恰恰就是事实，就是真相；他竭尽全力寻找的，却是他最不愿意看到的结果。理性引导他朝着与目标背离的方向走去，一切都事与愿违。

据说在德尔菲神庙里镌刻着阿波罗著名的神谕"认识你自己"。曾到德尔菲神庙求助神谕的拉伊俄斯、俄狄浦斯和克瑞翁全都对它熟视无睹。如果把"杀父娶母"和"认识你自己"这二条神谕联系起来，弄清楚悲剧的谜底就会容易许多。他们的视而不见折射出理性的局限性。为什么这么说？因为：第一，理性包含着为达到实际目标而对最有效手段的选择，有很浓的功利色彩。那条看起来似乎与自己无关的神谕，当然不会引起他们的注意。第二，理性的张扬最初是以征服自然与外部世界为起始点，人类的自我本质一直处在理性认识的盲区。就像俄狄浦斯，他才智横溢，能洞悉自然，能破解斯芬克斯之谜，能观察到别人的妒忌与阴谋。但是，当他辨认自己的身份，审视自己的行为时，他的智力与理性显得有些捉襟见肘。有限的"理性和道德都不是精神的最后宿地"[1]。对于那些企图以理性执着地追求自己所肯定的价值和穷尽世界的无限与永恒的英雄，悲剧的命运是注定的，人的理性不是解决一切矛盾的良药。

四、认识你自己：以有限抗击无限的悲壮人生

既然人不能完全凭借理性精神与自由意志来把握主宰自己的命运，那么面对悲剧性处境，人应该怎么办？怎样才能求得解放与自由呢？俄狄浦斯对待灾难的态度极具启示性。在追查灾难的根源时，俄狄浦斯隐约预感到事情的真相，他完全可以在追查的任何一个环节停止，或拖延、或阻碍真相的出现，但他没有这样做。他的内心也有恐惧，但更多的是那种为解除城

---

① ［俄］别尔嘉耶夫：《人的奴役与自由》，徐黎明译，贵州人民出版社1994年版，第6页。

邦灾难而不怕牺牲的英雄豪气。"俄狄浦斯之所以伟大是因为他不停地寻找真相,尽管找出的真相会损害他。无知是毁灭性的,知识也是毁灭性的,这是无论行动者还是思考者终极的困境。"①作为一邦之主的俄狄浦斯,执行神的旨意,积极寻找城邦灾难之因的行为是具有崇高道德含义和高尚人格色彩的。"我是为大家担忧,不单为我自己。"②俄狄浦斯一丝不苟地独自审查整个案件,执拗地要严惩凶手,"我不许任何人接待那罪人——不论他是谁——不许同他交谈,也不许同他一块儿祈祷、祭神,或是为他举行净罪礼;人人都得把他赶出门外,认清他是我们的污染"③。总之,俄狄浦斯是一个对国家抱有强烈责任感、对民众怀有急切同情心的英明君主。最后当毁灭降临时,俄狄浦斯的悲惨处境惨不忍睹。歌队曾劝说他,"你最好死去,胜过瞎着眼睛活着"④。俄狄浦斯拒绝了。他恪守诺言,刺瞎自己的双眼。他的拒绝固然是为活着赎罪,但也包含这样一种启示:以死逃避灾难,并不能消除灾难,并不能改变人的悲惨处境。他不回避责任,没有选择更加轻松的一死了之,更没有任何为自己开脱的企图,而是勇敢地承受来自精神和肉体的"双重的痛苦",让自己余下的生命重新确立一个起点,一个双重痛苦的起点,也是重新证明自己清白、崇高和勇敢的起点。正如雅斯贝尔斯所说,人类只有"面临自身无法解答的问题,面临为实现意愿所做努力的全盘失败时"⑤,他才会去"认识你自己"(know yourself)。

中国先哲老子说:"知人者智,自知者明。胜人者有力,自胜者强。"(《道德经》第三十三章)意思是说,能认识别人的叫作机智,能认识自己的才算高明;能战胜别人的叫作有力,能克制自己的人才算刚强。或者说,了解别人是智慧,了解自己是圣明;战胜别人是有力量,战胜自己才是强大。在社会

---

① [美]大卫·丹比:《伟大的书》,曹雅学译,江苏人民出版社1998年版,第117页。
② 《古希腊悲剧经典》(上),罗念生译,作家出版社1998年版,第137页。
③ 同上,第141页。
④ 同上,第175页。
⑤ [德]雅斯贝尔斯:《悲剧的超越》,亦春译,工人出版社1988年版,第10页。

生活中,一个人首先要认识自我,但认识自我非最终目的,认识到自己的劣根性之后,就要抑制,认识自我是为了战胜自我,管住自己才算强者。

人类恰似遭受毁灭的俄狄浦斯,灾难与悲剧性处境注定要与之相伴。那么,最重要的不是有没有灾难,不是灾难会造成什么样的后果,而是如何面对灾难。对待灾难的态度就是人类的生存态度,就是人类对生存方式的选择。面对灾难与厄运,俄狄浦斯自始至终力排众议,坚持追查真相;他毅然决然地做出自己的选择,决不放弃对生命和对人生悲剧的理性思索。古希腊哲学家苏格拉底(Socrates,前469—前399)认为"没有经过思考的人生是不值得过的",他非常推崇"认识自己,方能认识人生""想左右天下的人,须先能左右自己"。剧作中的主人公俄狄浦斯没有被恐惧和沮丧所压倒而随波逐流,没有任凭命运的捉弄和摆布,而是依靠自己的顽强意志,在与命运的抗争中提高了自己的力量,以其毁灭的形式,把悲剧"悲哀"的效果转化成"悲壮"。在现实生活中,伟大的哲学家苏格拉底因触犯统治者的利益,被判处死刑,然而他并没有选择出逃,而是从容赴死、慷慨就义,以"苏格拉底之死"成就了人们历时三千年的"认识你自己"。

索福克勒斯不同于前辈作家,他虽然也写命运,但强调的是对命运的怀疑,指出它的不合理性、肯定人与命运斗争中的主观意志,即人物所表现出的"知其不可为而为之"的精神。俄狄浦斯勇于行动和承担责任的态度为我们现代人昭示了一条认识自己、完善自己和拯救自己的途径。在这个痛苦抉择的过程中,人显示了自己的尊严,体现了人生的价值。正如别林斯基所说的"高贵的自由的希腊人没有低头屈服,没有跌倒在这可怕的幻影前面,却通过对命运进行英勇而骄傲的斗争找到了出路,用这斗争的悲剧的壮伟照亮了生活的阴沉的一面;命运可以剥夺他的幸福和生命,却不能贬低他的精神,可以把他打倒,却不能把他征服"[①]。俄狄浦斯作为人类的原型,他所

---

① [俄]别林斯基:《智慧的痛苦》,罗念生译,《古希腊悲剧经典》(下),作家出版社1998年版,第445页。

昭示的这一启示意味，被后人反复实践，也在后来的文学作品中反复呈现，德国文豪歌德(Johann Wolfgang von Goethe，1749—1832)笔下的浮士德、法国作家加缪①(Albert Camus，1913—1960)笔下的西西弗斯、美国小说家海明威②笔下的桑地亚哥等人物都是不同时代的俄狄浦斯式的"行动而受难的英雄"③。

① 阿尔贝·加缪，法国声名卓著的小说家、散文家和剧作家，"存在主义"文学的大师。1957 年因"热情而冷静地阐明了当代向人类良知提出的种种问题"而获诺贝尔文学奖，是有史以来最年轻的诺奖获奖作家之一。加缪在他的小说、戏剧、随笔和论著中深刻地揭示出人在异己的世界中的孤独、个人与自身的日益异化，以及罪恶和死亡的不可避免，但他在揭示出世界荒诞的同时并不绝望和颓丧，他主张要在荒诞中奋起反抗、在绝望中坚持真理和正义，他为世人指出一条基督教和马克思主义以外的自由人道主义道路。他直面惨淡人生的勇气，他"知其不可而为之"的大无畏精神使他在第二次世界大战之后不仅在法国，而且在欧洲并最终在全世界成为他那一代人的代言人和下一代人的精神导师。

② 海明威一向以文坛硬汉著称，是美利坚民族的精神丰碑。海明威的写作风格以简洁著称，对美国文学及 20 世纪文学的发展有极深远的影响。他很少用装饰性的字眼，而是以简明的句子讲述一些人在生活上所表现出的勇气、力量和尊严的故事，其中最著名的有《永别了，武器》《丧钟为谁而鸣》及《老人与海》。

③ 傅守祥：《〈俄狄浦斯王〉：命运主题与悲剧精神的现代性》，《世界文学评论》2006 年第 1 期。

第三节　现代荒原上的西西弗斯：海明威小说的存在主题

曾有不少美国评论家说，欧内斯特·米勒·海明威（Ernest Miller Hemingway，1899—1961）小说中的主人公是些"冥顽不灵，只会说单音词的呆子"，是"哑牛"，是"炮灰"，是"事事都听候别人来安排的一类人"①；也有不少评论家说，海明威是"美国作家中最没有哲学意识"的作家②。

其实，海明威一直都反对凭抽象概念进行创作，强调真正的创作是将个人的具体经验直接传达给读者，"抓住你真正感受到的东西，而不是你以为感受到的东西"③。海明威的小说并不缺乏思想深度，恰恰相反，其小说中描写的事物、塑造的形象超越了它们的时间性而成为普遍意义上的象征。海明威对人生与社会的感悟是敏锐的、深刻的、蕴藉的，这些饱满的思想无声无形地寓于其作品的具体人物、情节和场面之中。只要认真阅读，那些对生活有着深切体验的人就能非常自然地从他那简约利落又貌似枯干的语句中领悟出逝去韶光里的苦难辛酸与短暂的快乐光荣……

海明威对全凭想象或文献资料进行创作毫无兴趣，而是一心一意致力于准确地描绘他本人目睹或亲身经历过的生活画面，如战争、打猎、钓鱼、斗牛、滑雪、饮酒和做爱等。他的大部分作品，形象鲜明生动，充满了生活的质感，读者常常犹如身临其境般地看到咖啡煮好、鱼被捕捉和人被枪毙等具体过程。海明威小说的"地域性"也特别明确，当它们被改编成电影时，导演往往无须做多大改动；在描绘巴黎沙龙、阵地炮火、密歇根州、意大利或非洲山川等方面，再没有一个美国作家像他那样具有如此绘声绘色的

----

① 董衡巽编选：《海明威研究》（增订本），中国社会科学出版社1980年版，第97页。

② 同上，第99页。

③ ［美］斯坦利·瓦格尔：《美国文学纲要》，教学概要出版公司1961年版，第283页。

功力。

海明威不但真诚地讲述了他那个时代的故事,而且按照他对世界的认识及其人生哲学阐释了它们的特定内涵与寓意。海明威小说中的主人公大多是战前长大成人的,那时的西方社会还在宣扬高尚人性和上帝的君临,人们不但有美好的理想和生活的憧憬,而且有长久以来共同遵守的行为准则和稳固的社会秩序;然而,战争的无常、血腥、残酷与恐怖,以及由此而引发的社会道德沦丧、行为准则混乱,使战后一代人认识到社会存在的虚幻性:在他们看来,这个世界什么也不是,什么也没有,生活里没有法规,也没有信仰,每个人必须重新开始——天下大乱之后的无所适从……这就是海明威笔下"迷惘的一代"所面临的尴尬与荒谬。"迷惘的一代"就是专指那些由于战争的创痛而迷失生活方向、无路可走的一代人。海明威认为,世界是人类赖以生存的最冷酷的地方——虚空地带,这个世界毫无意义也毫无前途。他作品中的主人公往往处在一个不抗争就不能生存的环境里,而他们的抗争又常常是失败的,这个世界充满了暴力、挫折、失败、幻灭和横死。海明威小说着力描写这些身处恶劣环境中的人,从不同角度去观察和检验人的生存状况;他惯于把作品中的人物设置在一个困境中,以便考验和察看他们的勇气、胆识和自我完整性。海明威小说中的常见主题就是死亡,而"人的本质及其永恒不变的悲剧性"[①]则是其一切作品的主旋律。正如他自己在《午后之死》中所表白的那样:"一切故事……以死亡结束,谁不告诉你这个结尾,谁就不是一个真正的讲故事人。"

下面,就让我们一起看看海明威小说中的世界是什么样的,以及他的反应与感受。

---

① 董衡巽编选:《海明威研究》(增订本),中国社会科学出版社1980年版,第102页。

一、他人即地狱:永恒的苦难与存在的困境

我不是向你膜拜,我是向人类的一切痛苦膜拜。

——陀思妥耶夫斯基:《罪与罚》

(一)战争暴力的创痛

海明威参加过两次世界大战,对战争有深刻的体验,所以他一辈子都在写战争。海明威笔下的战争,主要由两类小说展现出来:一类是直接描写战争和战争罪恶的;另一类是描写延伸了的战争——人间的"暴力",显性的或隐性的暴力。

海明威直接描写战争的代表作品,自然要数《永别了,武器》和《丧钟为谁而鸣》。《永别了,武器》是一部以第一次世界大战为背景的作品,小说主人公是在意大利战地救护队担任中尉的美国青年亨利,他在战争中负伤。这不幸遭遇的后果要么是他晚上睡不着,除非停止思想;要么是一睡着就做噩梦。在米兰医院休养时,他爱上了一个英国护士,她叫凯瑟琳·巴莱特,是个有求必应的年轻女人。伤好以后,亨利又回到前线,可惜在一次混乱的撤退途中,为了保全生命,不得不开小差。他与凯瑟琳逃到中立国瑞士,在那里,他们度过了一段愉快的时光;不料,凯瑟琳却死于难产。亨利最后什么都没有了。在这部小说里,作家通过描写战争中的几个侧面来揭示这样一个主题:战争给人带来死亡、带来厄运,给整个人类社会带来极大灾难。战争,显然成了人类社会中邪恶的象征。作家同时也意识到:在一个战乱不休的世界上,爱情——无论是逢场作戏的还是真心实意的——只能是一种生物的"圈套"①。身临各式各样的"圈套"和"陷阱",可以说是海明威笔下主人公的典型处境。海明威似乎在说,一个人总是会掉到陷阱里:不是生理上

---

① 　[美]海明威:《永别了,武器》,林疑今译,上海译文出版社1980年版,第138页。

的陷阱，就是社会上的陷阱；不管是那条路，反正只有坏结果，此外也没有别
的路。在《永别了，武器》和其他许多作品中，海明威笔下的主人公总是生活
在一个冷漠的甚至是充满敌意的世界里。总之，人的处境，就像亨利所目睹
过的"在着了火的木头上逃命的蚂蚁"的结局，无论你怎样努力奔命，到末了
还是"全部跌入火中，被活活地烧死"①；在这样一种"世界末日"面前，再好的
人都不免死于非命，"世界杀死最善良的人，最温和的人，最勇敢的人，不偏
不倚，一律看待"②。这就是亨利根据自己的生活经验得出的对外部世界的
看法，也可以说，这是海明威通过小说主人公传达出的对那个战乱中的世界
的独特感悟。

在《丧钟为谁而鸣》中，海明威"从民主主义的立场出发，在作品中妥善
处理了个人与全局、爱情与责任之间的矛盾"③，赞颂了乔顿这样的为反对法
西斯主义而英勇奋战、不惜牺牲个人生命的民主战士。但是，海明威没有把
反法西斯战争理想化，他不仅描写了整个战争的残酷性，而且还着意表明：
革命的阵营中同样有蛀虫、有内乱。并且，主人公乔顿的处境仍旧是冷漠
的：故意与他为难的大自然（比如那场不该下的大雪），比游击队强大得多的
敌军，突然变更了的军事行动，等等。正是由于这一系列的不利因素，乔顿
经历了若干无法挽回的危局，随时都有一种失败感袭上心头。并且，这也再
一次验证了海明威对人类战争复杂性的体悟：战争死神对善良者与邪恶者、
懦夫和勇士不加任何区分，"不偏不倚，一律看待"。更进一步说，"像列夫·
托尔斯泰一样，海明威谴责的不是参加战争的人，也不是制造战争的罪魁祸
首，而是战争的种种罪恶和愚蠢，仿佛这一切是命运所致"④。在海明威看
来，凡是战争都是残酷和愚蠢的，它们充满了邪恶与恐怖，其巨大破坏力是
人们难以预测和控制的，所以他从根本上坚决反对一切形式的战争。也许，

---

① [美]海明威：《永别了，武器》，林疑今译，上海译文出版社1980年版，第326页。
② 同上，第248页。
③ 董衡巽编选：《海明威研究》（增订本），中国社会科学出版社1980年版，"前言"，第2页。
④ 吴然：《海明威评传》，陕西人民出版社1987年版，第85页。

这正是海明威在《丧钟为谁而鸣》扉页上摘引约翰·多恩(John Donne, 1571
或 1572—1631,英国玄学派诗人;引文出自他 1623 年写的《祈祷文集》第 17
篇)那句话——"……任何人的死亡都使我受到损失,因为我包孕在人类之
中。所以绝对不必去打听丧钟为谁而鸣;丧钟为你鸣"的最好注解。这是一
种对人生、对人类命运的深切悲悯。于是,小说的内涵在这里便超越了作为
社会现象的战争,从而具备了一种永恒性的启示意蕴。

对人间的暴力,海明威同样有着深刻的感受和体悟,这在其小说集《在
我们时代里》以及"尼克"系列小说中完全可以看出。海明威笔下的暴力世
界有潜在的,有实在的,短篇小说《拳击家》《五万元》《没有被斗败的人》《杀
人者》《赌徒、修女和收音机》,以及长篇小说《有钱的和没钱的》等作品,反映
的就是暴力世界的一些侧面。在这些作品中,主人公所面对的仍旧是险象
环生与危机四伏,失败与横死的厄运始终笼罩在他们头上。海明威对暴力
的描写是注重事实的,完全客观的;他不做任何评论,也不悲天悯人或溺于
情感,因此,其作品对世界的冷酷与无情描绘就更加摄人心魄。

战争与暴力给人留下的不仅仅是肉体上的摧残,更有心灵深处难以抚
平的创伤。因此,在海明威的小说世界里,人所面对的是一个冷酷无情的外
部世界,一个敌视人的、不驯服的外部世界;在这个世界里,人总是处于逆境
之中,随时面对各种各样的危险,有的来自冷漠的大自然本身,更多的则来
自这个敌对世界里的其他人,正如萨特所言"他人即地狱"。身处如此困境,
人们自然感到紧张、焦虑、苦闷与孤独,厌倦、恐惧甚至绝望情绪的产生也是
在所难免的,这又应验了存在主义所描述的那个"异己的世界"。

(二)荒诞的世界

对于"荒诞"一词,《简略牛津词典》(*The Shorter Oxford Dictionary*,
1965)是这样解释的:

荒诞：1.［音乐］不和谐。

　　　2.与理智或妥当不合拍；现代用法中指明显的不合理，因此

　　　　可笑，愚蠢。

显然，我们这里谈的"荒诞"与音乐无关，而是专指第二种意思。在《西西弗斯神话》中，加缪总结了荒诞感觉降临的四种方式：

　　1.许多人生活的机械性可能引起他们怀疑自己存在的价值和
目的；这暗示了荒诞。

　　2.强烈的时间流逝感，或承认时间是一种毁灭力量。

　　3.一种被遗留在异己世界的感觉。

　　4.与他人的隔离感。①

海明威小说中最常见的世界，即那个充满了战争与暴力、混乱而敌视人的世界，留给人们的正是一种荒诞的感觉与印象；这也恰好对应了加缪的后两种分析。

在海明威笔下，那个世界中的一切都失去了常态，呈现出畸形与混乱的局面，栖身其中的人则对这一切无能为力。在《永别了，武器》中，我们看到：秋雨潇潇，河水泛滥，战斗在混乱地进行着；暂时的胜利是侥幸的；溃逃的士兵有时连敌我都无法分清。在《丧钟为谁而鸣》中，发起总攻的前夜，反法西斯的军队因指挥官的互不协调而不知所措。在《太阳照常升起》中，和平环境里的人们仍然在没头没脑地冲动着，糊里糊涂地忙乱着。《永别了，武器》中的主人公亨利连自己当初为什么选择赴欧参战这样关系个人生死的大事都不曾思索过，当凯瑟琳问起时，他却说："我也不知道……并不是每件事都

---

① ［英］阿诺德·P.欣契利夫：《荒诞派》，樊高月译，国际文化出版公司1987年版，第63页。

有解释的。"①亨利的话道出了这个非理性世界的愚蠢与可笑。

海明威小说中，还包含了各种各样的荒谬之事。在《永别了，武器》中，亨利是在掩体里吃奶酪时受的伤，但由于整个军事行动的胜利，他也随之获得了一枚银质奖章；在大撤退途中，意大利人自相残杀，嘴里却喊着爱国的口号；在后方养得白白胖胖的宪兵队长，则充满敌意地审问着从前线撤下来的英勇将士；迫使亨利逃离意大利的危险不是源自敌方，而是来自他为之卖命的意大利……诸如此类具有讽刺意味的荒唐行径，在海明威的其他作品中也很常见。比如，在小说《阿尔卑斯山牧歌》中，那个叫奥耳兹的农民口称"真爱"自己的妻子，但是，在她死后却把她僵硬的尸体靠墙竖起，并把灯笼挂在她张开的嘴上。当神父问他"你干吗要那样做"时，奥耳兹则说："我不知道。"②

在海明威笔下这个荒诞的、非理性的世界里，人们"不知道"的东西太多了，以致他们也不想去知道，甚至害怕思索，因为万一知道了反而会更加痛苦、孤寂甚至绝望。所以，海明威小说中的人物特别热衷于吃、喝、运动、睡觉、打猎、钓鱼之类能直接给感官带来满足的活动，并以此来代替理智的思考（这也许正是某些评论者产生错觉的原因所在）。同时，这些作品中的主人公也意识到，理智在一个非理性的世界里是无能为力的。正如存在主义者所说的那样，在这个非理性的世界里，事情的发生基本上是偶然的，"人们无法借助感觉经验或理性思维去认识"③。由于外部世界从根本上说是偶然的、荒谬的、不可思议的，那么，生存在这个世界里的人就不可能真正认识它，因此，他们也就难以摆脱这个世界所带来的悲剧性结局。在小说《海流中的岛屿》中，海明威发表了这样的见解：世界就像海流中的岛屿，无时无刻不面临着毁灭的命运；并且，通过作品中的人物汉德森与鲍比的对话，再次

---

① ［美］海明威：《永别了，武器》，林疑今译，上海译文出版社1980年版，第18页。

② ［美］海明威：《海明威短篇小说选》，曹庸、鹿金等译，上海译文出版社1981年版，第150页。

③ 徐崇温等：《萨特及其存在主义》，人民出版社1982年版，第42页。

勾画了一幅"世界末日图"："地狱之门正在打开。打滚的人向着山顶上的教堂蜂拥而去，各人讲着他人不懂的语言。一个魔鬼手操铁叉把这些人叉了起来，然后装进一辆车内。这些人在嗥叫、呻吟，在呼喊耶和华。地上到处都躺着黑人的尸体，鲑鱼、蝲蛄和尖头蟹在他们身旁四周和身上爬来爬去。那里有一扇小门敞开着，魔鬼们正在把那些黑人、教士牧师、打滚的人以及每一个人向那门内搬运，然后他们就消失了。这时，海水在岛屿四周不停地猛涨。双髻鱼、鲭鲨、嗜血鲨和犁头鲨在四周游弋，它们张开血盆大口把那些想泅水逃脱被叉进那扇敞着的、里面有滚滚热气的门里的逃跑者吃得精光……魔鬼们一直用劲把他们叉进去，他们有的掉在滔滔大海中；在海里，鲸鲨、大白鲨、逆戟鲸以及其他类庞大的鱼群紧紧地围在外层，里层，大鲨鱼正在撕咬那些跳在海里的人……"荒诞的世界，混乱不堪又阴森恐怖，无可救药又无法挽回！正如加缪所言："我悲观的是人的命运。"①海明威就是这样一个地地道道的悲观主义者，他所倾心的是人类的终极问题，关怀的是如何赋予没有价值的存在以意义。因此，海明威首先是一个"觉醒者"。

（三）虚无的人生

海明威小说中所描绘的世界是一个不可知的、冷漠无情的、荒谬的世界；在这样的世界里，人找不到一点生存的意义，有的只是虚无和空洞。因此，海明威笔下的主人公面对一个缺乏"真正的人生价值"的世界，感到自己已经被这个世界和社会异化了，成了一种被遗弃的、孤独被动的、无目的的存在物；他们对传统体制和虚伪价值感到十分失望，对世界和社会甚至于对他们自己也没有一点信心。正如意大利评论家纳米·达哥斯蒂诺所指出的：不管是对海明威还是对其作品中的主人公来说，"人生是一场孤独的斗争，是行动的拼死的激情，在这背后意识不到任何意义或理由。人生里，没

①　柳鸣九编选：《萨特研究》，中国社会科学出版社1981年版，第486页。

有什么东西可以被说明、被改善或被挽救，也不能真正提出或解决什么问题"①。因此，人只能在人生藩篱上"愤怒或死亡"，或者伤心而无力地观望着死神的随时降临。

长篇小说《太阳照常升起》描写第一次世界大战以后，一伙美国青年远走巴黎，寻觅个人寄托。如果没有这场战争，他们可能是律师或银行家；但死亡和毁灭的经历破坏了他们对美国传统价值的信念，他们放荡而沉湎于酒色，有趣而无目的——个个都被战争炸出了轨，出了普通生活的路径，不过方式各不相同。主人公杰克·巴恩斯是"迷惘的一代"中的代表人物，战后的他彷徨、迷惘、失望，是一个一用脑子就失眠、夜间偷偷哭泣的人。他热恋着勃莱特·阿希利，但是因战争的摧残失去性爱能力而不能与自己钟爱的女人结合。他与朋友成天喝酒、钓鱼、看斗牛，企图借这些富有感官刺激的活动来忘却精神上的痛苦和生活中的创伤，但是，这一切最终还是无济于事。这群青年的行为，事实上否定了他们自己的传统规范和原有的道德理念，比如他们放弃宗教信仰、追求享乐主义等，却一时又确立不起新的道德原则和行为准则以取代在战争中幻灭了的社会理想与人生希望。所以，这伙人生活空虚，整日漂荡，成了"和土地失去了联系"的流亡者②。他们这样生活，一方面因为在这个荒诞虚空的世界里，"谁也不知道要干什么"；另一方面，他们想在酒精的麻醉和调情的欢乐中寻求精神的暂时解脱，以便忘却"人间地狱般的痛苦"。小说中的主人公做什么事都毫无成就，似乎是在告诉人们：生命是一场空，至少这些人是如此。在短篇小说《一个干净明亮的地方》中，那位年长的侍者一口气讲了二十七个"虚无缥缈"的祷词里，有一句话也许是最意味深长的——"我们无不在虚无缥缈中"③。

著名作品《老人与海》表达的仍旧是"人生的悲剧性"这一主题。作品中

① 董衡巽编选：《海明威研究》（增订本），中国社会科学出版社1980年版，第313页。
② ［美］海明威：《太阳照常升起》，赵静男译，上海译文出版社1984年版，第125页。
③ ［美］海明威：《海明威短篇小说选》，曹庸、鹿金等译，上海译文出版社1981年版，第157页。

的主人公桑提亚哥是个寓言式的人物，他代表着整个人类；小说中的大海则象征着这个世界，马林鱼和鲨鱼则指代社会中的邪恶势力。因此，老人与大海、老人与马林鱼及鲨鱼的激烈搏斗，便成为人与外部世界、生存与死亡的搏斗。这个寓言式故事说明，人在同外界势力的斗争中逃脱不了失败的命运，这外界势力可以是战争，是黑暗的社会，也可以是自然界不可阻挡的异己力量；在这些强大的对手面前，孤立无援的人免不了失败。老人的搏斗，十分坚决又十分悲壮，它既令人自豪又令人心寒：自豪，是因为老人的斗争精神，不屈不挠、坚忍不拔，维护了人的尊严与生命的荣誉；心寒，是因为老人最后被击败了，尽管他雄心未改。这部小说，给人一种悲壮凄凉的印象，好像失败才是人生最踏实的归宿。

面对荒诞的世界与虚无的人生，人类无涯的苦难就无从疏解了吗？

二、荒诞世界里的准则与"重压下的优雅"

我的灵魂啊，勿求永生，

耗尽一切可能的领域吧。

——品达罗斯：《特尔斐竞技会颂歌》之三

如果世界是荒诞的，人生是虚无的，苦难是人世间永恒的主题，那么，人究竟应该怎样度过此生才有意义？怎样在广阔的黑暗中寻得一线光明？在失败与死亡面前，到底怎样才不失生命的尊严？简言之，在生存的重重困境中，人如何冲破悲剧命运的包围、保留住存在的勇气？带着这些难题，海明威与他的主人公们上下求索，经过苦难的不断磨砺，他们自称找到了解决这些难题、并且在某种意义上是行之有效的方法，即：选择和准则。选择，对海明威来说，就是自由；如果你选择了，就表明你在危险邪恶的世界面前没有表示出胆小和恐惧，因此，在某种意义上就取得了自由，尽管这种自由是比较有限的。选择，便意味着对苦难的蔑视和无畏。准则，在海明威看来，就是行动,就是以生存的尊严、坚忍与激情为支撑的反抗,它能使每一个在无边无际的痛苦中挣扎的、无助的人成为"真正的人",促使他在那注定要失败的抗争与搏斗中尽其所能,保持良好的气概与风范,最终取得"重压下的优雅",成为一名标准的"准则英雄"①。

存在主义者同样认为,世界是荒谬的,人生是虚无空洞的,失败与死亡是人类的最终归宿;同时,他们也同样反对做苦难的顺奴、听任命运的玩弄,提倡"自由选择"和"行动哲学"。所以,加缪说:"我对人从不悲观。"②萨特说:"人不外是由自己造成的东西,这就是存在主义的第一原理。"③"人是自由的,懦夫使自己懦弱,英雄把自己变成英雄。"萨特认为"行动"是把人们从孤独、无聊和痛苦中拯救出来的唯一法宝,"行动是使人们活下去的唯一事情";同时,他又在绝望的彼岸发现了"冒险",认为"不冒险,无所得"④。对加缪而言,荒谬是世界的本质,在这个世界上,生活就是"反抗",所以,他说:"我反抗,故我在。"⑤尽管人们对于荒诞的反抗,犹如神话传说中的西西弗斯推石上山一样——推上去它又滚下来,是"既无用又无望的劳动",但是,加缪不赞成一味地顺从,而认为人类的伟大就在于永不停止这种反抗;他赞赏下山时的西西弗斯,"我看见这个人下山,朝着他不知尽头的痛苦,脚步沉重而均匀"⑥。"造成他的痛苦的洞察力同时也完成了他的胜利。"⑦西西弗斯敢于正视那块巨石,敢于一次次把它推上山顶,这是他在下山途中表现出来的气概;这种气概是对苦难命运的蔑视和无声的反抗,所以,"登上顶峰的斗争本身足以充实人的心灵。应该设想,西西弗斯是幸福的"⑧。

"行动""冒险""反抗"是存在主义者抗击悲剧性命运、获取人生价值的一个重要原则,用马尔罗·安德烈(Malraux Andre, 1901—1976)的话说即

---

①　"准则英雄"译自英文"code hero",即通常所说的"硬汉形象"。
②　柳鸣九编选:《萨特研究》,中国社会科学出版社1981年版,第486页。
③　中国科学院哲学研究所西方哲学史组编:《存在主义哲学》,商务印书馆1963年版,第337页。
④⑤　[日]今道友信等:《存在主义美学》,崔相录等译,辽宁人民出版社1987年版,第45页。
⑥⑦⑧　[法]加缪:《西绪福斯神话》,《加缪文集》,郭宏安译,译林出版社1999年版,第707页。

是:"悲惨的人生,伟大的行动。"①

作为一个杰出的作家,海明威描写的地域非常广阔,从美洲到非洲,从非洲到欧洲,但是他表现的永远是一个孤独的人和敌对世界的抗衡。他的同行、著名小说家斯坦贝克说:"海明威只有一个主题——只有一个。一个人抗击叫作命运的世界力量,凭勇气对付它们。"②从《没有被斗败的人》到《杀人者》,再到《五万元》这些短篇作品中,海明威写的就是这样的主人公,他们面临强大的敌手,明知必然失败,也要勇敢地拼搏、视死如归。《太阳照常升起》中的年轻斗牛士罗梅罗、《大二心河》中的尼克·亚当斯、《老人与海》中的老渔翁桑提亚哥,都是这样积极行动的、标准的"准则英雄"形象,他们以近乎宗教神圣般的准则来支配自己的行动,使自己的行为不失"重压下的优雅"。即便在最背运的时刻,他们也未放弃努力,甚至不惜以生命的代价来换得存在的光荣。《丧钟为谁而鸣》中的主人公罗伯特·乔顿是一个集"海明威式英雄"的思想深度和"准则英雄"的积极行动于一身的人物形象,在关键时刻,他抛开缠绕不休的失败情绪,投入无望的行动中去,从而赋予自己的生命一种倔强坚韧的本质。不管怎么说,乔顿的死是光荣的;在他生命的最后时刻,他冲破了人世间的重重黑暗,闪耀出生命本质的五彩光芒。

《老人与海》中的老人桑提亚哥,同海明威笔下的许多人物一样,是一位孤独寂寞的老人。在他心目中,其他人几乎都不存在;他一个人走自己的路,打自己的鱼,他有意让自己置身世外,过着离群索居的生活;他喜欢独自一人出海冒险。然而,老人的运气坏透了,在海上一连打了八十四天鱼,却毫无所获。是收网撒手不干,还是继续到深海捕鱼? 这是摆在桑提亚哥面前的一项重大选择。选择前者,意味着他变成了懦夫,已经在这场生存斗争中缴械投降。老人毅然选择了后者,他说:"它(鱼)的选择就是待在一切圈

---

① [日]今道友信等:《存在主义美学》,崔相录等译,辽宁人民出版社1987年版,第45页。
② 董衡巽编:《人鼠之间》,漓江出版社1989年版,第401页。

套、引诱和诡计都奈何它不得的黑魆魆的深水里。我的选择呢，就是到那什么人也没有去过的地方把它找出来。"①几经波折，最后桑提亚哥还是失败了，唯一的收获就是那副大鱼骨架。但是，海明威在这里意在强调的是人要勇敢地面对失败这一主题。小说中，老人与大鱼搏斗时，"每当感觉到自己要垮下去的时候"，就鼓起勇气，"还要试验一下"。"双手已经软弱无力。""我还要试一试"。"他忍住一切疼痛，抖擞抖擞当年的威风，把剩下的力气统统拼出来，用来对付鱼在死亡以前的挣扎。"当鲨鱼袭来的时候，"他想：这一回它们可把我打败了。我已经上了年纪，不能拿棍子把鲨鱼打死。但是，只要我有桨，有短棍，有舵把，我一定要想法去揍死它们"。他下决心"跟它们斗，我要跟它们斗到死"。老人心中始终坚信："一个人并不是生来要给打败的，你尽可以把他消灭掉，可就是打不败他。"②失败的是这次行动，打不败的则是不懈抗争的精神；极度疲惫的老人睡着了，连饭都顾不上吃，可是，"老头儿正在梦见狮子"③。桑提亚哥以自己的选择和准则，顶住了生命中不能承受的重负，为本来灰暗的人生注入了鲜亮、红艳的血流。这部小说是对一种即便一无所获仍旧不屈不挠的奋斗精神的讴歌，是对不畏艰险、不惧失败的那种道义胜利的讴歌。

加缪曾说："小说从来都是最形象的哲学。"④作为20世纪美国最伟大的小说家之一的海明威，用他的艺术作品表达了对这个世界和人生苦难的体验与感受；同时，海明威小说所蕴含的存在主义主题，又为存在主义哲学做了最好的注解与呼应。

对于海明威的思想，以及他小说创作的存在主义内涵，用下面这三句话总结也许是比较到位的："人的生命背靠虚无、面对荒谬，从一出生就陷入一场直到死亡才能解脱的悲剧。……这种悲剧是人本身的悲剧，因为，人的一

---

① ［美］海明威：《老人与海》，《海明威作品集》，海观译，浙江文艺出版社1991年版，第389页。
② 同上，第418页。
③ 同上，第432页。
④ 柳鸣九编选：《萨特研究》，中国社会科学出版社1981年版，第484页。

切都是人自己创造的。""人生始于悲剧,终于悲剧。"那永恒的苦难是"生命必须承受的重负",但是,"即便徒劳,也要抗争"①。海明威正是这样一个现代荒原上的角斗士,是现代社会中的西西弗斯。

---

① 刘晓波:《审美与人的自由》,北京师范大学出版社 1988 年版,第 189—197 页。

第四节　永不屈服的生命意志：杰克·伦敦小说的荒野主题

北方的冰天雪地，严酷的自然环境，淘金人艰难而富有传奇性的生活，给杰克·伦敦留下了极其深刻的印象。淘金人来自全国各地，三教九流，肚子里有着无数奇妙的故事，他想方设法把它们掏出来，记在自己的笔记本里。他也常把自己的故事讲给大家听。人们欢迎他，宠爱他，请他吃饭喝酒，为的是听他讲故事，或把自己知道的故事讲给他听。他白天与人交谈，收集自己喜爱的文学素材；晚上则待在赌场，一面观察，一面记下人们的各种不同表现。一年多时间里，他虽未采到半钱金子，却采到了极其丰富的文学矿藏，成为他日后写作取之不尽的源泉。

杰克·伦敦(Jack London，1876—1916)，美国著名作家，出生在美国旧金山，从小在贫穷中长大。由于贫穷，他上学不多，却过早地开始了谋生，干过多种工作。他住过大城市的贫民窟，坐过监牢，也在小客栈里栖息过。用他自己的话说，他沉到了"贫穷的底层"，目睹了被剥削人民的苦难和不幸。杰克·伦敦亲身感受到了贫穷百姓的无权地位和所承受的重压。生活的贫困和艰辛并没有磨灭他读书的欲望，他在劳动之余曾长时间把自己关在奥克兰免费图书馆内，广泛涉猎达尔文、斯宾塞、尼采和马克思等人的著作及每一本他可以得到的书。杰克·伦敦曾考进加利福尼亚大学，一年后辍学；后来受阿拉斯加淘金热的影响，1897年他加入淘金者的行列，却因病空手而归，但带回了北方故事的丰富素材。从此他埋头写作，成为"出卖脑力劳动"的职业作家。

杰克·伦敦走上文学创作道路是由一次偶然的成功而促成的。1893年，是杰克十七岁的那一年，他在母亲的鼓励下参加了圣弗兰西斯科《呼声》杂志的征文比赛。当时年少气盛的杰克刚从日本海猎捕海豹归来，大海上那惊涛骇浪的场面仿佛还在他眼前翻腾，于是他凭着自己丰富的生活经历和从小表现出来的写作天资，一口气写成了《日本海岸外的飓风》。这篇作品富有生气、想象生动、内容清新，被评为第一名。据说《呼声》杂志在评论中称赞道："最令人惊奇的地方是那个青年艺术家把握之广大和沉着的表现力。"仅仅受过初等教育的杰克居然使自己的处女作获得成功，这虽然不是什么了不起的大事，却对他后来生活道路的选择起到了决定性的影响，杰克在这里看到了自己身上蕴藏的巨大的创作潜力。

也许正是因为这次成功的支撑和鼓励，六年后，文学的大门终于被二十三岁的杰克·伦敦敲开：1899年1月他的《给猎人》在《大陆月刊》上发表了。这是他写的阿拉斯加小说"北方故事"的第一篇，也是他作为职业作家的第一次亮相。不久他又发表了《白色的寂寥》和另外一些描写淘金者的故事。这些作品都收在1901年编印的《狼之子》集子中。他的小说以充实健康的内容和清新刚健的风格震动了文坛，赢得了广大读者的喜爱。1899年至1903年，杰克·伦敦平均每年出版二十多篇短篇作品，包括故事、散文、诗歌、新闻报道；同一时期，他还出版了八部小说和小说集，其中《旷野的呼唤》使他一举成名。其后，杰克·伦敦又创作了描写英国伦敦贫民窟和工人悲惨生活的《深渊中的人们》(1903)、政治幻想小说《铁蹄》(1908)、自传体小说《马丁·伊登》(1909)等许多中长篇小说和散文集，深刻地揭露了资本主义社会的弊端和罪恶，有力地控诉了资产阶级对劳动人民的剥削，他还公开号召用阶级斗争和武装革命推翻资本主义制度。

杰克·伦敦在不长的十几年创作生涯中共写了十九部长篇小说，一百五十多篇中短篇小说和大量文学报告集、散文集和论文。其中比较优秀的有《旷野的呼唤》(1903)、《白牙》(1906)、《毒日头》(1910)、《月谷》(1913)、《墨西哥人》(1913)和受到列宁赞赏的《热爱生命》(1906)等。但是到了晚期，他逐渐脱离社会斗争，为了迎合出版商的需要和满足个人的物质享受，写了不少粗制滥造的作品。

一、《热爱生命》:荒野逆境中的顽强不屈与生命抗争

杰克·伦敦是美国著名作家,他不仅写出像《马丁·伊登》这样优秀的长篇小说,而且还创作了大量脍炙人口的中短篇小说。中国大陆出版的小说集《热爱生命》包括了杰克·伦敦较著名的一些作品:如中篇《旷野的呼唤》,短篇《热爱生命》《点火》《生命法则》《一块炸牛排》《毛普希的房子》《墨西哥人》等。

中篇小说《旷野的呼唤》以辽阔的未开发的美国北部冰天雪地的原始荒野为背景;描写了被卷入阿拉斯加淘金冒险生涯中的一只名叫布克的狗,在经历了种种惊心动魄的遭遇后,终于野性复苏,狗又变成一只"狼"。布克高大俊美,遗传了德国狼狗的体型特征,它原本生长在南方的庄园里,过惯了悠然、舒适的生活,养成了文雅温驯的性格。有一天布克被人诱骗出去,卖到北方的克朗代克。这里刚发现了金矿,淘金者用狗做运输工具。布克在这里见到的全是野蛮,人与人之间、狗与狗之间都是如此。他们为了自己的生存,每时每刻都在搏斗、拼杀。生存环境的急剧恶化,迫使原本善良的布克进行生存自卫,它也渐渐学会了"不顾道义,只求活命"的哲学,与同伴打架、撕咬、争食物,变得凶残而狡猾,从弱者逐渐成为强者;祖先的野性在它身上重新萌发,布克咬死了狗群里的首领,取而代之,又从强者一跃成为同类之冠。小说的结尾,令人心灵战栗,布克被"旷野的呼唤"狼嗥所吸引,回归了大森林,与狼为伍,并成为狼群之首:"……通过苍白的月色或朦胧的北极光,可以看见它在狼群前面奔驰着,像巨人一样高人一头地跳跃着,它的大喉咙高歌一曲,唱着一支原始的年轻世界的歌曲,那就是狼群之歌。"

布克不同寻常的成长经历从两个方面展开:它从身体上适应荒野的严酷,同时也学会了与周围的人及未驯化的动物相处;它适应了从井然有序到严酷北方的文化上的转变,从一只宠物狗变成一只狗类的领袖。它"成功"的实质是它抓住了不同环境赋予它的不同要求。小说以一首诗开头:"野性

沉入长眠，/希望终难泯灭，/挣脱习惯铁链，/跃进荒原冰雪。"这首诗把读者一下带向主题，每个埋在生命中的本能并没有死亡，只是"沉入长眠"，当它醒来时，它将体现在每一个天性的恶行中。布克是一只通人性、有感情、聪明善良、有爱心的、人格化的狗，小说赋予动物以灵性，通过狗的经历反映资本主义社会被剥削被压迫的人们的悲惨生活，表现他们对压迫和剥削的反抗；而小说家在揭露资本主义社会人吃人现象的同时，也接受了弱肉强食、为生存不择手段的观点。这篇小说使人对自身及其生存环境有所思考，面对恶劣环境，应当有布克般的抗争精神：遭遇逆境，退则沉沦、灭顶，进则一路坎坷，勇敢地选择生存竞争，像布克那般活着！杰克·伦敦赞美强者，《旷野的呼唤》可以说是这位伟大作家的人文宣言。作品以其清新、别致的风格赢得了广大读者的喜爱。在1903年出版后，成为杰克·伦敦的第一部畅销书，也使他成为世界性的作家。

杰克·伦敦热爱生活，他钦佩那些在逆境中不颓废或努力挣扎的人。热爱生命，表现永不屈服的生命意志是贯穿于他许多长篇和短篇小说的一个主题，这一主题就是人虽忍受着令人难以置信的苦难和艰辛，但仍顽强地渴望活下去。在他的短篇小说中，《热爱生命》和《点火》就是表现这一主题的。在这两篇小说中，单枪匹马的人，在北部的茫茫天地之间，与彻骨的、有时甚至低达华氏零下七十五摄氏度的严寒做斗争，忍受着令人难以置信的痛苦，因为他们渴望活下去。在《热爱生命》中，人胜利了，活了下来。而在《点火》中，人失败了，被冻死了。

《热爱生命》一开始，两个男人带着满身的伤痛、极度的疲劳和饥饿，开始了向海岸方向的长途旅行，希望能搭上一条船去美国。他们各自背着沉重的行李卷和一个装着金块的鹿皮口袋，手里提着一只没有子弹的空枪，跌跌撞撞地在过一条浅水河。天气异常寒冷，就在他们刚起程不久，后面的一个人在石头上滑了一下，扭伤了脚踝，疼得尖叫了一声，几乎摔倒，他摇晃着喊叫另一个叫比尔的人，希望能得到一点帮助，可比尔只当没听见，在严寒中仍然蹒跚地向前走着,把他的同伴抛在后边,不搭理这受伤之人的哀求,自己走了。一副美国式的冷漠和孤傲。此后,两个伙伴变成两个孤零零的人,谁也看不见谁,在仿佛无边无际的光秃秃、充满危险的谷地里瞎撞。落在后面的这个人迷了路,饿得想吃掉自己;他用指甲翻土找小虫子吃,吃全无养分的灯芯草的根,吃被狼啃得精光的野兽的骨头。他迷迷糊糊地往前走,把枪和刀都丢了。这样一来,他就手无寸铁了。日复一日,他挣扎着往前走;由于脚腕受伤,又吃不上东西,他越来越衰弱。有一次,为了减轻负担,他从鹿皮口袋里倒出了一部分金块。后来,他把剩下的也都倒了出去。经常有三五成群的狼在他前面的路上跑过。但狼像在避开他,可能它们感到势寡力单,对付不了他。此外,它们惯于捕食驯鹿,因为驯鹿在受到攻击时,不会进行反抗。狼把这人视为两条腿直立行走的怪物,以为他既会抓又会咬,不可侵犯。一天下午,他发现了比尔的脚印;确切地说,这个人不是用双脚走路,而是用四肢爬行。他沿着比尔的印迹走。不久,就来到了这个人路程的尽头:在潮湿的苔藓地上有几块刚被舔干净的、温热的骨头,附近还有狼爪的印迹;他还发现了比尔装金子的鹿皮口袋,比尔一直没舍得扔掉这个。他忍住疯狂的饥饿,没有把同伴的骨头砸碎放进自己的嘴里。在他发现了比尔遗骨的一两天后,他看见了大海:也看到了在海里停泊的一只船。渴望能走到那儿去的一线希望给了他新的勇气,但他已精疲力竭了,而且也知道,有一只断了腿像他一样病得快死的狼一直跟踪着他。几天以后,那只狼终于咬住了他的一只胳膊,他则用身体压住狼,把脸抵紧狼的脖子,用最后的全部力气咬下去,感到满嘴狼毛,却也有一小股暖和的液体流入他的喉咙;这东西并不好吃,他完全是凭意志咽下去的。强烈地渴望活下去的力量使人最终战胜了狼。他曾经几次昏迷又醒来,脑子里也反复出现过幻象,也碰到过可怕的大棕熊;他也曾问过自己:生命就是这个样子的吗?真是一种空虚的、转瞬即逝的东西吗?只有活着才是痛苦,死并没有什么好难过,等于睡觉,而且意味着痛苦的结束,是一种休息。然而,他就是不甘心死,最后他已经瞎了,快失去了知觉,却仍然像一只巨大的怪虫在地上蠕动着前进……在海湾停泊着的捕鲸船上,有几位科学考察队员发现了岸上的他,于是把他抬到船上,精心护理他,使他恢复了健康。在这里,作者使用了他独特的讽刺手法:这个人对食物变得恐慌不安,每顿饭吃得很多,还不断地向水手索取食物,他的床上、褥子里藏满了面包干;假如这些科学家不阻止他的话,那么,渴望生存的巨大力量虽然支撑着他战胜了严寒、疲劳和饥饿,但过量的饮食和过少的活动却会将他毁掉。

在杰克·伦敦之后,有许多作家也写过人的饥饿感,但没有人能替代他,他对饥饿、恐惧、疲劳的描写真实得超过了具体的真实,达到了对人产生诱惑的地步,让读者渴望也经历一次这样的苦难,在饥饿和恐惧中变成动物,恢复原始而粗粝的生命力;变成动物就不再恐惧了,反而让真正的动物如熊和狼这样的凶猛动物感到恐惧。杰克·伦敦笔下的生命力就是这样奇特有力,在创作中他从容地揭示出一种独特的东西。《热爱生命》中描写两个普通的淘金人,甚至没有交代主人公的姓名,人物和故事极其单纯,正是在单纯中才显出大家的气派,充满生命的激情和力量;他所表达的对生命本体的感受惊心动魄、刚雄罕见,小说里没有女人,没有性,没有一切哗众取宠或花里胡哨的东西,而是直指人性的深处,且激荡着野性的情趣,让人着迷。现代派在这篇小说中读出了最现代的意识,传统派从中感受到传统文学的辉煌——这就是杰克·伦敦的魅力。他写的是一种硬性小说,磅礴着一种阳刚之气,笔墨饱满而雄奇;因为他把人物一次次推向绝境,每一分钟的生存都需要勇气,任何时候如果丧失了面对死亡的力量就会立刻死去。生死不再相距遥远,不再有奥秘,变得简单而又深刻了。杰克·伦敦创造了一种豪犷之美,雄肆醇厚;颂扬了动态中的生命力,而这正是人类从事一切活动的基础。

1908 年,在南海的高温和颠簸的小船上,杰克·伦敦完成了具有北方悲剧和北方讽刺色彩的《点火》,这是他短篇小说中的杰作。之所以被称为杰作,是因为这篇小说中含有相当深刻的讽刺意义,因为它对人之本性的理解、它生动的写作风格以及人的智力与动物的直觉之间所形成的对比。在这篇小说中,主人公也没有名字。他初来乍到,因而不晓得育空河边寂静雪野的厉害。他准备了手套、鹿皮靴、耳套以及一件很厚的大衣。尽管他推测到了寒冷的程度,并且发现往地上吐痰时,唾液在空气中竟噼啪作响,但他也没有放在心上。和他旅行的还有一只爱斯基摩种的大狼狗。下午的时候,这人一不小心踩到了薄冰上,他跌到水里,从双脚一直湿到膝部。他知道这很危险,必须停下来,点起一堆火来烤干双脚、换上干袜子。他幸运地点燃了小树枝,一点点地往里添柴,火势很好,他感到得救了。有个有经验的人曾严肃地告诫过,在低于华氏零下五十度的气候里,任何人不得单独在克朗代克旅行;而他现在却做到了。就在这时,不幸的事发生了:他把火点在一棵云杉树下,这棵树上压了几个月的积雪,当他从树下面往外抽干枝条时,树枝摇动了一下,只是非常轻微的一颤,几乎感觉不到,但这足以破坏树上积雪的平衡。雪从树上落下来,落到了人的身上和火堆上,把火扑灭了。这人想继续赶路,但又意识到还无法上路,所以他试着再点一堆火,但没有成功。他想起了一个故事,有一个人遇到暴风雪,他打死了一只小公牛,钻进它的肚子里,因而得救了。他想到也许他可以打死他的狗,以保住自己的性命;但是当他唤狗时,声音很不自然,狗远远地躲着他。后来,他想继续赶路,又感到很疲倦,就坐了下来。一会儿,这人昏昏入睡了,进入对他来说似乎是从未有过的最舒服、最心满意足的“长眠”。狗卧在旁边看着他,等待着。夕阳西下,短暂的一天就要过去了,还没有再点火的迹象,狗对火的渴望使它坐卧不安,它踢着前腿,哀叫着,等着主人的呵斥。但这人仍沉默不语。一会儿,狗大叫起来,又过了一会儿,它爬近主人,闻到死人的气味。这使狗吓得毛发直立,连连后退。然后,它停下来,对着满天明亮的星斗嗥叫。随后,它转过身朝着营地的方向跑去。它知道到哪里去寻找会给它提供食物和火的人。人,有知识,能穿衣避寒、点火取暖,会制热也会制冷,却不能在北极寒冷的天气里活下来；而狗，只靠直觉活着，没有衣帽，没有饭吃，也没有火取暖，却保住了自己的性命。这是对生命的最本质的嘲讽。在《点火》里，尽管主人公也具有渴望生存的动力，但最终人却不能战胜自然；有知识却缺乏意志力的人，在大自然的强悍面前，仍是无能为力的牺牲品。"热爱生命"主题再次出现在杰克·伦敦的短篇小说中。

杰克·伦敦是一位非常富有美国民族色彩的优秀作家。他的作品常表现一种强烈的大自然气息、勇敢和冒险的浪漫精神和人要活下去的坚强意志。这一切都深深地吸引着读者，打动着读者的心。

作为一位现实主义作家，杰克·伦敦初期创作的小说，不管是在题材上还是在风格上都受到前辈作家吉卜林较深的影响，形式上一般也采用说故事的方式。但杰克·伦敦的思想要比吉卜林进步得多。吉卜林的作品是为殖民主义唱赞歌和辩护的，认为他们对东方的掠夺天然合理；而杰克·伦敦则赞美印第安人纯朴的美德，谴责白人殖民主义者对土著居民的掠夺，并对资本主义的自由竞争及为掠夺黄金而相互残杀的行为做了无情揭露。像《毛普希的房子》就谴责了白人殖民者剥削土著人的罪行；《旷野的呼唤》则讽喻和影射了弱肉强食的美国社会。杰克·伦敦的作品在思想上，无疑是进步的。

在艺术上，杰克·伦敦既继承了前辈的优良传统，又有所创新，形成了自己独特的艺术风格。他的作品粗犷、刚健、朴素、真实。他所描写的生活大多是他经历过的，他的生活本身就是一部生动的小说。从北方的阿拉斯加故事到南方的"太平洋短篇"，无不印着作家的足迹。他力求按照生活的本来面目描写生活。作品常常是以远方的带有浪漫色彩的自然做背景，具体描写印第安人或太平洋上土著人的原始生活。他对扣人心弦的冒险经历的生动描绘，使故事情节紧张感人。杰克·伦敦的短篇小说文体明晰而生动，往往只涉及一件事和很少的几个人物，但故事性极强，耐人寻味。他笔下的人物都具有独特的个性，简直像刀削斧劈一般。作品中对于自然景物的描绘也很少有轻松、抒情的笔调，而常常是为粗暴、严厉、冷酷和令人毛骨悚然的气氛所笼罩，这种气氛又能多次影响故事的结果。作家笔下的太平洋总是台风骤起，怒涛汹涌，时时有可能吞噬人的生命；阿拉斯加地区的荒原是终日不见太阳，一片灰色的天空，充满了寒冷和恐怖。在《热爱生命》中，主人公处在阿拉斯加地区十分恶劣的环境里，熊又"发出威胁的咆哮""那些狼，时常三三两两地从他面前走过""狼嚎的声音在荒原上飘来飘去，在空中交织成一片危险的罗网"，看到这种景象，不禁使人浑身战栗，从而更衬托出主人公的坚忍顽强。杰克·伦敦还是个运用讽刺手法的高手。他的短篇小说具有一种强烈的讽刺因素。像《热爱生命》中的主人公最后虽然被搭救了，但由于他对饥饿的恐慌感还没过去，所以他不停地往肚子里填东西，如果不是有人劝阻的话，这个曾经战胜恶劣环境渴望生存的人，将会被食物撑死。这是一种多么无情的讽刺！在《点火》中，作者对人的本质也进行了最无情的嘲讽：有知识的人最终不能战胜自然力量，而靠直觉活着的狗却能适应恶劣的环境。杰克·伦敦以他高超的写作手法和独特的艺术风格，在世界文坛上占据了一席之地。他的作品证实了他的天才，证实了他是一位不朽的短篇小说巨匠。

二、《马丁·伊登》：生命意志的探险与世俗挣扎的迷局

杰克·伦敦的主要作品都具有很强的哲学倾向性。美国著名传记作家欧文·斯通认为，杰克·伦敦将他崇拜的、包括尼采在内的思想家们的学说演绎成了他的文学作品，并强调指出："尼采在杰克身上可能具有最大的感情影响，因为他们两个的经验比较近似。……他也从尼采的著作中发现了超人理论，所谓超人比一切别人更高大、更强壮、更聪明，超人能克服一切障碍，统治奴隶大众。杰克觉得超人哲学很合他的口味，因为他自以为是一个

可以克服一切障碍的超人，一个最后可以统治（教育、领导、指引）大众的巨人。"①长篇小说《马丁·伊登》是一部具有自传性质的小说，它描述了一个人如何白手起家，由凡人成为超人最后却走向自杀的历程；但由于作品对社会生活反映的深刻性和广泛性，它又超出了自传范围，而成为一部包含着20世纪初期丰富的社会思想的作品。

水手马丁·伊登在一个偶然的机会里认识了银行家摩斯一家，并同摩斯的女儿罗丝一见倾心。马丁喜欢罗丝的貌美惊人、举止文雅和她对文学艺术的精辟见解；罗丝喜欢马丁强壮的体魄和水手独有的顽强精神。马丁开始时把上层社会理想化了，认为那里有着纯洁而崇高的东西。为了踏入"高等社会"，赢得罗丝的爱情，他以不屈不挠的奋斗精神来使自己成为一名作家。然而他的努力换来的却是社会的排斥、资产者的奚落，连罗丝也不能理解和体谅他，跟着别人走了；马丁最终还是成功了，一跃成为全国闻名的作家。金钱和地位都有了，"高等社会"的大门向他敞开了，许多不相识的人也来与马丁交朋友。最使他受刺激的是罗丝竟又主动与他和好，因为他现在有了金钱！"高等社会"的幻觉破灭了：这些人道貌岸然的外表下竟都是如此的卑鄙龌龊；连原先以为纯洁的罗丝，如今也成了金钱的殉葬品。马丁深深地感到自己的心灵被卑劣的社会欺骗了，他此时既不愤怒也不怀旧，他对一切都毫无反应，他说："我病了，……我感到精神在死亡。"他想到一个孤岛上去过与世隔绝的隐士生活，但最终还是选择投海自杀，在永恒中求取安宁。

作者不加任何渲染，只是通过人物自身的变化和感受，表现作者旨在揭露的一切。小说的前半部分，作者用细腻的笔触和大量的生活细节，在描写马丁极端贫困的同时，表现他对罗丝家那幅油画的理解、对罗丝美貌的赞叹、对她文雅谈吐的崇拜和对自己书本知识的贫乏而感到的窘迫，说明他内

---

① ［美］欧文·斯通：《马背上的水手——杰克·伦敦传》，董秋斯译，中国社会科学出版社1980年版，第92—93页。

心对"美"的敏感和追求正是他矢志奋斗的思想基础。作者在小说的后半部分,真实地再现了上流社会,包括那些学者、教授以及马丁爱慕的罗丝所暴露出的虚伪和利欲熏心。这样,马丁内心美的追求与现实丑的矛盾,使这个经过挣扎、奋斗,已初露锋芒的文学青年彻底绝望了。如果说作品的前一部分侧重表现马丁那种经过个人努力完全可以解决的自身矛盾,后一部分则表现了作为一种罪恶存在的、马丁个人所抵御不了的社会现象。小说还通过大量真实而通俗的心理描写,使读者清楚地看到主人公精神变化的每个阶段以至全过程,借此了解资本主义物质的诱惑和精神的欺骗怎样残害和扼杀了一个曾对生活充满美好愿望的青年。正是这种艺术上的成功,使美国现实主义文学出现了一个转折,涌现出一批表现小人物个人奋斗,最终或沉沦、或失败、或轻生的故事,旨在揭示追求"美国梦"过程中的努力奋斗与实现"美国梦"后的精神失落之间的巨大落差。

尼采的超人哲学教导马丁·伊登靠艰苦卓绝的努力从社会底层奋斗成功、做了超人,但同时也使他成为一个"多余的人",连作家本人也抑制不住感情地站出来对马丁·伊登表示理解和支持:"生来探索奥秘、彻底思索的人物就像只寂寞的鹰鸷一般,远离大地和扰攘的人寰,在苍空中做孤独的飞翔。"[①]对生命的探险、对意志的考验,使马丁的精神极度彷徨。他在经历了一番拼搏之后得出结论:"我认为人生是一个大错、一个耻辱。"即使是他一度渴望进入的上流社会也是"庸俗——我承认,这是一种有力的庸俗——是布尔乔亚的高雅和文化的基础"。马丁·伊登不仅对全人类感到失望,也对他自身的存在价值感到怀疑;他不堪忍受空虚的人生,因此毅然选择了死亡,以便成全他那永不屈服的生命意志。杰克·伦敦以无比惋惜的笔调为马丁·伊登写下了令人伤感的挽联:"当生活已变得使人痛苦的倦怠的时候,死亡早就准备好把它消释在永远的安眠中了。他还在等待什么呢? 这

---

① 朱心光编:《杰克·伦敦文集》(上),吉林大学出版社1995年版,第197页。(本文其他引文均出自此书)

已经是动身的时刻。"

从渴望生存、珍爱生命的生命意志到张扬野性的生命力，从相信自己的潜能和实力到唯意志和唯我独尊，杰克·伦敦在探索生命意志的道路上走了一个完整的来回；在《马丁·伊登》这篇小说的最后，他通过马丁的自杀直接批判了尼采的超人哲学。

第五节　卡佛小说：底层生存的无望与美国神话的冷峻

雷蒙德·卡佛(Raymond Carver,1938—1988)是当代美国文学史上最出色的短篇小说家之一,是"继海明威之后美国最具影响力的短篇小说作家"[①],《伦敦时报》称他为"美国的契诃夫"[②],被誉为"美国20世纪下半叶最重要的小说家"[③]"新小说的始创者"[④]和"极简主义小说之父"[⑤]。卡佛的文学成就主要体现于短篇小说与诗歌领域,另有部分记叙日常生活、谈论写作心得的散文随笔。其作品致力于"描绘美国的蓝领生活……生活的本质和走投无路后的绝望"[⑥],表现中下层民众的"无助和不知所措"[⑦],因而被评论家们视为"肮脏现实主义"[⑧]流派的代表人物之一。比照其作品,曾经辉煌绚烂、无比诱人的"美国梦"成了可笑的幻景,对于新大陆的"拓荒者"们,"地上乐园"曾经的社会中坚——底层白人族群来说,美国神话像是一个辛辣、残忍的讽刺;卡佛笔下的他们被现实击垮,迷失在无边的黑暗之中——孤独、悲伤、意冷心灰以及彼此淡漠、隔阂却不自知。卡佛笔下的大多数底层白人面临相似的问题:酗酒、失业、破碎的家庭、贫穷的物质生活、淡漠的人际关

---

① ［美］雷蒙德·卡佛:《雷蒙德·卡佛短篇小说自选集》,汤伟译,人民文学出版社2009年版,"简介",第1页。

② ［美］卡萝尔·斯克莱尼卡:《雷蒙德·卡佛:一位作家的一生》,戴大洪、李兴中译,龙门书局2012年版,序言第3页。

③ ［美］雷蒙德·卡佛:《我打电话的地方》,汤伟译,人民文学出版社2012年版,"前言",第1页。

④ ［美］雷蒙德·卡佛:《大教堂》,肖铁译,译林出版社2009年版,第239页。

⑤ ［美］卡萝尔·斯克莱尼卡:《雷蒙德·卡佛:一位作家的一生》,戴大洪、李兴中译,龙门书局2012年版,"序言",第1页。"极简主义"一词,源于赫辛格(Kim Herzinger)《论新小说》的引言部分。

⑥ ［美］雷蒙德·卡佛:《需要时,就给我电话》,于晓丹、廖世奇译,译林出版社2012年版,"前言",第1页。

⑦ 胡秀芳:《解读雷蒙德·卡佛的短篇小说》,《青年文学家》2012年第10期。

⑧ 王中强:《从沉沦酒精到自我救赎——解读短篇小说〈我打电话的地方〉》,《外语研究》2011年第5期。

系。正是这些看似烦琐而又难以避免的现实困境，述说着"愤怒的白人"（angry whites）的无奈、焦灼与绝望。

一、底层生存的晦暗与白人酒鬼的悲哀

卡佛之所以钟情这些"关于贫困劳动者生活的冷峻故事"①、擅长描绘底层人民的晦暗人生，因为他对此有着深切的体会与感受。他的生命历程几乎就是一部贫穷、荒诞的苦难史，酒精、暴力、永无休止的劳作构成他童年的全部记忆，高中毕业即外出打工，一生的大部分时间几乎都在贫穷、苦难与失望中度过，失业、酗酒、破产、离婚、背叛等接踵而至的打击将他抛入命运的谷底，他在现实的重压下苟延残喘。卡佛非常熟悉底层民众绝望而迷惘的生活境况，了解他们内心那种难以言说的焦虑感与危机感，因为他就是其中一员："自己归根到底，不过是美国的一名普通百姓。正是作为美国的平民，自己才有那些非吐不快的东西。"②他是个"写失败者的失败者，写酒鬼的酒鬼。"③正是因为拥有如此真切而痛彻的体验，卡佛的作品才会蕴藏着一种深刻、厚重的力量，直指人心，带给读者意想不到的震撼效果。他笔下的人物生动而真实地存在着，映照出人们灵魂深处最为隐秘、晦暗的角落。借助卡佛的作品，人们得以直面冷峻的现实、思考苦涩的人生，在其中寻觅情绪的宣泄与精神的洗练。正如日本作家村上春树所言，卡佛的作品中"处处隐藏着超越日常生活的奇妙意外，有着一种让人忍俊不禁的痛快幽默和刺痛人心的现实感"④。

卡佛具有"超凡的洞察力"，其作品往往"有所控制却又意蕴绵长"⑤。卡佛善于发现且乐于写作那些日常生活中的"俗事儿"，认为"在我们过的生活

---

① ［美］卡萝尔·斯克莱尼卡：《雷蒙德·卡佛：一位作家的一生》，戴大洪、李兴中译，龙门书局2012年版，"序言"，第1页。

②④ ［日］村上春树：《雷蒙德·卡佛：美国平民的话语》，肖铁译，《中国企业家》2009年第5期。

③ ［美］雷蒙德·卡佛：《大教堂》，肖铁译，译林出版社2009年版，第242页。

⑤ 于晓丹：《雷蒙·卡佛：人与创作》，《世界文学》1994年第2期。

和我们写的生活之间，不应该有任何栅栏"①，所以被亚瑟·塞尔茨曼称为"寻常事物的鉴赏家"②。卡佛在《关于写作》一文中也提到："在诗或者短篇小说中，有可能使用平常然而准确的语言来描写平常的事物，赋予那些事物……以很强甚至惊人的感染力。也有可能用一段似乎平淡无奇的对话，让读者读得脊背发凉——这是艺术享受之源……我最感兴趣的，就是那种写作。"③卡佛重视对平凡生活的提炼，更重视对语言力量的发掘，他相信清晰、具体、使用得当的字词能够将文本所承载的信息表达得淋漓尽致。卡佛喜欢在短篇小说中营造"某种威胁感或者危险感"④，以避免沉闷，他常常借助省略、空缺等手法来达到这一效果，杰弗里·伍尔夫就直截了当地称其为"减法者(taker-outer)"⑤——对待作品能够毫不留情地削冗剔繁，这种留白也给了读者更多思考、演绎的空间。戛然而止的结尾、悬而未决的疑问、刻意忽略的情节，都让人多少有些困惑甚至恼怒，却有着一种独特的艺术魅力。卡佛作品中的语言简练、质朴，却有着褪尽铅华后的凝重，蕴含着一种穿透人心的巨大力量。

出身于蓝领之家的卡佛一生坎坷起伏，大半辈子几乎都在难以摆脱的贫困和接踵而至的失望中度过：过早地负担起家庭责任，两次破产，屡次因酗酒住院，破裂的婚姻，等等。然而，无论境况多么窘迫，他从未放弃对文学的追求——即便四处漂泊、居无定所，他也始终笔耕不辍，这种信念是"令人费解，甚至不可想象的"⑥。他的作品重在描绘美国社会底层民众困窘、艰辛的生活境况，表现他们迷惘、无奈的心理状态，那些失落的人群、破碎的家

---

① Gentry, Marshall, *Conversations with Raymond Carver*, University Press of Mississippi, 1990, P. 49.

② [美]雷蒙德·卡佛:《雷蒙德·卡佛短篇小说自选集》，汤伟译，人民文学出版社2009年版，第414页。

③ [美]雷蒙德·卡佛:《火》，孙仲旭译，译林出版社2012年版，第35页。

④ 同上，第37页。

⑤ [美]雷蒙德·卡佛:《大教堂》，肖铁译，译林出版社2009年版，第242页。

⑥ 同上，第240页。

庭、黯淡的前景勾勒出残酷而又无奈的现实。卡佛有十三年的酗酒史，虽然酒是他用以暂时逃避现实重压的有效工具——在沉重的生存压力下能够带给他片刻的愉悦与解脱，但也是不断侵蚀他生命活力的慢性毒药——对他的婚姻、健康、事业甚至写作造成了极为严重的负面影响；尽管他清楚地知道沉湎于酒精意味着最终的毁灭，却总是无法抵抗这副"麻醉剂"的致命诱惑。这段迷醉于酒精之中的消沉生活给卡佛留下了深刻的烙印，"酒"和"酗酒者"也成为他作品中几乎无处不在的两个典型意象。卡佛的作品不吝笔墨地书写"酒"与"酗酒者"，不只是因为二者与他本身有着千丝万缕的密切联系而单纯地记录下他那"足够多的酗酒故事"；他在访谈录中提到，自己的目的不是坦白，而是"要证明……每一首诗或每一篇小说都可以被视为……作者的一部分，被视为他对他那个时代的世界的见证的一部分"①。隐藏在这两个典型意象背后的，是作家对"无望之乡"的凝视与守望②。这是一个蓝领的世界，是一个冷酷却真实的世界，"失败不是故事的开始，也不是故事的结束，而是他们故事的全部"③。然而，卡佛绝不是一个甘于屈服、甘于认输的人，正如他在访谈中所言："在大部分小说中，人物的麻烦得不到解决。人们的目标和希望枯萎了。但有时，而且恐怕是经常，人们自己不会枯萎，他们把塌下去的袜子拉起来，继续走。"④透过自己艰难生活的镜像和消极情感的体验，卡佛沉重的词句背后隐约透露出一缕黯淡的光芒，虽然微弱却在无尽的黑暗里显得格外温暖、珍贵——那是作家对生存的思考、对人性的关怀、对绝望的超越。

　　无论是卡佛本人还是他笔下各式各样的酗酒者，大都过着贫困、艰辛的

　　①　［美］卡萝尔·斯克莱尼卡：《雷蒙德·卡佛：一位作家的一生》，戴大洪、李兴中译，龙门书局2012年版，第405—406页。

　　②　王晨：《"无望之乡"的凝视与守望——雷蒙德·卡佛小说论》，江西师范大学硕士学位论文，2011年。

　　③　［美］雷蒙德·卡佛：《大教堂》，肖铁译，译林出版社2009年版，第242页。

　　④　Alton, John, "What We Talk about When We Talk about Literature: An Interview with Raymond Carver", *Chicago Review*, Vol. 36, No. 2, 1988, P. 14.

日子,面临着一系列无法优雅地予以解决的问题。他们是"被生活淹没的人"①,在奔腾而去的滔天巨浪中惊慌失措、随波逐流,找不到出路。酗酒是他们生命的一部分,是他们糟糕的生存境况的缩影,是"他们的身份象征"和那个时代"蓝领的符号"②。卡佛作品中的"酒"不是人们休闲、享受的选择,而是被赋予了浓厚意味的特殊意象——象征着空虚中的迷惘、沉重中的无奈、孤独中的落寞、困境中的绝望。通过对底层民众真实生存镜像的描摹和展现,卡佛挖掘生活的本质,向人们"揭示出日常生活背后的深层意蕴"③,传达出一种敢于直面无望的勇气。

二、美国神话的破碎与直面无望的勇气

卡佛立足于自己的切身之痛,通过小说"还原了一个真实的平民世界"④,揭露了人们在日常生活中普遍面临的生存问题,展示了普通民众琐碎、无聊的现实生活。这些挣扎在社会底层的小人物没有理想、没有希望,整日庸庸碌碌、恍恍惚惚,无力也无心把握自己的命运,充满未知的人生路途令他感到消沉、无助,日复一日的机械劳动令他们深感倦怠、乏味。他们心灵脆弱、精神空虚,由于信仰支柱的坍塌,甚至失去了奋斗的动力。他们如同行尸走肉般活着,却不知如何去改变现状、创造生活;他们沉沦于虚度光阴、醉生梦死的泥沼,却从未意识到灵魂正被一点点地蚕食、侵吞,生命在不断地被消耗、磨损。酒不仅是人们空虚生活的主要表现形式之一,还暗喻了人性因此而产生的扭曲和异变。持久的空虚令人产生一种近乎绝望的

---

① Gentry, Marshall, *Conversations with Raymond Carver*, University Press of Mississippi, 1990, P. 49.

② 王中强:《从沉沦酒精到自我救赎——解读短篇小说〈我打电话的地方〉》,《外语研究》2011年第5期。

③ 王晨:《"无望之乡"的凝视与守望——雷蒙德·卡佛小说论》,江西师范大学硕士学位论文,2011年,第6页。

④ 同上,第19页。

感受,而这种消极情绪往往会通过酗酒者的一系列行为及其恶果展现出来:有的人变得狂躁易怒、不可理喻,有的人变得麻木、冷漠,显露出自私、残酷的一面。沉闷无趣的生活给人们的思想与情感带来了缓慢而深刻的影响,酒作为一个典型的日常意象,正意味着现实与理想的双重空虚,物质与精神的共同失落。

卡佛在作品中创造了一个"灰色的世界"①,展现了"美国梦/美国神话"的彻底破碎。他笔下的蓝领阶层"每天要面对各种各样的问题,无时无刻不在为生存而挣扎"②。他们游离在社会的边缘,承受着种种突如其来的打击,扮演着永无脱身之计的悲剧角色,为生活几乎耗尽了力气。这些被充满危险与威胁的现实折磨得精疲力竭的人"看不到任何未来"③,唯有借酒浇愁、饮鸩止渴,以期从生活的沉重压迫下暂时逃离,偷享片刻欢愉。酗酒是他们对挫折、苦难的消极反抗,无可逃避的负担和责任令他们喘不过气来。这是一个循规蹈矩的弱势群体,他们怯懦又脆弱、平凡甚至平庸,缺乏对于意外的想象力,麻烦一旦降临,轻而易举地就能将他们打倒。现实的重压消磨了他们的意志,摧毁了他们的梦想,将他们抛入绝望的深渊。卡佛笔下的人物大多面临交流困境:他们或是笨口拙舌、不善言辞,无法清晰、明确地表达自己;或是听不懂、也不愿意聆听对方的讲话,常常随意敷衍、答非所问。这种"有口难言"与"听者无心"的对话导致人际关系逐渐疏离、恶化,人与人之间充斥着陌生、冷漠的气息,语言沦为一种空洞的符号。卡佛认为:"缺乏相互理解和无法沟通是他所关心的人群失败的主要原因之一。"④沟通障碍使他们陷入难以自拔的孤独境地,一道无形的隔阂横亘在彼此之间,沉默与酒便取代了一切。

---

① 邱小轻:《卡佛笔下的美国——解读卡佛的〈大教堂〉》,《四川外语学院学报》2001年第1期。
② 胡秀芳:《解读雷蒙德·卡佛的短篇小说》,《青年文学家》2012年第10期。
③ [美]雷蒙德·卡佛:《需要时,就给我电话》,于晓丹、廖世奇译,译林出版社2012年版,第96页。
④ [美]雷蒙德·卡佛:《我打电话的地方》,汤伟译,人民文学出版社2012年版,第468—469页。

卡佛透过"酒"这一意象"还原了一个真实的平民世界"①,揭露了人们在日常生活中普遍面临的生存问题,正如译者于晓丹所言:"酗酒的实质是因为空虚、冷清,因为人与人之间交流的困难。"②从这一层意义上来看,他的"酒"是浸润着绝望的冷酒、苦酒。然而身为一个关切现实、心怀责任感的作家,卡佛扮演的并不仅仅是批判者的角色,他写无望而痛苦的生活"不是为表达一种末世的悲哀,而是为了更好地反思家庭与社会的种种危机"③,以此唤醒人们内心深处潜藏的希望和信念。他在访谈中提到:"我从来没有觉得我所写的人物不可救药……美国到处都是这些人。他们是善良的人,是竭尽所能在奋斗的人。"④卡佛的作品让人们明白:活着并非易事,但既然无可回避,就应当直面困境,努力朝着高地而不是深渊前进;哪怕希望只是一点将息未息的残焰,都足以给黑暗中的人们带来慰藉。卡佛天性善良、宽厚,且有着一种近乎偏执的执着,即便到了生命的最后阶段,他也仍然坚信"奇迹和复活的可能"⑤,坚信人们实现自我救赎的可能。他的力量是《水流》一诗中那种受了伤也要迎难而上的奋不顾身,他的希望是萌发于绝望土壤的稚嫩幼苗。

卡佛成为著名作家之后说过:"我曾经戒了酒,比起我生命中的任何事情,我更为此感到自豪。"⑥他经历了常人难以想象的艰辛、苦痛,最终以顽强的毅力彻底摆脱了酒精的控制,生活开始慢慢步入正轨,这一巨大转变对他的创作也产生了影响:《大教堂》中的小说,与我过去的小说相比,都更加丰

①　王晨:《"无望之乡"的凝视与守望——雷蒙德·卡佛小说论》,江西师范大学硕士学位论文,2011年,第19页。

②　于晓丹:《雷蒙·卡佛:人与创作》,《外国文学》1994年第2期。

③　黄仲山:《人生百态,冷暖交集——以〈我打电话的地方〉为例解析卡佛短篇小说的色调对比》,《名作欣赏》2007年第23期。

④　[美]卡萝尔·斯克莱尼卡:《雷蒙德·卡佛:一位作家的一生》,戴大洪、李兴中译,龙门书局2012年版,第384页。

⑤　于晓丹:《雷蒙·卡佛:人与创作》,《世界文学》1994年第2期。

⑥　[美]卡萝尔·斯克莱尼卡:《雷蒙德·卡佛:一位作家的一生》,戴大洪、李兴中译,龙门书局2012年版,第349页。

满一些,文字变得更慷慨,可能也更积极了一些。"①事实上,不只是《大教堂》,卡佛的绝大部分作品都蕴藏着一脉温情、一份关怀。

卡佛钟情于描绘人们的表达、沟通障碍,或许与他身为"极简主义"作家所秉持的语言观有着一定联系。辛西娅·惠特尼·哈利特指出:"语言不足以沟通,尤其不足以传递感情、主观概念和难以言传之事,这种观念是极简主义作家感受力中的重要元素。"②正是基于对语言局限性的认知,卡佛才会在作品中营造出一个隔阂、封闭的世界。他笔下的人物总是因遭遇交流困境而备感苦闷,他们既无法找到恰当的话语来倾吐自己内心的感受,也难以真正理解他人言辞背后的深层意味,每个人都被困在狭小的自我空间里,郁郁寡欢。当人与人之间的交流渠道受阻时,势必需要借助其他途径来释放积聚的情感,对于卡佛而言,似乎没有比酒更好的选择了——通过饮酒来实现一种无言的对话,以期消解心中的烦闷。但是我们必须承认,酒并不能完全替代语言,填补沉默也不过是更真切地展露了人们灵魂深处的苦楚与孤独。

卡佛以敏锐的洞察力发现了酗酒者陷入精神危机的真正原因,在揭示他们绝望境况的同时也给他们留下了一扇希望之窗。日本作家村上春树曾经说过:"卡佛的宝贵之处在于,他告诉我们人生仿佛已耗尽,却又收拾起勇气。"③卡佛是一个敢于直面绝望、超越绝望的作家,就像一团不熄的火焰,象征着永恒的热情与动力。透过卡佛削繁至简的文字,那些残酷、荒凉的现实境况常常令人不寒而栗,而他对生存的思考、对人性的关怀、对希望的执着又给人以温暖的抚慰。在生活中,卡佛就是一个敢于直面无望、注重把握当下的人,同时也是一个执着追寻希望的人;其创作理念无限接近存在主义所强调的:"现代艺术不是宣传而是揭示,它显示出我们存在的现实的本来面

---

①　[美]雷蒙德·卡佛:《大教堂》,肖铁译,译林出版社 2009 年版,第 237 页。

②　Cynthia Hallett Whitney, *Minimalism and the Short Story: Raymond Carver, Amy Hempel, and Mary Robison*, The Edwin Mellen Press, 2000, P. 35.

③　[美]雷蒙德·卡佛:《大教堂》,肖铁译,译林出版社 2009 年版,"前言",第 2 页。

目。它并不把我们生活在其中的现实掩盖起来。"即萨特所说"一切文学作品要服从于再现'人的本质',揭示人的'真正现实'"①。卡佛写平凡人的日常生活,写他们琐碎而普遍的焦虑和烦恼,让文学回归现实,蕴含着一种深切的人文情怀。克尔凯郭尔说:"正是细微的捉弄令生活痛苦异常。"②显然,卡佛持有与此相同的认知与体悟,展现了美国下层民众艰辛的生活状态和绝望的精神困境,其中还隐藏着积极的生命底蕴和深刻的人生反思,正如存在主义哲学从绝望走向希望一般。

卡佛传承了海明威简约隽永的艺术风范,是美国"极简主义"文学的领袖人物;卡佛小说直面底层白人群体的生存困境与"美国神话"的冷峻一面,他是少有的当代美国"艰难时世的体验者与观察者"。尽管卡佛一直自嘲是"写失败者的失败者,写酒鬼的酒鬼",但是,出身底层的他对文学创作的终生执着与热爱以及他人生后期终能成为"不喝酒的酒鬼"的人生超越,从另一维度说明了"美国梦"的现实可行性与主体实践性,印证了"上帝帮助自助者"的美国常识。卡佛作品所关注的美国中下层白人族群,在2016年美国总统候选人初选中,以群体姿态制造了令人大跌眼镜的"特朗普现象",反映出底层白人选民长久以来在自己日渐衰落的经济、社会地位得不到主流政界关注和解决时表现出的沮丧、愤怒和焦灼。被主流媒体描述成"粗鲁""野蛮"和"低能"的这一群体,常常被冠以"红脖子"(red neck)、"白垃圾"(white trash)等侮辱性用词,底层红脖子白人特别是劳工阶层更是易于被妖魔化。没有卡佛为其代言的当下,他们只有自己发声并采取行动来维护本族群的切身利益,不惜以美国社会族群的分裂为代价。

---

① 王克千:《萨特存在主义剖析》,《哲学研究》1984年第2期。
② [丹麦]索伦·克尔凯戈尔:《克尔凯戈尔日记选》,晏可佳、姚蓓琴译,上海社会科学院出版社2002年版,第3页。

第六节 弥散的希望:文学经典的英雄崇拜与理想品格

每个时代有每个时代的英雄,每个民族有每个民族的英雄。一个英雄辈出的民族,肯定大有希望;一个有希望的民族,不能没有英雄。正如郁达夫在《怀鲁迅》中所说的:"没有伟大的人物出现的民族,是世界上最可怜的生物之群;有了伟大的人物,而不知拥护、爱戴、崇仰的国家,是没有希望的奴隶之邦。"只有民众都拥有对伟大人物的崇拜和敬仰,这个民族才会产生真正的英雄和伟人。对于任何有尊严、有情怀的民族而言,英雄是高度体现民族历史内生力量的精神图标,是集中展现民族基因传承关系的文化符码,是生动刻绘民族思想表情特征的美学画廊。一部英雄史,就是一部民族的创世史、成长史与心灵史。各个民族都有深刻的英雄情结,也有呼应不同历史阶段诉求的英雄群像。这一情结贯穿于每个民族演化发展的不同历史过程当中,成为投射各个民族精神向度的辉煌灯塔。英雄属于整个民族,是族群的杰出代表,他既能创造民族历史、改变民族历史的进程,又能引领全民族前进;在全球化的当今世界,英雄/杰出人物既属于整个民族又属于全人类,他们不但能引领世界某方面的超常发展,而且能够改善人类的生命质量与精神品质。

美国著名学者威尔·杜兰特(Will Durant,1885—1981)说:"当生活变得苦涩,友谊从身边溜走,孩童也不再相伴我们左右,我们还可以与莎士比亚和歌德一起坐在桌边,和拉伯雷一起嘲笑世界,和济慈一起欣赏秋日的美丽。这是一些向我们奉献了最好事物的忠实朋友,他们从不要求回报,却永远等待我们的召唤。只要我们和他们一起行走片刻,静静聆听他们的讲述,我们的虚弱就可以治愈,我们也就能真正感受到相互理解之后内心的平静。"①杜兰特在《历史上最伟大的思想》中坦率地说,他承认并景仰"那些在历史上曾经高居于我们生命之上的伟大天才",而且他把这种崇拜视为"终极信仰";在他看来,"真正的历史不是细琐的物价和薪俸统计,也不是大规模的选举和战争,更不是普通民众的生活进程,历史只应该属于那些对人类的文化进程做出过持久贡献的英雄和天才"②。

英雄对民族发展的巨大作用,在生产力还不发达、生产方式还很落后的古代尤其明显,譬如古希腊神话与英雄传说中的"盗火者"普罗米修斯、大英雄赫拉克勒斯、智慧勇毅的奥德修斯等;即使是在当代生活中,各行各业中的英雄/精英也起着举足轻重的示范和引领作用,有时"拯救者""终结者"或者"超人"等一锤定音的角色依然是英雄的标签与大旗,譬如"互联网+"时代缔造"苹果帝国"的风云英雄乔布斯(Steve Jobs,1955—2011)、"捅破天窗"的斯诺登(Edward Joseph Snowden,1983—　)以及反"物质主义"的特蕾莎修女(Blessed Teresa of Calcutta,1910—1997)、特立独行的先知诗人布罗茨基(Joseph Brodsky,1940—1996)等。显然,英雄崇拜代表了普通民众对英雄/伟人/精英的无限敬慕与由衷感激,昭示了某个时代全民族的"共同理想"或全人类的"未来希望";英雄情结的时代回响与群体记忆,也不断激励着人们克服种种艰难险阻砥砺前行。

一、衡量英雄的内外标准与英雄知音的传世诗人

关于英雄与世界的关系,尽管自古以来历史学家一直都有"是时势造英雄还是英雄造时势"的争论,但是,留存于文学经典中的英雄基本上都是造时势的真英雄,时势被他造得成与不成,于他的英雄本色并无妨碍,事情的成败不足以成为衡量其是否英雄的准度,这与政治斗争中的"成王败寇"大相径庭;在大量的外国文学经典中,甚至常常会出现以"现世的失利成就道

---

① [美]威尔·杜兰特:《历史上最伟大的思想》,王琴译,中信出版社 2009 年版,第 176 页。
② 同上,第 3 页。

德的完善"的经典佳作,譬如莎士比亚(William Shakespeare,1564—1616)创作的戏剧《哈姆雷特》中王子的"延宕"情节等。固然,战争抑或伏虎降龙可以成就英雄,同样,苦难也可以磨炼英雄,悲苦的命运也可以考验英雄的成色,譬如古希腊悲剧《俄狄浦斯王》《安提戈涅》中的主人公等。正所谓:"天将降大任于斯人也,必先苦其心志,劳其筋骨,饿其体肤,空乏其身,行拂乱其所为,所以动心忍性,曾益其所不能。"①中外古今莫不如是。

真英雄是不受时势所左右的。因为他是一个"形全于外,心全于中"的人,他的主见真而正,他的毅力恒而坚;他能时时检查自己,看出自己的弱点,而谋划可以做出改善的步骤。事业的成败不是他所计较的,唯有正义与向上才是要紧的。譬如普鲁塔克(Lucius Mestrius Plutarch,约46—120)《希腊罗马名人传》②中的传主、英雄史诗《伊利亚特》中的英雄们、《熙德之歌》中的主人公熙德等。今日我们所渴望的仍然是这样的英雄;面对强敌的侵略,我们所希望的抗敌英雄也要属于这一类人物。战争在假英雄的眼光里是赌博的一种,但在真英雄的心目中,这是正义的保障。为正义而战,虽不胜也应当做。譬如海明威(Ernest Miller Hemingway,1899—1961)小说《丧钟为谁而鸣》里的美国青年罗伯特·乔顿就是这样的为人景仰的、"打不败"的真英雄。这类真英雄包括了从屠杀怪兽的勇士到起义的矿工,从波斯最伟大的将领到"大萧条"时代亚拉巴马州极度穷困的家庭;这群男人和女人,即使直面惨淡的人生、没有什么值得微笑面对时,他们仍然以坚定的意志和勇气面对自己的命运③——受压迫的人会反抗、最低贱的阶层也会拒绝

---

①　《孟子·告子下》,《十三经注疏》,中华书局1980年版。孟子(前372—前289),名轲,字子舆。战国时期邹国人,鲁国庆父后裔。中国古代著名思想家、教育家,儒家代表人物,著有《孟子》一书。孟子继承并发扬了孔子的思想,成为仅次于孔子的一代儒家宗师,有"亚圣"之称,与孔子合称为"孔孟"。

②　[古罗马]普鲁塔克:《希腊罗马名人传》,席代岳译,吉林出版集团有限公司2009年版。普鲁塔克的《希腊罗马名人传》,简称《名人传》或《传记集》,是西方纪传体历史著作之滥觞,对后世影响巨大,莎士比亚的三部历史剧的很多情节根据该传的内容。

③　[美]迈克·德达:《悦读经典》,王艺译,生活·读书·新知三联书店2011年版,第38页。

屈服或投降。

　　其实,在现实政治中,常有"河无大鱼,小虾称王"的现象出现,意指在一个没有特出人才的时境,有小本领便可做大事。这也是时势所造的一种英雄。还有些是偶然的成功,他对于自己的事业并没有明了的认识,也没有把握,甚至本来是要保守,到头来却变成革命,因为一般的倾向所归,他也乐得随从。这是时势所造的一种英雄。譬如西汉史学家司马迁(前 145—前 90)《史记·高祖本纪》中的汉高祖刘邦。还有些所谓"英雄"是剥削或榨取他人的智力或体力来制造自己的势力和地位,其成功与受崇敬是完全站在欺骗和剥削的黑幕前面。这也是时势所造的一种英雄。譬如英国历史学家爱德华·吉本(Edward Gibbon,1737—1794)创作的《罗马帝国衰亡史》中的尼禄等。

　　在世界文学发展史中,史诗可谓最早塑造英雄形象的文学作品,史诗是一种古老而源远流长的韵体叙事文学样式,在人类文化史上占据着重要位置。在东西方文化传统中,希腊史诗、印度史诗、巴比伦史诗、芬兰史诗、中国少数民族史诗等都成为一个民族或一个国家文化的象征和文明的丰碑。因而每一个民族的史诗传统,不仅是认识一个民族的百科全书,也是一座"民族精神标本的展览馆"(黑格尔语)。除了古希腊的《伊利亚特》和《奥德赛》之外,作为记录英雄行传和英雄崇拜的文学经典,世界文学史中还有三大著名史诗,它们包括古巴比伦的《吉尔伽美什》、印度的《罗摩衍那》和《摩诃婆罗多》。另外,欧洲在中世纪也曾出现过大量较成熟的民族史诗,歌颂维护民族利益的伟大英雄。具体来说,中世纪早期英雄史诗的主要作品反映的是民族大迁徙时期甚至更早时期的历史事件和部落生活,对部落之间的血仇关系有鲜明的表现,有较多的神话传说成分,最有代表性的有日耳曼人的《希尔德布兰特之歌》、盎格鲁-撒克逊人的《贝奥武甫》、冰岛的《埃达》(神话诗和英雄史诗)和《萨迦》(散文体叙事文学)、芬兰的《卡勒瓦拉》等。中世纪中后期英雄史诗都是以骑士的征战生活为主轴,中心主题是爱国主义,强调忠君和爱国的统一性;诗中的英雄勇敢善战、忠于祖国、忠于君主,表现了在封建关系下人民理想中的爱国英雄,最有代表性的有法国的《罗兰之歌》、德国的《尼伯龙根之歌》、西班牙的《熙德之歌》、俄罗斯的《伊戈尔远征纪》等。尽管世界各地的史诗千差万别,但人们还是认为某些基本要素是这些彼此间差异巨大的史诗所共享的,如宏大的规模、崇高的格调、重大的题材、特定的技法和长久的传统,以及豪迈的英雄主义精神等。

18 世纪的启蒙运动领袖伏尔泰(Voltaire,1694—1778)称史诗是"用诗体写成的关于英雄冒险事迹的叙述"[①],德国哲学大师黑格尔(Hegel,1770—1831)称"战争情况下的冲突提供最适宜的史诗情景",黑格尔还曾对史诗中英雄形象的特征进行限定,如高尚又生动、"表现出多方面的人性与民族性""成为有生气的个别主体"[②]等。史诗的本意是与英雄创世的民族战争紧密关联的一种诗体样式。尽管史诗后来的审美形态从诗歌领域延展到小说领域,但其核心的文学元素如战争、民族、英雄等并未消失。毫无疑问,世界各国的"英雄史诗"在忠实留存各民族的"创世传说"和"英雄业绩"的同时,也艺术化地呈现了人们的"英雄崇拜"与"英雄情结";更可贵的是,不少"英雄史诗"的流传者譬如《伊利亚特》和《奥德赛》的署名人"盲诗人荷马"(Homer,约前 9 世纪—前 8 世纪)以"英雄知音"的高度一并名垂青史,跃升为精神世界的英雄或导师,较完美地为世人重现了英雄们的性格、品行、理想、业绩等,开创了"事功"型英雄与"通灵"型英雄并立、行动者与记录者"同品"的先河,大幅度地提高了文学经典的思想境界和人性情趣。

---

① [法]伏尔泰:《论史诗》,伍蠡甫主编:《西方文论选》上卷,上海译文出版社 1979 年版,第326—327 页。

② [德]黑格尔:《美学》第三卷下,朱光潜译,商务印书馆 1979 年版,第 126 页。

二、涤荡现世的事功英雄与超越时代的诗文英雄

英国思想家托马斯·卡莱尔(Thomas Carlyle,1795—1881)在其名著《论英雄、英雄崇拜和历史上的英雄业绩》(On Heroes and Hero-Worship, and the Heroicin History,1841)一书中,详细论述了什么是真正的英雄,剖析了神明英雄(奥丁)、先知英雄(穆罕默德)、诗人英雄(但丁、莎士比亚)、教士英雄(路德、诺克斯)、文人英雄(约翰斯、彭斯、鲁索)、帝王英雄(克伦威尔、拿破仑)等六种不同类型共十一位不同时代的英雄人物的历史地位及历史真相,认为"世界历史是伟人的历史",凸显了伟人的作用。卡莱尔在开篇讲道:"世界历史就是人类在这个世界上所取得的种种成就的历史,实质上也就是在世界上活动的伟人的历史。可以恰当地认为,整个世界历史的精华,就是伟人的历史。"①卡莱尔感佩伟人的功勋,歌颂英雄的业绩,其英雄史观充分彰显了历史伟人、当代精英对社会发展的巨大推动作用,他以鲜明的态度、宽广的胸怀承传着人类文明史上的"英雄崇拜",并将其延展与深入到精神世界和文学领域。

卡莱尔对"英雄"的取舍突破了固有观念。首先,他能公正地对待与基督教文明长期冲突的伊斯兰文明的缔造者穆罕默德(Muhammad,约570—632),对其毫不吝啬地赞誉。卡莱尔说:"这些阿拉伯人,这位穆罕默德及其一个世纪的活动——好似一个火花落九天。这个火花落到了不被人们注意的茫茫沙漠世界。看哪！那荒沙却成了引爆的炸药,火光照亮了从德里到格林纳达的高空！我说过,伟大人物总是像天上的闪电,普通人只是备用的燃料,有了伟人这个火花,他们才能燃烧发光。"②其次,卡莱尔从人类文明演进的视野将"英雄"的定义和范围进行了扩张,将主宰人类精神世界的人

---

① ［英］托马斯·卡莱尔:《论英雄、英雄崇拜和历史上的英雄业绩》,周祖达译,商务印书馆2005年版,第1页。

② 同上,第86页。

物——诗人、文人也放在了英雄的领域，将但丁、莎士比亚和彭斯等推崇为英雄、伟人。在很多人眼里，英雄必定是统治者、领军者、主宰者，譬如古罗马时代的恺撒大帝、东汉末年的曹操等；但是，在卡莱尔的眼里，诗人、文人也是英雄，这是古今少有的。

在卡莱尔眼里，诗人是属于一切时代的英雄人物，诗人一旦产生，就为一切时代所拥有；只要上天降下一个英雄的灵魂，这个灵魂不论在哪个时代都完全有可能被塑造成一个诗人①。拉丁文 vates 一词，兼有先知（预言家）和诗人之意。实际上，先知和诗人这两个词的含义在所有时代显然是相通的。从根本上说，他们二者都深入到宇宙的神圣奥秘，即德国文豪歌德所谓"公开的秘密"②之中。诗人英雄是生活于事物的内在境界，也就是生活在真实、神圣和永恒的境界之中，而大多数的凡夫俗子看不到这些深层次东西的存在③。

先知和诗人的认识不是来自道听途说，而是凭直接的洞察力和信仰获得的。任何人都可能生活在对事物的表面认识中，而先知和诗人的本性要求他必须生活在事物的真正本质中，并诚挚地对待世上的一切。因此，作为真诚的人和"公开秘密"的洞察者，诗人和先知是同一的。在精神世界里，伟大的诗人无不有着上天入地、千变万化的"神通"；当一个诗人变得越有才识、越有智慧时，他就越是能够放得下。

卡莱尔强调，英雄必须具备真诚的品质，而文人、诗人英雄"从心发出的

---

① ［英］托马斯·卡莱尔：《论英雄、英雄崇拜和历史上的英雄业绩》，周祖达译，商务印书馆2005年版，第 87 页。

② 歌德这样阐述艺术和自然的关系："自然起始对谁揭开它的公开秘密，谁就感到一种不可抗拒的渴望，向往那最可贵的解释者——艺术。"歌德认为诗人在作品里所创造的世界也是公开和秘密并存，好像成为"第二个自然"。歌德常把一件完美的艺术品称为"自然的作品""生动的高度组成的自然物"。（［德］歌德：《歌德谈话录》，爱克曼辑录；朱光潜译，人民文学出版社 1978 年版。）

③ ［英］托马斯·卡莱尔：《论英雄、英雄崇拜和历史上的英雄业绩》，周祖达译，商务印书馆2005年版，第 179 页。

语言就会有诗的性质"①。这也与中国经典文学中所谓"修辞立诚"②与"法天贵真"③的传统相吻合。任何事物都有真伪之别,诗人、文人也有真假。如果从真实意义上来谈论英雄,诗人、文人英雄对人们所尽职责永远是光荣的,永远是最崇高的,而且曾经一度被公认为最高尚的人④。对于诗人、文人而言,艺术的成长永远先于经验的成长;他以其特有的方式表达他那富有灵感⑤的心灵,在任何情况下,都能尽一个人应尽的职责,以"冬天来了,春天还会远吗?"⑥的心态,坚定而持续地带给人类"理想"之火与"希望"之光。

继卡莱尔高调颂扬"诗人、文人是真英雄"之后,英国诗人雪莱(Percy Bysshe Shelley,1792—1822)宣称"诗人是世间未经公认的立法者"⑦,其后承传这种思想的大有人在,最著名的有法国作家罗曼 · 罗兰(Romain

---

① [英]托马斯·卡莱尔:《论英雄、英雄崇拜和历史上的英雄业绩》,周祖达译,商务印书馆2005年版,第90页。

② "修辞立诚"意谓撰文要表现作者的真实意图,不可作虚饰浮文。语出《易经 · 乾卦 · 文言》:"修辞立其诚,所以居业也。"南朝梁刘勰《文心雕龙 · 祝盟》:"凡群言发华,而降神务实,修辞立诚,在于无愧。"明王守仁《传习录》卷下:"凡作文字,要随我分限所及,若说得太过了,亦非修辞立诚矣。"清陆以湉《冷庐杂识 · 撰述传信》:"其章疏,无溢言费辞以累其实,此则所谓修辞立诚,可为撰述者法矣。"近人章炳麟《文学总略》:"气非窜突如鹿豕,德非委蛇如羔羊,知文辞始于表谱簿录,则修辞立诚其首也,气乎德乎,亦未务而已矣。"

③ 《庄子 · 杂篇 · 渔父》有言:"真者所以受于天也,自然不可易也,故圣人法天贵真,不拘于俗。"意思是:圣哲效法自然,看重本真。"真者,精诚之至也,不精不诚,不能动人,所以强哭者虽悲不哀,强怒者虽严不威,强亲者虽笑不和。真悲无声而哀,真怒未发而威,真亲未笑而和。真在内者,神动于外,是所以贵真也。"意思是:所谓真,就是精诚的极点。达不到精诚,就不能感动人。所以,勉强啼哭的人,虽然外表悲痛,其实并不哀伤;勉强发怒的人,虽然外表严厉,其实并不威严;勉强亲热的人,虽然笑容满面,其实并不和善。真正的悲痛没有哭声而哀伤;真正的怒气未曾发作而威严;真正的亲热未曾含笑而和善。自然的真性存于内心,神情的流露溢于外表,这就是看重本性真情的原因。

④ 譬如古典主义盛行时期,提倡"文如其人、风格即人",人品与文品是合一的,故诗人、文人被想当然地视为先知、英雄或者最高尚的人。

⑤ 这里说的"富有灵感",就是指所谓创造性、真诚、天才以及人们难以给予美名的英雄品德等。

⑥ 英国诗人雪莱《西风颂》(1819)中的著名诗句。人们常说黎明前最黑暗的时候,说明在希望和曙光到来之前,势必要经过一番磨难和煎熬。冬天来了,一年之中最难熬的季节来了,但度过冬天就是春暖花开,万物复苏的时节,希望和生命力回归大自然,只要坚持,春天就不会远了,希望和成功近在眼前。

⑦ [英]雪莱:《为诗辩护》,伍蠡甫、胡经之主编:《西方文艺理论名著选编》(中卷),北京大学出版社1986年版,第81页。

Rolland，1866—1944），其所著《名人传》①紧紧把握住三位有着各自领域的艺术家的共同之处，着力刻画他们在忧患困顿的人生征途上历尽苦难与颠踬而不改初衷的心路历程，凸显他们崇高的人格、博爱的情感和广阔的胸襟，从而为人们谱写了另一阕"英雄交响曲"。这本书里的英雄，不是走遍天下无敌手的江湖豪杰，也不是功盖千秋的帝王将相，这里面的英雄具有一种内在的强大的生命力，使他们能勇敢地与困难做斗争，不屈服于命运并最终改变了命运，他们不愧为精神世界的英雄和文学艺术界的巨人。

即便是像《血战钢锯岭》这类好莱坞大片，也因其高度纯粹的英雄主义情怀和惨烈写实的崇高风格，令人震撼和感动，并可能以此成就其电影"经典"地位。现代战争没有丝毫美与善的地方，那是人与人之间用尽一切可能的手段夺取对方生命的过程，人性中任何丑恶不堪的东西，都在战场上暴露得淋漓尽致。当美国大兵与野兽般的日本兵厮杀时，真正的战争在男主人公道斯的灵魂中上演。就像梅尔·吉布森导演的另一部作品《耶稣受难记》中的耶稣一样，《血战钢锯岭》中的道斯也曾几度怀疑信仰、几度情绪失控。最终，他凭借意志守护了信仰，并赢得了人们对他信仰的尊重。道斯让所有人明白，信仰不是一桩可以功利计算的生意，它是文明世界的人们赖以自我支撑的基石。就像道斯对未婚妻说的，如果我连信仰都没有了，无法想象还能怎么活着。于是，在影片中，道斯不但成为拯救战友生命的现世英雄，更成为守护信仰、留存希望的精神英雄。

三、精神世界的坠落天使与理想品格的文学经典

将"英雄崇拜"和"理性品格"内化为一种"责任"和"荣耀"，是 20 世纪世界文学在经历了两次人类大屠杀、多元化思潮的撕裂、市场化与高科技冲击

---

① ［法］罗曼·罗兰：《名人传》，傅雷译，译林出版社 2001 年版。又名《巨人三传》，是《贝多芬传》《米开朗琪罗传》和《托尔斯泰传》的合称。

等社会大转型后依旧经典选出的内在性因素和主体性因素。即使对于亲历了第二次世界大战而备感"在奥斯威辛之后,写诗是残忍的"①的英国诗人群体"奥登一代"来说,他们的心智追求使其仍然不满足于有限的"自我表达"和狭小的个人空间,他们坚持寻求的是"公共领域"里的传达和交流,认为"诗歌的首要功能在于让我们对自身以及周围的世界有着更为清醒的认识……"诗人 W. H. 奥登(W. H. Auden,1907—1973)说:"诗歌不是魔幻,如果说诗歌,或其他的艺术,被人们认为有秘而不宣的动机,那就是通过讲出真实,使人不再迷惑和陶醉。"②当然,20 世纪后期以来,在一个缺乏信仰的、平庸的时代里,也曾有过诗人、文人/知识分子的身份从"立法者"转为"阐释者"继而成为"零余者"③的"天使坠落"的世俗经历。

毋庸置疑,理想让生活变得美好,人类的心灵需要理想甚于需要物质;理想之于人类的意义,犹如"飞蛾扑火"般地本能化、自然化。作为当今世界最有影响力的文学奖项,诺贝尔文学奖④的"颁奖原则"是:给"在文学方面创作出具有理想倾向的最佳作品的人"。那么,"具有理想倾向的最佳作品"成为当代世界文学经典"认定"的必备要素。综合起来看,所谓"最佳作品"起码包含三个方面:其一,对人性有最深刻的揭示,展现人类生存的真实状况;其二,无论人生多艰难、现世多磨难,总带有一种超越现实的方向感和信仰,

---

①　语出德国思想家泰奥多·阿多诺:奥斯威辛之后,写诗是野蛮的,这就是为什么在今天写诗已成为不可能的事情。

②　Auden's introduction to *Poems of Freedom*, in W. H. Auden, *The Complete Works of W. H. Auden. Vol. I, Prose*, 1926—1938, ed. Edward Mendelson, Princeton N. J., Princeton University Press,1996,P. 470.

③　[英]鲍曼:《立法者与阐释者:论现代性、后现代性与知识分子》,洪涛译,上海人民出版社2000 年版。

④　根据瑞典化学家阿尔弗雷德·诺贝尔(Alfred Bernhard Nobel,1833—1896)的遗言,诺贝尔文学奖奖金授予"最近一年来,在文学方面创作出具有理想倾向的最佳作品的人",因此,瑞典文学院的评选委员严格遵守纯文学的评选标准,并明确声称拒绝受政治、商业等因素的影响。尽管如此,事实上诺奖作家也不是个个都伟大,尤其是那种意识形态色彩极浓的人,譬如苏联作家肖洛霍夫、美国作家赛珍珠等;2012 年的中国作家莫言也有争议,不少专家认为他"是个优秀作家,但谈不上伟大","其文笔逞勇斗狠、歹毒恣燥到失德地步,大违修辞立诚之道",批评莫言小说欠缺风骨、不明大义。

使人在面对最绝望的现实时仍然怀有希望；其三，体现语言的最高表现力，作品具有相当的艺术高度。简单地说，就是人性深度、理想品格、艺术高度共同成为品评"最佳作品"的三个核心标准。文学可以最艺术地揭示深刻动人的人类现实，其特殊作用也许更在于呈现绝望中的美感、悲剧中的希望、苦难中的坚强。因此，诺贝尔文学奖的美学原则，总是关联着人道主义、理想主义、激情、意志、自由、纯洁、生命等①。这一原则的贯彻，也可以视为对卡莱尔"诗人、文人英雄"思想的一种继承和发扬。正如美国作家威廉·福克纳（William Faulkner，1897—1962）在诺贝尔文学奖获奖演说②中提到的那样：

> 我深信人类不但会苟且地生存下去，他们还能蓬勃发展。人的不朽，不只是因为他在万物中是唯一具有永不衰竭的声音，而是因为他有灵魂——有使人类能够同情、能够牺牲、能够忍耐的灵魂。诗人和作家的责任，就在于写出这能同情、牺牲、忍耐的灵魂。诗人和作家的荣耀，就在于振奋人心，鼓舞人的勇气、荣誉、希望、尊严、同情、怜悯和牺牲精神，这正是人类往昔的荣耀，也是使人类永垂不朽的根源。诗人的声音不应仅仅是人为的记录，而应该成为帮助人类永垂不朽的支柱和栋梁③。

---

①　1901 年，法国诗人苏利·普吕多姆（Sully Prudhomme，1839—1907）成为诺贝尔文学奖的第一位获奖者，其获奖理由："是高尚的理想、完美的艺术和罕有的心灵与智慧的实证。"2015 年，白俄罗斯女记者兼散文作家斯韦特兰娜·阿列克西耶维奇（Svetlana Aleksijevitj，1948—　）获诺贝尔文学奖，其获奖理由："因为她丰富多元的写作，为我们时代的苦难和勇气树立了丰碑。"1913 年，印度诗人泰戈尔（RabindranathTagore，1861—1941）成为第一位获得诺贝尔文学奖的亚洲人，其获奖理由："赞扬他的文学作品中的高尚的理想主义和他在描写各种不同人物时所具有的同情和对真理的热爱。由于他那富于灵感的诗歌以精美的艺术形式展现了整个民族的精神。"

②　美国作家福克纳于 1949 年获得诺贝尔文学奖，1950 年 12 月 10 日领奖并发表获奖演说。

③　福克纳诺贝尔文学奖获奖演说，搜狐网 2012 年 12 月 9 日，http://cul.sohu.com/20121209/n359920566.shtml。

福克纳所强调的诗人和作家的"责任"和"荣耀",使得诗人和作家成为精神世界的英雄,使得他们的作品有可能成为具有理想品格的文学。人类的一切信仰和智识性活动的努力,包括文学与各种艺术、宗教、哲学以及其他一切人文社会科学,也许都是试图为人类"描绘""呈现"或"释义"一种更为理想的状态、方向和可能。追求真善美,或者追求人性的不断完善,是人类的永恒理想,也是当代外国文学作品"经典化"的内在品质与思想底色。

关于理想,简单地说,就是人对自己美好生活的欲望、目标与追求。世界上最快乐的事,莫过于为理想而奋斗。古希腊哲学家苏格拉底(Socrates,前469—前399)告诉我们,"为善至乐"的"乐"乃是从道德中产生出来的,为理想而奋斗的人,必能获得这种快乐,因为理想的本质就含有道德的价值①。哪怕是一个最英勇的人,一经夺去了他珍贵的理想,就会落到生活空虚的境地里去,并最终颓废下去。讴歌理想,讴歌理想之于人的价值,曾是无数外国诗歌经典的母题,譬如美国诗人惠特曼的《草叶集》、英国诗人雪莱的诗歌、匈牙利诗人裴多菲·山陀尔(Petogfi Sandor,1823—1849)的民歌体诗作②等。人的生活好比旅行,理想是旅行的路线,失去了路线,只好停止前进了;生活既然没有目的,精力也就枯竭了。正因为有了各种理想,生活才可能变得甜蜜;正因为有了各种理想,生活才可能显得宝贵。哪怕理想如晨星,人们可能永远都触摸不到,但可以像航海者一样,借助星光的定位而航行。如果一个人不能确认理想之于他的价值,那么,不妨反向思考——"人类失去理想,世界将会怎样?"尽管当代思想界对"乌托邦"或"理想原教旨主

---

① [古希腊]柏拉图:《理想国》,郭斌和、张竹明译,商务印书馆1986年版,第91页。
② 譬如,裴多菲的著名箴言诗《自由与爱情》(1847):生命诚可贵,爱情价更高;若为自由故,二者皆可抛。即体现了理想的复调性和多层面。

义"有深入的批判和反省①，但是"理想"的合理的人性价值和理性实践并没有因此而受损，反而因这种细致的甄别而愈益生辉。

作为当今世界的一种难得的共识，文学要能给人希望，文学要具有理想品格——无论是直白的还是隐晦的——已经深入人心，深刻地影响着外国文学经典的生成与传播。任何时代的现实总是有问题的，不满现实是人类生活的常态。那么，理想的生活在哪里？借用捷克作家昆德拉（Milan Kundera，1929— ）的话说，生活总是在别处。所以，批判应该是文学的重要功能，批判也是作家/诗人/知识分子的重要职责。尽管如此，文学是要能给人希望的。我们之所以需要文学，因为我们需要温暖、理想、希望，也需要呐喊，文学呈现生活时必然渗透着思索、孤愤和期望。所谓"英雄不问出处"，指望通过文学直接推进社会进步无疑是痴人说梦，但是，任何人都不能否认通过文学可以打动人心、反思现实进而影响社会走向、提升族群凝聚力等，因此，现时代文明中仍然需要并存在着大量的诗人、文人英雄，往往在意想不到处、意想不到时发声，为民众打开一扇能够呼吸到新鲜空气的窗或者别有洞天的门。

当然，无论是作为族群的杰出代表的"事功"型英雄的开疆拓土，还是作为人类的灵魂代言的"通灵"型英雄的超凡脱俗，其"理想"人格虽各有所重却都是同时代的榜样与模范，代表了同时代人的向往、苦乐、思考与困惑。"事功"型英雄的伟业大多被历史洪流卷走，只有少部分被"通灵"型英雄的妙笔以"文学经典"的形式长留青史，而青史留名的缘由就在于它"升华"了"本能"，"关注"了"灵魂"，"灌注"了"理想"，并最终为人类"留存"了"希望"。

---

① 譬如，20世纪世界文坛上最经典的"反乌托邦三部曲"（苏联作家扎米亚京的《我们》、英国作家阿道司·赫胥黎的《美丽新世界》和乔治·奥威尔的《1984》）因其预见性地"忧虑一个不美好的未来世界"，对后世有着深远的影响。这些富有洞见的作品无一不提示了集权主义的危险——无论是技术集权还是政治集权，而这两者又都是现代社会工具理性崇拜的结果。如果说哈耶克的《通往奴役之路》在学术上厘清了自由被消减的危害，那么，《1984》则用更加通俗的方式戳穿了所谓"集体主义"和"集权主义"的乌托邦。同样，在中国国内，也有像人文学者钱理群于20世纪90年代初发出的"敲着理想的战鼓，轰轰烈烈地走向地狱"的反思式警语。

第四章 价值共识的两性对立:性政治的隐形暴力与媒介流传

伟大文学作品的内在力量,来自它的世界性与普遍性价值,尽管这其中也有文明理念的"让渡"与"更新"。文学经典容易被解构或发生危机,一般是因为"意识形态和文化权利的变动"与"文学理论和批评的观念的变动",这两项是文学经典发生变化的主要因素。事实上,我们说的"一个时代有一个时代的文学",很大程度上,就是因为时代变了,不仅文学社会中的文化语境变了,意识形态和文化权利变了,而且文学理论和批评的观念也变了,文学经典的标准和尺度也就发生了变化,对文学经典的认识也有了刷新。

当前,整个世界正在以超出人类历史上任何一段时期的速度快速演变,而我们中的绝大多数人仍不愿走出现有的条条框框。所谓"识时务者为俊杰",尽管有时"改变"意味着痛苦,但是当今时代的"变化"日新月异且势不可挡。对待文学经典的历史演变,我们应该淡然处之,对待文学经典的当代剧变,也应该有充分的心理准备——既要心存敬畏,又要敢于创造。近些年来,文学界普遍论述的经典的危机,就是因为进入电子媒介时代以后,传统的文学经典的确立已经不再牢靠,媒介所导引所传播的大众文化文本和通俗文学文本逐渐成为阅读的中心,因此给传统的文学经典带来了阅读的挑战。

性政治(gender politics)是指两性之间的关系属于一种支配与从属的关系,是一种政治关系。当今时代,人们在对革命、解放、平等、自由这些最为重大的政治概念的理解"失去归属感"的同时,必须重视一个极为重要的理论问题:妇女解放是否仅是从传统社会的文化桎梏中解脱出来,其自身却未获得某种先验的价值依托,并在政治层面为解放与自由找到最终的国家理由? 答案显然是否定的。这种哲学上的缺失,或许恰恰是女性在现实生活中无法走得更远的深层原因。如果妇女解放只是从传统的社会、文化,特别是夫权(甚至包括子权)的桎梏中解脱出来(如出走的娜拉),而其自身并未获得某种先验的价值依托(天赋的、本能的、与生俱来的,或女性气质)的话,再加上妇女解放以后也被纳入与男性一样的民族革命、国家建设(自强)的洪流之中,那么所谓妇女解放就只能走入一个死胡同。也许作为一个最为直观的事实性的也是理论性的前提,妇女解放就是要意识到身体并不是一个自然生理的存在,比自然生理需要多出来的身体权利,既联系着自然,又联系着精神;而就身体的存在而言,"女性原则"的存在,永远会显示出某种"伤口"的存在,所以要击毙人性的普遍性是不可能的,而"伤口"的存在又会永远向我们昭示出其不完备的一面[1]。

人们生活在这样一个男性旗帜高扬的世界中,很少质疑过这个世界的法则和秩序,人们所做的不过是在各自的人生中懵懂地意识到自己作为女性的那种差别性遭遇与不公平的命运,发出几声叹息,然后继续顺从地接受自己的未来,满足于世人目光下的那种有限的成就,随后转身走进那油烟四溅的厨房中继续为全家的晚餐努力奋斗。大多数女人接受了这种命运,并开始渐渐将其内化为思想中根深蒂固、天经地义的存在,最后再将这样的思想传授给下一代。于是,男性话语书写下的关于女人的神话与历史就在这样的运作下得以一代代地延续下去。

以"女性的眼睛"审视这个世界(to observe this world with the girl's eyes),在传统的男权文化书写中,女性形象几乎都是按照男性的欲望创造出来的。从这个意义上说,文学同样是男性压迫女性的意识形态,而女权主义者创作的目的正是通过对人性欲望的书写,冲破传统男权意识支配之下女

---

① 陈家琪:《性别注册中的政治诉求》,张念:《性别政治与国家》,商务印书馆 2014 年版,"序"。

性创作的各种束缚。在这类作品中,女性常常是在两性权力较量中处于败者地位的,这也正是她们所认为的最为真实的女性生存状态的反映,在现实中,她们深刻地体会到男性还在试图为了自己而继续创造他们关于女性的神话。

他者境遇促使女性以写作发出自己的声音,而男性话语权力的笼罩又扼住了她们的喉咙。女性作家始终被捆绑在他者的境遇下从事写作,她们的思想、她们的呼喊也都是在不断挣扎与反抗下所发出的嘶哑而微弱的声音。因此,带有先天偏见的男性评论家便可轻蔑地拿出女性在关注宏观问题上的局限性来批评女性写作,从而再一次确认自己作为男性的优越的主体地位。而女性写作的出路在何方?是否如伍尔夫所设想的以一种雌雄同体的姿态去从事写作,又或是努力去表述游离于男性话语之外的那片荒地?这个问题或许又回到前文所探讨的改变女性命运的唯一问题上——他者命运。女性没有改变他者命运,没能走出封闭的家庭,没能拥有经济上的独立,没能具有超越性意义的生命实践,没能确立自己的主体地位,那么,她所从事的女性写作终将是被困在他者泥沼中所发出的那一声声微弱而嘶哑的呼喊。

第一节 《嘉尔曼》:自由不羁的卡门与经典演绎的流行

文学经典像自然科学、社会科学的经典一样,都具有原创性,这是一切经典不可或缺的共性,也是它们的第一品格。但是,文学经典还具有既不同于自然科学也不同于某些社会科学的独特品格。德国大文豪歌德的那句众所周知的名言"说不尽的莎士比亚",其实不仅是莎士比亚,古往今来所有文学大家都"说不尽"。因此,"说不尽"既是文学经典的独特品格,也是国内外过去和现在的作家与批评家对它的一种共识①。同时，正因为有了"说不尽"的伟大作家和不朽作品，才更加需要后世读者的"重读"和"重评"，借此寻获更多的启示。

一、常读常新的文学经典与千人千面的诠释体验

美国学者哈罗德·布鲁姆曾提出一项测试经典的"屡试不爽"的古老方法——"不能让人重读的作品算不上经典"②。作为一位伟大的作家、天才的鉴赏家，意大利人卡尔维诺对于经典作品提出过三个类似的定义：其一，一部经典作品是一本每次重读都好像初读那样带来发现的书；其二，一部经典作品是一本即使我们初读也好像是在重温我们以前读过的东西的书；其三，一部经典作品是一本永不会耗尽它要向读者说的一切东西③。换言之，中外文学经典之所以成为经典，是因为它们确有常读常新、散发永久魅力的一面，是那种从来不会耗尽它所要诉说的东西，同时又深深扎根在滋润和养育我们的文化传统中，使我们觉得它们独特、新颖和意想不到；它们对读过并喜爱它们的人构成一种宝贵的经验，对那些等到享受它们的最佳状态来临时才阅读它们的人，它们也仍然是一种丰富的经验。因此，要"更好地理解"这些经典，既需要专业读者的系统诠释，也需要普通读者的个体体验。

作为专业读者的系统诠释，西方解释学④经历了神学和法学解释学、语文解释学和哲学解释学三个发展阶段，大体上分为独断型诠释学和探究型诠释学两种类型。独断型诠释学"认为作品的意义是永远固定不变和唯一

---

① 吴元迈：《也谈文学经典》，《文艺报》2010 年 4 月 19 日。

② ［美］哈罗德·布鲁姆：《西方正典：伟大作家和不朽作品》，江宁康译，译林出版社 2005 年版，第 21 页。

③ ［意］伊塔洛·卡尔维诺：《为什么读经典》，黄灿然、李桂蜜译，译林出版社 2006 年版，第2—5页。

④ 解释学（国内学术界又译作"诠释学""阐释学"和"释义学"）在西方来源于神学家对《圣经》的理解和解释，但作为一种理论和方法则诞生于西方近代。进入 20 世纪中期以后，以德国著名的美学家伽达默尔为代表的现代解释学异军突起，迅速成为西方当代美学和文艺理论批评的一种重要流派。

的所谓客观主义的诠释学态度,按照这种态度,作品的意义只是作者的意图,我们解释作品的意义,只是发现作者的意图。作品的意义是一义性,因为作者的意图是固定不变的和唯一的。我们不断对作品进行解释,就是不断趋近作者的唯一意图"。其主要代表人物是施莱尔马赫,理解和解释的方法就是重构或复制作者的意图,而理解的本质就是"更好理解(besserverstehen),因为我们不断地趋近作者的原意"。探究型诠释学"认为作品的意义只是构成物(Gebilde)的所谓历史主义的诠释学态度,按照这种态度,作品的意义并不是作者的意图,而是作品所说的事情本身(Sachenselbst),即它的真理内容,这种真理内容随着不同时代和不同人的理解而不断进行改变。作品的真正意义并不存在于作品本身之中,而是存在于它的不断再现和解释中。我们理解作品的意义,光发现作品的意义是不够的,还需要发明。对作品意义的理解,或者说,作品的意义构成物,永远具有一种不断向未来开放的结构"。其主要代表人物是伽达默尔,"理解和解释的方法是过去与现在的中介,或者说,作者视域与解释者视域的融合,理解的本质不是更好理解,而是'不同理解'(Andersverstehen)"①。

　　西方解释学中的"视域",或可称为身处历史传统中的解释者"前见"或"前理解"。海德格尔在讨论经典解释时指出:"把某某东西作为某某东西加以理解,这在本质上是通过先行具有的、先行视见与先行掌握来起作用的。解释从来不是对先行给定的东西所做的无前提的把握。准确的经典注疏可以拿来当作解释的一种特殊的具体化,它固然喜欢援引'有典可稽'的东西,然而最先的'有典可稽'的东西,原不过是解释者的不言而喻、无可争议的先入之见。任何解释工作之初必然有这种先入之见。"②伽达默尔说:"一切诠释学条件中作为首要的条件总是前理解,这种前理解来自同一的事情相关联的存在。正是这种前理解规定了什么可以作为统一的意义被实现,并从

---

①　洪汉鼎:《何谓诠释学》,《理解与解释》,东方出版社 2001 年版,第 18—19 页。
②　[德]海德格尔:《存在与时间》,生活·读书·新知三联书店 2012 年版,第 176 页。

而规定了对完全性的先把握的应用。"①海德格尔和伽达默尔的"前见"或"前理解"，是已形成的思维方式、知识结构和判断力。"实际上前见就是一种判断，它是在一切对于事物具有决定性作用的要素被最后考察之前被给予的。"②

按照西方解释学，理解与解释既不是文本意义的复制和再现，也不是解释者的自我理解。换言之，文本的意义固然重要，它规定了解释者理解和解释的向度，但它不是固定的、唯一的，理解与解释不完全取决于文本。而解释者的"前见"或"前理解"是理解和解释的前提，若没有这样一个前提，理解和解释就不会发生。但若过分凸显解释者"前见"和"前理解"的作用，认为任何理解与解释皆依赖"前见"和"前理解"，忽略了文本在解释中的意义，把解释仅仅局限于解释者的心理活动和创造行为，这种解释必然流于虚空。简言之，解释是解释者与文本、历史与现实、客观与主观视域的融合。伽达默尔指出："每一时代都必须按照它自己的方式来理解历史留传下来的文本，因为文本是属于整个传统的一部分，而每一时代则是对这整个传统有一种实际的兴趣，并试图在这传统中理解自身。当某个文本对解释者产生兴趣时，该文本的真实意义并依赖于作者及其最初的读者所表现的偶然性。至少这种意义是不完全从这里得到的。因为这种意义总是同时由解释者的历史处境所规定的，因而也是由整个客观的历史进程所规定的。"③按照伽达默尔的解释，文本是客观的，也是历史留下的。而解释者的"前见"和"前理解"是现实的，却又是基于历史传统形成的。当解释发生时，历史与现实、主观与客观、解释者与文本相互交感，形成一种新的视域。"如果没有过去，现在的视域就根本不能形成。……理解其实总是这样一些被误认为是独自存在的视域的融合过程。……在传统支配下，这样一种融合过程是经常出现

---

① ［德］伽达默尔：《真理与方法》，洪汉鼎译，上海译文出版社 2002 年版，第 378 页。
② 同上，第 347 页。
③ 同上，第 380 页。

的,因为旧的东西和新的东西在这里总是不断地结合成某种更富有生气的有效的东西,而一般来说这两者之间无须有明确的突出关系。"①

如今,西方现代解释学的许多成果和方法被大量运用和融汇于文学研究中,形成了相对有效的文学解释学②。譬如基于文学解释学的"语境"说就在一定程度上弥合了文学解读与阐释中的"内部研究"和"外部研究"之间的分歧。文学的"内部研究"强调文学审美特性,"外部研究"重视文学文本中隐藏的意识形态,二者的对立可以说是审美性与意识形态的对立。要解决文学研究的"钟摆"现象,必须解决审美与意识形态之间的对立。文学语境的虚拟性使它自身得以与文学外部的文化语境相疏离,使它们之间产生一种奇特的距离感;文学语境的审美性使得它与文学内部研究保持本质性的联系。文学语境作为介于文学内部语境和文学外部文化语境之间的特殊场域,使得文学内外有机地衔接起来③。当然,对于伽达默尔提出的"理解就不只是一种复制的行为,而始终是一种创造性的行为"④的现代阐释学理论的最好的现实回应,也许是所谓"一千个观众,就有一千个哈姆雷特"的阅读史奇迹。对文学经典的任何诠释可能都属于一家之言,但只要这种诠释是圆融无碍、自圆其说的就有可取之处;驳杂而充满张力的诠释,也许正对应了文学经典充满想象力的语义空间和精神世界。

二、文学经典的嘉尔曼与自由不羁的"恶之花"

法国作家普罗斯佩·梅里美(1803—1870)的小说因为好看、刺激、独特

---

① 〔德〕伽达默尔:《真理与方法》,洪汉鼎译,上海译文出版社 2002 年版,第 393 页。
② 譬如,金元浦的专著《文学解释学》(东北师范大学出版社 1997 年版)不仅对西方阐释学及相关的现象学、交流理论、接受美学理解透彻,多有创见,而且尤为可贵的是,它还广泛调用中国古代文化与文论中与解释学思想相通的、可资利用的资源,并在此基础上融通中西,力图建构中国自己的文学解释学。作者对于文学解释学的一系列重大问题,如语言论转向问题,文学活动中的对话与交流问题,主体间性问题,阅读进入本体问题,文学作品的空白与未定性问题,阅读活动中的游移视点,接受度与视野变化问题,等等,都做了深入细致的、富有创见的分析阐述。
③ 徐杰:《文学内部和外部研究的"断裂"与"弥合"》,《殷都学刊》2011 年第 1 期。
④ 〔德〕伽达默尔:《真理与方法》,洪汉鼎译,上海译文出版社 2002 年版,第 380 页。

而受到广大读者的青睐。他与雨果、巴尔扎克等是同时代人,在当时的文坛上齐名。不过,从作品的数量和深度来看,如果把雨果、巴尔扎克的著作比作"大型超市"的话,那么梅里美的小说就是"精品小屋"。尽管梅里美的小说篇幅不长、数量不多,反映社会的深度和广度也远不及雨果、巴尔扎克、司汤达等,但因其人性深度、见识卓然而呈现永恒的艺术魅力,成为独特的"梅里美现象"。

梅里美的经典之作《卡门》(Carmen,又译作《嘉尔曼》),讲述了生性无拘无束的吉卜赛(又称波希米亚)女郎卡门走私冒险与情爱冒险的故事,这个桀骜不驯、热爱自由的女子以其强烈的感情飓风、独特的个性光彩和艺术魅力,成为超越时代历史和民族国境的艺术形象。故事发生在 1830 年的西班牙塞维尔城,性感美丽泼辣的卡门(十五岁)爱上了已有未婚妻的龙骑兵班长唐·何塞。在卡门的诱惑下,唐·何塞坠入情网,并被拉入走私集团。后来卡门又移情于斗牛士埃斯卡米洛,而对唐·何塞的劝告和恳求置若罔闻。唐·何塞妒火中烧,在卡门为埃斯卡米洛斗牛胜利欢呼时,将卡门杀死。1845 年,小说《卡门》发表后便成为经典之作;1874 年,法国著名作曲家乔治·比才(Georges Bizet,1838—1875)倾尽心血为《卡门》插上了音乐翅膀,将其搬上歌剧舞台,以热烈的旋律和出色的乐章,使这部同名歌剧成为世界歌剧中的经典;在后来的一百多年里,该小说又被话剧、舞剧、电影①等不同艺术媒介无数次地演绎,使"卡门"成为经典中的流行元素。

翻阅梅里美的作品,不由得想起文学评论家勃兰兑斯的一段话,那是描述 19 世纪 30 年代法国浪漫派文学群体的点睛之笔——"别的作家身披华丽的铠甲,头戴镶金的头盔,矛头飘着燕尾旗,纵马驰入竞技场",而梅里美呢,"他在壮观的浪漫派比武中是一名黑衣骑士"②。梅里美那种古典雅致的希

---

① 譬如华人圈里有王家卫的电影《旺角卡门》。
② [丹麦]勃兰兑斯:《十九世纪文学主流》(第五分册),李宗杰译,人民文学出版社 1982 年版,第 325 页。

腊化风格,以及冷酷的艺术才情,的确使之成为浪漫派潮流中的异数。梅里
美小说给人的印象,大致可借用《卡门》中这样一段话来描述:

> 晚祷的钟声敲响后几分钟,一大群妇女聚集在河边高高的堤
> 岸下。没有一个男人敢混进她们当中。晚祷钟声一响,说明天已
> 经黑了,钟敲到最后一下,全体妇女便脱衣入水,于是一片欢声笑
> 语,闹得不亦乐乎。男人眼睛睁得大大的,从堤岸高处欣赏这些浴
> 女,却看不到什么。但暗蓝色的河水上,影影绰绰的白色人形使有
> 诗意的人浮想联翩,只要略微思索,就不难想象出狄安娜和仙女们
> 沐浴的情景……

这种印象,既不像看雨果的《悲惨世界》那样真切,也不像看巴尔扎克的
《人间喜剧》那样清晰,而是朦朦胧胧,望见那白影幢幢的浴女,恍若狩猎女
神和仙女们在沐浴。也可以说,就仿佛在异常的时间、异常的地点,如同神
话一般,但又不是神话,而是发生在人生的边缘。

梅里美小说的背景不是人们所熟悉的巴黎等大都市,也不是人群密集
的场所,虽不能说与世隔绝却也是化外之地,是社会力量几乎辐射不到的边
缘。梅里美偏爱原始的强力,他在《伊勒的维纳斯》中写道:"强力,哪怕体现
在邪恶的欲望中,也总能引起我们的惊叹和不由自主的欣赏。"不过,性格的
原始动力①,在现代文明社会中已不复存在,只有到社会的边缘、时空的边缘
去寻觅。

梅里美往往选取和现代文明社会尽可能没有联系的题材。他不愿像巴
尔扎克那样通过描述周围生活的边缘去寻觅稀有现象,寻找具有振聋发聩
的冲击力,能使多愁善感的市民热血沸腾的奇人奇事。他舍弃规矩自成方

---

① ［丹麦］勃兰兑斯:《十九世纪文学主流》(第五分册),李宗杰译,人民文学出版社1982年版,
第297页。

圆,塑造了卡门这样一个神话般的女性形象。卡门的美带有一种邪性,"她笑的时候,谁都会神魂颠倒",美色和巫术、狡诈都是她的武器。她靠美色将唐·何塞拉下水,使其成为强盗和杀人犯;唐·何塞骂她是"妖精",她也说自己是"魔鬼"——"不许我做什么我立刻就做"。当她不再爱唐·何塞时,不管唐·何塞怎么哀求,甚至拔出刀来威胁也没用,她绝不改口或求饶,连中两刀,一声不吭地倒下了。卡门不择手段,蔑视和反抗来自社会和他人的任何束缚:"宁可把整个城市烧掉,也不愿去坐一天牢。"哪怕拼了性命,她也要维护个人的自由,保持自我的本色。

卡门是个黑美人,她容貌的每一个缺点都是为了将她美丽的优点衬托得更为动人。这个自由放纵的吉卜赛女郎好像一团火焰,世界上也许再没有一个女人的个性比卡门更加灿烂夺目,她似乎不是普通女人,而是一位梅里美创造的女神,这位女神风情万种,集浪漫、邪恶、聪慧、神秘、忧郁、诡诈、忠贞、放浪、疯狂于一身,为了自由而宁死不屈。真正的浪漫主义是动人心魄的,主人公大都有极端的气质,现实的大地上无论如何也找不到这样非凡的女人,天生的尤物、天生的桀骜不驯,而创造这样的浪漫女神也是法国文学的传统,譬如在司汤达笔下的女人以及著名的曼侬·蕾斯戈身上都可以窥见卡门的影子。在梅里美冷静的笔下,一个女人的邪恶行为具有那样的美感,真可谓滴血成花。

从表面看,卡门卖弄风骚、打架斗殴、走私行骗甚至卖弄色相,鸡鸣狗盗的营生几乎无所不为;但实际上,她不过是罪恶土地上开出的一朵"恶之花"。小说集中体现了梅里美创作的基本特征,以一个有着强悍个性的人物与文明社会的道德规范之间所产生的激烈冲突,表达了作者对人类生活的自然状态的欣赏和对资本主义文明所持的一贯的否定态度。出于对七月王朝时代法国资产阶级平庸生活的不满,梅里美特别喜爱从较少受资本主义文明侵蚀、具有几分野性的人物身上,发掘出某些不平凡的、动人的东西,以一种貌似冷静的态度和调侃的笔调来加以肯定和赞赏。小说家把这个粗犷任性的吉卜赛女郎的强悍个性与苍白、虚伪的上流社会对照起来,把她的非法活动、惊世骇俗的生活态度与社会法律、传统观念对立起来,让她用勇敢的、"忠于自己"的死来拒绝那个"循规蹈矩"的文明社会的召唤,塑造了一个极为鲜明突出的叛逆者形象。

卡门以"恶"的方式来反抗社会,她的一切价值准则和人生原则与普通人的观念有着那么深刻、鲜明的冲突。她粗犷放任、桀骜不驯,自觉地站在社会的对立面,对异己的"商人的国家"的道德规范表示公开的蔑视,并以触犯它为乐趣。卡门独立不羁,不愿忍受社会的任何束缚,热爱自由和忠于自己;她想干啥就干啥,想爱谁就爱谁。她可以毫不犹豫地用切雪茄烟的刀划破女工的脸;她敢于参与走私和抢劫活动;当情人提出要与她一起逃走时,她却坚决地拒绝。为了自由和反抗社会,卡门具备了吉卜赛民族放肆、狡猾乃至邪恶的特点。

卡门的最大亮色就是"热爱自由"。"你杀了我吧,卡门永远是自由的!"骄傲得宁可死也不愿意听从他人。卡门的热爱自由和忠于自己的精神体现在:当她爱上另一个人时,她在死亡面前始终不肯退让一步,并为此付出了整个生命。文艺经典中的吉卜赛女郎形象如卡门、普契尼的经典歌剧《波希米亚人》里的绣花女咪咪、雨果的《巴黎圣母院》里能歌善舞的艾丝美拉达、墨西哥经典影片《叶塞尼亚》中的叶塞尼亚以及印度电影《大篷车》里的小辣椒等,因热爱自由、敢爱敢恨的迷人性格而大放异彩、摄人心魄。

梅里美笔下的人物,根本不负任何使命,与世人所诠释的命运无关;他们处于人事的边缘,游离于社会之外,犹如荒野的芜草、丛林的杂木,随生随灭。他们生也好,死也好,无所谓悲剧,无所谓逻辑,无所谓意义,不能以常人常理去判断。他们有的只是亡命的冲腾勃发,以及生命所呈现的炫目的光彩。梅里美笔下的故事结尾都是冷酷无情的毁灭、鲜血淋淋的场面,譬如《卡门》中就有许多人惨死。然而,梅里美并没有把这种悲剧题材写成悲剧,至少没有写成真正意义上的悲剧。

卡门不愿意改变自己的生活,不愿意失去自由是她的本性使然。她的死在作者的笔下显得非常突兀,她仿佛不应该那么快地死去,作者却用两刀就砍死了她,随意埋进山林里,她从此消逝。这样的结尾当然是作者艺术技巧的高度表现,这样简单省略地处理她的死,可以使卡门的艺术形象获得整个复杂过程的紧张感和故事情节的强烈照应,死亡的回响带着人们重回到卡门的命运本身中去:这个神秘而复杂的女人为什么要完全屈从于命运的安排,而不做丝毫改变? 自由和爱情对她而言为何是尖锐对立而完全不可调和的? 死亡是一个句号,它的意义在于使整个的故事意义集中在卡门这个人物身上,她的性格、命运、爱情以及天性的自由,她将永远活在梅里美的小说文本里,与歌德的维特、托尔斯泰的安娜·卡列尼娜、易卜生的娜拉、小仲马的茶花女以及福楼拜的包法利夫人一样,与文学的生命同寿而永恒。

三、歌舞剧经典中的卡门与影视流传中的毒玫瑰

依据梅里美创作的吉卜赛女郎形象,法国作曲家乔治·比才把炽烈如火的卡门故事谱写成音符,让歌剧舞台盛开一朵永不凋谢的"毒玫瑰"。世界歌剧史上鲜有歌剧能像《卡门》①一样红遍全球,它具有强烈的戏剧性和西班牙风范,其中的三首最著名的曲子《爱情像一只自由鸟》(又叫《哈巴涅拉》)、《斗牛士之歌》、《卡门序曲》早已通过各种途径传遍所有爱乐人的耳

---

① 四幕歌剧《卡门》,是根据法国剧作家和短篇小说大师梅里美的同名小说改编,由法国作曲家乔治·比才作曲、法国亨利·梅拉克和吕多维克·阿莱维作词。1875 年 3 月 3 日首演于巴黎喜歌剧院。比才卓越的音乐创作使《卡门》中的人物极为逼真地展现在听众眼前,这是比才最优秀的作品,也是他歌剧创作的顶峰。歌剧《卡门》就像一部生动的音乐版小说,鲜明地刻画了不同的人物形象。从梅里美的小说到梅拉克和阿莱维的剧本,再到比才的歌剧,虽然载体不断变换,但卡门这魅力四射的"邪恶之花"却总会引起当代人对于自身生活方式的再思考,从而得到某种启示。

西方的歌剧不胜枚举,歌剧爱好者也口味各殊,不过,能使所有乐评家满意到钦佩地步的只有《卡门》。不论是骄傲的瓦格纳,还是挑剔的柴可夫斯基,都对《卡门》钦佩不已,它早已成为世界歌剧舞台上盛演不衰、脍炙人口的上演率最高的经典剧目。

朵。剧中女主角卡门性感奔放的形象和摇曳魅惑的歌声早已家喻户晓,可以说,卡门的名字已成为爱情与自由的代名词。爱情是最能体现吉卜赛人自由观念的生活领域之一,其中最让人注意的是他们对爱情的态度。比才在歌剧《卡门》中,全面阐释了吉卜赛民族的哲学和生活,写出了充斥在吉卜赛人生活观念中的自由以及他们心中的爱情。

天才作曲家比才把《卡门》上升到歌剧艺术,以华美的曲调来陶冶世人的情怀,其中的《卡门序曲》(又名《斗牛士进行曲》)获得人们的广泛认可和喜爱。它强烈的节奏,把人们引入西班牙的斗牛场面,张扬、热烈、欢快;激烈的场面,欢腾的人群,惊险的战局,无不引人入胜,斗牛士的步伐踩在重重的鼓点之上,有如敲在人们的心上,曲调不断重复加强,仿佛让人们看到了英勇的斗牛士曲折迂回的身影在不停逗引着发怒的公牛,漂亮华丽的转身,优雅高傲的姿态,一切都那么充满挑战性,其间的勇气把残酷与危险一同掩盖。卡门自己何尝不是一名爱情"斗牛士"?剧中这首人们心目中的歌——卡门的宣言——直抵底线:

爱情不过是一种普通的玩意一点也不稀奇

男人不过是一件消遣的东西有什么了不起

什么叫情什么叫意

还不是大家自己骗自己

什么叫痴什么叫迷

简直是男的女的在做戏

是男人我都喜欢

不管穷富和高低

是男人我都抛奔

不怕你再有魔力

你要是爱上了我

　　你就自己找晦气

　　我要是爱上了你

　　你就死在我手里

它直抒胸臆又放肆无忌，既是挑衅又那么决绝，却触动了人类内心深处的隐秘和潜能，即原始本性中追求强力和渴望自由的欲望。这是一种气魄，一种迷离，要么逃离，要么死无葬身之地。剧情内外的生死差别，并不妨碍人们心里的向往和喜爱，这也是歌剧之于生活的升华和掀动。卡门之死是个完结，但这位狂放不羁且反复无常的江湖女子如此令人着迷，卡门也因其性格的超凡魅力而被赋予经典意义。

　　弗拉明戈舞剧版本的《卡门》是依据西班牙家喻户晓的故事和音乐精心创编的，塑造了一个热情勇敢、风情万种、向往自由、放浪不羁、浑身充满野性美的吉卜赛女郎卡门。它没有任何的歌词和语言，舞者用舞动的身体向观众清晰地讲述了一个经典故事，缠绵、愤怒、伤感……这些情感被弗拉明戈舞者们用舞蹈的肢体语言表现得淋漓尽致。舞剧《卡门》用西班牙舞蹈激情四溢的表演风范，完美地将古典艺术与现代浪漫结合起来；编导用弗拉明戈特有的语言融合其本人独有的方式，巧妙地运用舞者的身体，讲述着永恒的爱情主题。

　　在极简的舞台上，一幅幅西班牙风情的幕布带观众回到了 19 世纪 30 年代。喧闹的安达卢西亚街头，在人声鼎沸的斗牛喝彩背后，演绎着一出令人惊叹的爱情悲剧。一袭红色长裙的卡门转身、撩裙、扭腰，手中的响板随着雨点般的舞步铿锵捻响；随着音乐节奏的加快，她的舞步也愈加繁缛复杂，充满了爆发力；一阵连续击踏动作之后，她的动作突然定格——颔首微笑的舞姿，长久的停顿，时间仿佛也为之凝固。没有男人可以抵挡她的诱惑，她制造一切，也摧毁一切，她始终忠于自己，为了自由可以丢弃生命和爱情。这个让人又爱又恨的女人在热烈的弗拉明戈舞曲中成为西班牙的"国宝"，像一枚罂粟似的浓艳而危险。

弗拉明戈舞(Flamenco Dance)是一种生活态度,也是最具女性特色的舞。弗拉明戈不仅是歌(cante)、舞(baile)和吉他音乐(toque)的三合一艺术,也代表着一种慷慨、狂热、豪放和不受拘束的生活方式,特指那类追求享乐、不事生产、放荡不羁并经常生活在法律边缘的人。吉卜赛人总爱说:"弗拉明戈就在我们的血液里!"它是豪放的吉卜赛人表达自己内心喜怒哀乐的即兴乐舞形式,是那些黑发吉卜赛女郎身穿花色多褶裙、肩披带流苏的手织披肩、打着响指的深情起舞。的确,在外族人眼里,弗拉明戈就是吉卜赛,就是卡门,是那些来自遥远异乡的、美丽而桀骜不驯的灵魂。在所有舞蹈中,弗拉明戈舞中的女子是最富诱惑力的。她不似芭蕾舞女主角那样纯洁端庄,不似国标舞中的女伴那样热情高贵。她的出场,往往是一个人,耸肩抬头,眼神落寞。在大多数双人舞中,她和男主角也是忽远忽近,若即若离。当她真的舞起来的时候,表情依然冷漠甚至说得上痛苦,肢体动作却充满了热情,手中的响板追随着她的舞步铿锵点点,似乎在代她诉说沧桑的内心往事,那动人的体态瞬间凝成一幅最性感、最富有活力的油画①。

经典舞剧《卡门》②无疑是最具艺术魅力和生命张力的,因此有人说是弗拉明戈舞把卡门全面推向世界。弗拉明戈舞被称为当今世界最富感染力的流行舞种,是吉卜赛文化和西班牙的安达卢西亚民间文化的结合。其音乐极富激情,舞者身体和手臂大幅度弯曲,张开手指,快速转身,脚板的鼓点打击节奏;独舞的霸气、群舞的热烈,踢踏作响的鞋跟与忽高忽低的响板,舞者的每一次蹬踏都声声入耳,将全部的情感用力地表现在手上、脚上和脸上。

---

① 敏糊糊:《弗拉明戈和灵魂对舞》,《新民晚报》2004 年 11 月 30 日。

② 经典舞剧《卡门》有很多演出版本,大多遵循梅里美小说的风范。而西班牙传奇弗拉明戈"舞后"玛利亚·佩姬于 2014 年推出了全新舞作《我,卡门》。她拒绝接受人们对梅里美笔下"卡门"的表面印象,试图通过深邃的思索拨开迷雾,塑造一个更为柔软、坚定、真实的女性形象。在这个男性权力为主导的世界,她用舞蹈告诉人们,"卡门"生命中的自由不羁存在于每个女人身上,而每一位女性都应当拥有"卡门"所追求的生命欢愉、自由和爱情。该剧 2016 年 1 月中旬在北京首演。

有行家说："弗拉明戈是最能享受音乐，将音乐掌握得最精确的舞蹈。"在弗拉明戈舞蹈中，除了歌曲、吉他和响板的伴奏之外，舞者时而配合节奏拍手，时而脚踩地板加强韵律。随着音乐表现的变化，舞者的肢体表现也随之哀凄、欢愉，仿佛做着灵魂最深处的展现，与观众寻求一种心灵相通。

关于卡门，除了梅里美的小说、比才的歌剧、弗拉明戈舞剧之外，还常被改编为银幕作品，在整个 20 世纪约有 80 个改编版本，著名的有 1910 年的最早长片《卡门》、雅克·菲德尔（Jacques Feyder）1926 年拍摄的《卡门》、奥托·普明哥（Otto Preminger）的《卡门·琼斯》（*Carmen Jones*，1954）、卡洛斯·绍拉执导的影片《卡门》（*Carmen*，1983）以及法国与塞内加尔合作拍摄的影片《卡门·吉》（*Karmen Gei*，2001）等。

不同于小说版和歌剧版的《卡门》，在西班牙著名导演卡洛斯·绍拉的爱情歌剧电影《卡门》中，戏里戏外的两个"卡门"，都是复杂矛盾又有着非凡魅力的角色，而独特的电影语言又赋予观众更多的想象。戏里的卡门就像一个谜团，接近她就越发地不想离开，她对于男人具有超凡的掌控力，她忽冷忽热的相处方式也让人变得零抵抗力，利用男人达到自己的目的；谜一样的卡门从人们的视线里消失后，却永远鲜活地存在于观众的记忆中。这个火一样的神秘女人，如同那一抹不羁的红，成就了电影史上的又一经典。卡门，之所以被许多人喜爱，也许就是那种向往自由的情怀、不为世俗羁绊的爽朗、敢作敢为的洒脱，鲜明而随意、恣情而悲伤；它是终日奔波忙碌的都市人心中一个可望不可即的梦——流浪、自由、放荡不羁、颓废……

戏里的卡门，精明、好斗、善变、魅惑……你既可以用龙舌兰来形容她的诱惑，也可以用大丽花来形容这个女人的狡黠，她从小就知道自己想要什么。一个在身体和思想上都完美无缺，并且能熟练使用其中任意原始武器的女人是最让男人觉得胆战心惊的，你玩不过她的情感和智商，你只会沉沦在她所给你描绘出的那种完美梦幻中而无法自拔。"想要让我爱你，那么请马上杀了我，要不我绝对不会在爱你，永远不会。"所以，死亡也是对这个放荡女人的最好善终了。卡门，一朵妖艳的野玫瑰，无论是绽放还是凋零都带着自己的美，生时妖艳美丽，向往自由，死时不受约束，也许这就是卡门的生活与命运。

卡门永远是自由的，无论是身体还是心灵，她都不可能只属于一个男人。卡门是天空中的飞鸟，除非你将其射落，否则，你永远无法捉住它。当匕首插入卡门的胸口时，红色的鲜血渗了一地，人们仿佛看到卡门跳弗拉明戈舞时火红的身影，那么欢快却又那么凄艳。对于感情炙热的"自由的爱神"卡门来说，死亡既是无奈也是解脱。这也许正印证了鲁迅在《爱之神》一文里所说的："你要是爱上谁，便没命地去爱他。你要是谁也不爱，也可以没命地去自己死掉。"①在诸种艺术呈现中被放大与特写了的"千面"女神卡门，用她短暂的、轰轰烈烈的人生历险、用她"这一生不羁放纵爱自由"②完成了对爱欲与死亡的永恒诠释与不同体验。

---

① 鲁迅：《集外集·爱之神》，《鲁迅全集》卷七，人民文学出版社 2005 年版，第 173 页。
② 语出香港已故音乐人黄家驹的代表性歌曲《海阔天空》。

第二节 《戴珍珠耳环的少女》：女性的光芒与对象化的凝视

站在一幅几世纪前的著名画作之前，凝视着画中那个被永久定格的鲜活女子，此刻的观赏者能想到什么？是人云亦云地崇拜，是如本雅明所说的"在机械复制时代人们面对真迹的朝圣"，还是动用自己的全部感官与心灵去感觉这幅画里的生命与情感？美国作家特蕾西·雪佛兰（Tracy Chevalier）给出了自己的答案。这位当代畅销书女作家的作品多以古典时期女子试图突破出身与环境局限，改变自身命运为主题，文风细腻缠绵。作家雪佛兰在遍览了 17 世纪荷兰著名风俗画画家约翰·维梅尔（Jan Vermeer）的画作真迹后，以其在《戴珍珠耳环的少女》画作中捕捉到的细腻而微妙的情愫为灵感，结合画家的生平事迹创作了同名小说，其后又被同样钟爱拍摄历史题材的英国导演皮特·韦伯（Peter Webber）搬上银幕。三位艺术家分别以颜料、文字和影像的不同艺术材质，以不同的时空艺术表现形式，生动展现了交织着青春、爱情、欲望、诱惑、退却与隐忍的人性故事。

维梅尔的画作是西方绘画艺术中高光技巧的杰出代表，《戴珍珠耳环的少女》中女孩眼中那欲语还休的隐隐情愫，珍珠耳环上流转着的那道盈盈光芒，都是维梅尔存世不多的画作之典范。不难想象，时隔几个世纪，当特蕾西·雪佛兰站在《戴珍珠耳环的少女》之前，凝视着这幅经典画作时，作家却似乎仍然能够从这些盈盈光芒中真切地感受到少女眼中那未曾言语的心声与暗潮汹涌的情愫，正是在这种强烈的情感共鸣中，作家创作了同名小说，以画中的少女为主人公，塑造了一个精神独立、追求爱情平等与人格尊严的女仆葛丽叶的形象，并使之与画家维梅尔上演了一段真挚动人的爱情故事。昆德拉在《不能承受的生命之轻》中曾说过："作者要想让读者相信他笔下的人物确实存在，无疑是愚蠢的。这些人物并非脱胎母体，而是源于一些让人浮想联翩的句子或者某个关键场景。"尽管小说中的人与事都是虚构的,但作家特蕾西·雪佛兰是在画家残存于世的生平轶事之基础上,以自己的解读与想象揭开了几个世纪以来掩埋在时间洪流中的尘封往事,其作品对于故事情节的精妙构思、男女主人公之间掩盖在沉默表象下那种隐秘而汹涌的情感以及细腻缠绵的文风,都与现实中的画家及其画作主题、画风等一脉相承、交相辉映。其后,在小说文本的基础上,皮特·韦伯所改编的电影更是在忠实于画作风格与小说精神气质的基础上,充分利用电影声色光影等手段生动再现了画家维梅尔的一生及其与画中少女葛丽叶的那段隐秘缠绵的爱情故事。小说文本与电影作品共同塑造的主人公"戴珍珠耳环的少女"葛丽叶,映现出女性追求人格独立的刚毅与保持个体尊严的自觉。

维梅尔在《戴珍珠耳环的少女》画作中,以闪烁着光芒的珍珠耳环将少女明亮的双眸、娇嫩的唇瓣,白色的衬衣领口与耳后的黑暗空间等分散区域结合在一起,成就了绘画史上的不朽之作。然而在几个世纪以后,在珍珠光芒的照耀下,作为万千观赏者中的特蕾西·雪佛兰与皮特·韦伯,分别以文字与影像的方式虚构了画家与少女之间的爱情故事,在几百年来珍珠耳环的光芒流转中,赋予了新时代女性以新的主体光彩。

一、女性的艺术天分与男权世界的压迫

小说与电影在开始部分,不约而同地都强调了出身贫穷的葛丽叶所拥有的艺术天赋。这一点在作为视觉艺术的电影里被体现得更为生动、突出,影片一开始镜头就聚焦于葛丽叶在厨房里切洋葱、紫甘蓝、土豆、胡萝卜、芜菁、卷心菜,调整各种不同颜色的蔬菜摆放位置的过程。在此,葛丽叶对于食物色彩的敏感正如伍尔夫在《一间自己的屋子》中对于餐桌上各色食物的敏锐感知一般,似乎这些直接诉诸身体感官的物体特质更容易为女性所感知、把握,恰如女性主义批评家西苏所说的"那片一切关于女性的黑暗大

陆",她们更容易感受到自我"身体中某一微小而又巨大区域的突然骚动"[①],尽管她们对这一切难以言说,甚至懵懂不知。葛丽叶也正是如此。在小说中,她与前来挑选打扫画室女仆的维梅尔第一次相见,正是葛丽叶凭借直觉在摆弄这些蔬菜之时,画家注意到她对色彩的敏感与天分而最终选中了她,由此也开始了自己与葛丽叶终将定格于画布上的爱情故事。

无疑,借着一个偶然的机遇而慢慢踏入艺术世界,能够发挥艺术天分的葛丽叶是幸运的。她与维梅尔之间的爱情触动与互相倾心,始自二人沉浸于艺术世界里相通的艺术领悟与生命感受;在维梅尔的引导下,缓步踏入艺术广阔天地的葛丽叶,重新发现了自己长久以来生存的新天地。维梅尔教会了葛丽叶如何利用暗箱去捕捉被忽视的光线,如何去观察云朵变幻莫测的颜色,如何认识、调制颜料色彩,如何去感受艺术,等等。葛丽叶与生俱来的艺术天分在此被完全激发,她进入一个自己从前难以表达的广阔领域与不可言喻的"黑暗大陆",拥有兴趣与理想更使得葛丽叶对于人生的追求有了明晰的认识,不甘与成百上千个拥有美貌却贫穷的少女一样沦为上层人士的玩物,不愿陷入与维梅尔之间没有结果的爱情而难以自拔,为了追求婚姻双方的平等而宁愿嫁给自己不爱的屠夫。

然而,这样的葛丽叶又是不幸的。她拥有的艺术才华,她所学习到的观察世界的新视角,她帮助维梅尔调制颜料,她凭借自己的艺术敏感给予画家改动布景的建议……这些都被认为是逾矩的,是要私下进行的,是为世人(包括凯萨琳娜、坦妮基等女性)所狠狠斥责的。在那样一个完全为男性话语所左右、垄断的时代中,一个拥有艺术才能且出身贫穷的女性是绝对难以实践其理想而成为一个为世人所接受、赞赏的女性艺术家的。对于一个拥有艺术天分却出身贫困的男性来说,或许还可以凭借着展现自己活跃的创造力去吸引伯乐的注意,在世人面前施展才华,为世人所赞同,并可能成为

---

① [法]埃莱娜·西苏:《美杜莎的笑声》,张京媛主编:《当代女性主义文学批评》,北京大学出版社 1992 年版,第 201 页。

名留青史的"伟大艺术家"。而对于女性来说,这根本就是不可能实现的奢望。葛丽叶正如同伍尔夫所说的莎士比亚的妹妹一样,无论心怀多少天分与才华也只能为性别所阻隔、为身份所局限、为生活所淹没。

正如诺克林在《为什么没有伟大的女性艺术家?》一文里所假设的:"如果毕加索是个女孩呢? 鲁伊斯先生还会付出同样多的关切,对小毕加索的成就还会具有同样大的雄心吗?"①不难看出,在艺术的世界里,天分与才华的展露能否被欣赏与栽培,与其身份、地位以及性别是有着绝对联系的。事实上:"不论是在艺术界或数百个其他的领域里,对所有那些没有福气被生为白人,中产阶级,更重要的是男性的人而言,就是事倍功半、饱受压迫,并且挫折连连的,女性便是这些人之中的一分子。问题不在我们的星座、荷尔蒙、生理循环,或者空洞的存在,而在我们的社会体系和我们的教育……"②此处的教育正是指在艺术(尤其是绘画与音乐艺术)世界里,包含着千百年来发展而成的一整套"前后一贯的形式语言,这多少倚赖或摆脱传统惯例、根本形式及概念,或者符号系统,这些都必须通过教学、学徒制或长期的个人实习,才能学成"③。试问社会与教育根本不向拥有艺术天分的女性提供系统学习、发展技艺的机会,女性又谈何能够在艺术的世界里发光发热,为社会所认可呢? 反过来看,编撰艺术史的男性评论家们在针对女性在艺术上缺乏大成就的原因便又可就此推导、演绎出来:"如果女性具有艺术天才的金块,一定会显现出来,但是金块并没有显现出来,这便显示女性并没有艺术天才。"④更进一步的推理便是——女性与伟大的艺术家之间没有任何的关系,因此,女性进入艺术领域便是可笑的、妄想的,她应该永久地待在厨房里,待在家里,待在孩子身边。

葛丽叶在踏入艺术殿堂的第一步便被牢牢地挡在了这个绚烂的世界之

---

① [美]琳达·诺克林:《女性,艺术与权力》,游惠贞译,广西师范大学出版社2005年版,第189页。

②③　同上,第184页。

④　同上,第190页。

外,和众多拥有艺术天分的女性一起,站在门槛之外,透过一扇小窗迫切而渴望地注视着那个由男性话语所掌控的广阔世界。而对于那些能够迈着怯怯的步伐进入这个殿堂的女性来说,成为一位为世人所接受的艺术家的道路也是漫长而艰辛的。即便如同《法国中尉的女人》中的莎拉或是但丁·罗塞蒂的妻子西达尔一般,能够"与一个比较居于主宰地位的男性艺术界人士有密切的私人关系"①,从而才有可能学习绘画技艺并从事艺术创作,但在成为一个"伟大艺术家"的漫长道路上,她们必须要"采取'男性化的态度',如专心、集中精神、坚持到底,并且全力吸收观念和技艺,女性在艺术的世界里才有成功的机会,并且继续成功下去"②。她们首先必须要反叛社会加诸女性身上的贤妻良母这一天然角色,要放弃男性艺术家所不需要放弃的自然性欲或人生伴侣的乐趣,要牺牲她们的性别角色把自己变成一个"男性",要与男性话语所构建的艺术世界中的生存规则去抗争,要付出长期不懈的努力去掌握艺术的一整套形式语言,要付出比男性艺术家多千百倍的牺牲与努力,才有获得成功的可能。然而,最令人恐惧与气馁的并不是这些来自外部世界的挫折与阻碍,"伟大的成就已经稀有而又十分难以取得了,而当你(女性)在工作时,同时还要奋战内心的自我怀疑和罪恶感的魔鬼……情况就更为艰难了,这些内外交迫的东西与艺术作品的品质实在并无特定关联"③。

事实上,葛丽叶与维梅尔的相爱是必然的,因为他们懂得彼此,葛丽叶正是世界上的另一个维梅尔。两人同样拥有出众的艺术感受力,但同样都没有经济基础,然而维梅尔是一位男性。尽管他为了从事自己最爱的绘画创作,将自己束缚在玛丽辛和卡萨琳娜的牢笼中,爱不到所爱的人,没有精神自由,在世俗的物欲里挣扎,但他能够在艺术的世界里追寻使之精神得以

---

① [美]琳达·诺克林：《女性,艺术与权力》,游惠贞译,广西师范大学出版社2005年版,第204页。

② 同上,第205页。

③ 同上,第211—212页。

喘息的天地。而葛丽叶最终只能作为画作模特这一永恒的女性角色，为她所爱的画家留下那幅经典之作，然后转身永远地埋葬自己的艺术才能与爱情，与所有寂寂无闻的女性一起被淹没在历史的洪流中。

二、珍珠光芒上的情欲流转动与女性隐忍

尽管在艺术史中，绘画的高光技巧并不是由维梅尔所创造，但画家深谙光线在画作构图与情感上的审美功能，巧妙地运用高光技巧，使其作品中光线的强度及分布有着塑造形体，加强物品质感以及影响画作情感氛围等功能。作为一名风俗画画家，困囿于台夫特小镇中人物与景色的创作，维梅尔的出众之处便在于对光影技巧的娴熟运用，为日常的生活场景平添了静谧、恬淡与优雅的气息。画家甚至可能利用了照相机的前身"暗箱"，来观察、探索画面构图中光影、色彩与空间之间的微妙关系，而这个情节在小说与影片中都显得至关重要，以此作为维梅尔指导葛丽叶以新的视角认识世界，踏入艺术殿堂的方式，同时也是增进二人情感的重要工具。

皮特·韦伯将《戴珍珠耳环的少女》搬上银幕后，该影片获奖最多的便是摄影奖。摄影师在每个镜头的摄取上都十分注重画面的构图及光影效果，以维梅尔最著名的高光技巧为指导，以银幕为画布，电影色彩以冷灰色为主调，辅以画家最爱使用的柠檬黄光线，在冷热对比中使得电影的每个画面都犹如维梅尔的油画一般笼罩着一层恬静、圣洁与优雅的光彩。

然而，无论是在画作还是在电影镜头中，观赏者都不难感受到隐藏在其内敛风格之下激情暗涌的内部情感。相对于小说而言，电影在故事上略加改动，将整个故事中这股暗涌的激情全部集中于少女的"珍珠耳环"之上。影片末尾将真正的《戴珍珠耳环的少女》画作作为结尾，镜头首先聚焦于电影所强调的珍珠，再缓缓拉远，直至出现整幅画作，最后缓缓消失。观众仔细观察少女的珍珠耳环会发现，其实它并没有珍珠的轮廓，也没有勾勒出任何形状，画家只是将小点的颜料堆积在一起，但随着镜头缓缓拉远时，这些

小点却极为精妙地混合成了一个闪烁着耀眼光芒的珍珠形象。少女耳坠上的这颗"鲛人之泪"正是维梅尔高光技巧的精妙运用。事实上,电影对于珍珠的强调更为成功地凸显了维梅尔这幅画作的经典之处,影片对小说略加改动,将男女主人公之间的情欲融于光芒流转着的珍珠中,使之不再局限于艺术意义上的形式观能,而是具有了真切、丰富的情感内涵,成为电影中情欲的象征物,并推动电影情节的发展走向高潮。

在小说中,珍珠耳环的存在只是作为丰富画作构图,促使维梅尔的妻子凯萨琳娜最终将葛丽叶赶出家门的导火线。然而在电影中,珍珠耳环上流转着的光彩却有着两个相爱生命之间最自然的情欲色泽。尽管彼此之间相互爱慕,葛丽叶对于维梅尔的爱却始终处于痛苦的摇摆退却之中,葛丽叶清楚自己对艺术的喜爱一辈子都不可能实现,也清楚自己对于维梅尔的爱情不可能有结果,她不愿成为权贵的玩物,不愿在物欲中迷失自己,不愿与维梅尔有任何身体上的纠葛,于是成为维梅尔的模特——这是葛丽叶为所爱的人、所爱的艺术能够献上的唯一礼物,尽管她也清楚地明白这样做的结果是什么。为了留下最完美的作品,捧着那对属于维梅尔妻子的,与自己贫穷的身份格格不入的珍珠耳环时,葛丽叶屈服了,这是她所做过的唯一逾矩的事。当维梅尔亲手将针扎入葛丽叶的耳垂,拭去少女脸上滑落的泪水,为她戴上珍珠耳环的那一刻,两人的爱情在精神上达到了最高潮。接着在作画过程中,侧身而坐的葛丽叶回眸凝视着画家,她那迷蒙而明亮的双眸,娇嫩微张的唇瓣,以及闪烁着盈盈光芒的珍珠耳环,都在沉默地言说着自己最深切的渴望:"我望着他——他的眼睛现在对着我了。他看着我。在我们互相凝视的刹那,一阵热流在我体内扩散。"[1]画家也终于被允许突破世俗的规约与法则,抛下一切阻碍,专注地凝视着自己所爱的人,凝视着少女沉默的欲望,在灵魂深处与葛丽叶的视线交缠着,无言地倾诉对对方、对爱情的向往

---

① [美]特蕾西·雪佛兰:《戴珍珠耳环的少女》,李佳珊译,南海出版公司 2009 年版,第 165 页。

与渴望。当晚，少女便带着喷薄而出的情欲，将自己的身体献给了屠夫小彼特。正如波伏娃所说的，处女的性感受必须由男人来引发，恰如男人的最初欲望也常是由接触异性而引起的一样。[①] 当银针刺破耳垂，戴上珍珠耳环之时，葛丽叶在维梅尔给予的这种深入骨髓的疼痛感受中体验到了一种灵魂的骚动，一种发自内心的深切欲望。然而，她也清楚地明白自己与维梅尔的这种精神之爱一旦走向肉体层面，就走向了不由己抉择的绝境，就如同前一个被赶走的女仆一样，身败名裂而被迫远走他乡。葛丽叶所能做的仅仅是在那样一个女性被剥夺了表述权利的时代面前低头，投身于小彼特以平息灵魂的渴望，只是此时，这一种情欲无关于灵魂，这一种流血与疼痛无关于心灵。

绘画是一种凝固创作者灵魂与情感的艺术。当画家在时间的流逝中抓住最触动人心的一幕，将其定格于画布上，这一刻的澎湃便凝固为永恒。几个世纪以来，《戴珍珠耳环的少女》中闪耀着的珍珠上，曾经汹涌澎湃的情欲被永远地定格在那道流转的光芒中。维梅尔与葛丽叶之间的爱情正如画作上的那道刹那间穿透黑色幕布的光束一般，在少女的双眸与珍珠中闪耀着璀璨的光泽，照亮她那娇嫩的面庞，点亮彼此生命中最闪亮的瞬间。

三、对象化的凝视与女性的抵抗

电影艺术的首要特点便是凝视（gaze）。在电影领域中，凝视具有多重含义，它包括摄影机镜头的凝视、剧中人物的凝视以及观众的凝视等。而作为一门视觉艺术，摄影机的镜头是电影凝视的眼睛，其背后包含的是电影制作者无声的话语，它直接决定了电影中的角色、观众以及一切其他因素的凝视条件。

长期以来，作为他者而存在的女性（尤其是女性的身体）是凝视最重要

---

① ［法］西蒙娜·德·波伏娃：《第二性》，陶铁柱译，中国书籍出版社2004年版，第349页。

的客体。女性身体的一举一动都处于男性凝视的目光之下,温柔、坚贞、贤惠、善良等"女性化特征"是父权制社会对于女性的基本要求,而美貌与青春更是在男性话语的严密控制下为女性的对象化所树立起的一面旗帜。将女性身体作为对象化主体的这一传统,是千百年来男性社会主宰下的共同语言,正如叶舒宪先生所说的:"把爱欲和美的主题对象化到女性身上,构想成主管爱和美的女神,这绝不只是个别文化中的个别现象,而是一种相当普遍的人类现象,大凡发展到父权制文明早期阶段的民族国家,都在不同程度上具有产生类似观念与信仰的现实条件。"①男性将爱欲与美的对象化标准作用到女性的身体上,对女性身体起到"规训"作用,从而与其他"规训"手段一起达到对女性话语的压制以及男性权力扩张的目的。甚至"这种对象化也被女性自身所接受,女性同样也是男权文化的消费者和实践者"②,将这种由男性目光构建起来的"规训"逐渐内化为女性自我的终极追求,享受目光、渴望凝视的女性便在追逐终身美丽与青春不老的神话中彻底丧失了话语的权力,丧失了生命的个体意识,丧失了对于自己身体的控制。这正是对约翰·伯格著名观点的绝佳印证:"男人观看女人,女人观看自己被观看。"男人以观赏客体的目光凝视着女人,女人则在这种对象化的视线中深深陶醉,失去自我。

既然女性与凝视之间有着这种长期、复杂而密切的联系,那么作为凝视艺术的电影,其中便也不可避免地带有这种强烈的性别意识,一些电影甚至强化这种性别意识,直接以男性或女性视角来拍摄影片、叙述故事,并引导观众以性别意识的角度去观看电影、展开凝视。比如在一部典型的充斥着男性强权话语的电影中,镜头(电影制作者)的凝视便会引导观众聚焦于女性作为对象化(通常是性的象征物或是物化的审美客体)的身体之上,与观

---

① 叶舒宪:《高唐神女与维纳斯:中西文化中的爱与美主题》,中国社会科学出版社 1997 年版,第 312 页。

② 刘慧英:《走出男权传统的藩篱——文学中男权意识的批判》,生活·读书·新知三联书店 1996 年版,第 41 页。

众一起带着能够满足男性幻想的高高在上、不可一世的视角去轻蔑地审视着剧中女性的身体,凝视着女性的一举一动。

尽管在《戴珍珠耳环的少女》画作中,画家与少女、观赏者(男性与女性)与少女之间的这种凝视与被凝视的关系具有强烈的客体化、对象化的特征,然而在小说与电影中,人们却能够感受到创作者对于葛丽叶这种被凝视命运的强烈反抗意识。在小说中,作家以葛丽叶的女性视角作为作品的叙述视角,去观察维梅尔的生活与创作,用少女自己的言说取代了画作中被凝视的沉默;在电影镜头中,频频出现的葛丽叶以那种沉默而坚毅的眼神去凝视剧中人物的行为,更是少女对于男性凝视目光的一种强烈颠覆与反抗。而葛丽叶在抗拒男性凝视、反抗男性话语对于女性身体规训的典型表现就在她那拒绝摘下的头巾上。

在一个又一个传统的诱奸故事中,大多数女主人公"完全缺乏主体意识,缺乏正视自己社会地位和人格价值的勇气及能力,甚至不能正视自己的贫穷"①。同所有诱奸故事中最终命运悲惨的少女一样,葛丽叶出身贫穷且年轻美丽,但她能够正视自己的贫穷,始终表现出强烈的主体意识以及对于自由与个体尊严的追求,努力抗拒着被凝视、被玩弄的命运,她那始终不肯摘下的头巾正是对自己身体的隐藏与保护,是逃避被凝视的庇护之所。"我喜欢戴一顶白色的头巾,把它对折,让宽阔的边缘笼罩我的脸,完全包覆着我的头发,头巾的左右两边垂在脸颊旁,从侧面,别人看不见我的表情。"相对于凡路易文的那位经常作为模特,接受男性凝视目光的妻子,葛丽叶在初次见到她时,所想的正是:"她身穿黄绸缎佩戴珍珠项链,她一定习惯于接触男士的目光。"②之所以选择将头发包裹起来,是因为葛丽叶清楚地知道自己这一头长发会给她带来怎样的视线与厄运。"我有一头长而狂野的头发,拿

① 刘慧英:《走出男权传统的藩篱——文学中男权意识的批判》,生活·读书·新知三联书店1996年版,第28页。

② [美]特蕾西·雷佛兰:《戴珍珠耳环的少女》,李佳珊译,南海出版公司2009年版,第38页。

下头巾后它们看起来像属于另一个葛丽叶——一个会和男人单独站在暗巷的葛丽叶,一个不是这么安静乖巧而干净的葛丽叶。这个葛丽叶就像那些敢展示头发的女人一样,这就是我始终把我的头发严密地藏起的原因——不让那一个葛丽叶露出痕迹。"①对头发的隐藏与束缚是葛丽叶对于漂亮少女悲惨命运的逃避,始终避免头发被男性看到是葛丽叶对于自己身体的珍惜,是对男性规训"女性形象"的颠覆与反抗。

与其有意识地反抗男性话语对于女性身体的"规训"相同,葛丽叶最终的人生道路也是根据个人意愿所做出的自由选择,同样有着颠覆男性强权的反抗意识。小说与电影在故事的镜头和结尾部分都强调了小镇上那个有着八角星的广场,八角星的每一个角都指向台夫特的不同角落,也正象征着葛丽叶不同的人生方向。自始至终,葛丽叶都冷静而清醒地明白自己的选择,正如最后被凯萨琳娜赶出家门的葛丽叶站在广场中央,环视四周之时,她也清楚自己应该要前往的方向并坚定地走下去:

> 我来到广场中央,停在用瓷砖铺成八角星形状的圆圈里,每一
> 个星角都指向一个我可以选择的方向。
> 我可以去找我的父母。
> 我可以去肉市找彼特,然后同意嫁给他。
> 我可以走向凡路易文的房子——他会带着微笑迎接我。
> 我可以去找凡李维欧,恳求他可怜我。
> 我可以到鹿特丹寻找法兰。
> 我可以自己流浪到遥远的地方。
> 我可以回到天主教区。
> 我可以走进新教教堂,祈求上帝的指引。
> 我站在圆圈中央,随着思绪转了一圈又一圈。

① [美]特蕾西·雷佛兰:《戴珍珠耳环的少女》,李佳珊译,南海出版公司 2009 年版,第 113 页。

等到我做出心里早已知道的抉择，我小心地踩着星芒的尖角，
朝着它所指示的方向坚定地走下去。

尽管葛丽叶最终选择了嫁给自己不爱的小彼特，但这种未来却是最符合葛丽叶追求平等、自由以及人格尊严的选择。她不愿意重复美丽少女沦为上层男性玩物的悲惨命运，也不愿意同一个比自己的贫穷出身还不自由的灵魂——维梅尔一起在禁锢中沉沦。尽管葛丽叶始终恐惧厌恶着屠夫围裙上、指甲缝中的斑斑血迹，然而她最终还是选择走向这种生活。因为对葛丽叶而言，精神上的污秽与不自由比身体上的污秽更令她难以忍受。小说的最后，去世前的维梅尔将那对曾经激起过少女心中强烈情感的珍珠耳环送给了已为人妇的她，然而拿到耳环的葛丽叶却最终选择把它们当掉来偿还自己欠下丈夫的债，因为只有这样，葛丽叶才能不再是女佣，才能在婚姻中拥有人格上的平等与尊严，才能获得她一生所孜孜追求的精神上的独立与自由。在那样一个女性失语、被表述的时代，葛丽叶以自己的行动表明了女性沉默的反抗。

第三节 《一个陌生女人的来信》:电影与小说的 文本互动与艺术沟通

奥地利作家斯蒂芬·茨威格的小说素以细腻入微的人物心理描摹著称,《一个陌生女人的来信》便是此类小说的代表,它自问世之初便以激越浓烈的情感内涵与细腻入微的心理描写征服了读者,成为西方文学史中的不朽经典。该小说以书信体的形式,叙述了一个"陌生"女子对作家 R 先生一生的情感经历。故事在女子的心理空间中展开,从而赋予作品以深沉激烈的情感内涵以及人物完整细腻的内心世界。

鉴于小说艺术的巨大魅力,《一个陌生女人的来信》(以下简称《来信》)吸引了电影艺术界的目光,美国导演奥菲尔斯、中国导演徐静蕾都曾将此文本改编成电影,试图以视觉艺术来重建茨威格作品中那个饱含细腻心理内涵的人物世界。然而,相同的文学底本经过不同民族、不同性别、不同时代的两位导演的改编诠释,却呈现为具有强烈差异性的电影作品。

1948 年美国好莱坞导演马克斯·奥菲尔斯(Max Ophuls)首次将《来信》改编为同名电影,搬上了银幕。影片中的故事发生在 1900 年的维也纳,男主人公的身份由作家变成了钢琴演奏家;同时,影片对小说底本的故事情节做了较大程度的改动,如女主人公后来的结婚、其丈夫与男主人公最后的决斗等情节。在时隔五十六年后的 2004 年,中国女导演徐静蕾又将小说《来信》改编为同名电影,并获得西班牙圣塞巴斯蒂安电影节的"银贝壳奖"(最佳导演奖)。中版影片将小说底本的故事发生地从维也纳移植到了 1935 至 1948 年的中国北平,女主人公变成了一个小学教员的女儿,而男主人公是一名业余时间从事写作的记者,电影的其余部分则基本上忠实于原著的故事情节。由同一部小说改编而成的两版电影,出于各种原因与目的,两位导演都在一定程度上对小说底本做了改动;而这种改动,实际上反映了小说与电影两种艺术媒介之间的表现差异,以及从小说到电影的艺术转换过程中所产生的文化差异。

美国电影艺术学者乔治·布鲁斯东在探讨电影改编问题时首先对小说与电影做了明确的区分,认为:小说是一种语言的艺术,而电影则是视觉的艺术,两者的最终产品代表着两种不同的美学种类;而从小说到电影,即所谓电影改编,实际上就是将小说的情节有效地套在一个戏剧式的叙事结构中,充分调动电影的声色光影等各个元素,以电影的手法讲述一个充满戏剧感的故事。因此,当一个电影艺术家在着手改编一部小说时,其中的变动自然不言而喻,而更加实际的情况是,小说在电影制作者的眼中变成了一堆未经加工的素材,他所关注的只是小说中的人物与情节,而根本不去注意素材本身所具有的形式。故电影"改编固然首先是两种媒介符号的转换,但本质的意义却在于对名著思想价值和艺术价值的再创造"①。可以说,改编实际上是一种个人的创作行为,是以改编者的当代性眼光对名著作品的重新阐释与再创造,是在对原著一定程度的忠实的基础上融入了改编者对于作品的独特感受与认识。有的学者认为:"改编者将对原著的忠实再现和对原著的重新阐释从不同角度,以不同形式结合起来,改编的目的……更侧重于传达原著的一种精神,实则是改编者所代表的一个时代、一个社会、一个民族对原著精神实质的理解。改编后的影片,更多是表达当代人的审美观和价值观。"②从上述关于电影改编的分析中可以看出,从小说到电影这一改编过程同时也是对改编者"文本接受"过程的一个生动化、具体化演绎。而所谓"文本接受","泛指对一切作品的审美的和非审美的一切方面的接纳、占有、消化或拒绝、摒弃等反应"③。下文将从地理环境及时代背景、叙事视角以及

---

①　赵凤翔、房莉:《名著的影视改编》,北京广播学院出版社 1999 年版,第 150 页。

②　同上,第 55 页。

③　童庆炳主编:《文学理论要略》,人民文学出版社 1995 年版,第 220 页。

心理诠释这三个方面来探讨、分析不同改编者在对《来信》"文本接受"的改编过程中,其电影作品所表现出的基于个体与时代差异基础上的不同理解及其相应的延续、遗失或增添等艺术转换现象。

一、时空转换:地理环境及时代背景的设定

在《来信》的小说文本中,茨威格表明了故事发生的地点在维也纳,但并未清楚地说明故事及人物的时代背景。仿佛这样的一个故事可以发生在任何一个时代、任何一个地方。而作为小说作品不可或缺的重要元素——时间与地点在《来信》中却表现得如此可有可无,这实际上与茨威格在创作这部作品时的观念是分不开的。茨威格曾明确表达过自己在"写作上的主要志趣,一直是想从心理角度再现人物和他们的生活遭遇"。由于茨威格对于人物心理空间的强烈关注,其在大量作品的实践中表现出一定的非情节化色彩,将人物心理情绪的流变推至首位,而让情节、时代、地理环境等外部世界退居次要,因此连作品中主人公的姓名都可以简略为作家 R 与陌生女人。恰是这样的作品为电影的改编提供了想象的空间,而电影中所呈现的关于地理及时代背景上的改编也能够在一定程度上反映改编者的时代文化心理及个人化意图。

美版《来信》在地理环境及时代背景上的改编基本上遵从了原著的设定,故事发生的地点仍然是在维也纳,而把时间确定在 1900 年。在这样的设定中,地理环境的作用在电影中得到极大的凸显。导演在改编后的影片中凸显了维也纳作为欧洲音乐之都的艺术文化内涵,将男主人公的身份由作家改为钢琴家,以此为切入点,在整部电影中贯穿了古典音乐的旋律,在情节中增加了男女主人公每一次交往过程的音乐性元素,"于是钢琴、音乐会、剧院、海报,便成了富有吸引力的形象化背景"①。导演在改编中充分发挥了

---

① 赵凤翔、房莉:《名著的影视改编》,北京广播学院出版社 1999 年版,第 51 页。

电影作为视觉艺术的优势,以电影视听形象的强大表现力与观赏效果,为电影平添了优雅、浪漫、梦幻的艺术氛围。而这样改动,恰恰迎合了电影的创作规律。除却导演为充分发挥电影优势的这一改编意图之外,作为一部典型的好莱坞式电影(影片中大量情节的改编具有好莱坞式特点,如女主人公后来的结婚,她丈夫和钢琴演奏家最后的决斗等与偷情、婚外恋相关的情节,都是好莱坞电影所特有的模式),改编者却将美国式的情节模式套在欧洲文化的框架中,这实际上在一定程度上反映了改编者的时代文化心理及个人化意图。《来信》的文本是一部典型的具有欧洲气质的小说故事,陌生女子用一生的时间全身心地、默默地爱着男主人公的情感心理与欧洲人追求典雅、含蓄之爱的精神气质是相符合的,而这样的情感与美国民族的情感追求有所出入,也与美国的历史文化传统不相融合。或许正是出于保留原著中精神气质的这一考量,尽管影片的主创人员是美国人,甚至拍摄地都是在美国,但影片最终还是完整地呈现了 20 世纪初的欧洲风情与文化风貌。

综观中美两版电影可以看出,美版影片在时间上的设定仍是可有可无的,1900 年的时间设定仅仅是一个符号,与故事情节的发展并无太大的联系;另外,影片在地理环境上的设定更是直接遵从原著,并延续了原著中的欧洲文化氛围。因而在 2004 年推出的中版《来信》中,导演在地理以及时代环境上的巨大改动,就成了影片的引人注目之处。与美版的改编正相反,中版《来信》的导演力图将一个欧洲化的故事纳入中国文化的框架中,将故事发生的背景移植到民族传统文化气息十分浓厚的中国北平,让一段激越浓烈之爱在充满特定时代内涵的 20 世纪三四十年代中铺展开来。可以看出,在整部影片中导演极力抹去原著中的欧洲气息,突出最具有中国民族特色的文化符号,如老北平的四合院、男主人公爱听的京剧、胡同里的人力车、小女孩放上天空的风筝以及最能代表中国传统文化氛围的春节元素等,这些都是最具有中国民族文化特点,也最为外国人所熟知的文化符号。同时,尽管导演本人曾提及不想在影片中加进太多的时代背景,担心一部纯粹讲述爱情的电影流于道德批判,但导演最终还是将故事情节的发展、人物的悲欢离合与中国特定历史时期的时代背景相联系起来,如女主人公的第一次委身是因为参与爱国游行运动遇险而得以与男主人公有了第一次接触的机会,又如男主人公的每一次遗忘都与当时恶劣的局势有关等。

将私人化的爱情置入广阔的时代背景中是中国影视作品的一贯表现手法,似乎以此就能增加影片的厚重感及思想性,而改编者在《来信》中对时代背景因素的强调,实际上也正是这一意图的反映。另一方面,导演以对电影地理背景上的改编为切入点,植入大量本土文化的标志性符号,其中的用意或许正如评论家所说的:"对于西方观众来说,一个熟悉的爱情故事被中国改编者民歌小调地处理一番,自然备感新异;而对于中国观众来说,故事本身仍然是纯西方式的,因而对其中的主题及女性心理问题仍然感到十分的陌生和好奇。"①文化陌生化手法的运用不仅能够引起其他民族的观众对一个欧洲故事在东方民族的土壤上演绎的好奇心,同时也能吸引本民族的目光去审视一个由外来的、具有西方意识与观念的故事改编成一个纯中国式影片的流变过程。

可以说,在对《来信》文本到电影的地理及时代背景的改编中,无论是美版的欧化处理,还是中版的本土化移植,其背后最终的意图还是从改编者本民族的文化心理角度出发的,正如电影研究者在谈及电影改编的民族文化因素时所说:"在改编中,由于不同的民族心理的驱使,在名著的选择上,大多数情况下改编者的眼光会瞄准那些与自己'情投意合'的中意之作,并且为保证影视剧观众(在很大程度上是本民族的接受者)能欣赏接受,他在把握民族大众心理的基础上,对名著开膛剖腹,进行改编。"②

---

① 成慧芳:《民族文化身份与国际意识的碰撞及调和——〈一个陌生女人的来信〉在当代中国的接受》,《湘潭大学学报》(社科版)2006 年第 2 期。

② 赵凤翔、房莉:《名著的影视改编》,北京广播学院出版社 1999 年版,第 159 页。

二、影像叙事:框型结构的复调与女性视角的突出

在分析中美两版电影的叙事视角之前,首先应关注小说文本的叙述视角。茨威格在这部篇幅不长的小说中采用了框架结构,即在文本的开头与结尾部分以第三人称的叙事方法描写了男主人公在收到至阅读完信件这一过程前后的客观情况及其心理。对该部分的内容作者采用了全知视角,使读者能够客观、全面地把握故事的发生以及结尾。而文本的中间部分则以书信的形式来展开故事情节。文本的叙述视角始终是从"我"——"陌生女子"的角度出发的。故事伴随着"我"的眼光而展开,采用了"我"对"你"说的叙事策略,读者与男主人公一起通过女子在信件里极具个人化色彩的描述中逐步形成了对于整个故事的全部理解。同时,信件的内容将女子现时情况的描写与对过往的回忆穿插在一起,故文本中的叙事视角时而聚焦于作为叙述者的"我"的身上,即对此时在写下这封信的"我"的现实及心理描摹;时而又聚焦于作为故事角色的"我"的身上,即对过往事件的回忆及对相应心理内涵的描写。因此,尽管文本的叙述视角集中在女子的身上,但也不显得死板,而是极具跳跃性的。

上文已提到,小说文本在开头及结尾的部分采用了第三人称的叙事视角,叙述者试图将读者的目光以一种全知全能的方式带入男主人公的世界:记叙了男子在收到信这天的行为举止,描写了男子在看信前后的内心活动。而这样一种描写实际上将读者与男主人公的视野融合在一起,使读者仿佛化身为男主人公,与他一起对信件产生好奇心,开始阅读,并在阅读的同时一起感受女子的强烈情感,直至最后了解事件的全部过程。因此,尽管信件中采用的是女主人公第一人称的叙事方法,但小说中这种将读者与男主人公的视线绑定在一起的手法,却容易使得读者站在男主人公的角度以一种高高在上的姿态去审视这个"陌生"女子的故事,在一定程度上强化了男子在作品中的话语权力,使得女子的形象变得朦胧,"犹如远方传来的一阵

乐声"。

　　由此反观中美两版电影在面对这一叙事视角上的不同改编方式。美国
导演奥菲尔斯在其电影中完全采用了小说文本中的这一叙事视角,甚至强
化了这样的结构。影片一开始,镜头就聚焦于男主人公的身上,交代了男子
如今即将面临与某位男士(在片尾观众得以了解,这位男士就是女主人公的
丈夫)决斗的境遇,其后镜头(同时也是观众的视线)便随着男主人公的目光
一起进入女子的信件之中。而影片的末尾,当女子在医院里写信的镜头逐
渐变得模糊时(这不仅意味着信件内容的结束,同时也意味着女子的死亡),
镜头切换到男子在看完信后缓缓抬起的脸,观众仿佛也同男子一起从这样
一场动人心魂的情感中抬起头来,通过男子饱含泪光的双眼,进入男子对女
子的模糊的回忆片段之中,最后影片又承接故事开始时的框架结构,男子坚
定地踏上前往决斗的路途。另外,原著中整体人物形象并不鲜明的男主人
公在电影中得到了极大的丰富与发展,将男主人公的职业身份由作家改为
钢琴演奏家。尽管这样的改编使得男主人公的表现空间得以扩大,才华横
溢的形象,与那动人心弦的音乐一起,极大地增加了男主人公的个人魅力,
为女子那一生痴迷而难以自拔的爱情做了最好的注解;但同时也从另一个
层面上更加直接地确立了男子的观者地位及其审视的权力。小说文本从主
观上来说是一个女子孤独的爱情故事。然而这部影片在一位男性导演的手
中变成了一部客观的他者的电影,变成了男子与女子的爱情故事。

　　而作为一位女性导演,徐静蕾则在其电影中对文本的这一叙事视角做
了较大的改动。电影在开篇部分似乎有意识地隐没了男主人公,镜头始终
没有出现男主人公的真面目,而是将观众的视线(即镜头)全部聚焦于信件,
关注信件本身。而当信件的内容伴随着女主人公的旁白缓缓展开时,电影
的叙事者也就变成了女主人公自身。可以这样认为,女主人公在某种程度
上变成一个观者,带领观众参与到她的观赏行为中,以一种同其画外音一样
清冷而略带嘲弄的意味去观赏男子在与女子相接触、分离、遗忘的一生中的

一切行为。这样的叙事角度实际上正体现了一位女性导演对《来信》中女人的爱情观的一种独特理解:女主人公不仅不是男主人公的附属,反而是独立的、十分完整的,拥有与男主人公的失败人生相对立的一种爱情观念与人生态度。影片拍摄完成后,导演在接受采访时曾谈到这样的观点:男主人公表现在爱情、事业与人生上的轻浮和无常性,与女子一生犹如宗教信仰一般坚定的爱情之间构成了鲜明对比。可以想象,男子在看完这封信后所遭受的冲击,对自己人生态度的怀疑,对自我认识的怀疑,恍然发现自己过去的人生并不是自己所以为的那样,而是通过一个"陌生"女子的自白才发现了一个全然陌生,甚至是自己从未意识到、参与到的过去。而与此相反,"这个女人自我非常完整,因为她站在非常主动的一方,所有的决定都是她自己做的,她自己消化了她自己这样的一个过程,或者是为尊严、为爱情的一种信仰"①。在这一观点的指导下,导演力图在影片中将观众与男主人公的视角进行拆分,极力抹去了男主人公观看、审视的视线,从而强化了女主人公的第一人称叙事,丰富发展了女主人公的形象。而男主人公的全部形象则是通过女主人公的叙述而构建起来的,是经过女主人公的感受过滤而成的。显然,影片中所采取的这样一种叙事视角在深化女主人公形象的同时,却也忽视了男主人公形象塑造的重要性,缺少了美版《来信》中男主人公富有魅力的艺术形象,也就难以向读者合理地传达小说中所描绘的那种令人心灵震颤的爱情心理,观众所能看到的只是一个黯淡无光,甚至有些滑稽可笑的人物形象。

三、心理诠释:影像艺术的视觉传达与内心独白的画外音

小说是一门关于文学语言的艺术,是以文字符号为载体的想象性叙事艺术。而电影则是一门综合艺术,它通过声色光影等直接性感官体验将想

---

① 张会军、马玉峰整理:《所有的进步都是在承担责任的过程中得到的——影片〈一个陌生女人的来信〉导演创作谈》,《北京电影学院学报》2005 年第 3 期。

象具象化，将读者关于文字描写的想象凝固在画面与声音上，使观众看到的是直接的、可感的、具体的影像世界。因此，电影改编在将小说中人物的心理描写这一文字艺术转化为视觉形象时，则必然表现出其作为视觉艺术的局限性。而茨威格的小说以其细腻入微的心理描写见长，《来信》作为一篇书信体小说则更是如此，其中关于女子虔诚激越之爱的心理描写更是文本中最精华的部分。

综观中美两版《来信》在处理小说中大量的心理描写时，均采用了画外音的表现手法来将人物的意识银幕化：女主人公的声音伴随着信件内容的展开而缓缓响起，改编者将文本信件中关于往昔回忆的叙事部分转化为直接的视觉影像，将难以转化的心理描写通过女主人公大段独立于画面之外的声音表达出来，通过外化的声音带领观众进入人物的内心世界，以此来填补电影作为视觉艺术在表现人物心理情感上的缺陷与不足。然而，尽管中美两版电影都选择了以画外音的形式将文字中的心理描写转化为可感的声音形象，但这一改编过程还是反映出改编者关于文本的不同理解与感受力，体现了从小说到电影这一转化过程中的一些不可避免的增添或遗失的现象。

相对于中版电影以女主人公的大段内心独白作为整部电影发展的主要推动力量，美版《来信》中关于人物心理诠释的画外音则显得相对有限，女主人公的心理情感大多通过情节的设置与人物的表演（包括行为、对话等）来展现，女子的内心独白大多属于叙事片段间的过渡部分，在整部影片中所占的比重有限，使得观众很难从影片中体会到文本里女子的那种强烈激越、震撼人心的情感内涵。同时，影片中女主人公的性格与原著相比更加温婉含蓄，女子的内心独白正如主演琼·芳登所常常塑造的外表拘谨羞涩而内心波动很大的角色一般，始终保持着一种高贵而优雅的音调，失去了原著中那种充满压抑而又涌动着无限激情的心理"声音"。

例如，原著在信件的一开始就如黄钟大吕般重重地敲打着作家 R 与每一个读者的心灵:"我的儿子昨天死了——为了这条幼小娇弱的生命,我和死神搏斗了三天三夜……现在我在这个世界上只有你,只有你一个人,而你对我一无所知……我只有你,你从来也没有认识过我,而我却始终爱着你。"这样的自白一开始就令读者强烈地感受到了一种隐秘而激越的爱,而原著中这样震撼人心的开场自白在美版的电影中却被改编为:"当你读这封信时,我也许已经死去。我有好多话要告诉你,但也许只有一点点时间。此信是否寄出,我也不知道。我必须给自己写信的力量……否则就太迟了。当我写信时,事情变得清楚了。我们之间所发生的事情,唯一的原因是我们之间的不了解。你收到此信后,你将会了解,我如何进入你的生活,虽然你不认识我,甚至不知道我的存在……"可以看出,贯穿于整部电影中的这种温婉而内敛的内心自白使得茨威格小说中对于女主人公那种强烈而汹涌的情感内涵的捕捉,以及对于人物灵魂的猎捕能力基本遗失了。

相对而言,中版《来信》在对文本心理描写的改编上更多保留了原著的特色。导演在影片中运用了大段内心独白的表现手法,无时无处不在的女主人公那清冷而死寂的画外音犹如挥散不去的哀愁一般,成为推动影片发展的主要力量。同时,面对文字的优势,导演充分发挥了电影在视觉影像上的优点,对人物的性格、情感与心理内涵进行了视觉化处理,通过人物细微的动作、微妙的表情变化以及声色光影等因素的调动从不同角度来表现女主人公丰富的内心世界。

如在表现女主人公少女时期对男子由好奇到爱慕的情感变化时,中版就采用了不同的电影手法来综合反映人物的心理内涵。影片中少女惊慌失措地往大门跑去时却正与男主人公迎面相遇,两人四目相对时所采用的慢镜头最终定格于少女如小鹿般不知所措的双眸。此时影片的主题音乐——由钢琴和琵琶合奏的《琵琶语》悠扬地响起,画面转换,象征着少女恋慕心情的风筝在少女手中摇曳升起,同时伴随着女子缓慢低沉的内心独白:"从那一秒钟起,我就爱上了你。我知道女人们经常向你这个娇纵坏了的人说这句话，可是请你相信，没有一个女人像我这样死心塌地地爱过你，过去是这样，这么多年过去了仍然是这样。因为这个世界上没有什么比得上一个孩子暗中怀有的不为人察觉的爱情。"在这个情节中，导演运用了音乐、镜头运动、隐喻性情节以及画外音等多种表现手法从不同角度去渲染女主人公当时的心境，很好地利用了电影的优势来诠释人物的内心世界，把少女对美好爱情的强烈憧憬与向往表现得诗意盎然。

又如，当饱经爱情沧桑的女人再一次走进作家的房间，清晨面对男子如同对待妓女一般的举动以及又将彻底遗忘自己的命运，女子强忍着内心的悲苦走出来时，却与老管家碰个正着。此时哀怨凄凉的小提琴声缓缓响起，尽管时隔多年，老人却还是认出了眼前这个艳丽的女子正是从前的那个少女，两人四目相对时，老者那洞穿女子一生的惊讶眼神，女主人公瞬间的泪盈于睫，以及老人由惊讶转为怜悯时所缓缓道出的那声"早啊，小姐"，人物的行动伴随着那一声声凄怨悠长的乐曲，将女主人公那心如死灰般的内心世界表现得淋漓尽致且极具触动人心的情感力量。

然而，尽管中版电影中女主人公的内心独白对于影片的情节发展有着重要作用，但女主人公那始终过于冷静的声音与一成不变的声调却削弱了原著中那种紧张而热烈的情感氛围。在小说文本中，女主人公对男子的爱，犹如飞蛾扑火般地诠释着爱情毁灭性的热烈与放纵，作品中始终弥漫着一种震撼人心的强烈而紧张的情感氛围。而改编后的《来信》中那典型"中国式"的冷静、缓慢而含蓄的内心独白，以及对原著中爱情表达最激烈，心理展示最深切的段落的改编，如女主人公第一次回到维也纳，每晚站在作家房前内心的所思所想等，都大大削弱了女子对男子的那种狂热而激越的爱情力量，从而赋予了女子在原著中不曾拥有的一种高贵与矜持。最终原著中那种紧张热烈的情感氛围与浓墨重彩的格调转化到电影中已荡然无存，取而代之的是导演作为一个中国女性所反映在影片中的那种具有强烈中国化气息的含蓄而蕴藉的审美态度。尽管导演在接受采访时曾谈及这一改编的原因(即导演个人对于女主人公的独特理解与感受),但不可否认的是,影片中女主人公那种没有段落变化,没有情绪转折的内心独白,使得影片最终缺少了小说中"陌生女人"的那种狂热激越的爱情带给人的强烈震撼与深沉感慨,"缺少了那一声茨威格式的叹息——那叹息原本是那样悲凉感慨,而又是那样意味深长"①。

综上所述,作为西方文学的经典之作,《一个陌生女人的来信》②的小说文本以其细腻入微的心理摹写突出了语言文字的魅力与优势,对于主人公心理与情感内涵的极致描写使《来信》中爱情的震撼力得以获得最惊人的效果。从小说到电影,作为改编者的导演,以其当代性眼光对文学原著进行重新阐释与再创造,是在对原著一定程度的忠实的基础上融入了改编者对于作品的独特感受与认识。中美两版《来信》的导演都试图利用电影作为一门直接诉诸感官视听的艺术之优势,来对这部以心理描写见长的文本进行改编,尽管各有得失之处,却是对电影中人物的心理化诠释的一种大胆的尝试与探索。尽管小说与电影各有所长之处,但若两种艺术均秉持自己的特点而不做尝试与突破,只一味地"扬长避短",那么小说与电影之间的艺术或许也就只能停滞不前,难以获得更大的进步。而电影版《来信》所做出的尝试,尽管在一定程度上与文本之间、与作者意图之间产生了差异,但这或许也只是电影在吸收小说艺术之所长的探索道路上,那些难以避免的坎坷罢了。

---

① 陈墨:《缺少那一声茨威格式的叹息——谈〈一个陌生女人的来信〉的电影改编》,《当代电影》2005 年第 3 期。

② 张玉书主编:《茨威格小说集》,中国发展出版社 1997 年版。

第四节 《名利场》中的利蓓加:双性气质的
性别魅力与现代困境

"双性同体"(androgyny)最直接的意义,就是同一身体上具备雌雄两性的特征。"双性同体"来源于原始神话①,是人类文化的产物,具有悠久的历史渊源,广泛存在于世界文化的主题中。在伴随人类追求性别意识真理性和理想人格模式的过程中,"双性同体"的蕴涵也在不断地发展变化。

一般认为,男性的主要特征有支配、自主、侵犯性、表现欲、成就、忍耐性等;女性的主要特征有谦卑、服从、求助、教养、依附等。这是一种典型的西方传统的二元论思想,是把男人与女人截然分开、区别对待的二元思维。然而,从性别的角度看,世界上任何人都是男性特征和女性特征的结合体,世界上不存在绝对纯粹的男性或女性。"双性同体"有其人类学和心理学基础,并摈弃了生物学意义,引申到人际关系、政治统治及事物的本质之中,即一切对立面友好相处、结合一体,以此象征理想的心理和社会模式,得以消除人类处境的对立面两极——阴与阳、男与女、乾与坤、肉体与灵魂、公与私、社会与家庭、感性与理性、混沌与区别等二元的对立与分离,从而结束男女两性的对立不平衡关系,代之以相互补充的伙伴关系和可变换的、非恒定化的文化性别。因为只有这样,两性之间才有可能形成一种真正的协调,达到真正的理解,因为人真正能理解的其实只是和自己同类的事物。

---

① 在许多民族的创世神话中,天和地被赋予了人的形态和感情,生育了神话中的神。在希腊、埃及、新西兰、中国等神话中,天和地本是联合为双性同体的,它们永恒地结合在一起,直到后来才相互分离,并且成为单一性别的一对。犹太法典(希伯来人的传说)也说,亚当被造成一个阴阳人,神使他入睡,然后从他各部位中取走了一些东西,用它们造出了普通的男人和女人。神把亚当分成不同性别的两部分,他从亚当身上抽出一根肋骨,用它造了夏娃。"双性同体"这一意象在先民原始思维中流露,并在神话中形成跨文化的神话原型。

在 20 世纪，"双性同体"成了女性主义借用的一个重要概念。几乎所有的评论家都认为是英国作家和女性主义理论家弗吉尼亚·伍尔夫最先提出将"双性同体"作为女性主义的价值观和人的全面、自由发展的人格。她在女性主义名篇《一间自己的房间》中提出："我们每个人，都受两种力量制约，一种是男性的，一种是女性的；……睿智的头脑是雌雄同体的……"①伍尔夫希望，两性之间能够合作，并且认为其合作程度就是社会文明的程度。只要个人学会培养大脑的阳刚（masculinity）与阴柔（femininity）的两个方面，他/她就会越来越接近整体性（wholeness）。随着女性主义的发展以及人们对伍尔夫女性主义思想认识的加深，她的这一观点成为国际学术界的长久论题②，也引起了不少争议③，对西方女性主义的发展产生了很大的影响。不同的作家和女性主义者都曾从不同角度，用不同的术语来阐述它，并在不同程度上肯定它，发展它。英国女作家凯萨林·曼斯费尔德（Katherine Mansfield）称

---

① [英]弗吉尼亚·伍尔夫：《一间自己的房间》，贾辉丰译，人民文学出版社 2003 年版，第 85 页。

② 许多中外作家和女性主义者都曾探讨过伍尔夫"双性同体"概念，而且，他们的表述也不尽相同。概括地说，以英美法为主的西方学者，大多以女性主义立场，从宏观的角度出发，主要在肯定伍尔夫"双性同体"观（也有少数学者持否定态度）的基础上，或对英语文学史中的"双性同体"女作家进行宏观考察，如卡罗琳·赫尔布伦（Carolyn Heilbrun）的《走向雌雄同体》（1973），或从伍尔夫的性格和特殊经历出发研究她提出此观点的原因，如南希·贝茨（Nancy Bazin）的《弗吉尼亚·伍尔夫与雌雄同体幻想》（1973）、艾利斯·凡·克立（Alice van Kelly）的《弗吉尼亚·伍尔夫的小说：事实与幻想》（1973），以及简·诺瓦克（Jane Novak）的《平衡的刀刃》（1974）、林顿·戈登（Lyndall Gordon）的《弗吉尼亚·伍尔夫的作家生涯》（1984）等，或结合其他理论来解读这一观点，如托利·莫伊（Toril Moi）的《性/文本政治》（1985）、马科科·米诺-品可奈（Makiko Minow-Pinkney）的《弗吉尼亚·伍尔夫与主体问题》（1987）等都借用了解构主义的观点对"双性同体"观进行了分析。

③ 其中，以莫伊和肖瓦尔特（Elaine Showalter）的"争论"最为著名。虽然肖瓦尔特的著作《她们自己的文学》（1978）仅从题目一看便知，她套用了伍尔夫的《一间自己的房间》，暗示自己对这位前辈的女性主义思想的继承。但是，肖瓦尔特并不赞同伍尔夫的"双性同体"观，她认为伍尔夫是在去性别化（desexuation），是在逃避性特征（sexual designation），与其说这一概念是富有成效的极致与完善，不如说是一个无性与不育的隐喻。伍尔夫是出于害怕而逃避固定性别身份才提出这个概念的，她陷入了超性别的整体论中。莫伊的《性/文本的政治》针对肖瓦尔特的批评进行批驳，她借用解构主义的观点，提出了完全相反的看法，认为伍尔夫的"双性同体"观是对性别身份认同以及男性气质/女性气质二重性的解构。

其为男女两性的"结合体"①；法国女性主义者克里斯蒂娃(Julia Kristeva)叫它"双性性"②；美国女性主义者玛丽·雅可布斯(Mary Jacobus)视其为"协调姿态"，是欲望与压抑的同时行动。卡罗琳·赫尔布伦把它当作"两性间调和"③；法国另一著名女性主义者西苏(Helene Cixous)将这一概念称为"他者双性性"(Other bisexuality)④，她在《突围》(Sorties：Out and Out：Attacks/Ways Out/ Forays，1975)中强调说，"他者双性性"已经超出单一的男性欲望或女性欲望，它"是关于完整人的想象……不是由两个性别，而是两个半个部分组成，因而是整体性的幻想，是一统二，而非两个整体"⑤。也就是说，男女两个性别出现在同一个人身上，因个体不同，其表现的特征和强弱程度也不一样，既不排除差异，也不排除其中一性。这样一来，"双性性"还能超越所谓男性气质和女性气质之二元对立的限制，因为它引入了一个不可还原于单一男性或女性但又能超出二者的"第三性"(the third sex)。

在此基础上，"双性气质"这一概念逐渐成为一个统指意义上的概念，取代以上的个人性命名，并被女性主义者赋予了新的主观性：解除压抑、释放被否定被压制的部分，实现人的全面自由的发展；对立因素和对立文化和平共处，互补互利，消弭等级和不平等关系⑥。"双性气质"是"两性间水乳交融

---

① 曼斯费尔德在1921年的日记中说："我们既非男性也非女性，我们是这两者的结合体。我选择会在我身上发展和扩大男性特征的男子，他选择我，是为了使他身上的女性特征得以增强。"参见瞿世镜：《意识流小说家伍尔夫》，上海文艺出版社1989年版，第380页。

② 克里斯蒂娃认为，性别差异，不是作为固定的男女二元对立，而是作为见证真正伟大的文学成就的区别过程。一切言说主体自身都有某种程度的双性性，这种双性性是可能探索意义的各种资源，在增值、摧毁或颠覆意义的同时，还确定意义。

③ 赫尔布伦认为，伍尔夫的"双性同体寻求把个人从生理性别桎梏中解放出来，它表示两性间的调和，也表示更多的经历向个人敞开，女人可以具有侵略性，男人也可以温柔"。

④ 西苏在《美杜萨的笑声》中说："我提出他者双性性。……在这种双性同体上，一切未被禁锢在菲勒斯中心主义表现论的虚假戏剧中的主体都建立了他和她的性爱世界。"双性即：每个人在自身中找到两性的存在，这种存在依据男女个人，其明显与坚决的程度是多种多样的，既不排除差别也不排除其中一性。参见张京媛：《当代女性主义文学批评》，北京大学出版社1992年版，第198—199页。

⑤ 潘建：《弗吉尼亚·伍尔夫的"雌雄同体"观与文学创作》，《湖南大学学报》(社会科学版)2008年第3期。

⑥ 傅泽：《文化诗学：走向世界文学的文化阐释》，作家出版社2004年版，第385页。

的精神，它指的是一个宽广的个人经验的范畴，允许女人具有侵略性，也允许男人温柔，使得人类可以不顾风俗礼仪来选择它们的定点"①。性别的双性化，绝非一般的带有否定和扭曲含义的所谓"不男不女"的同义语，而是指一个人同时具有较多的男性气质和较多的女性气质的人格（心理）特征。这是一种超越传统的性别分类，更具积极潜能的理想的人类范型。双性化者比所谓纯粹的男性气质和女性气质的人，有更好的社会适应能力和人际关系的协调能力，家庭婚姻更容易和谐，有更强的自尊心和更积极、肯定的自我评价。

　　小说《名利场》是 19 世纪英国作家萨克雷的代表作之一，以批判现实主义的手法深刻鞭笞了当时资本主义社会的金钱至上和腐朽不堪。故事主要讲述了两个性格迥异女孩的不同命运，温柔善良却迂腐懦弱的爱米丽亚安于现状、逆来顺受，是典型的西方社会传统女性形象；而聪明伶俐、勇敢坚强的利蓓加则积极主动、八面玲珑，有明确的奋斗目标和进取精神，勇敢地反抗阶级社会和男权社会的压迫，争取自己想要的一切。她身上闪烁着积极向外扩张的男性气质，体现出一种特殊的人格特质——"双性气质"，以及由"双性气质"产生的性别魅力、人性活力与男性戾气，在一定程度上展现了"双性同体"的理想及其现代困境。

一、双性气质的"恶之花"：生存的艰辛与环境的异化

　　利蓓加天性要强，勇敢坚定，伶牙俐齿，从小就善于在各色人等间周旋，有巾帼不让须眉的气魄。她的这些与生俱来的先天禀赋，在后天环境的教育与刺激下顺畅显现，闪耀着"双性气质"的性别魅力和生命活力。法国思想家波伏娃在《第二性》开篇谈到男女性别特征差异的形成时讲到，一个人之所以是男人或女人，"与其说是天生的，不如说是形成的。没有任何生理

---

　　①　海布伦：《迈向双性的认识》，《中外文学》（台湾）第 15 卷第 4 期，第 120 页。

上、心理上或经济上的定命能决断女人在社会中的地位,而是人类文化之整体"①。换句话说,男女两性的心理—行为特征之所以呈现分离状态,社会文化的浸染和塑造是重要原因,社会期待心理对社会性别的形成具有重要作用。尽管许多人都具备或多或少的异性特质,但由于长期的西方父权中心传统文化所积淀形成的"男尊女卑"这一思想的桎梏,真正能把这种异性特质发展完善并敢于充分显露的又有几人? 利蓓加天生的异性特质之所以没有受到抑制,反而得到长足发展,主要归因于她后天的成长环境。

　　家庭环境及父母在很大程度上会影响孩子性格的形成,这种性格将直接影响其以后的处事态度。利蓓加出身于一个下层小资产阶级家庭,父亲是画家,穷困潦倒而嗜酒如命;母亲是流浪歌女,在生下女儿不久便离她而去。利蓓加从小饱尝了生活的艰辛,自幼跟着父亲过着到处赊账的日子,从8岁起就开始替父亲处理事情。为了维持生计,她常常需要和各种各样的人打交道,这就使她学会了甜言蜜语的本领,能哄得追债的人回心转意,能说服生意人赊她一顿饭吃。在这种环境中长大的利蓓加,从小就精明聪慧、刀锋锐利,如同她的名字 Becky Sharp 一样。为了生存,她必须磨炼自己的坚韧、机警,必须承受周遭的白眼和生活的坎坷。她父亲还常常带她一起坐着听他那些粗野的朋友聊天,这些都使得她少年老成,按照她自己的话说就是"自己从来没有做过孩子,从八岁起就是成年妇人了"②。"贫穷的生活已经使她养成阴沉沉的脾气,比同年的孩子懂事得多。"③父亲死后,利蓓加便寄宿在平克顿女子学校。这是一个半似修道院半似监狱的地方,利蓓加无依无靠,在学校半工半读,尽管她有着卓越的口才和音乐天赋,能说一口纯正的法语,却因为贫穷卑微而无人理睬,备受歧视和怠慢。而同学爱米丽亚·赛特笠因出身富贵、家庭富裕而备受校长的青睐和礼遇。小小年纪就看透了世态炎凉、人间冷暖的利蓓加深知人与人之间的悬殊是由金钱和地位决

---

① [法]西蒙娜·德·波伏娃:《第二性》,陶铁柱译,中国书籍出版社1998年版,第23页。
②③ [英]萨克雷:《名利场》,杨必译,译林出版社1994年版,第16页。

定的。冷眼、折磨和虐待在她心中形成了扭曲的记忆，屈辱的生活使她的人格产生了严重异化，她在怨恨中形成了冷酷、嫉妒、自私的性格。她痛恨那个社会的势力，认为自己在才貌上一点也不比有钱人家的小姐差，于是"她打定主意要把自己从牢笼里解放出来，便着手行动，开始为自己的前途通盘计算"①。随着阅历的增加和人格的成熟，利蓓加性格中叛逆的一面也得以充分发展。当利蓓加离开学校，乘坐爱米丽亚的马车来到勒赛尔广场，她的新生活也正式开始。她需要食物、衣服和住处，否则难以在这个充斥着名与利的陌生城市中存活下去。现实就摆在眼前，有钱人会得到人们的尊重，得到好的名声。像她父亲那样穷困潦倒的人，只会落魄一生；像她母亲那样没有身份的人，只会被上流社会所排挤。既然不幸的家庭不能带给她良好的出身、高贵的身价、炫目的排场，那一切就得靠自己打拼。利蓓加深深地意识到这一点，并付诸积极的行动，着手改变自己的境遇。从此以后，利蓓加使尽浑身解数，一步步往上流社会迈进，幻想成为众多男子追求的对象和贵族圈的焦点。

利蓓加生活的19世纪前期的英国社会是个充满尔虞我诈、争名夺利、腐化堕落、投机取巧的时代，利蓓加作为那个时代的人，不可能超脱她所处的社会环境。当时的英国国力强盛，资本主义正处于加速发展的阶段，讲究放任和自由竞争，导致社会贫富悬殊。上流社会门禁森严，并把持着国家的重要机构。新兴资产阶级依靠金钱，渐渐接近贵族的边缘，一些人利用各种契机，努力挤进上流社会。同时，因为社会的蓬勃发展，广大出身寒微的平民阶级，有了更多受教育的机会，继而有了知识和思想，在政治上、经济上有了变革的强烈愿望。而在19世纪初的英国，妇女主要是作为家庭角色而不是职业角色出现于社会，虽然平民民主的呼声不断高涨，但多少世纪以来形成的人们对妇女的歧视和偏见并未引起社会实质性的关注，她们的社会功能有很大的局限性。总体上说，那个时代的妇女只是男人的附庸，她们在社会

---

① ［英］萨克雷：《名利场》，杨必译，译林出版社1994年版，第18页。

上难以争得应有的权利。正是在这种恶劣的社会环境下,贫穷的利蓓加要想过上富裕的生活,最切实可行的途径就是嫁个有钱的男人,通过婚姻这座桥梁,一跃成为"某某夫人",一劳永逸地改变穷困的生活。但那个时候的英国,即使是婚姻市场,也被金钱与势力操纵着。家道殷实或是血统高贵的单身男人,需要同样出身的女人与之相配。利蓓加这个孤儿,根本没有资格站在单身贵族的未婚妻队伍里。现实环境的严苛与她对自己的奋斗期待形成了尖锐矛盾,情势逼使她不得不以非常规的方式来实现自己出人头地的人生抱负。所以她必须主动出击,去接近任何她认为合适的绅士,通过施展情色魅力,使他们坠入情网,从而借助他们来获取自己想要的一切。在当时金钱万能的英国社会,追名趋利的社会氛围必然会造就出利蓓加式的奉行"丛林法则"的社会男女,这类人凭着自己的精明与算计,损人利己式地打拼出属于自己的一片天地,而整个社会就是一个追逐名利、互相倾轧的投机场所,利蓓加只不过是"名利场"中的一个小人物而已,她自以为只有变得更加工于心计、世故精明才可以去适应弱肉强食的社会环境,不料却将原本美好的女性(特别是母性)优势埋没甚至慢慢抹杀了。当堕落的人性成为社会主流时,利蓓加的人格异化和人性迷失也就见怪不怪了——她憎恨别人拥有的一切,并把一切人当成"对手"。

利蓓加的聪明机警、果敢好强的天性与她的生存环境相互激发,相互促进,定格了她坚强果敢、独立勇敢、自信乐观而又坚忍不拔的主导性格,为她能八面玲珑、如鱼得水般自由穿梭于社会"名利场"奠定了坚实的基础;同时,一味崇奉恶劣的"男性游戏规则"使其"双性同体"散发出"恶臭之气",而利蓓加的人性迷失开放出的"恶之花",最终给她本人也带来了深切的精神伤害。

二、男性化的"进取女性"与女性化的"家庭天使"

相比于好朋友爱米丽亚,小说女主角利蓓加有着明确的奋斗目标和进取精神,坚强勇敢、独立自主、胆识过人、才干超群、坚忍不拔,积极乐观地不断向外进行扩张,一步步向目标迈进。她不是逆来顺受、俯首帖耳的传统女性,她自己也明确地表示过"我可不是天使"①。利蓓加不囿于个人狭窄的天地里,也没有停留于仅仅感慨自己的悲苦命运,她敢于直面自己卑微的地位,积极地适应当时社会环境流行的功利主义和丛林法则,敢于反抗来自上层阶级和男权社会的双重压迫。

而爱米丽亚正好与利蓓加相反,她性格温柔可人、天真和气、待人谦逊,她代表的是维多利亚时期传统的贤妻良母的形象,是一位地道的"家庭天使"(the angel in the house)②——漂亮、优雅、温顺、安分守己、极富同情心,崇拜并忠于丈夫,从来没有自己的意愿或心计,富有自我牺牲精神,她是一个集淑女、模范妻子和慈爱母亲于一体的理想的女性化身。

利蓓加有明确的奋斗目标和进取精神,从不轻易低头认输。在19世纪上半叶的英国社会中,按财富划分社会等级的趋势已经形成,金钱成了衡量人的主要标准。在这样一个金钱当道、道德沦丧、趋炎附势、唯利是图的阶级社会里,出身卑微、无依无靠的利蓓加该如何得到别人的尊重,如何实现自己所追求的目标呢? 在平克顿女子学校,利蓓加在相貌和才智上一点也不比上层阶级的女孩子差,但因出身卑微而得不到同龄人应有的生活、尊重和宠爱。她不能选择自己的家庭就选择了自我奋斗。她的反抗在女子学校就初露锋芒:在与颐指气使的平克顿小姐交锋时,利蓓加总是以一种骄傲又

---

① 　[英]萨克雷:《名利场》,杨必译,译林出版社1994年版,第14页。
② 　又译作"房中天使"。伍尔夫声称女人写作的职责之一就是杀死房中的天使。房中的天使,意指男人女人几百年来经营的女人形象,一个牺牲隐忍沉默的女性。之所以成为女性男性共同推崇的对象,是因为在使女人成为男人的附庸的同时,也帮助她们逃避面临人存在的真实深渊。

不失体面的方式回敬这个平时恃强凌弱、无比势利的校长，维护自己的尊严。当校长让她教低年级学生钢琴的时候，她说："我的责任是给小孩儿说法文，不是教她们音乐给你省钱的。给我钱，我就教。"①离开平克顿女校时，校长的妹妹偷偷把一本象征着平克顿骄傲的约翰生字典送给利蓓加，她竟然毫不客气地当面把字典扔在花园里②。这样的举动对于女性来说，在当时的社会是很难想象的，这种勇敢坚强也被认为是男人应该具备的性格和品质。这是利蓓加向权威的挑战，向阶级压迫的反抗，也表明她准备好了以更大的勇气迈入这个强横霸道的阶级社会，依靠自己的力量去赢得社会对她的认可。

利蓓加离开学校后雄心勃勃地踏入社会，在所生活的名利场上，顺应时势，巧妙地周旋于险恶复杂的环境之中，不断地反抗着社会的压迫和束缚。多才多艺的她以自己的聪明才智逐步赢得上流社会对她的承认，以女性的优势来取悦以男性为中心的世界、进行曲线的反抗。她利用自己特有的姿色、闪烁的绿眼睛、美丽的卷发、动听的歌喉、俏皮的谈吐来获得男性的爱怜，以她的聪明、美丽、乖巧来笼络男人以达到支配对方的目的。她对富家公子罗登采取了欲擒故纵的手段，在他面前装成一个又端庄又有教养的姑娘，致使罗登不顾一切地爱上了她；虽然因此而失去了继承权，罗登还是认为自己从来没有这么幸福过。她认识了斯丹恩勋爵后，装出天真烂漫、小鸟依人的模样，利用勋爵对她的迷恋，要求他提携自己、帮助自己还债，再给她丈夫安排一个理想的职位。后来，她精心地服侍乔斯是为了得到他的财产，而这一切最终都实现了。但是，她与众多男性的交往绝不是淫荡的，她并没有乱施性爱，她总是把女性优势限定在一个范围内，只是用它来做一个诱饵，所以被她诱惑的男人也不得不说她是聪明的、清白的，就算是她钓的大鱼斯丹恩勋爵最后也因为没有得到她的身体而大呼上当。她不是依附男

---

① ［英］萨克雷：《名利场》，杨必译，译林出版社1994年版，第18页。
② 同上，第12页。

人,而是以特殊的方式向男性中心世界进攻,而她的行为也得到了来自男性世界的支持,几乎没有男人谴责她。虽然她为达到自己的目标使用了不光彩的手段,但我们不能否定她的奋斗和进取精神。

相反,从小过着衣食无忧生活的爱米丽亚没有明确的人生理想,只是慢慢地接受着男权社会为她安排好的人生角色。她一旦陷入爱情中,恋爱就成了她的宗教,结婚就是她的唯一目标,除了这个目标之外,她对什么都视而不见,她把自己完全交付于男权社会,心甘情愿地接受被占有、被支配的地位。爱米丽亚的温柔可人赢得了男性的爱慕,同时也让她失去了把握幸福、命运的机会。最初她崇拜轻浮的奥斯本,认为他"是天下最好最了不起的人"①,婚后,她把爱情与命运的赌注全押在丈夫奥斯本身上,把他当作英雄,作为生活的唯一目的。"她把她的未来交给一个拥有一切价值的人来掌握,这样她便放弃了她的超越,让这种超越依附于身为主要者的那个人的超越,让她成为他的附庸和奴隶。"②她逐渐失去自我,把自己的命运寄托在丈夫奥斯本———个爱慕虚荣、移情别恋、根本不可能带给她幸福的纨绔子弟的恩施上。花心的奥斯本疏远了她之后,她把所有的痛苦都留给自己,不敢主动争取自己的爱情,只是被动地等待着爱情的消失破灭。正如波伏娃在《第二性》中所说:"要是在爱情中她无法吸引他,无法使他感到幸福,无法满足他时,她只会反抗自己而不会对他反抗,带着一种负罪感和对自己的羞辱和怨恨成了爱情的受害者,发疯般地折磨自我,那无法使情人完全满足的自我。此时的她已经成为名副其实的受虐狂。"③丈夫上战场以后,爱米丽亚痛苦欲绝并对未来有着强烈的担忧。极具讽刺意味的是,奥斯本阵亡后爱米丽亚认为自己失去了　切,整整十五年没有勇气面对新的生活、新的爱情。爱米丽亚面对生活中的苦难与不幸,只知忍受与屈从,被动地接受着生活的

① ［英］萨克雷:《名利场》,杨必译,译林出版社1994年版,第228页。
② 《马克思恩格斯选集》(第四卷),人民出版社1994年版,第736页。
③ ［法］西蒙娜·德·波伏娃:《第二性》,陶铁柱译,中国书籍出版社1998年版,第257页。

安排，没有意识到自己实际上已沦为了男权社会中的一个玩偶。

利蓓加以男性的胆识和个人的自尊来获得成功的机会。在毕脱爵士家担任家庭教师时，她表现得端庄大方，以超群的才干和加倍的辛劳游刃有余地处理庄园内部的各种家务，担当起教师、文秘、管家、会计等各种角色，展现出与生俱来的驾驭事物的能力，很快赢得了爵士父子的好感。利蓓加在见识、勇敢和自立方面不比任何男人差，而在她的家里，她才是真正的家长。罗登平庸懦弱，好吃懒做，是个只懂吃喝玩乐的纨绔子弟。被克劳莱姑妈剥夺了继承权后，他灰心丧气，无力与命运抗争。而利蓓加则毫不气馁，积极地面对生活，勇敢地承担起养家糊口的重担。他们家的社会地位需要利蓓加来获得，她也真的实现了她的诺言。利蓓加情绪稳定，遇到挫折善于调节和安慰自己，保持着乐观的心境和旺盛的生命力。在与克劳莱小姐和好的计划失败后，她丈夫罗登垂头丧气，她却"觉得这笑话儿妙不可言"，"忍不住哈哈大笑"①，在滑铁卢战役打响之际，"她静静地睡了一觉，睡得精神饱满。那天全城的人都是心事重重，愁眉苦脸的样子，只有她那红粉粉笑眯眯的脸蛋儿叫人看着心里舒服"②。上流社会的太太小姐们瞧不起她，她丈夫心里又气又闷，十分难受，而她反倒看得开，安慰他道："亲爱的，一个人活着就有希望……"③在战争年代里，她不依赖丈夫，而是利用战乱发财；只身去伦敦为丈夫清理债权；争取机会朝见国王，提高全家的社会地位。她还处处呵护着名誉上的家长，关心他的地位，他的财产，他的前途。她不惧怕失败，也不会满足，她总是乐观地向下一个目标前进，展现出向外扩张的迫切愿望和卓越才干。在名利场中她是一个出色的人。

为了实现目标，利蓓加坚忍不拔有恒心，甚至甘愿忍辱负重。能做到这

---

① ［英］萨克雷：《名利场》，杨必译，译林出版社1994年版，第298页。
② 同上，第353页。
③ 同上，第438页。

一点，在 19 世纪英国的小资产阶级知识女性中，并不是容易的举动①。利蓓加有着强烈的自尊心，在女子学校她从不忍受，而且还不断地挑衅，锋芒毕露地反抗。但是在走出校门以后她却改变了反抗的方式。为讨好克劳莱小姐，她在病房里耗了两个星期，"神经仿佛是铁打的"，"工作虽然又忙又烦，她倒仍旧不动声色"②，终于征服了财产丰厚的克劳莱小姐。曾经最使平克顿女校校长头痛的利蓓加成为"心地老实，待人殷勤，性情又和顺，随你怎么样都不生气"③的温顺的小姐。当然，利蓓加斗争方式的改变是为了实现她的远大目标、讨太太的欢心来巩固自己的地位；讨老小姐的欢心，让她接受自己成为财产的继承人之一。而在利益面前，以她对社会的深刻认识，明知克劳莱小姐把她当作一个佣人，可是为了不菲的财产，她表现得温柔善良……但她与斯坦恩勋爵的关系被丈夫罗登发现后，遭到社会的指责和鄙视，她到处碰壁，却仍旧不屈服，努力为自己树立好名声，她"把别人说她的坏话压下去""经常上教堂，赞美诗比谁都唱得响亮""为淹死的渔夫的家眷办福利""做了手工，画了图画，捐给扩喜布传教团""捐钱给教会，而且坚决不跳华尔兹舞""总之，她尽量做个规规矩矩的上等女人"④……什么也不能动摇她成为上等人的决心。从利蓓加身上，我们看到这是对种种压迫的挣扎和反抗，是一种不轻易低头认输的积极进取的奋斗精神。

而同时代的爱米利亚，在备受苦难的日子里，也不得生活之要领，任人欺负，毫无怨言，因为她心底纯真，她用心里的一份爱去编织自己的生活，把自己封锁起来，不让任何人触动那根敏感的神经，她是可怜的也是幸福的。在丈夫死后，靠着爱她的都宾的财产生活，安之若素地享用别人的金钱，同利蓓加相比，她就是个寄生虫，又是一个受人摆布的洋娃娃。她把自己完全

① 简·爱就因为不肯变换方式反抗社会而受尽了折磨，虽然她讨回了自尊，但斗争的手段实际上是被动的。

② ［英］萨克雷：《名利场》，杨必译，译林出版社 1994 年版，第 160 页。

③ 同上，第 438 页。

④ 同上，第 751 页。

交付给男性中心社会，心甘情愿地受男人摆布，面对被压制、被支配的从属地位，她心安理得；面对生活中的苦难与不幸，她缺乏勇敢的抗争精神，只能无为地屈从、忍受，成为一根"只有在结实的老橡树上才能抽芽"①的寄生藤。

利蓓加深知社会竞争的残酷，处事精明圆滑，审时度势，再加上巧舌如簧的口才，在社交场所八面玲珑、左右逢源，能在不同场合和不同人物面前表现出变化多端的心灵与面目：在乔斯眼里，她温顺多情；在毕脱男爵眼里，她精明能干；在斯丹恩勋爵眼里则是谈吐脱俗、风趣不凡。她善于察言观色，能准确把握名利场中各种人物的心理，周旋于将军、王公贵族等各色男人之间，从容应付，得心应手。利蓓加不仅能抓住男人的心理弱点，使所利用的男人愿意为她做出一切，而且她还能讨对她有利的女人的欢心。在克劳莱家做家庭教师时，男主人不在家时她几乎是宅子里的女主人，她仍然对太太不失礼数，采用上下奉承的办法，在缝隙中站稳了脚跟，赢得上上下下对她的喜爱和尊重。利蓓加展现出非凡的处理人际关系的能力。

优越的成长环境，母亲的呵护塑造出爱米丽亚温柔可人的品格，赋予她为爱无私奉献的纯情，但也使她成为男权社会中拥有"女性气质"的典范。"所谓具有女性气质，就是显得软弱、无用和温顺。"②她温顺善良，不善思考，从离开平克顿女校到嫁给奥斯本，她过的一直都是顺从、隐忍的生活。她有着自己的三从四德；做姑娘的时候，听从父母的话，做个乖女儿；结了婚，便是温柔的好妻子；有了孩子，便是个温和、慈爱的母亲，一心为儿子着想。然而，在丈夫奥斯本眼里，她却是一个没有生命活力和主体意识的玩偶，了无情趣，婚后不久遇到战争爆发，奥斯本赴前线时把关注点转移到了魅力四射的利蓓加身上。从这个意义上说，她的女性魅力不及利蓓加。

不同于传统的家庭妇女，利蓓加对丈夫既不柔顺也不依从，相反，她要做核心，要主宰男人、主宰一切，有意识地反抗男权社会。她的活动不是局

---

①　[英]萨克雷：《名利场》，杨必译，译林出版社1994年版，第669页。

②　[法]西蒙娜·德·波伏娃：《第二性》，陶铁柱译，中国书籍出版社1998年版，第387页。

限在家庭,而是游走于各种社交场所。为了进入上层社会,她与各种有钱有势的人周旋、暧昧,不顾忌丈夫的情感和面子。有了儿子小罗登,她完成了集妻子和母亲于一体的角色。但利蓓加生下小罗登之后,便把他寄养在巴黎近郊的村子里,并不大高兴去看她的儿子,甚至弄不清孩子的年龄和头发颜色。与儿子共同生活以后,儿子在阁楼上啼哭,利蓓加和情人斯丹恩勋爵及其他客人却在楼下说笑,谈论歌剧。有时候利蓓加也上楼去看孩子,但打扮入时的她只是像公主似的向孩子点点头。在孩子看来,她就是个神仙,只能望着她顶礼膜拜。这一点,成为利蓓加最受人诟病、遭人谴责的地方。

　　事实上,利蓓加并非完全没有母性没有爱心,如在对克劳莱家孩子的教育中,她认为没有什么教育法能比自学的效力更大,于是她"对学生不多给功课,随她们自由发展",结果是学生既学到了知识,又"全心喜欢她"①。她每晚与克劳莱先生及孩子们散步,显得那么平易近人,这些都体现了她对美好生活的向往,以及驾驭生活的能力。利蓓加虽然称不上伟大的母亲,但她的母亲角色正体现了她要在家庭和社会中争取平等地位的意识。利蓓加的母亲是一个绝非贤妻良母的流浪舞女,利蓓加从小几乎没有体会过母爱和家庭的温暖,而是孤身一人在社会上打拼。所以她头脑中根本没有母亲的印象,更不用说去做一个好母亲了。从这个角度去分析,利蓓加对儿子的冷淡是情有可原的。其次,在名利场上,人的地位是用金钱来衡量的,但她的丈夫不可能给家庭带来任何财产,她不得不勇敢地代替了丈夫的角色。由于社会对女人权利的种种限制,作为一个社会的弱者,她要想争得在上流社会的一席之地,必然要投入数倍于常人的精力才可能得到男人们轻而易举得到的东西,为此她无暇操持家务和照顾儿子的日常生活,显得非女性化,没有母性,没有爱心。但是她毕竟是成功的社会实践者,不仅利用自己的优势使丈夫谋得一个令人羡慕的职务,提升了家庭的地位,还给孩子安排了一个能受良好教育的学校。而这一切都被声称不能忍受侮辱的丈夫所接受,

---

① ［英］萨克雷:《名利场》,杨必译,译林出版社1994年版,第103页。

她却因为丈夫的冷酷无情而流落他乡。罗登自始至终是一个不劳而获、投机取巧、自私而无耻的小人。实际上，利蓓加只不过和丈夫交换了传统道德观念所规定的"男主外，女主内"的角色，因此为社会所不容。

爱米丽亚则是典型的贤妻良母。奥斯本死后，爱米丽亚忠于他的亡灵，不肯接受别人的求婚，把希望和爱都倾注于儿子的身上，像崇拜奥斯本那样崇拜自己的儿子，对儿子信口开河的吹嘘也感到骄傲。她把儿子的抄本、图画、作文等时常拿出来给亲友们看，仿佛这些全是大天才、超凡入圣的杰作。但她强烈、偏激、自私的母爱也使儿子失去了童年本应有的东西，作为母亲，爱米丽亚用孩子填充自己失意的爱情和婚姻，不懂得孩子不是填补人生空虚的物品而是一种责任，也意味着义务，他们应该被抚养长大成为一个幸福的人。她对儿子自私的爱更说明了她还是被动地生活在男权社会中，始终没有给自己的人生正确定位，只是依靠回忆和儿子空虚地生活着。

伍尔夫在《一间自己的房间》中这样描述大家长和教授等男人："他们有钱有势，但心中像揣着一只兀鹰，一只秃鹫，无时不刻在撕扯着他们的心肝，啄食他们的肺腑——占有的本能、聚敛的冲动，驱使他们时刻觊觎他人的领地和财货；开拓疆土，炫耀武力；打造战舰，发明毒气；贡献自己的生命和儿女的生命。"①这些典型的男性心理也在利蓓加灵魂深处蠢蠢欲动、焦灼不安，使她身上的男性气质日益凸显，与当时男权社会对传统女性的期望和要求格格不入。虽然利蓓加主要是为了追求物质生活的享受，但不可否认她思想中暗含了追求女性解放、要求人格自由的个性觉醒因素。无论是作为妻子还是母亲，利蓓加都没有被限制在世俗框架规定的处于从属地位的妻性和母性的角色之中，而是摆脱了经济上对男人的依赖，向男权社会提出了挑战。同时，这也与她身上所具有的异性特质不无关系，或者说她在内心深处根本没有将自己定位为一个依附的、无才的"女人"，恰恰相反，她的才干和行为表明了她身上掩不住的"男性气质"。

---

① ［英］弗吉尼亚·伍尔夫：《一间自己的房间》，贾辉丰译，人民文学出版社 2003 年版，第 32 页。

在利蓓加所生活的名利场上,她顺应时世,巧妙地周旋于险恶的环境中,并能以自己的力量打开通向上流社会的大门,得到一纸证书,成为弄潮儿。我们不能肯定利蓓加进攻社会的方式,但我们也不能否定她的奋斗精神。萨克雷也说利蓓加是清白的,和所有人一样清白,也就是说,她同名利场中的任何男人和女人一样。叔本华认为:"在每个人的内心都藏着一头野兽,只等待机会去咆哮狂怒,想把痛苦加在别人身上,或者说,如果别人对他有所妨碍的话,还要杀害别人。一切战争和战斗欲望,都是由此而来。"①社会和时代环境的外在刺激(商业社会以财富的积累和社会地位的贵贱来衡量人的成功与否)与生命内驱力(童年经历)的相互作用造成了利蓓加的人格异化,使她渐渐迷失了自己,倚赖物质的满足来填补精神的空虚,失去了灵魂深处的本真,这在一定程度上影响了她的双性人格魅力。

三、男权意识的浸透与"双性气质"的困境

毫无疑问,与"女性化"的爱米丽亚相比,"进取型""统治型"的利蓓加从内到外都散发着"双性气质"的魅力。"魅力就是一个天资深厚的个性身上男女两种因素相互作用激发出的光彩,有魅力的女人不失阳刚与严厉。有魅力的男人也有令人销魂的女性美之光。"②从某种程度上来说,利蓓加身上所具有的"双性气质"正是 20 世纪风起云涌的女性主义者所追求的终极目标。"双性气质"可以说是女性主义者理想的人格形象,是男女两性人格之全面而自由发展的理想,同时也是她们用来反对阴阳两极化及性别本质永恒不变的一件有力武器。"双性同体"理论可以说是女性主义者解决妇女问题、两性关系和男性之人格困境的方法和答案,它使女性主义者从二元对立和中心/边缘之对抗的男性化思维模式中解脱出来,而不是陷入以女性中心代替男性中心的困境。

---

① [德]叔本华:《叔本华人生哲学》,李成铭等译,九州出版社 2003 年版,第 67 页。
② 傅泽:《文化诗学:走向世界文学的文化阐释》,作家出版社 2004 年版,第 396 页。

　　然而,小说末尾利蓓加众叛亲离的凄凉结局,不得不让我们想到,虽然"双性同体"蕴含了人类追求性别意识真理性和妇女解放运动的合理因素,但是把这一观念落实到"男性中心社会"的现实环境中,还是映现出较多的理想成分。如果不考虑特定的社会环境,伍尔夫的"双性同体"观念,是无可指责的,特别是她不但提出了"女人的男性",也提出了"男人的女性",颇为公允。但这一观念一放到"男性中心社会"的现实语境中,一下子就会映现出那是一种纯粹的幻想,一个"神话"。在"男性中心社会"里,让男性"俯尊屈就",接受女性气质的渗透,只是女性的一厢情愿,而对女性提出忘记自己的性别,则很自然地被看成是让女性对处于中心地位的男性进行模仿,并自愿接受男性特质的渗透,她的受支配地位并未改变。

　　《名利场》虽然不是女性文学作品,但恰好让我们从另外的角度,即男性的角度来看待女性的自主意识。身处 19 世纪英国资本主义男权社会中的萨克雷尽管没有创造出"奥兰多"[①]那样的形象,但透过两位女主角的悲欢离合,萨克雷关注的是金钱至上,具有阶层意识的男权社会中女人的地位和角色。他对女性表现出极大的关注并真实地描述了男权社会中女性的生存状况,对她们各自的性格特点也做出了价值判断。他肯定了利蓓加敢于向维多利亚时代的习俗挑战,她的自我意识,勇气和胆量,独立自主、沉着冷静以及身处逆境却不屈不挠,同时否定了爱米丽亚的软弱、柔顺、无用和寄生。然而,作为一个传统的男性作家,由于自身的经历和价值观,萨克雷从某种意义上来说依然遵从和固守着维多利亚时代的传统和习俗。这就是为什么他对利蓓加究竟是无辜还是有罪这一关键问题模棱两可,同时却宽恕原谅

---

　　① 　伍尔夫发表于 1928 年的小说《奥兰多》中的同名主人公奥兰多经历了文艺复兴到 20 世纪四百多年的历史,从一个仪表非凡的少年变成一个花容月貌的少女,最后完成了从 16 世纪就开始创作的长诗,并生了一个儿子。主人公性别的变化一方面表现了性别的非恒定性,另一方面也体现了伍尔夫关于人格多元的思想,是其"双性气质"思想和多元化观念的理想范本:人身上所具有的多元气质和品格,阴性的/阳性的、历史的/现实的、世俗的/诗意的等融会于一体,可以互相转化,并非由单一的品质恒定地构成;人不是绝对的一面体,而是全面的、完整的、一身融会了所有差异因而失去了一切界限的人。

毫无生气活力却懂得爱的爱米丽亚的原因①。虽然利蓓加和爱米丽亚代表着两个极端,但又是相互依存的不能单独存在的两个人物,所以可以看出她们的命运在很大程度上取决于当时的社会意识形态。我们应该认清无论是爱米丽亚自我牺牲的认命还是利蓓加唯利是图的挣扎都是男性强加于女性头上的律法,都不符合女性的真正实质,都是男性对女性形象的幻想和扭曲,都是当时社会的产物。

法国文艺理论家丹纳(H. A. Taine)提出种族、环境和时代等三个要素对精神文化的产生、发展有着不可低估的制约作用②。其中种族指的是一个民族天生遗传的那些倾向,有时外延扩大到民族性,是文学发展的"内部动力";环境包括地理环境和社会环境,它是构成精神文化的一种巨大的"外部压力";时代,丹纳统称之为"精神的气候",包括社会制度、精神意识等上层建筑,是"后天动力",三种力量共同促进了精神文化的发展③。在维多利亚时期,女人的角色早已被男权社会定位在家庭中,她们没有政治权利,没有资产,只能依靠婚姻和男人生活。在这个男性主宰的社会里,女性面临两个

---

① 小说结尾,利蓓加虽然在某种程度上得到了她想要的生活,成为在经济上完全独立的女性,并热衷于宗教事业,但众叛亲离,得不到世人和家人的理解和爱,被社会抛弃;爱米丽亚则最终嫁给了都宾,过上了自己想要的幸福生活。

② 丹纳的三要素理论是有历史渊源的。早在18世纪初,法国启蒙运动思想家孟德斯鸠就认为一个国家的法律制度、政治文化不仅和居民的宗教、癖性、财富、人口、贸易、风俗习惯等有关,而且同气候、地理条件及农、猎、牧等各种生活方式也有极大关系。斯达尔夫人(法国19世纪浪漫主义作家)承袭了孟德斯鸠的这种观点,她在《从文学与社会制度的关系论文学》和《论德国》中将西欧分为南、北方,认为不同的自然环境决定了不同的精神风貌:南方的大自然优美丰饶,人们多体会到生活的乐趣,因而感情浪漫奔放,却不耐思考;北方土地贫瘠,气候阴冷潮湿,人们则易产生生命的忧郁感和哲学的沉思。不仅如此,宗教信仰、社会制度、风俗习惯也都不同程度地左右着文学艺术的发展。显然,斯达尔夫人的这种观点为丹纳的三要素说开辟了道路。除斯达尔夫人之外,对丹纳影响较大的还有黑格尔。黑格尔虽然是从"绝对理念"出发研究美和艺术,但他关于"环境""冲突""性格"以及古希腊神话的分析,都给予时代、环境、民族等因素以极大的重视。可以说,丹纳是把孟德斯鸠的地理说,斯达尔夫人的文学与社会关系的研究,黑格尔理念演化论和文化人类学的实证研究综合起来,提出种族、环境、时代三要素理论,不仅大大超越了前人发展,形成了一个较为严密、完整的学说,而且极深远地影响了后来的文学研究方法。

③ [法]丹纳:《艺术哲学》,傅雷译,安徽文艺出版社1991年版。

选择：不是温柔地遵守传统，严守妇道，为家庭牺牲自我，就是勇于做异端从而为男权社会所不容。萨克雷作为一个批判现实主义作家，在塑造爱米丽亚和利蓓加这两个角色时，有意无意地接受社会环境和时代背景的影响，她们两者无疑分别代表了当时男权社会中女性的两种选择。同时，丹纳关于文学艺术与社会环境的关系，人与社会环境关系的认识，基本上是对达尔文进化论学说的一种套用。进化论的核心是生存竞争和适者生存，同种个体在一定的环境中竞争，适应最好的个体将有最大的生存机会和可能性；在每个时代的各种变异中，有利的变体会得到最佳发展，占据优势。利蓓加正是顺应了资本主义社会的功利主义和丛林法则，她身上极其强烈的奋斗进取精神和男性气质是社会环境和时代背景的产物，与此同时，由于精力的有限，她身上女人天性中的母性成分则被过分压制，让位于生存的本能。原本集男女性别优点于一身的利蓓加，受到时代背景和社会环境的异化，她身上的男性气质过于膨胀，时而表现出一种冷漠残忍、为争权夺利不惜剑走偏锋的戾气，在一定程度上掩盖甚至取代了属于女性气质的善良慈爱，使她失去了女性原有的天真可爱和母性的牺牲奉献精神。

利蓓加的悲剧说明在男权意识长久与深远的控制之下，女性的自我解放之路困难重重。"她被教导，她必须取悦别人，她必须将自己变成'物'，人们才会喜欢；因此，她应该放弃自发性。人们对待她，像对待一具活娃娃，她得不到自由。"①她们被不可抗拒的力量包围着，传统的教育、长期形成的社会风俗，都导致了传统女性的两难境地。社会各方面都限制妇女同男人一样成为独立自由的人，用各种方式证明女性不适于独立，只能从经济和精神上依附于男性。利蓓加的经历反映了当时出身低微的女孩跻身于上流社会，出人头地的真实写照。她的手段固然不光彩，但是她的暧昧处境不允许她为自己进行积极而正当的争取与努力。经济上对男性的依附，使女性为了生存必须取悦于男性，并因此将以男性为中心的父权制文化价值取向内

① ［德］叔本华：《叔本华人生哲学》，李成铭等译，九州出版社2003年版，第67页。

化为自己的行为准则。

　　同时,在现代社会中,"双性同体"理想有着许多需要解决的难点。首先,双性化是个较难实现的新人类模式,因为一个人很难具备男女两性心理行为的各种优点。美国著名的社会学家曼内斯曾经对双性化妇女无法协调的社会地位和角色冲突做过这样的评论:"没有人会反对妇女成为优秀的作家、雕塑家或遗传学家,假使她同时能够做个好妻子、好母亲,相貌好、脾气好、衣着好、修饰好,而且一点也不咄咄逼人的话。"①双性化的女性一般都会感到严重的角色紧张或冲突,因为她们一方面要继续承担传统的"家庭角色",即为人妻、为人母的角色;另一方面又要扮演新的"社会角色",即在社会生活中做一个合格的职工、公民。她们肩上的担子不是减轻了,而是双倍地沉重了。其次,男女双性化所要求的许多特征有时似乎是相互抵触的。譬如,要具有男女双性化的气质,人们必须既要坚强,具有支配力(即所谓男性的特征),又必须具有羞涩、谈吐柔和的特征(即所谓女性的特征)。很难看到在一个人身上同时体现这两种特征。再次,强调双性化也是以消除传统的男女两性的心理行为差异为目标的②,但是,把男女两性塑造得都没有什么差异就是理想的目标吗?这也是值得质疑的。

　　所谓"双性人格"也许是人格完善的终极目标,但在当前现实环境中仍只不过是一种理想。妇女的不同于男子的心理特征和社会角色尽管有着令人愤慨的历史因由,但既已形成,那么,要在短期内完全消除并不现实。另外,这种十全十美的女性,实际上仍迎合了一般人(特别是男人)对女人的期待。因此,有关"双性同体"的研究和文学作品是否显得过于理想化或概念化,仍然值得我们思考。

---

　　①　[法]西蒙娜·德·波伏娃:《女性的秘密》,晓宜、张亚莉译,中国广播出版社 1998 年版。
　　②　按照伍尔夫的解释,即是"一个人一定得女人男性或是男人女性"。这种传统的"双性同体"主张,实际上是通过淡化性别意识,模糊性别差异的界限,而树立起性别平等的概念。意味着一种更高境界的超越性别的角色认同,及两性精神和心理上的文化认同。

第五节　《包法利夫人》中的艾玛：母性意识的
缺失的爱欲迷障

　　19 世纪的法国文坛群星灿烂，著名文艺评论家李健吾曾说："司汤达深刻，巴尔扎克伟大，但是福楼拜，完美。"①小说家居斯塔夫·福楼拜的长篇小说《包法利夫人》被誉为"世界十大文学名著之一"②。尽管此书出版不久即被第二帝国司法当局以"有伤风化、诽谤宗教"③为由推上法庭，但审判过程中的文艺界介入与"宣判无罪"的结局以及一百五十多年经久不衰的历史都证明了其作为文学经典的价值。《包法利夫人》一直以来都是批评家们评论的热点：有的对福楼拜在艺术上进行的大胆尝试与探索表示肯定、欣赏④，有的对小说所蕴含的警世意义做了剖析与展示⑤，有的着重于探讨艾玛的爱情追求及悲剧结局⑥，有的将艾玛与其他文学作品中的类似角色进行比较分

---

①　李健吾：《福楼拜评传》，湖南人民出版社 1980 年版，第 6 页。

②　[法]福楼拜：《包法利夫人》，许渊冲译，译林出版社 2008 年版，"译序"。

③　冯寿农：《法国文坛对福楼拜的〈包法利夫人〉的批评管窥》，《法国研究》2006 年第 3 期。

④　如刘渊的《福楼拜的游戏：〈包法利夫人〉的叙事分析》（《外国文学研究》2006 年第 6 期）、《普鲁斯特随笔集》（海天出版社 1993 年版，马塞尔·普鲁斯特著，张小鲁译）一书中《论福楼拜的"风格"》等文。

⑤　如汪火焰、田传茂的《镜子与影子——略论福楼拜和他的〈包法利夫人〉》（《外国文学研究》2001 年第 1 期）、萧相风的《小说的物质性和颠覆的困境——读〈包法利夫人〉》（《山花》2011 年第 21 期）等。

⑥　如袁芳的《论〈包法利夫人〉中爱玛的爱情悲剧》（《大众文艺》2008 年第 9 期），孙睿超、何江胜的《包法利夫人的爱情与悲剧原因解析》（《译林》2008 年第 2 期），梁敏英的《追求理想爱情的悲歌——浅析〈包法利夫人〉中爱玛的爱情悲剧》[《现代语文（文学研究）》2007 年第 11 期]，等等。

析①，更多的则是从女性主义的角度对之进行解读、评判②。

毫无疑问，自《包法利夫人》诞生以来，女主人公艾玛就是一个备受争议的角色，有人批判她的庸俗、浅薄，有人赞赏她的自我意识与女性抗争精神。翻检以艾玛为主要研究对象的诸多文献，我们可以看到截然相反的两种态度：一种认为艾玛这一形象体现了人性的弱点——她受物欲与肉欲的诱惑逐渐沉沦，耽于淫乐，最终变成一个毫无尊严与廉耻的荡妇，文中称艾玛"有一个肮脏的灵魂"，是"一个生来就坏的妇人"③；另一种认为艾玛的要求"完全合理"④，因为"对浪漫、快乐的渴望是人性中永恒的一部分"⑤，她追求幸福的勇气与执着体现了女性自我意识的觉醒，是对男权社会及男性话语的大胆反抗。尽管关于艾玛的形象与命运众说纷纭，却少有文章就艾玛在家庭生活中扮演的母亲角色进行专门论述；本文将聚焦于"母性意识"的存续与异化，对艾玛形象进行重新审视。

一、不合格的母亲与母性意识的缺失

细读《包法利夫人》，多数读者都会承认，艾玛并不是一个传统意义上的"贤妻"，除却新婚宴尔和心血来潮时操持家务、打理琐事外，她几乎从不关心丈夫的生活起居或情感需要，在夏尔最为消沉脆弱的时候，她也只想到他的庸碌无能、笨拙迟钝而越发感到厌烦、憎恶："他身上的一切都惹她生气，

①　如梅丽华的《〈包法利夫人〉和〈查特莱夫人的情人〉中女主人公命运之比较》（《语文学刊》2010 年第 8 期），崔大庆的《〈包法利夫人〉与〈安娜·卡列尼娜〉作品及人物比较》（《理论界》2005 年第 8 期），王明丽的《不同时空中灵魂的悲剧——〈阿毛姑娘〉与〈包法利夫人〉比较》（《西北师大学报》2002 年第 4 期），等等。

②　如黄海的《自我造型，角色反抗——女性主义视阈下的爱玛形象解读》（《名作欣赏》2011 年第 5 期），杨雪的《从女性主义视角看〈包法利夫人〉》（《信阳农业高等专科学校学报》2007 年第 6 期），陈立乾的《男权体制下的牺牲品——〈包法利夫人〉中艾玛人生悲剧解读》（《前沿》2011 年第 24 期），等等。

③　汪火焰、田传茂：《镜子与影子——略论福楼拜和他的〈包法利夫人〉》，《外国文学研究》2001 年第 1 期。

④　王丽明：《艾玛——一个为情所困的女人》，《湖北教育学院学报》2006 年第 7 期。

⑤　Robert Wooster Stallman, *Flaubert's Madame Bovary*, College English, 1949(4):196.

他的脸孔，他的衣服，他没有说出来的话，他整个的人，总而言之，他的存在。"①同样，艾玛也算不上是个"良母"，她在对待女儿贝尔特时总是带着漫不经心的淡漠，一旦投入自己的浪漫梦想与爱情生活中去，就将孩子抛诸脑后，甚至将之视为追求自由道路上的累赘。解读艾玛在家庭生活中的表现以及对待孩子的态度，透析其独特的女性心理与母性意识缺失的复杂原因，我们发现尽管艾玛有追求爱情与自由的意愿与行为，与其他传统女性相比似乎更具"现代性"，但她始终受到当时男权社会下男性中心意识的影响和局限，她身为一名母亲的淡漠及其反复无常的举止都和整体环境有着紧密的关联。

怀孕初期，艾玛对于"母亲"身份显然没有明晰的概念，她"起先觉得非常惊奇，后来又急于分娩，想要知道做母亲是怎么回事"②——出于对未知事物的好奇，艾玛期待着新生命的到来。然而，当她不能随心所欲地按照自己的浪漫设想来为孩子布置准备时，便干脆撒手不管，于是"她的感情，从一开始，也许就缺了什么东西，就冲淡了"③。艾玛"在潜意识里依旧扮演着那个任性的少女而非成熟的母亲"④，对于相应的职责自然也不加思虑。孩子终于降临到这个世界时，艾玛一听说"是个女儿"⑤，便"头一转，昏过去了"⑥，一直以来的期待再次落空，使得她难以体会到成为母亲的自豪与欣悦之情。不久之后，孩子被送到位于村子尽头的奶妈家中，艾玛只是偶尔想起才前去探望一番。她衣着考究、打扮入时，却将贝尔特寄养在一户穷苦人家中，使之生活在拥挤、肮脏、杂乱的环境里，连莱昂见了都"觉得不是滋味"⑦。由于距离的存在，此时的艾玛对尚未真正进入自己生活的贝尔特还说不上厌烦，把孩子接回家后，母女情感的疏离才更为明显地展现出来。

---

① [法]福楼拜：《包法利夫人》，许渊冲译，译林出版社2008年版，第164页。

②③ 同上，第79页。

④ 王珏：《身份错位的悲剧——浅析〈包法利夫人〉中爱玛的自我同一性危机》，《科教文汇》2008年第9期。

⑤⑥⑦ [法]福楼拜：《包法利夫人》，许渊冲译，译林出版社2008年版，第79、80、83页。

在小说第二部第六章中，艾玛在心烦意乱中将刚会走路的女儿推倒，"贝尔特摔倒在五斗柜脚下，碰在铜花饰上，划破了脸，血流出来了"①。面对年幼的孩子，艾玛丝毫没有体现出慈爱或温情，她沉浸在自己的情绪中，只知道一次次地重复表达厌倦与恼怒，也不管贝尔特是否能够理解。女儿对她而言是来自不愉快的现实世界的干扰与提示，而非带来宁静与慰藉的小天使。当艾玛因为这场意外暂时从恍惚、烦躁的自我空间回到现实中来时，她正巧遇上回家吃晚餐的夏尔，于是她"没事人似的对他说，'小东西玩时不小心，在地上摔伤了'"②。由此可见，艾玛方才一时的慌乱及担忧并非出自内心对孩子真切的爱意，而是源于外界的潜在压力——社会与家庭对母亲的职责要求——这种要求埋藏在艾玛的意识深处，尽管她不曾以主动的态度去迎合，却也多少会受其约束。待她冷静下来后，便觉得自己既愚蠢又善良，"为了刚才那么一点小事，居然会搅得心烦意乱"③——孩子受伤对于极度自我中心主义的艾玛来说，实在是微不足道、无须介怀。正如李健吾在《福楼拜评传》中写道："艾玛是一个纯粹的自私主义者。"④她的情感集中于浪漫的自我臆想，以至于"有时便是母爱的本能、社会的义务，都遭遇她的白眼"⑤。因此，看着熟睡的贝尔特，爱玛心中才会产生"这孩子怎么这样难看"⑥的想法。

当艾玛逐渐在与莱昂、罗多夫的情感交往中发现愉悦与快乐时，她更是将丈夫、女儿、整个家庭都抛到了九霄云外。有一段时间，她强烈地渴望逃离平庸、乏味的现实生活，与罗多夫一起享受甜蜜、浪漫的美好爱情。艾玛提出私奔："'把我带走！'她叫起来。'抢走也行！……唉！我求你啦！'"罗多夫问道："你的女儿呢？""她考虑了几分钟，然后答道：'只好把她带走了，真倒霉！'"⑦这番话令虚情假意的罗多夫都备感惊诧："居然有这种女人！"⑧

---

①②③⑥　［法］福楼拜：《包法利夫人》，许渊冲译，译林出版社 2008 年版，第 103 页。

④⑤　李健吾：《福楼拜评传》，湖南人民出版社 1980 年版，第 103 页。

⑦⑧　［法］福楼拜：《包法利夫人》，许渊冲译，译林出版社 2008 年版，第 172 页。

过分的热忱使得艾玛耽于追求一种理想的幸福，"往往因为不耐烦，急于从现实解脱，一面之下，她就把将来整个许给对方"①，而贝尔特的存在只会将她从这种美梦中惊醒。她对罗多夫说："我在世上无牵无挂！你就是我的一切！"②她与莱昂约会时也说过类似的话："不要管别人，只管我们自己吧，爱我吧！"③确切地说，梦幻的快乐才是艾玛的一切，丈夫、孩子等其余种种都只是尘世的负累与包袱罢了，她的心中没有容纳他们的位置。

　　还有两处细节形成了奇妙而有趣的对照，有助于我们更好地观察这对母女之间的关系。艾玛在对私奔满怀期待的时候接到了罗多夫的告别信，深受刺激，禁不住晕厥过去，浑身抽搐。当夏尔呼唤着她，将女儿送到她面前时，"孩子伸出胳膊，要抱住母亲的脖子。但是艾玛转过头去，上气不接下气地说：'不要，不要……一个人也不要！'"④而在篇末，艾玛服毒后倒在床上，奄奄一息、万念皆空之际，忽然想要看看孩子：

　　　　她母亲瞧着她。

　　　　"我怕！"孩子边说边往后缩。

　　　　艾玛拉住她的小手，要亲亲她，她却挣开了。⑤

　　两处场景相似，都是在艾玛健康受损的时候（区别在于第一次艾玛奇迹般地康复了，而第二次真的走到生命的尽头），母亲与女儿的反应却正好调换了过来。之前我们看到的是艾玛对女儿的拒绝，然而当她弥留之际想要最后感受一下母女温情时，却经历了与当初的贝尔特几乎一模一样的待遇。或许，这是福楼拜对这位不合格的母亲的惩罚。

---

　　①　李健吾：《福楼拜评传》，湖南人民出版社1980年版，第104页。

　　②③④⑤　[法]福楼拜：《包法利夫人》，许渊冲译，译林出版社2008年版，第175、254、185、287页。

相比之下,小说中其他的母亲(譬如奥默太太、包法利奶奶、莱昂的母亲)大多对孩子怀有真挚的爱意,至少对孩子们的生活投注了关怀与热情。就连夏尔、卢奥老爹、莱昂甚至费莉西对待贝尔特似乎都比艾玛更有爱心:夏尔想要努力"使她幸福;并且永远幸福"①;卢奥老爹"为她在花园里种了一棵李子树",还"不许人碰它",要等将来"给她做成蜜饯,放在橱子里,等她来吃"②;莱昂临去巴黎之前"吻她的小脖子,吻了一遍又一遍"③;费莉西则照顾着孩子日常的饮食起居。几乎没有人会像艾玛一样,只顾自己通宵玩乐,也不管孩子"没有妈妈不肯睡觉,呜呜咽咽,哭得胸脯时起时落"④或是说谎时毫不犹豫地"用她女儿的头做保证"⑤。

那么,艾玛为何会缺少大多数母亲对待自己孩子时通常怀有的温情与爱意?她执着追求爱情幻影、逃避家庭责任的行为究竟是代表了女性自主意识的觉醒还是仅仅反映了一切普通女性都可能带有的人性弱点?她母性意识的缺失和社会、家庭环境又有着怎样的关系?

二、女性自由的迷障与男权意识的禁锢

一些从女性主义角度对艾玛进行研究的评论者认为,艾玛是资产阶级社会与男权社会中的牺牲品⑥,她对爱情与梦想的不懈追求体现了"女性意识的觉醒"⑦,其勇气与执着值得肯定⑧。李健吾也曾指出:"她的悲剧和全

———

① ② ③ ④ ⑤ [法]福楼拜:《包法利夫人》,许渊冲译,译林出版社 2008 年版,第 173、153、106、248、241 页。

⑥ 参见袁芳:《论〈包法利夫人〉中爱玛的爱情悲剧》,《大众文艺》2008 年第 9 期;姜九红:《建立在金钱基础上的爱情废墟——〈包法利夫人〉之女性主义解读》,《科教文汇》2011 年第 22 期。

⑦ 尚玉峰:《〈包法利夫人〉的女性主义解读》,《中华女子学院山东分院学报》2008 年第 5 期。

⑧ 吴金娟:《缺少爱情的婚姻是坟墓,缺少理智的爱情是毒品——解析包法利夫人的痛苦人生》,《东京文学》2008 年第 8 期。

书的美丽就在她反抗的意识。"①然而，仅仅因为艾玛"不屑于妻子的角色，没有作为母亲的骄傲"②，就将她定性为"超越自我、崇尚自由""追求个性解放"③的"现代女性"④的判断尚待商榷。

　　诚然，艾玛不同于男性传统观念中的理想女性，她是一个不甘于拘囿在社会给定角色中的叛逆者。在男性话语占据主导地位的情境下，女性通常会被理想化或是扭曲化——所谓"好女人"应当是"温柔、美丽、顺从，贞洁、无知且无私"⑤的；而所谓"坏女人"往往是愚蠢、自负、善妒、残酷、自私、贪婪等种种负面特征的集合体。对于女性来说，婚姻与家庭具有非比寻常的重大意义，同时也是衡量她们价值的主要参照对象。法国作家卢梭在《爱弥儿》中提出："作为'天然'的补足物，妇女是男人快感的对象和男人的母亲，而妇女只应记住什么是社会给予她的最'适合'的角色。"⑥在他看来，"孩子呈现出一种新的重要性"⑦，女性的一项重要职责即是作为母亲应该担负起孩子的抚养、教育工作。奥默太太被公认是"诺曼底最好的妻子"⑧，因为她"温顺得像绵羊，爱护她的子女、父母、亲戚，为别人的不幸而哭，却不管自己的家务，讨厌穿紧身衣"⑨——这是一个"圣徒式的""自我牺牲"的"家庭天使"⑩，被限制在近乎极端的范式之中而不自觉。这些女性"为了她们的男人，依靠男人对她们的感觉而活，依靠男人对她们的美德所设定的价值而活"⑪。法国女性主义思想家波伏瓦在《第二性》一书中提出："女人的低等最初来自她局限于重复生命，而男人却创造出他认为比生存的人为性更本质

　　①　李健吾：《福楼拜评传》，湖南人民出版社 1980 年版，第 100 页。

　　②⑤　姜九红：《建立在金钱基础上的爱情废墟——〈包法利夫人〉之女性主义解读》，《科教文汇》2011 年第 8 期。

　　③　王娜、尚玉峰：《生存窘境中的女性挣扎》，《青年文学家》2009 年第 6 期。

　　④　丁世忠：《试论福楼拜的女性意识》，《长江师范学院学报》2007 年第 5 期。

　　⑥⑦　柏棣主编：《西方女性主义文学理论》，广西师范大学出版社 2007 年版，第 119 页。

　　⑧⑨　[法]福楼拜：《包法利夫人》，许渊冲译，南译林出版社 2008 年版，第 85 页。

　　⑩　柏棣主编：《西方女性主义文学理论》，广西师范大学出版社 2007 年版，第 122 页。

　　⑪　杨雪：《从女性主义视角看〈包法利夫人〉》，《信阳农业高等专科学校学报》2007 年第 6 期。

的生活理由;把女人封闭在母性中,就是要延续这种处境。"①从这一点上看来,艾玛母性意识的缺失似乎暗示了她对传统社会观念加之于女性身上的"光辉枷锁"的漠视与厌恶。她不甘于被束缚在平庸、乏味的家庭日常生活中,不管周围的人们怎样看待自己,总是勇于表达自己炽热的情感,主动追求自己向往的浪漫爱情。李健吾认为"她自己就是一个近乎男性的女子。她有一个强烈的性格,再蹶再起,绝不屈服,她的失败和一切的强者一样,附带在她强烈的性格里面"②。艾玛大胆的行为、出格的举止以及对自我梦想的狂热追逐在当时的社会情境下无疑显得与众不同、特立独行,也使得她与其他众多女性形成了鲜明的对比。

成为一个像奥默太太一样令人们赞不绝口的贤妻良母永远不会是艾玛生活的最终目标或根本意义。她善于发现自己的女性魅力,与罗多夫第一次约会后,艾玛打量镜子中的影像,发觉"她的眼睛从来没有这么大,这么黑,这么深。一种神妙的东西渗透了她的全身,使她改头换面了"③。她乐于拥有并欣赏这种女性之美——她把更多的时间花费在购买各种消费品、打扮自己、约会享乐,而非相夫教子、操持家务等生活琐事上。她不愿意舍弃女性气质去换取一个由男性话语赐予的虚名——看似美妙,却是一个多么沉重的枷锁! 正如奥默太太一般,"她行动迟缓,语言无味,相貌寻常,说话就那几句,虽然她三十岁而莱昂才二十,他们住在对门而且每天说话,但他从没想到她是一个女人,脱了裙子还有什么女人味"④。"家庭是奴役女性的场所"⑤,传统女性为家庭付出的代价是巨大的,她们游离在妻子、母亲、主妇等种种身份之间,唯独迷失了自我。艾玛尽管免不了也是个喜爱财富、名利的庸人,却在一定程度上挣脱了桎梏,仍保有一片独立的心灵空间。

然而,生活在以男性价值观为依据的父权社会中,艾玛的思想不可能超

---

① [法]西蒙娜·德·波伏瓦:《第二性》,郑克鲁译,上海译文出版社 2011 年版,第 356 页。
② 李健吾:《福楼拜评传》,湖南人民出版社 1980 年版,第 101 页。
③④ [法]福楼拜:《包法利夫人》,许渊冲译,译林出版社 2008 年版,第 145、185 页。
⑤ 陈晓兰:《女性主义批评与文学诠释》,敦煌文艺出版社 1999 年版,第 11 页。

越当时特定的社会情境，获得真正的解放。她的灵魂深处仍然有着男权主义的印迹，因此并不是一个拥有真正自觉的现代女性意识的角色。首先，待产时的艾玛希望生一个"身体强壮，头发褐色"①的儿子，因为"一个男人至少是自由的，可以尝遍喜怒哀乐，走遍东南西北，跨越面前的障碍，抓住遥远的幸福。可对一个女人却是困难重重。她既没有活动能力，又得听人摆布，她的肉体软弱，只能依靠法律保护。她的愿望就像用绳子系在帽子上的面纱，微风一起，它就蠢蠢欲动，总是受到七情六欲的引诱，却又总受到清规戒律的限制"②。艾玛已然意识到了两性间的不平等——她羡慕男性的优势，对女性天性中的弱点、所处的劣势地位、受到的诸多局限感到悲观和无奈。她抗拒女性身份带来的种种不便，却找不到通向自由与平等的道路与途径；她既没有达到境界的觉悟，也没有付诸实践的行动；她唯一能够指望的就是生个儿子，期待他逃离女性注定的悲惨命运。波伏瓦认为，许多女人想要生儿子是"由于女人给予男人的威望，也由于男人具体掌握的特权"③，有些女人甚至"感到她们的女性身份像一种绝对的诅咒"④。艾玛的想法与大多数女人一样，实质上在潜意识中承认了男性的优越。当她得知生下的是女儿时，失望之感可想而知。"母亲对生下一个女人感到气恼，带着这种模糊的诅咒接受女儿：'你将是女人。'"⑤艾玛对待贝尔特的淡漠乃至厌恶的态度与这种心理上的性别否定有着重要的联系。

其次，艾玛曾几次三番试图抵制诱惑、回归家庭，做一个大众心目中的"好母亲"，以获得"自封'贤妻良母'带来的喜悦"⑥，这些时候她对小贝尔特忽然迸发的爱意往往令人颇觉意外。第一次是在她与莱昂之间情愫初生之际，当莱昂谈起奥默太太不修边幅时，艾玛反驳道："一个做母亲的人，哪里

---

①② ［法］福楼拜：《包法利夫人》，许渊冲译，译林出版社 2008 年版，第 79 页。

③ ［法］西蒙娜·德·波伏瓦：《第二性》，郑克鲁译，上海译文出版社 2011 年版，第 347 页。

④⑤ 同上，第 349 页。

⑥ ［法］福楼拜：《包法利夫人》，许渊冲译，译林出版社 2008 年版，第 96 页。

顾得上打扮自己！"①她把贝尔特接回家，"说她爱孩子；孩子是她的安慰，她的乐趣，她的癖好。她一边抚摸她，一边抒发感情……"②福楼拜紧接着写道："如果不是知道底细的荣镇人，恐怕要把她错当作《巴黎圣母院》里的好妈妈呢。"③由此可见，艾玛此番的言行举止其实是为了掩盖自己内心的暧昧情愫，在刻意伪装的过程中享受一种看似贤惠、圣洁、崇高、持重的愉悦。第二次则是收到卢奥老爹的来信之后，艾玛回想起曾经纯真、幸福的岁月，心里忽然充满莫名的温情，她向正在玩耍的孩子跑去，一面吻她一面反反复复地说爱她，称她为"我可怜的小宝贝"④，接着又叫人替她擦洗、换衣，"一遍又一遍地问她的身体怎么样，好像刚出门回来似的，最后还吻了她一次，这才流着眼泪，把她交还到保姆手里"⑤，这些一反常态的举动使得保姆也惊诧万分。艾玛是一个激情远远多于温情的女性，她的感情就好像一阵来去匆匆的风，这一次对女儿突然的过分关怀实际上源于她内心对往昔单纯生活的渴望。卢奥老爹的信唤起了被她遗忘已久的亲人之情，她悔恨自己的选择，梦想着重新找回家庭的温暖与爱。然而这个想法不过是冲动状态中的产物，很快就在现实的重击下破碎了。第三次是发生在艾玛大病初愈的时候，"她想教贝尔特认字，女儿哭也不要紧，她不再发脾气"⑥，还称孩子为"我的天使"⑦。但这次与前两次一样，并非出于真挚、纯粹的母爱，艾玛只是将自己的浪漫主义幻梦寄托在宗教信仰之上，借着表面看来慈善、崇高的言行举止来安放自己无法实现的理想，在看似温柔、贤淑的外表之下，艾玛的心却是极度空虚的。

如此看来，尽管艾玛偶尔也表现得充满了一个"好母亲"所具有的光辉与爱意，但只要我们细加品味，便不难发觉这种种"温馨场景"背后实际上并无真正母性意识的支撑。她或是出于一种矫情的伪装，或是一时心血来

---

①　[法]福楼拜：《包法利夫人》，许渊冲译，译林出版社 2008 年版，第 94 页。
②③　同上，第 95 页。
④⑤　同上，第 154 页。
⑥⑦　同上，第 191 页。

潮,迫使自己接近、契合男性话语的要求,然而短暂的新鲜感带来的愉悦过后,她又回到自己的浪漫世界中,企盼着更好的生活。因此,艾玛这种"贤妻良母"的状态通常都不会维持很久。而她身上体现出的反叛与抗争精神更多的是出于自身的个性要求,而非性别要求——在福楼拜的笔下,艾玛和其他人物一样都是浅薄庸俗之辈。至于她那些打破传统家庭桎梏、追求爱情自由等备受评论者们赞赏的行为[①],更多的是其自我中心主义的体现。

三、母性意识的生成与自由担责的母爱

在长期的传统男权社会里,从童年时期起,"人们就对女人一再说,她生来是为了生育的,对她歌唱母性的光辉"[②],母亲对于孩子的责任被视作天经地义的。然而,法国女性主义思想家波伏瓦却认为"不存在母性的'本能'……母亲的态度是由她的整个处境和她承受的方式决定的"[③],也就是说,母性意识与母爱情感都是后天生成的;母亲与孩子之间的关系呈现出许多种可能,"夫妇关系,家庭生活,母性,构成一个任何时候都互相支配的整体"[④]。在现实生活中,"母性通常是一种自恋、利他、梦想、真诚、自欺、奉献、玩世不恭的奇怪混合"[⑤]。艾玛母性意识的缺失与母爱情感的拒斥,与其成长、生活中的诸多因缘密切相关。

---

① 参见丁世忠:《试论福楼拜的女性意识》,《长江师范学院学报》2007 年第 5 期;杨雪:《从女性主义视角看〈包法利夫人〉》,《信阳农业高等专科学校学报》2007 年第 6 期;孙睿超、何江胜:《包法利夫人的爱情与悲剧原因解析》,《译林》2008 年第 2 期;富华:《活在名著中的女性》,宁夏人民出版社 2004 年版等文。

② [法]西蒙娜·德·波伏瓦:《第二性》,郑克鲁译,上海译文出版社 2011 年版,第 312 页。

③ 同上,第 339 页。

④ 同上,第 357 页。

⑤ 同上,第 342 页。

艾玛早年在修道院学习、生活时，失去了母亲，"头几天她哭得十分伤心"①，还"要求自己死后也葬在母亲的坟墓里"②。但这种哀伤并非真正出自对亲人的爱，而是一种"为浪漫而浪漫"③的表现：当父亲担心她的健康特意跑来看她时，她却"暗中得意，觉得自己居然一下就感到了人生的灰暗，而平凡的心灵却一辈子也难得进入这种理想的境界"④；母亲逝世带给她的悲伤情绪也并未持续多久，"她感到腻味了，但又不肯承认，先是哀伤成了习惯，后是为了面子，就一直哀伤下去，但是到了最后，说也奇怪，她居然觉得自己恢复平静了，心里没有忧伤，就像额头没有皱纹一样"⑤。相比于亲人之间发自内心的真情实感，艾玛显然更关注自己浪漫主义情绪的形式展现，无论作为女儿还是母亲，她都显得缺乏切实的情感体验，或者说缺乏爱他人的能力。就像李健吾在《福楼拜评传》中写道："她爱任何事物，并非为了任何事物本身，而是为了任何事物在她心上引出欢悦的情绪。"⑥母亲的缺席对艾玛母性意识的缺失造成不可小觑的影响，正如波伏瓦所说："女人和母亲的关系，保留着全部重要性。"⑦在整部小说中，福楼拜仅有两次提及艾玛的母亲⑧——她通过死亡出场，这几乎是其存在的全部意义。有评论者认为，"母亲角色的缺席成为艾玛道德、心理以及世俗范畴瓦解的起点"⑨，并且影响了艾玛与女儿贝尔特之间"扭曲的、缺少母爱的关系"⑩。艾玛的生活与母亲鲜有交集，她没有感受到充分的母爱，对于作为母亲所谓责任与义务也不甚明了。在她成长的过程中，没有一位成年女性向她灌输家庭、婚姻的意

---

① ② ⑤　[法]福楼拜：《包法利夫人》，许渊冲译，译林出版社 2008 年版，第 33—34 页。

③　萧相风：《小说的物质性和颠覆的困境——读〈包法利夫人〉》，《山花》2011 年第 21 期。

④　[法]福楼拜：《包法利夫人》，许渊冲译，译林出版社 2008 年版，第 33 页。

⑥　李健吾：《福楼拜评传》，湖南人民出版社 1980 年版，第 103 页。

⑦　[法]西蒙娜·德·波伏瓦：《第二性》，郑克鲁译，上海译文出版社 2011 年版，第 336 页。

⑧　第一次是叙述艾玛母亲的死亡及艾玛的感受，参见小说第 33—34 页；第二次是艾玛与罗多夫谈天时提到了双方已故的母亲，参见小说第 151 页。

⑨　Elissa Marder, Trauma, Addiction, and Temporal Bulimia in *Madame Bovary*, Diacritics, 1997(3):56.

⑩　同上，第 57 页。

义以及女性在其中扮演的角色,她也没有现成的例子可以模仿,因此,妻子与母亲的身份对艾玛而言并没有太大的约束力,她绝不会用"好母亲"的标准来要求自己,也断然不会为了贝尔特放弃自己追求梦想、自由生活的权利。

在男权社会中,"母亲只在结了婚的前提下才获得荣耀"①,这就意味着女性与孩子最终都隶属于男人,所以"母亲与子女的关系受到她与丈夫之间关系的严格支配"②。艾玛起初怀着天真的少女梦想嫁给了夏尔,婚后却发现他竟是个平庸、乏味、愚钝、无能的俗人,她的情感从失望渐渐变成厌烦,最后发展到憎恶的程度,夏尔的一切都令她觉得恼怒甚至恶心。在艾玛眼中,他的面孔一副蠢相,他的背脊令人生厌,总之"他这个人俗不可耐,连他的外衣也显得俗不可耐"③。如果一个女人对丈夫怀有敌意,那么她可能会"仇视地看待所憎恨的男人的后代"④。艾玛的情况正是如此,她把自己对夏尔的情感体验转移到一切与他相关的事物和人物上——餐厅显得太小,地面太潮湿,肉汤的味道让她反感……最后是贝尔特,长得那么难看。当她先后在与罗多夫及莱昂的交往中寻得快乐与满足时,对夏尔的厌恶也变得越发强烈,她沉溺于情欲的享受中,只想把贝尔特和无趣的家庭生活一起远远抛在身后。

从艾玛自身作为女性的经历来看,她对于做母亲的态度也发生了阶段性变化。波伏瓦在《第二性》的"母亲"一章中也有相关论述,对于少女而言,"这是一个奇迹和一个游戏"⑤,艾玛最初对于新生命的诞生也怀着热切的好奇与期待;然而由于怀孕的意义非常含混,导致"有些少女乐意行使做母亲

---

① ［法］西蒙娜·德·波伏瓦:《第二性》,郑克鲁译,上海译文出版社 2011 年版,第 357 页。
② 同上,第 315 页。
③ ［法］福楼拜:《包法利夫人》,许渊冲译,译林出版社 2008 年版,第 90 页。
④ ［法］西蒙娜·德·波伏瓦:《第二性》,郑克鲁译,上海译文出版社 2011 年版,第 319 页。
⑤ 同上,第 314 页。

带来的权威,但并不准备充分承担做母亲的责任"①,艾玛一气之下将迎接新
生儿的准备工作统统交托给别人,实际上正是逃避责任的表现;当孩子降临
到这个世界,与母体分离时,母亲"惊奇于接受他时自己的冷淡"②,但通过喂
奶她们重新找回与孩子的亲密关系,而一些不能哺乳的女人"没有重新找到
同孩子的具体关系,最初几小时那种惊人的冷淡便会在她们身上延续下
去"③,贝尔特出生后就被送到奶妈家中,可以据此推断艾玛从不曾给孩子哺
乳,这使得她们之间的联系变得更加疏远;有的女人"过分专注于爱情生活
或职业,而不能在自己的生活中给予它(做母亲)一个位置。或者她们担心
孩子会成为她们或她们丈夫的一个负担"④,艾玛全身心地投入浪漫主义的
爱情幻梦中,对她而言,贝尔特实在是个麻烦的累赘,因为孩子不但没有将
她从困境里解救出来,反而将她置于新的枷锁之中,这时她便会"怀着敌意
瞧着这个陌生的小个体"⑤,认为孩子威胁着她的肉体、自由和整个自我。美
国心理学家海伦妮·多伊奇在《女性心理学》一书中提出:"通过母爱,女人
才完全实现自我。"但前提条件是他们必须"自由地承担职责,而且真诚地愿
意这样做"⑥。像艾玛这样脱离了承担职责的"心理、道德和物质的处境"⑦,
只会造成双方的不幸。

　　综上所述,艾玛母性意识的缺失是多个因素共同作用的结果,蕴含着复
杂的心理效应。正如波伏瓦所言:"母亲和孩子们的关系,要从她的生活的
整体形式上来确定,它取决于她同她的丈夫、她的过去、她的思虑、她自己的
关系。"⑧尽管艾玛没有主动迎合当时社会对于女性的种种要求,仍然保留了
些许自我意识,但这并不足以说明艾玛就是个敢于挑战男性话语权威的抗
争者,她在本质上和福楼拜笔下的其他人物一样,并没有很高的境界与觉

---

①④　[法]西蒙娜·德·波伏瓦:《第二性》,郑克鲁译,上海译文出版社 2011 年版,第 315 页。
②⑥　同上,第 334 页。
③　同上,第 334—335 页。
⑤　同上,第 336 页。
⑦⑧　同上,第 353 页。

悟,她的梦想受到经验的局限,她反抗的手段——通奸"不过是逾越传统规范的一种最传统的方式"①。从艾玛的人生经历和阅读经验来看,她不会也不可能真正超越男权社会的规范框架,潜意识中依旧有着深刻的男性中心主义的印迹。正如福楼拜在信中所提到的,这是"一个接近人性的女主角、一个通常所见的女人"②。

著名小说家纳博科夫在《文学讲稿》一书中对小说《包法利夫人》及其女主人公艾玛进行了讨论,他提出:"一个浪漫的人,在精神上或感情上生活在一个非现实的世界之中。这个人是深沉还是浅薄,取决于他(或她)的心灵的素质。艾玛·包法利聪慧、机敏,受过比较良好的教育,但她的心灵却是浅陋的:她的魅力、美貌和教养都无法抵清她那致命的庸俗趣味。她对异国情调的向往无法驱除心灵中小市民的俗气。她墨守传统观念,有时以传统的方式触犯一下传统的清规戒律……她一心向往荣华富贵,却也偶尔流露出福楼拜所说的那种村妇的愚顽和庄户人的粗俗。"③福楼拜嘲讽起艾玛的庸俗、虚荣是毫不保留的,他在给尚特比女士的信中写道:"这是一个有些变坏了的性格,一个属于虚伪的诗与虚伪的情感的女人。"④包法利夫人追求的爱情是虚妄而可悲的,而她因为那异常的敏感而对现实本身的背叛,正是一切悲剧和伟大的开端。艾玛形象确实蕴含了复杂的女性问题,而纳博科夫与福楼拜的表述仍然是我们理解这一文学史上的经典形象的密钥。

---

①③　[美]纳博科夫:《文学讲稿》,申慧辉等译,生活·读书·新知三联书店1998年版,第192—193页。

②④　李健吾:《福楼拜评传》,湖南人民出版社1980年版,第99页。

第六节　《红楼梦》:双性气质的曙光与理想人格的愿景

曹雪芹"披阅十载,增删五次"的《红楼梦》是中国古典长篇小说的顶峰,被誉为"封建末世的百科全书"。它是一轴浓缩时代风貌的历史画卷,是一曲对纯洁女儿世界的赞歌,更是一个追求完美人格——"双性气质"的理想之梦。《红楼梦》的不朽,不仅在于它广阔的视野、恢宏的结构、纷繁复杂的人事,内蕴了一个时代一个社会,更在于它探索到了人格的深层结构,模糊甚至是解构了两性传统的社会性别角色,捕捉到了人类的"双性气质"之美。这种对"双性气质"的深掘和表现,对"双性气质"魅力的由衷赞叹,构成了曹雪芹卓越的人文情怀和文化理想,即对真正的男女两性平等和自由的本质意义上的追求。

提起男人,人们习惯上往往把"他"与公共领域、集体利益、积极的、理性的、果断的、暴力的、独立的、支配性和统治性相联系;说到女人,人们则习惯把"她"与私人领域、个人利益、消极的、感性的、优柔寡断的、温良的、依赖的、被支配性和被统治性相等同。这是一种典型的西方传统二元论思想。同时,中国传统的主流文化给女人制定"三从四德""出"和"戒"的标准,强令女人不得僭越男权半步的诸种伦理规范,实则也是另一种形式的把男人与女人截然分开、区别对待的二元思维。

现代心理学大师荣格则认为"每个人都天生具有异性的某些性质","通过千万年来的共同生活和相互交往,男人和女人都获得了异性的特征。这种异性特征保证了两性之间的协调和理解"。"要想使人格和谐平衡,就必须允许男人性格中的女性方面和女性人格中的男性方面在个人的意识和行为中得到展现。"[①]基于上述思想,荣格提出了男性的"阿尼玛"原型和女性的

---

① [美]霍尔:《荣格心理学入门》,生活・读书・新知三联书店1987年版,第53—54页。

"阿尼姆斯"原型理论,即现代心理学中常说的"男性的女性气质"和"女性的男性气质"理论。

以卡罗琳·G.海布伦等人为代表的当代西方宗教女性主义也认为:人身上本来就存在着两种性别的特质,或者人本来是无男女之分的,只是父权制文化为巩固其地位,将男女两性塑造为它所需要的形象,压抑男性身上的女性因素,否定女性身上的男性因素;因此,男与女与其说是构成的,不如说是文化形成的。基于上述思想,宗教女性主义者提出了著名的"双性气质"(或"双性同体")理论。卡罗琳·G.海布伦在《迈向双性的认识》(1973)中指出,"我相信未来的救赎完全超脱性别的两极化和禁锢,而迈向一个允许自由选择个人角色和行为模式的世界。我持的这个理想称为'双性人格'"。"双性人格"概念"阐明一种非僵化地派分两性特质和本能的情境,而设法将个人由理教的限制中解放出来"①。宗教女性主义摒弃"双性气质"的生物学意义,发扬其象征寓意,以此象征理想的两性关系:男女是心智的结合,通过这种结合两性精神才能达到"共鸣""剔透",才能传递情感毫无障碍,才能充分发挥创造力,两性才能共享共荣,彻底消除性别斗争。

"双性气质"理论可以说是女性主义者解决妇女问题、两性关系和男性之人格困境的方法和答案,它使女性主义者从二元对立和中心/边缘之对抗的男性化思维模式中解脱出来,而不是陷入以女性中心代替男性中心的困境。因此,"双性气质"可以说是女性主义者理想的人格形象,是男女两性人格之全面而自由发展的理想,同时也是她们用来反对阴阳两极化及性别本质永恒不变的一件有力武器。著名女权/女性主义批评家弗吉尼亚·伍尔夫曾说:"任何无愧于艺术家称号的艺术家是或多或少的双性人。"②"双性气质"被女性主义者赋予了新的主观性:解除压抑、释放被否定被压制的部分,

---

① 海布伦:《迈向双性的认识》,《中外文学》(台湾)第 15 卷第 4 期。
② [英]弗吉尼亚·伍尔夫:《一间自己的屋子》,王还译,生活·读书·新知三联书店 1989 年版,第 120—121 页。

实现人的全面自由的发展；对立因素和对立文化和平共处，互补互利，消弭
等级和不平等关系。珍妮特·希伯雷·海登在其名作《人类一半的体验：妇
女心理学》中勾勒了理想的男女"双性气质"在现实中的存在，并认为："双性
同体是一种理想，它允许性别角色的自由选择，允许人们表达其相对性别的
倾向。"①

　　"双性气质"理论是对传统文化二元对立模式的断然否定，是对由主流
意识形态和社会等级制度所强加和人为割裂出来的所谓"男性气质""女性
气质"的反驳和整合，是一种更趋自然和符合人性的理想的人格发展模式。
"双性气质"思想与中国传统文化的"阴阳合一""阴阳互补"观念存在着相通
之处，而且，这种思想也比较符合中国传统的中庸之道。"双性气质"也是一
种更接近中国道家学派所宣扬的"万物负阴而抱阳"、阴阳互依互存互融互
补互为消长的思想；是海阔天空的"双性人格"所独具的特质；是"男性的女
性气质"或"女性的男性气质"；是"两性间水乳交融的精神，它指的是一个宽
广的个人经验的范畴，允许女人具有侵略性，也允许男人温柔，使得人类可
以不顾风俗礼仪来选择他们的定点"②。

　　这类禀赋阴阳二气、具有"双性气质"的人物在《红楼梦》中俯拾皆是：女
人当中，从"威重令行"的"脂粉英雄"王熙凤，到她的"老年版"——"宗法家
庭的宝塔顶"③贾母；从凤姐的"少女版"——"俊眼修眉、顾盼神飞"颇具改革
家风范的探春，到稳重豁达宽容理性的薛家之灵魂宝钗；从拥有须眉之豪
爽、名士之旷达、诗人之率真的湘云，到英姿飒爽、从小走南闯北见多识广的
宝琴；从"僧不僧，俗不俗，女不女，男不男""放诞诡僻"颇得竹林贤士阮籍之
"青白眼"遗风的妙玉（第六十三回），到以毒攻毒、以淫攻淫"嫖了男人"的奇
女子尤三姐。男人当中，从"面如敷粉，唇若施脂""目若秋波"的"闺阁良友"

---

① ［美］珍妮特·希伯雷·海登：《人类一半的体验》，威斯康星大学出版社 1991 年版，第 115 页。
② 海布伦：《迈向双性的认识》，《中外文学》（台湾）第 15 卷第 4 期。
③ 王昆仑：《红楼梦人物论》，生活·读书·新知三联书店 1983 年版，第 119 页。

贾宝玉，到"形容秀美，性情谦和""才貌双全"的北静王水溶（第十四回）；从"眉清目秀，粉面朱唇，身材俊俏，举止风流""怯怯羞羞，有女儿之态"的秦钟（第七回），到"妩媚温柔"、极柔情曲意的承顺的名优蒋玉菡（第二十八、一百二十回），以及最喜"串生旦风月戏文"的标致人柳湘莲（第四十四、六十六回）。这些人物形象，或容貌、或性情、或行为举止都闪烁着较为分明的"双性气质"之美，比照恪守传统妇道的李纨，所谓"女性气质"衍生出来的只是人生的苍白与刻板，"竟如槁木死灰一般"（第四回）；比照"呆霸王"薛蟠，所谓"男性气质"派生出来的只是人生的粗鄙与鲁莽。下面，我们就以王熙凤和贾宝玉为例详加讨论他们身上所具有的"双性"人格特征，以及由此而产生的人格魅力和人性活力。

总的来看，王熙凤和贾宝玉的社会性别角色较模糊，他们既属于纯洁的"女儿世界"又属于恶浊的"男子世界"，且能自由出入其间。同时，他们特殊的成长环境和志趣在很大程度上又被"允许自由选择个人角色和行为模式"①。

一、双性气质的形成：适宜的成长环境

宝玉抓周时，"伸手只把些脂粉钗环抓来玩弄"。抓周诚然不能判定和预测一个人的性格命运，但他先天敏于艳色馨香的感官功能却露出端倪。王熙凤"本性要强"、口齿伶俐、从小就有"杀伐决断"不让须眉的气魄，这也不是仅靠后天的教育就能培养出来的。他们的这些禀赋是先天的、与生俱有的。

尽管每个人天生都具有或多或少的异性特征，但在由几千年来传统文化所积淀形成的"男尊女卑""男女有别"这一思想的束缚下，真正能把这种异性特征发展完善并敢充分显露的又有几人？就像佛教宣扬"众生皆有佛

① 海布伦：《迈向双性的认识》，《中外文学》（台湾）第15卷第4期。

性"，然而，最终成佛的何其寥寥。王熙凤和贾宝玉天生的异性特质之所以没有夭折、没被扼杀，而且还得到长足发展，主要应归功于他们后天的成长环境。西蒙·波娃在《第二性——女人》的开篇谈到男女性别差异的形成时告诉我们，一个人之为男人或女人，"与其说是天生的，不如说是形成的"①。换句话说，就是社会期待心理对社会性别角色的形成具有重要作用。王熙凤和贾宝玉生活在一个"呼喇喇似大厦倾，昏惨惨似灯将尽""百足之虫，死而不僵"的封建末世。在这个行将衰亡的时代，封建正统的伦理道德观念、价值观念已日益失去其向心力与外延力：从村野市井之家到诗礼簪缨之族，到处弥漫着星星点点反封建、反传统、反压迫的民主主义思想。这是他们生存的共同的大环境。

再看看他们各自生存的小环境。王熙凤出身于"东海缺少白玉床，龙王来请金陵王"的显赫贵族之家。其祖父为外务官，"单管各国进贡朝贺的事"及"粤闽滇浙所有的洋船货物"，"凡有外国人来"，都是由她们家养活（第十六回）。其叔父王子腾先为京营节度使，后官至内阁大学士。王熙凤在这个洋务家庭中"自幼假充男儿教养"（第三回），从小与贾珍等人"一处淘气了这么大"（第五十四回）。正是处在这种当男孩养、与男孩为伍、与洋人洋物接触的开放型成长环境中，故传统儒家文化对女性的约束力在她身上没留下多少痕迹。也就是说，其家庭并没有把"女德""妇道"作为她人生的必修课灌输给她，因此在王熙凤的意识中，封建的伦理规范"三从四德""三纲五常"等观念相对减弱，个性却在一定程度上得到发展；同时，这种成长环境又引发了她的潜能，使她获得了当时应属于男性才可能具有的聪明才智。王熙凤口齿伶俐、反应机敏、果敢好强的天性与她的生活环境相互激发相互促进，定格了她坚毅刚强、独立狠辣而又自信果断的主导性格。这为她嫁到"安富尊荣者尽多，运筹谋划者无一"的荣府后不久，就能以孙媳妇辈的身份登上管家奶奶的高位奠定了坚实的基础。

---

① ［法］西蒙·波娃：《第二性——女人》，桑竹影、南珊译，湖南文艺出版社1986年版，第23页。

贾府虽然没有像王府那样有意识地、自觉地、性别倒错式地教养孩子,但贾家的环境,也为宝玉"双性人格"的自由发展提供了广阔空间,在这一点上,贾王两家殊途同归。宝玉的出生具有传奇性:"一落胎胞,嘴里便衔下一块五彩晶莹的玉来,上面还有许多字迹。"众人莫不以为怪,更觉得他"来历不小"(第二回)。贾宝玉虽然秉性乖张,但异常聪明灵慧,且长得"像他爷爷"(第二十九回)。所以贾母视之为掌上明珠心肝宝贝。王夫人中年丧子,好不容易又晚年得子,再加上宝玉的存在对她在贾府的地位有"战略性"意义,因此无论从母性本能还是从自身权益角度出发,王夫人对宝玉都宠爱有加。元春入宫前与宝玉"同随祖母,刻未暂离",是宝玉的启蒙老师,"其名分虽系姊弟,其情状有如母子"。入宫后,对宝玉的"眷念切爱之心,刻未能忘"(第十七、十八回)。宝玉深得贾府"老中青"三代权威人物的宠幸,又加上他"素昔禀赋柔脆"(第六十四回),对他的教育造成一种想管不敢管、敢管又不能管得太严的局面。宝玉成了贾府中的"宝银宝金宝天皇宝皇帝"。他女性化的生存意向得到了最大限度的满足:他没有和姐妹们分院分房,而与她们一处娇养,从而使他在穿着打扮、习性爱好、外在言行上自觉不自觉地、潜移默化地以女儿为参照系来观照自己、规范自己。

二、男性的女性气质与女性的男性气质

贾宝玉有着一副女孩型的长相:气色娇嫩、俊雅秀丽、风韵楚楚。他身着五彩斑斓的"金冠绣服";从冠服到便服,从夏装到冬装,款式之多,色彩之绚丽,居全书人物之首(前八十回对宝玉的服饰描写多达十四处,见第三、八、十五、十九、二十、三十、三十一、四十五、四十九、五十一、五十二、六十三、七十、七十八回)。相反,对王熙凤穿着打扮的描写没有像宝玉那样浓墨重彩,只集中在黛玉、刘姥姥、尤二姐等人首次见凤姐时对她的打量(第三、六、六十八回),其余的只是用一个词捎带而已(第四十、五十、五十一回)。

贾宝玉还有一个特别的嗜好——爱红:爱调脂弄粉(第九、十九回)、爱

吃盒里的或姐妹们嘴上的胭脂(第二十一、二十四、十九回)；爱闻姐妹们身上的"冷香""幽香""香油气"(第八、十九、二十四回)；爱穿着或佩带做工考究的女红(第十七、十八、二十七、三十二、三十六回)；爱购买或收集"轻巧玩意儿"(第二十七回)。

　　贾宝玉还爱哭,爱流泪：为友人的生离死别,为凋零凄苦的情景,为一句感伤的诗,为姐妹们不理他,为一句不理解心声的话……他为别人为自己落的泪比黛玉的自怜之泪有过之而无不及,"时常没有人在跟前,就自哭自笑的；看见燕子就和燕子说话,河里看见了鱼就和鱼儿说话,见了星星月亮,他不是长吁短叹的,就是咕咕哝哝的",宝玉性格中的多愁善感成分绝不亚于黛玉。王熙凤则是"有泪不轻弹"。除了哭贾敏、向贾母告贾琏的状之类作秀的哭之外,真正发自内心深处的哭只有三次：一次是哭可卿,一次是受邢夫人当众指责后伤心委屈地哭(第七十一回),还有就是被抄家后绝望地哭(第一百零六回)。

　　正是贾宝玉这种容貌着装和习性爱好等外显的女性特征,常被人误以为女孩。雨中画"蔷"的龄官凭声音和半张脸,直觉地判定他为女孩,喊他为"姐姐"(第三十回)；贾母从园内踏雪归来,途中见山坡上宝琴身后的他,问身旁的人："那又是哪个女孩儿？"(第五十回)；"寿怡红群芳开夜宴",宝玉和芳官被众人笑为"倒像是双生的弟兄两个",再次证明了宝玉的性别迷离与雌雄难辨。胆大心细的尤三姐一语中的："行事言谈吃喝,原有些女儿气,那是只在里头惯了的。"(第六十六回)

　　王熙凤的长相扮相虽没被人误以为男性,但她的一些日常动作、偏爱喜好等也时时露出异性特征。第二十八回,宝玉见"凤姐蹬着门槛子拿耳挖子剔牙,看着十来个小厮们挪花盆"；第三十六回,王夫人盘问发放月例一事,王熙凤气呼呼地出屋后,"把袖子挽了几挽,趿着那角门的门槛子,笑道：'这里过门风倒凉快,吹一吹再走'"。这些泼皮无赖、泥脚市井的动作,粗俗中伴有几分放诞,和黛玉"蹬着门槛子,嘴里咬着帕子笑呢"的顽皮腼腆的娇女孩形象迥然不同。砸玉风波后,贾母派王熙凤来劝和,"只见凤姐儿跳了进来",把宝黛二人唬了一跳。王熙凤恼怒时爱扇人耳光,又快又狠,把剪灯花的小道士"打了一个筋斗"(第二十九回),把替贾琏望风的丫头们打得"一栽""一趔趄"(第四十四回)。王熙凤还会撑篙,会放炮仗(第四十、五十四回),听到芦雪庵烤生肉,忙里偷闲巴巴儿地赶来吃。以上是王熙凤性格中粗犷、张扬和暴力的一面。

同时,王熙凤的性格中还有强烈的支配欲和统治欲。这体现在她对钱、权的极度爱好上。不用说她怎样克扣月例放债盘利,更不用说"弄权铁槛寺"(第十五回)为了三千两银子间接地害死一对有情人,单看她平常的玩笑话,就知道她对钱的敏感和钟爱程度有多深。清虚观打醮,她笑话用盘子托了巧姐寄名符的张道士,"倒像是和我们化布施来了"(第二十九回)。园中姐妹成立了诗社,请她作"监社御史",这本是件风雅的事,到她嘴里就成了"分明是叫我作个进钱的铜商"(第四十五回)。陪贾母等人玩牌,故意输钱,先不给却指着贾母放钱的木匣子笑道:"这一吊钱顽不了半时辰,那里头的钱就招手儿叫他了。"恰好平儿又送钱来了,她又忙说:"不用放在我跟前,也放在老太太的那一处罢。一齐叫进去倒省事,不用做两次,叫箱子里的钱费事。"(第四十七回)这种拟人化的呼朋引伴的"孔方兄"形象,只有"财迷"王熙凤才能想象得出。贾母瞒着王夫人和凤姐悄悄地来园中和孙辈们同享雪趣,凤姐不一会儿就找来了,理由是:"我正疑惑,忽然来了两三个姑子,我心里才明白。我想姑子必是来送年疏,或要年例香例银子,老祖宗年下事也多,一定是躲债来了。"(第五十回)这种对钱的本能性敏感已深深地植入王熙凤的思维,她三句话不离本行,即使是轻松的幽默和逗乐。王熙凤对钱情有独钟,但她更爱权。"说一是一,说二是二","冯(凭)是什么事,我说要行就行",这种霸气和武断,显示了她极强的权力意志。对权力的争夺、把持和尽情施展,充分满足了她支配和统治他人的强烈欲望。王熙凤对权力的拥有不仅仅局限于全府全族,甚而触伸到府外的封建权力机关。弄权铁槛寺、调排张华状告贾府后而又欲杀人灭口等都是与她剧烈膨胀的权力欲和支配欲有关。

众所周知,儒家文化的单维二极性别模式及其社会角色规范是迥异的。对于女性来说,在那些定型了的性别模式和角色规范下,必须努力使自己像个"女性"。可是,王熙凤却不然,她身上最显著的气质都是非"女性"的,甚至可以说是"男性"的。例如,她惯于发号施令,办事杀伐决断,胆略识见非凡,而且喜欢争强好胜,等等。这些都与男权文化对女性角色的规范和要求大相径庭。正是由于王熙凤的动作、话语、爱好等渗透着较明显的男性化的生存意向,所以提及她的人往往自觉地把她与男性相比照:冷子兴说她"竟是个男人万不及一的"(第二回);周瑞家的说她,"再要赌口齿,十个会说话的男人也说他不过"。(第六回);可卿托梦,说她"是个脂粉队里的英雄,连那些束带顶冠的男子也不能过你"。(第十三回)

三、英雄/霸王与无能第一的传统角色错位

曹雪芹为"闺阁昭传",为"女子无才便是德"的"无才"昭雪。他肯定了两种"才":一种是以林黛玉为代表的才华横溢自创诗社的"咏絮才",一种是以王熙凤为代表的能干实事的"齐家才"。

王熙凤出色的理家才能和管理能力,在"协理宁国府"中得到了绝好展现。她一上任就快刀斩乱麻,理出府中的五大弊病,然后对症下药。她杀伐决断、雷厉风行、纵横捭阖、运筹帷幄,一派王者风范;短时间内就把一个乱糟糟的宁国府整治得秩序井然。同时她还要管理荣府,"因此忙的凤姐茶饭也没工夫吃得,坐卧不能清净",但"心中倒十分欢喜,并不偷安推托,恐落人褒贬,因此日夜不暇,筹画得十分的整肃"。(第十三回)王熙凤以超人的才智和加倍的辛劳出色地同时挑起了两副重担,因此"合族上下无不称叹者"。(第十三回)而王熙凤的这种突出的"齐家才"又可移于治国,确实展现出她驾驭全局、治繁理剧的才干。相比之下,威烈将军贾珍、一等将军贾赦和工

部员外郎贾政都没有这种才干。因此,秦可卿称赞凤姐是"脂粉队里的英雄",贾母说她是"霸王似的一个人",连作者曹雪芹也掩不住"都知爱慕此生才"的褒奖之情,感慨道:"金紫万千谁治国,裙钗一二可齐家。"(第二回)"何我堂堂须眉,诚不若彼裙钗哉!"(第一回)

王熙凤精明圆滑会审时度势,再加上巧舌如簧的口才,不但赢得贾母的欢心和宠爱,也得到公子小姐们的青睐,连一批有头有脸的丫头也与她亲厚有加。但她对"愚强、克啬"的婆婆邢夫人却疏而不惹,而与自己的亲姑姑贾府的权力人物王夫人抱成一团、亲敬有加、共同执掌着荣府,以致邢夫人骂她们"黑母鸡,一窝儿"(第六十五回)。贾赦欲娶鸳鸯为妾,做儿媳妇的她一听马上说"竟别碰这个钉子去",且借用贾母的话说明理由。

中国传统社会向来是儿媳"恭顺、孝敬"公婆,对丈夫更应该是"言听计从""百依百顺""不得丝毫违背"。王熙凤不仅与公婆不合,对丈夫也不怎么忠顺。她瞒着贾琏藏有大量体己,贾琏托她办事还得要支付小费。她更是贾府有名的"醋缸醋瓮","凡丫头们二爷儿多看一眼,他有本事当着爷打个烂羊头"(第六十五回)。她收平儿为心腹,吓死鲍二家的,逼死尤二姐,以至于贾琏这种淫浪之人却只有一个正式的小妾。在贾府即使是贾政这样最正经的道学家也还有两个姨太太。王熙凤对贾琏像"防贼一样"管束得十分紧,她自己却对异性男人"不论小叔子侄儿,大的小的,说说笑笑"。正是由于她与贾蓉、贾蔷等人有一种暧昧关系,贾瑞这只"癞蛤蟆"才会不顾凤姐的权势与厉害打起"天鹅"的主意。

传统礼教要求女子以男子为核心,要求女性对男性绝对服从,从属于男性。而王熙凤对自己的丈夫既不柔顺也不依从,相反,她要做核心,要主宰男子、主宰一切:第十四回,她使贾琏为了一绺青丝吓得脸都黄了,并"杀鸡抹脖子使眼色"求平儿替他遮掩;第十六回,贾瑞求贾琏为他谋份差事,贾琏来求王熙凤而她却不买他的账,并嘲笑贾芸"你们要拣远路儿走";同样,贾琏的奶妈为儿子求差事和贾琏说了几次,最后还是找了王熙凤才成。凡此种种,都显示了王熙凤十足的霸气和骄横。

如果用传统礼教"七出"之条来衡量王熙凤,那么她首先就符合"不孝顺公婆""妒""淫"这三条,另外"七出"中的"多言""贪""恶疾""无子"她也完全吻合。还有她出色的齐家才能,在传统礼教看来,也是一种严重的"缺德"行为。"要想在她身上找出符合封建'妇德'的地方恐怕得用放大镜"[①]。王熙凤否定"妇德"、不遵守"妇道",当然并不能因此称她为反封建的民主斗士,主要是因为"妇德"阻碍了她的野心和占有欲,但我们也不可否认她思想中暗含了追求女性解放、要求人格自由的个性觉醒因素;同时,这也与她身上所具有的异性特质不无关系,或者说她在内心深处根本没有将自己定位为一个依附的、无才的"女人",恰恰相反,她的才干和行为表明了她身上掩不住的"男性气质"。

王熙凤在家族这一小型公共领域内大显身手、大展其才,并成为贵族之家有才干的当家奶奶和有英气而骄大、有治国治军潜能的女英雄;贾宝玉则在封闭的女儿世界里"无事忙",施展发挥着他的"情不情"。"宝玉自进园以来,心满意足,再无别项可生贪求之心,每日只和姊妹丫头们一处,或读书,或写字,或弹琴下棋,作画吟诗,以至描鸾刺凤,斗草簪花,低吟悄唱,拆字猜枚,无所不至,倒也十分快乐。"(第二十三回)可见他喜欢这种淡泊宁静与平和的深闺生活,认同女性与世无争的生存价值。他不愿读圣贤书,"懒与士大夫诸男人接谈,又最厌峨冠礼服贺吊往还等事"(第三十六回),厌恶追求"功名利禄""仕途经济",也没有"修身齐家""安邦治国"的所谓抱负,更不考虑"什么后事不后事"(第七十一回)。在家庭生活中,贾宝玉无疑具有强烈的个体意识。他所关心的是自己的生活和主体性感悟,而不是家族集体的兴衰荣枯。对家庭中发生的对贾氏家族兴衰有重大影响的事件,他往往以冷淡的态度漠然处之。元春"封为凤藻宫尚书,加封贤德妃","宁荣两处上下内外人等,莫不欢天喜地,独有宝玉置若罔闻";探春理家,兴利除弊,宝玉

---

① 张锦池:《红楼梦考论》,黑龙江教育出版社 1998 年版,第 149 页。

却称之为"俗事"。因此，曹雪芹在《红楼梦》第三回用两首［西江月］词来"批宝玉"：

> 无故寻愁觅恨，有时似傻如狂，纵然生得好皮囊，腹内原来草莽。
> 潦倒不通世务，愚顽怕读文章。行为偏僻性乖张，那管世人诽谤！
> 富贵不知乐业，贫穷难耐凄凉。可怜辜负好韶光，于国于家无望。
> 天下无能第一，古今不肖无双。寄言纨绔与膏粱：莫效此儿形状。

在大观园内宝玉又最忙碌，可与日理万机的凤姐相媲美。他不停地穿梭于姐妹中及侍儿之间，尽他力所能及的菲薄之力帮助她们：替平儿理妆香菱换裙，为彩云瞒赃藕官编谎，留迎春悦黛玉怜玉钏惜龄官等，甚至为画上的美人故事中的抽柴女担忧，但他的帮助只局限于鸡零狗碎极为琐屑的日常小事，且多停留在情感慰藉表层，一遇到实质性的有关生命宏旨的大事，他的软弱性就暴露出来，只能表现出一种指向自己的内倾性的自我发泄或阿 Q 式的自我安慰。

逐晴雯、驱司棋，宝玉一句挽留的话都不敢说，只"恨不能一死"或背着婆子的面恶狠狠地说"比男人更可杀"之类的话。他找金钏逗乐，被王夫人发觉，他自己吓得"早一溜烟去了"（第三十回）；金钏死后他却偷偷地祭奠她。他经不起忠顺府长史官的盘问和使诈，马上说出蒋玉菡的藏身之处，随后被父亲贾政打得皮开肉绽却毫无怨言。对待黛玉缠绵悱恻，极尽关爱之能事，却不能像尤三姐那样当众表白"非她不娶非他不嫁"之类决心。尽管贾宝玉处事优柔寡断，但在微不足道的关爱中仍透出至真至善的人道主义精神。他对贾环、门客、小厮们的态度极其随和、宽容与温良，不端架子，不需要他们敬他畏他。他常常只带一两名小厮溜到这溜到那，与王熙凤威风凛凛的"簇拥"大相径庭。

王熙凤和贾宝玉从内到外都散发着"双性气质"的魅力。"魅力就是一个天资深厚的个性身上男女两种因素相互作用激发出的光彩,有魅力的女人不失阳刚与严厉。有魅力的男人也有令人销魂的女性美之光。"①他们同时又是灵异的,他们"超越一般历史性存在的特质,使人仿佛与人类或个体创生前的混沌母题有所接触,而能自其中吸取凡人没有的能力"②。贾宝玉能和燕子、游鱼对话,也能跟月亮、星星交心,并认为"凡天下有情有理的东西,也和人一样,得了知己,便极有灵验的"(第七十七回)。这种"天人合一""物我合一"的齐物论思想,"正是贾宝玉生命质量中具有超前意味的价值支撑点"③。而王熙凤机智幽默、雅俗共赏的天才般的口才和突出的操办大事的才干也是无人能望其项背的。

鲁迅先生在《中国小说的历史的变迁》中曾说:"自有《红楼梦》出来以后,传统的思想和写法都打破了。"因为它"和从前的小说叙好人完全是好,坏人完全是坏,大不相同"④;现在则可以说,《红楼梦》还打破了"叙男人完全是阳刚,女人完全是阴柔"的传统文化模式。

曹雪芹笔下这一大群"女不女男不男"的人物形象身上所具有的"双性气质",正是 20 世纪风起云涌的女权主义者所追求的终极目标。脚踏着中国封建社会土壤的曹雪芹尽管没有创造出"奥兰多"那样的形象,但他笔下的人物对社会强加给女人和男人的极其荒谬的有悖于人性的"三从四德"和"功名利禄"之说予以或隐或显、或多或少的反叛和解构,从而追求人性的自然本真,追求社会性别差异的最小化,这无疑是一种具有现代意义的、追求彻底自由平等的女性观和民主精神。曹雪芹的思想意识是超前的,他的社会批判只属于他生活的那个时代,但他的文化理想和人文情怀却是属于全人类的。

---

① 康正果:《魅力的构成及其颓废》,《读书》2001 年第 4 期。
② 海布伦:《迈向双性的认识》,《中外文学》(台湾)第 15 卷第 4 期。
③ 陶尔夫、刘敬圻:《说诗说稗》,黑龙江教育出版社 1997 年版,第 388 页。
④ 鲁迅:《鲁迅全集》(卷九),人民文学出版社 1981 年版,第 388 页。

结语　世界文学经典的精神流传与文明分享

所有的星星最终会消失,可它们总是无畏地闪耀①。

——[芬兰]艾迪特·索德格朗(Edith Södergran,1892—1922)

经典之外,别无奇书。一般来说,经典是经过历史反复检验、为人们所普遍认同与尊崇的著作,凝聚着人类的智慧和文明的精华,思考和表达了人类生存与发展的根本问题,其智慧光芒穿透历史,思想价值历久弥新,艺术想象跨越时空,语言延展民族独创。善读经典,在精读中领悟其中积淀的深厚内涵,能够收到事半功倍的效果。

翻开汪洋浩瀚的世界文学史,从《荷马史诗》到《尤利西斯》,从莎士比亚到普鲁斯特,从古希腊悲剧到英国湖畔派诗歌,从福斯塔夫性格到浮士德精神,从文学史上被重新解读和诠释的陀思妥耶夫斯基到"作家中的作家"博尔赫斯……世界文学经典包罗万象、洞幽烛微,却坚持给人留存希望、带来人性的温暖、品察生命的本真。相伴经典,与伟大的心灵相互感应、良性共鸣;直面先贤,枯燥会变成有趣,寂寞会变成娴静,可信者益发可爱,每一次新的发现都会让人从内心生发感动。

一、认识世界与深入心灵:社会内爆中的诗性正义

民谚说:"天不言自高,地不言自厚。"世界文学经典的精神魅力是非同

---

①　[芬兰]艾迪特·索德格朗:《存在的胜利》,《艾迪特·索德格朗诗选》,北岛译,世界文学出版社1987年版,第49页。

凡响的，既能启迪思想又能温润心灵，既能深刻反映大时代的变革又能精微刻画人性的复杂，既是文化外交的"民族名片"又是文化创新的"源头活水"。它可以是"随风潜入夜，润物细无声"式的滋养，也可以是"盐溶于水"式的融化；它可以让你在静心阅读后发出"多活了一次"的兴叹，也可以是用来"大话""戏仿""拼装"的"无厘头"素材……总之，世界文学经典里有各色人生的五味杂陈，有各种思想的源头浓缩，有各色人性的立体呈现，还有各种积郁的择机喷薄，也有各类情趣的艺术激发。真正属于"你的"经典作品是这样一本书，每次重读都好像初读那样带来发现；它使你不能对它保持不闻不问，它帮助你在与它的关系中甚至在反对它的过程中确立你自己①。正如意大利小说家伊塔洛·卡尔维诺(Italo Calvino, 1923—1985)在其《未来千年文学备忘录》的英译本前言中写道："我对于文学的前途是有信心的，因为我知道世界上存在着只有文学才能以其特殊的手段给予我们的感受。"因此，中外古今无数文人骚客以及文学"粉丝"都曾发出过类似"文学经典里蕴藏着活法""文学经典里包含着历史""文学经典是真善美的合一"等感慨。

中国文化优秀传统中有"文须有益于天下"的倡导，现已成为世界通行的道理。之所以能够成为世界文学史中的经典，一定有许多原因：它的历史影响巨大、它的内容历久弥新，它反映了普遍的人性及普遍的问题，它的辞采闪亮惊人，它的思路细密曲折，它的架构雄浑庞大，等等，不一而足。理性地审视，从世界文明演进的视角看，世界文学经典无疑是世界各国文化传承与文学承继的核心，既体现了各国文学大师们在特定文化情境中的生命体验和族群想象，又反映了某一个时代人类精神的整体面貌与文明程度。世界文学经典是历史留给全人类的丰富遗产，它们既是民族的也是世界的，既有特殊性也有普遍性，其民族人类学意义上的历史生成、时代流变主要承载着本族群的文化基因和精神密码，而其跨文化交流与跨媒介重构不但可以使其本身焕发出新的生命、折射出新的光彩，还可以供世界其他民族在推进

---

① ［意］伊塔洛·卡尔维诺：《为什么读经典》，黄灿然、李桂蜜译，译林出版社2006年版，第1—2页。

文化反省和文明重构时借鉴与参照。

　　文学经典是时间锤炼出来的,是跨越时空给人以指导和借鉴的东西,也是特定时代、特定人群、特定地域的文化记忆、共识性体验与延展性想象,是作家、批评家与读者长期磨合的共同创造。文化包括文学乃是人创造的符号,其作用在于服务或满足人——个体和群体的需要,因此,满足人的需要的广度、强度和平衡度,就成为衡量某一文化优劣高下以及生命力强弱的标准。优秀文化,尤其是文学经典,是一个国家的精神旗帜,更标识着全人类的精神品质。德国哲学家康德(Immanuel Kant,1724—1804)曾说:"世界上只有两样东西是值得我们深深景仰的,一个是我们头上的灿烂星空,另一个是我们内心的崇高道德法则。"从这层意义上说,世界文学经典既可以化为人生的滋养与历练,帮助人们认识当下的世界和自己,也是深刻理解异域人情事理、潜心学习其优秀文化的重要途径;而相关的人文研究则能够贯通物我,帮助有效应对人类共同面临的精神挑战。

　　如果没有对文学价值的沉思和观照,人们也许永远进入不了心灵的深处。正如1987年度诺贝尔文学奖得主、苏裔美籍诗人布罗茨基(Joseph Brodsky,1940—1996)所说:"文学是社会拥有的唯一的道德保险,是对以邻为壑(dog-eat-dog)之法则的永不失效的拮抗,也是对任何一种推土机式、一刀切式方案的最有力反驳——如果必须给一个理由的话,这理由便是,因为人类的多样性恰恰是文学的存在理由和全部内容。我们不得不谈,因为我们不得不坚持,在展示人性的微妙这一点上,文学无疑是比任何教义和信条都更伟大的、最伟大的教师;也因为,一个社会若是干预文学的自然存在,妨碍人们从文学中获得教益,则它必然会降低自身的潜能,放慢进化的步伐,或许,最终还将危及它自身的稳固。"①今天的中国身处地球村里,信息化社会使各国处在彼此影响和深度关联中。在当今世界文化呈现出多元分化的

---

　　①　[美]布罗茨基:《我们称之为流亡的状态》,凤凰网2013年10月14日,http://book.ifeng.com/special/detail_2013_10/14/30310519_0.shtml。

大趋势下，深入研究和重新评估世界文学经典，既可以明晰"全球化时代"现代文明的普适性与可通约性，也可以进一步凸显现代文明的本土性与民族特色，还可以在"后现代式的价值多元时代"里探索树立伦理共识、坚守价值底线、温暖人心、和合世界的途径。

　　法国哲学家鲍德里亚（Jean Baudrillard，1929—2007）在《我们的残酷戏剧》一文中指出：后现代社会的媒体，热衷于持续不断地产生正确的意义，但同时又粗暴地打碎意义，到处掀起一种毫无顾忌的蛊惑，亦即一种意义的瘫痪，以有利于唯一的剧目，于是便出现了醒目的新闻优越于思想性、批判性新闻的情况。这就是后现代社会媒介过度引发的"意义的内爆"，亦即媒介意义的瘫痪导致意义的内爆，这在精神分裂国度尤为明显。在《媒介意义的内爆》（*The Implosion of Meaning in the media*）中，鲍德里亚指出：媒介中符号和信息的激增，通过抵消和分解所有的内容消除了意义——这是一个引向意义的瓦解以及媒介与现实之间差别消除的过程。当前，网络和数字技术裂变式发展，带来媒体格局的深刻调整和舆论生态的重大变化，新兴媒体发展之快、覆盖之广超乎想象，对传统媒体带来很大冲击。

　　总体上看，在一个"理性""效用"和"科技"占据主流话语的社会中，包括小说在内的文学艺术还能起到什么样的作用？情感与感受还能扮演什么样的角色？想象力是否能够促进更加正义的公共话语，进而引导更加正义的公共决策和国家治理？这些"原初性"的跨界问题，都值得人文学界重新思考和评估。美国著名古典学家玛莎·努斯鲍姆认为：文学，尤其是小说，能够培育人们想象他者与去除偏见的能力，培育人们同情他人与公正判断的能力；而正是这些畅想与同情的能力，最终将锻造一种充满人性的公共判断的新标准，一种我们这个时代急需的诗性正义①。她提出，公民要"培育人

---

　　①　芝加哥大学教授、著名学者玛莎·努斯鲍姆（Martha C. Nussbaum，1947—　）的论著《诗性正义：文学想象与公共生活》（*Poetic Justice：The Literary Imagination and Public Life*，丁晓东译，北京大学出版社 2010 年版），考察了文学想象如何作为公正的公共话语和民主社会的必需组成部分。作者以优美而犀利的文字回答了一些看似不相关的人文问题，正式提出跨界性的思想命题"诗性正义"。

性"（Cultivating Humanity）需要三个方面的能力：批判性的反思、相互认可与关心、叙事想象力①。努斯鲍姆倡导通过文学艺术的审美想象来培养自我的道德同情和伦理认知。如何解决好人与人之间、人与自然之间、人与社会之间的问题，处理好人类永恒的矛盾，世界文学经典能够带给人无穷的启迪，相关的人文研究和文艺批评也应该发挥重要作用，以便更好地实现文化人类学家费孝通先生晚年积极倡导的"将精神遗产转化为现实资源"的美好愿望。

二、介入生命与跨界会通：媒介化生存的活用经典

古希腊哲学家苏格拉底（Socrates，前 469—前 399）曾说："未经审视的生活是没有价值的生活。"（见柏拉图：《申辩篇》）然而，经过审视的生活却非轻松的生活。阅读和深入经典，无疑会"延长"我们的生命、"丰富"我们的体验、"敏锐"我们的感觉。当代中国的"世界文学经典研究"应该要有开放的胸襟、变通的本领、担当的意识与批判的精神，既要"入乎其内"式地"敬畏经典"，又要"出乎其外"式地"重估经典"。"敬畏经典"意在强调恢复经典的思想尊严、细寻经典的精神魅力；"重估经典"意在强调激活经典的思想命题、开掘经典的精神蕴藏，甚至敢于将"经典"堕落为"经验"、将"意识形态"下降为"具体问题"，特别是在"媒介化生存"的"大数据时代"。人文学界的前辈先贤，都有"苟利国家生死以，岂因祸福避趋之"的担当精神和天下品格；当代中国的"世界文学经典研究"应该以"问题"为先导，用大数据"思想"，优化中国人文研究的未来，同时也要警惕和防止在对世界文学经典研究中的断章取义、歪曲解读以及随意"创新"。

阅读经典，领会经典，更要"活用"经典。日本的山本玄绛禅师在龙泽寺讲经，说："一切诸经，皆不过是敲门砖，是要敲开门，唤出其中的人来，此人

---

① ［美］玛莎·努斯鲍姆：《培养人性：从古典学角度为通识教育改革辩护》，李艳译，上海三联书店 2013 年版，第 18—33 页。

即是你自己。"说明在阅读世界文学经典的过程中,读者的角色与经典一样重要,同样耐人寻味。阅读古往今来的经典,除了应当虔敬地学习它的道理、它的论题、它的辞采,还要进行一种密切的对话。对话的对象可以是永恒的真理,也可能是其他的东西。无论如何,在与经典密切对话的过程中,读者不断地"生发"出对自己所关怀的问题具有新意义的东西来。经典之所以历久不衰,往往是提供了对话与创造的丰富资源,阅读经典一方面是要"照着讲",同时也要"接着讲"(冯友兰语)①。不管"照着讲"或"接着讲",最后"是要敲开门,唤出其中的人来,此人即是你自己"②。简言之,经典的价值与内涵需要透过各式各样的"读者"(特别是人文学者们)加以阐发与印证,成为有效"介入"生命历程的"秘籍"与"宝典"。

古人云:欲为一代经纶手,须读数遍要紧书。"文学经典"深藏与化合着无穷的知识、艺术、思想,是世间最大的人文富矿,蕴藏最丰富、品质最上乘。世人皆知,与知识相遇,潜在的智识得以开发;与艺术相遇,积蓄的情绪得以释放;与思想相遇,细碎的思考得以连缀。面对人类共同的文明遗产和精神探索,新世纪中国的世界文学经典研究需要直面现实、关注民众的精神困惑和人文需求,提升学术"公器"的"公共性",在全球化日益深入的过程中构建本土文化的精神支撑、完成价值再整合。中国近代学术大家蔡元培(1868—1940)将"学术"分为"学"与"术"两个方面,认为"学为学理,术为应用","学

---

① 冯友兰有一个提法:"照着讲"和"接着讲"。他说,哲学史家是"照着讲",例如康德是怎样讲的,朱熹是怎样讲的,你就照着讲,把康德、朱熹介绍给大家。但是哲学家不同,哲学家不能限于"照着讲",他要反映新的时代精神,他要有所发展,有所创新,叫作"接着讲"。例如,康德讲到哪里,后面的人要接下去讲,朱熹讲到哪里,后面的人要接下去讲。

冯友兰说,这是哲学、人文学科和自然科学的一个很大的不同。"我们讲科学,可以离开科学史,我们讲一种科学,可以离开一种科学史。但讲哲学则必须从哲学史讲起,学哲学亦必须从哲学史学起,讲哲学都是'接着'哲学史讲的。""例如讲物理学,不必从亚里士多德的物理学讲起。讲天文学者,不必从毕达哥拉斯的天文学讲起。但讲西洋哲学者,则必须从苏格拉底柏拉图的哲学讲起。所以就哲学的内容说,讲哲学是'接着'哲学史讲的。"(参见冯友兰《论民族哲学》,《三松堂全集》第五卷,中华书局2014年版)。

② 王汎森:《为什么要阅读经典》,《南方周末》2012年12月20日,第8版。

必借术以应用,术必以学为基本,两者并进始可"①。此话表明:做学问,既要探究学理又要加以应用;进一步说,学理从何而来,应用到哪里去,是做学术者始终需要面对和回答的。中国古语有云:为学患无疑,疑则有进。古希腊哲学家苏格拉底(Socrates,前469—前399)说:我接近真理的方法是提出正确的问题(柏拉图:《普罗泰戈拉篇》)。无论是定位于"大数据时代"还是定位于"消费主义时代",每个时代总有属于它自己的问题,而问题是时代的声音,只有树立强烈的问题意识,才能实事求是地对待问题,才能找到引领时代进步的路标。新世纪中国的人文学术和文艺批评无法回避这些问题,它有责任直面问题而发言。文以载道,文以化人;中国所谓"文化"者,人文之化成于天下也。兼具世界情怀与人文情怀的世界文学经典研究,应当成为加深中外文化交流、化解可能的文化冲突的亲善大使,应当成为自觉策划和运用文化力量实现自身的国家利益的排头兵,应当成为推动中华民族伟大复兴的文化原动力和精神正能量。

这是一个彼此跨界、彼此融合的创新发展的时代,人们应该适应复杂思维,学会正和博弈,熟练运用大数据思想。"明鉴所以照形,往古所以至今",如何把握传统学术中"道往而明来"之学,对于当前的世界文学研究具有重要创新意义。随着经济全球化步伐的加速与信息化革命的到来,文化领域包括人文研究领域交流对话的进程显得更加紧迫。可以说,世界市场的扩大与开放,使世界各国经济与文化的交流变得从未有过的迅捷和频繁;而网络技术的更新与提高,更是打破了海关与出版的疆界,使各种信息、观点、情感、思想得以跨越时空交流。目前,人们特别关注"大数据时代"的相关问题,其实大数据的正面价值在于让人"有效"使用海量数据做出准确分析、明智决策与远见性预测,以使公民个体和社会整体更充实、更自如、更完善、更和谐,而这些得以实现的前提还在于"独立思考"和"善于判断"。

---

① 高平叔编选:《蔡元培教育文选》,人民教育出版社1980年版,第221页。

正如人的生命需要多种营养搭配，文化需要各种资源交相滋养，当代人文研究也需要多维视野和多种研究方法的"会通"。基于外部世界的这些巨大变化，复合型文化生态下的"世界文学经典研究"应该转变传统的文学研究范式，超越文本细读式的研究，广泛借鉴现代哲学、社会学、人类学、传播学等学科的研究方法、理论视角和学术立场；应该从传统单一的、学科界限坚硬的"诗学研究"转向更具包容性、更少学科限制的"文化研究"，增强问题意识、突出问题导向，以更具想象力和思想力的姿态凸显本来就具有的独立性与自主性；应该彻底摒弃自说自话的理论"部落主义"，把世界文学经典置于其社会文化语境之中进行整体性的观照，将文学经典"文本化"、审美机制"历史化"，在"文本世界"与外部世界之间搭建互动嵌入的印证平台、扩展互为交流的阐释空间，以"复杂思维"和"博弈思维"在历史与文化情境中寻求"文本世界"的立体化定位，探究与甄别"源文本"以及各种"延展文本"中沉淀的文化态度、蕴藏的现代性取向等。

常言道：高度决定视野，角度决定观念。从历时的角度看，世界文学经典文本的历史传承与时代生成如同连绵的河水，代代延续、生生不息；从共时的角度看，流动的、活态的文本好像奔涌的河水，变动不居、充满歧异，形成"文本之河"。由此看来，今天的世界文学经典已经不再是一个个"孤立"的文学文本，而成为一个容量巨大的文化"场域"、"话语"海洋，各种来自文学和非文学的力量形成的对话与张力使其"意义"得以不断生成、增殖与传播。只有立足于"动态"的文化"场域"视野，世界文学经典研究才能避免将文本细读与社会语境人为割裂的危险，进而在文学与社会、精英与大众、美学与商业之间架起一座"有效"沟通的桥梁①。

---

① 傅守祥、魏丽娜：《诗性正义与活用经典——兼论外国文学经典研究的路径与方法》，《浙江社会科学》2016 年第 1 期。

三、文明分享与经典研读：全球化时代的文化复兴

文化是主体的创造过程，文明是文化的既成状态，文明多样性的深化是增加现代社会复杂性的重要原因。在全球化时代，人人都应该认同自己的优秀文化传统，都应该有一种深沉的民族自尊和文化自信，但对外来文明又必须保持一种开放、开明的态度，既要抵制霸权国家的文化"转基因"战略、有效抗击其文化暗战，又要反对民族主义的泛滥并锐意进取，这样才能学人之长以壮大自己、自我完善以延续文化慧命，才能避免陷入文化部落主义式的故步自封或者民粹主义式的夜郎自大，才能防止国家发展因片面、畸形而出现新的失衡。鲁迅早在 1908 年就提出："明哲之士，必洞达世界之大势，权衡较量，去其偏颇，得其神明，施之国中，翕合无间。外之既不后于世界之思潮，内之仍弗失固有之血脉，取今复古，别立新宗。"①其文化发展战略的思想内涵是：欲求国家达到世界领先水平，就必须放眼天下、博采众长，关注世界潮流，了解人类的新创造、吸收利用一切好东西，同时，对数千年传承的中国固有文化也绝不能采取鄙薄轻视的态度，更不能将近世落后的责任全部归于传统文化，而是应该冷静分析，将传统文化中那些堪称精华的内涵继承下来并发扬光大。唯有如此，才能使中华文化与世界其他民族的文化相融共生、各领风骚，从而达到"各美其美，美人之美，美美与共，天下大同"的和谐圆融的境界。

过去的三十多年，中国发展之快、变化之大，可谓历史罕见；国际货币基金组织 2014 年 10 月的数据显示，中国已经成为全球第一大经济体。令人遗憾的是，中国的发展还很不平衡，文化建设、文明积淀远远落后于经济成就，造成了当前发展中的"文化瘸脚"。殊不知，在当今世界，文化建设关系到国家发展，文化品质关乎国家品质并决定个人的幸福层级和生命意义，文明的

---

① 鲁迅：《文化偏至论》，《鲁迅全集》第一卷，人民文学出版社 1981 年版，第 56 页。

传承更是关乎一个民族存亡的生命线。正如国务院总理李克强在十二届全国人大四次会议闭幕后会见记者时所说："市场经济是法治经济，也应该是道德经济。发展文化可以培育道德的力量。我们推动现代化，既要创造丰富的物质财富，也要通过文化向人民提供丰富的精神产品，用文明和道德的力量来赢得世界的尊重。"①这段话起码有两层含义：其一，市场经济是法治经济，也就是在强调法治是市场经济的必要条件，没有健全的法制、没有完善的法治，市场经济就会脱序，其结果将是灾难性的；而贯彻法治精神，要使之深入人心，就必须依靠文化和道德的力量。其二，通过发展经济，让民众生活富足，只是手段不是目的，让民众拥有丰富的精神追求，才能真正推动现代化，在这个过程中，"用文明和道德的力量来赢得世界的尊重"同等重要。当前，中国的发展已经到了必须要谈文化的阶段，文化与经济再也难分彼此，文化分享的水准直接决定文化复兴的成色。

越来越多的中国人已经意识到，富有的衡量指标不仅仅是 GDP，幸福的指针也不仅仅是经济收入②，还可以用生活中休闲时间的多少作为衡量个人幸福和社会富有的标准：个人自由支配的时间越多就越富有；社会中越多的人有越多的自由支配时间，这个社会就越富有。中国要成为一个"文化强国"尤其是极具魅力的"人文强国"，除了继承本民族的"优秀"文化传统并具有高度的文化自觉与文化自信，拥有覆盖全社会的城乡一体化的完善的公

---

①　《李克强：市场经济是法治经济，也应该是道德经济》，新华网 2016 年 3 月 16 日，http://news. xinhuanet. com/politics/2016lh/2016－03/16/c_128804383. htm。

②　对于"人的幸福感取决于什么？"这样的问题，哥伦比亚大学教授霍华德·金森以其持续研究为基础，在《华盛顿邮报》上发表了一篇题为《幸福的密码》的论文：所有靠物质支撑的幸福感，都不能持久，都会随着物质的离去而离去。只有心灵的淡定宁静，继而产生的身心愉悦，才是幸福的真正源泉。（《真正的幸福密码》，《辽沈晚报》2013 年 8 月 30 日）

相关研究还表明：人们一般普遍认为，高收入会带来好心情，但这多半是错觉。那些收入高于平均水平的人很少有人时刻感觉到比其他人幸福，他们的生活往往会更紧张，也没有更多的时间去享受生活。人们大都夸大了高收入对个人幸福的影响。一旦人们的收入超过贫困线，那么对于日常的幸福感来说，金钱便不再扮演重要的角色。（《〈华盛顿邮报〉：研究表明金钱买不到幸福》，新华网 2006 年 7 月 6 日，http://news. xinhuanet. com/tech/2006－07/06/content_4800896. htm）

共文化服务体系、强大的文化产业以及科学的文化管理体制与机制之外，还需要基于自身不断完善与创新的文化软实力、对世界文明的领悟力以及人人都能感受到的人文魅力，在实施文化"走出去"战略、增强国际影响力的同时，继续做好"拿来主义"的工作、提升文明分享的效度。建设文化强国需要在五种力上下功夫，即核心价值体系的凝聚力、公民文化素质的能动力、文化产业的创新力、文化对发展方式转型的带动力、文化在世界上的吸引力和影响力①。其中，新世纪中国的人文研究责无旁贷，而世界文学经典研究在人文濡化、文明分享、批判性转化等方面独具擅场；尽管研究对象是异域文学经典，但是它应该有中国的立场、观点和学术风格，围绕思想的产生和人文的"化育"，在充分尊重的基础上完成知识考古学的工作，在满心敬仰里探寻精神现象学的轨迹，在灵动"出入"间翻捡人性生死书的秘密，以"才""学""识"最佳的状态，帮助国人成为"既能用中国眼光看世界的人，又能用世界眼光看中国的人"。

　　文化是一个国家的精神旗帜，文化复兴是中华民族全面复兴的标志。当代中国迫切需要解决"软实力"的提升如何跟上"硬实力"的发展等问题，以构建新的社会平衡并培育更加良性的发展机制和文化生态，这其中的关键是如何建立与时代相符合的"思想市场"以及如何更好地坚守"制度正义"，在新型生态文明奠定的"美丽中国"的基础上更好地展现"文化中国"的魅力和优雅。发展中的问题是客观存在的，要敢于正视问题、善于发现问题并优先解决事关全局的关键问题。就当今世界的发展格局来看，看似不可阻挡的全球化的历史进程，其正面价值主要在于人类文化不断提高其内在的"文明总量"，但它又常常在人类文明不断减少其外在的"文化差异"的过程中，遮蔽人类文明可能的前进方向，甚至湮没人类更好的生命形态。如何在增加人类"文明总量"的同时尽量保持"文化多样性"，既是全球化时代人类的共同课题，又是中国新型城市化亟待解决的难题，这事关"文化正义"的

---

① 洪晓楠：《建设社会主义文化强国需要五种力》，《光明日报》2013 年 7 月 11 日。

匡扶与"文化正能量"的有效释放，对于尽快扭转中国现代化进程中的"文化瘸脚"以及"文化生态失衡"至关重要①。然而，如果细致深入地体察和探究"全球化进程"以及与其密切相关的"消费主义"对于每个人的影响，就会发现：消费社会的问题不仅仅在于过度满足，而在于把人世的苦难和不幸等原本让人珍惜生命的反思，转化为消费资源，产生一种所谓"自恋型幸福"②，由此可见，当代中国这个"大转型"社会中的问题越发显得复杂。

世界因文化而温暖，因文化而别具声色。优秀文化更是人们获得理想信念、生存意义、心灵慰藉、终极关怀的精神家园，它可以制衡消费主义、物质主义对人性的异化与啃噬。文学与文学阐释是全球化时代表达民族身份和自我身份的一种方式，也是要求表达权、语言权、维护文化多样性的具体方式。研读世界文学经典是全球化时代的明智选择，基于经典阅读的人文教育，其核心功能就在于帮助我们在新的历史情境下重新发现和思考"人"自身的内在含义。阅读，因自由而美丽；文学经典，因诗性正义而厚德载物。对个人来说，防止庸俗和集中精力的一个办法是只读经典，只读那些经过历史淘汰而保留下来的精华，正所谓"腹有诗书气自华"③。意大利著名作家卡尔维诺对"经典"做的第一条定义："经典是那些你经常听人家说'我正在重读……'而不是'我正在读……'的书。"④重读，证明了经典拥有更长久的生命力。当然，更重要的是经典作品所能带来的巨大的阅读乐趣、智慧启迪和心性觉悟。

文化不以任何其他事物的存在发展为目的，而只以人本身的自由发展、自我完善为目的；必须把文化当作目的本身，才能真正发展文化而拥有真正的文化。发展文化的一个根本要件，就是尊重文化本身的目的性，尊重思想的自由。人们应当铭记一个常识：自由之于文化，正如水之于鱼、肥料之于

①　傅守祥：《城市发展的文化正义与有机更新》，《湖南城市学院学报》2014 年第 2 期。

②　徐岱：《审美正义与伦理美学》，《文学评论》2014 年第 2 期。

③　语出宋·苏轼《和董传留别》："粗缯大布裹生涯，腹有诗书气自华。"

④　[意]伊塔洛·卡尔维诺：《为什么读经典》，黄灿然、李桂蜜译，译林出版社 2006 年版，第 1 页。

庄稼、空气之于人类,所以,政府最好的文化政策就是:给予文化生长尽可能
大的自由,营造尽可能宽松的社会环境,但这种自由绝不等同于极端化的无
政府主义,特别是不能放任文化成长中的"娱乐至死"。坚持阅读文学经典,
对于个人来说可以改变气质,对于社会来说可以改善风气。

　　当今全球时代的文化景观乃是人文涵容的产物,又是文明创化的进程:
异体化生,菇古涵今,往返滞留,亲缘媾和,于是生生不息,创化不已。用儒
家经典《中庸》的一句话来总结人类的理想是:"唯天下至诚,为能尽其性;能
尽其性,则能尽人之性;能尽人之性,则能尽物之性;能尽物之性,则可以赞
大地之化育;可以赞天地之化育,则可以与天地参矣。"文化是需要代际传承
的,而经典恰好是代际传承的绝佳纽带。对于经典,我们要心存敬畏之心,
因为敬畏经典就是敬畏人类自身的历史。但是仅有敬畏之心是远远不够
的,我们还必须承担起文化传承的使命,不能让经典所承载的文明火炬在我
们这一代人手里熄灭。传承文明的使命鞭策我们走向经典,而经典本身正
散发着诗意的光辉,向走近它的人们报以会心的微笑。当然经典阅读并不
见得轻松,要想领悟先贤的智慧玄机,还得下番苦功夫。要在系统性、长期
性的人文文化涵养和化育事业上有所成就,自上而下的政治清明、制度更新
与持续改革确实能够提纲挈领、振奋人心,而基层性、零散性的人文教育、文
化"涵化"与价值启蒙更可以撒豆成兵、化人养心。

主要参考文献

一、中文文献

1.[德]塞缪尔·黑格尔:《历史哲学》,王造时译,生活·读书·新知三联书店1956年版。

2.[美]卫姆塞特、布鲁克斯:《西洋文学批评史》,颜元叔译,志文出版社1973年版。

3.[法]罗丹口述,葛赛尔整理记录:《罗丹艺术论》,沈琪译,人民美术出版社1978年版。

4.[丹麦]勃兰兑斯:《十九世纪文学主流》(第1—6册),张道真等译,人民文学出版社1981年版。

5.朱光潜:《诗论》,生活·读书·新知三联书店1984年版。

6.梁实秋:《英国文学史》,台北协志工业丛书出版股份有限公司1985年版。

7.郑树森编:《中美文学因缘》,东大图书公司1985年版。

8.[德]恩斯特·卡西尔:《人论》,甘阳译,上海译文出版社1985年版。

9.[匈]阿诺德·豪塞尔:《艺术社会学》,居延安译,学林出版社1987年版。

10.[美]伯恩斯、拉尔夫:《世界文明史》,罗经国、陈筠等译,商务印书馆

1987 年版。

11.[英]乔治·桑普森:《简明剑桥英国文学史》,刘玉麟译,上海外语教育出版社 1987 年版。

12.[英]艾略特:《艾略特诗学文集》,王恩衷编译,国际文化出版公司 1989 年版。

13.[德]本雅明:《发达资本主义时代的抒情诗人》,张旭东、魏文生译,生活·读书·新知三联书店 1989 年版。

14.[英]E. H. 贡布里希:《理想与偶像——价值在历史和艺术中的地位》,范景中、曹意强、周书田译,上海人民美术出版社 1989 年版。

15.徐葆耕:《西方文学:心灵的历史》,清华大学出版社 1990 年版。

16.[美]约翰·维克雷编:《神话与文学》,潘国庆等译,上海文艺出版社 1995 年版。

17.[法]杜夫海纳:《审美经验现象学》,韩树站译,文化艺术出版社 1996 年版。

18.[荷兰]佛克玛、蚁布思:《文学研究与文化参与》,俞国强译,北京大学出版社 1996 年版。

19.[法]加斯东·巴什拉:《梦想的诗学》,刘自强译,生活·读书·新知三联书店 1996 年版。

20.董衡巽:《美国现代小说风格》,中国社会科学出版社 1997 年版。

21.[俄]弗里德连杰尔:《陀思妥耶夫斯基与世界文学》,施元译,上海译文出版社 1997 年版。

22.[德]汉斯·罗伯特·耀斯:《审美经验与文学解释学》,顾建光、顾静宇、张乐天译,上海译文出版社 1997 年版。

23.[德]卡尔·雅斯贝斯:《时代的精神状况》,王德峰译,上海译文出版社 1997 年版。

24.张隆溪:《道与逻各斯》,四川人民出版社 1998 年版。

25.［美］大卫·丹比:《伟大的书》,曹雅学译,江苏人民出版社 1998
年版。

26.［法］勒内·基拉尔:《浪漫的谎言与小说的真实》,罗芃译,生活·读
书·新知三联书店 1998 年版。

27.乐黛云、张辉主编:《文化传递与文学形象》,北京大学出版社 1999 年
版。

28.刘小枫:《沉重的肉身——现代性伦理的叙事纬语》,上海人民出版
社 1999 年版。

29.郑敏:《诗歌与哲学是近邻——结构－解构诗论》,北京大学出版社
1999 年版。

30.［英］卡莱尔:《文明的忧思》,宁小银译,中国档案出版社 1999 年版。

31.潘一禾:《故事与解释——世界文学经典通论》,学林出版社 2000
年版。

32.［美］伯纳德·派里斯:《想象的人》,王光林等译,上海文艺出版社
2000 年版。

33.［英］迈克·费瑟斯通:《消费文化与后现代主义》,刘精明译,译林出
版社 2000 年版。

34.胡家峦:《历史的星空——英国文艺复兴时期诗歌与西方宇宙论》,
北京大学出版社 2001 年版。

35.［法］埃德加·莫兰:《复杂思想:自觉的科学》,陈一壮译,北京大学
出版社 2001 年版。

36.［西］雷蒙·潘尼卡:《看不见的和谐》,王志成、思竹译,江苏人民出
版社 2001 年版。

37.张世英:《哲学导论》,北京大学出版社 2002 年版。

38.［德］埃里希·奥尔巴赫:《模仿论——西方文学中所描绘的现实》,
吴麟绶等译,百花文艺出版社 2002 年版。

39.[瑞士]巴尔塔萨:《神话与文学》,曹卫东等译,生活·读书·新知三联书店 2002 年版。

40.[英]佩特:《文艺复兴:艺术与诗的研究》,张岩冰译,广西师范出版社 2002 年版。

41.[美]莫蒂默·阿德勒:《西方名著中的伟大智慧》,王月瑞译,海南出版社 2002 年版。

42.黄梅:《推敲“自我”:小说在 18 世纪的英国》,生活·读书·新知三联书店 2003 年版。

43.吴晓东:《从卡夫卡到昆德拉:20 世纪小说和小说家》,生活·读书·新知三联书店 2003 年版。

44.黄宗英:《抒情史诗论——美国当代长篇诗歌艺术管窥》,北京大学出版社 2003 年版。

45.[美]理查德·罗蒂:《偶然、反讽与团结》,徐文瑞译,商务印书馆 2003 年版。

46.[法]莫里斯·布朗肖:《文学空间》,顾嘉琛译,商务印书馆 2003 年版。

47.[美]卡米拉·帕格利亚:《性面具——艺术与颓废:从奈费尔提蒂到艾米莉·狄金森》,王枚等译,内蒙古大学出版社 2003 年版。

48.[美]约翰·拉塞尔:《现代艺术的意义》,常宁生译,中国人民大学出版社 2003 年版。

49.[英]马尔科姆·琼斯:《巴赫金之后的陀思妥耶夫斯基——陀思妥耶夫斯基幻想现实主义解读》,赵亚莉等译,吉林人民出版社 2004 年版。

50.[美]尼尔·波兹曼:《娱乐至死》,章艳译,广西师范大学出版社 2004 年版。

51.叶秀山:《叶秀山文集》,上海辞书出版社 2005 年版。

52.[意]安贝托·艾柯:《悠游小说林》,俞冰夏译,生活·读书·新知三联书店 2005 年版。

53.[意]安贝托·艾柯等:《诠释与过度诠释》,王宇根译,生活·读书·新知三联书店 2005 年版。

54.[意]安伯托·艾柯:《开放的作品》,刘儒庭译,新星出版社 2005年版。

55.[美]杜威:《艺术即经验》,高建平译,商务印书馆 2005 年版。

56.[美]哈罗德·布鲁姆:《西方正典:伟大作家和不朽作品》,江宁康译,译林出版社 2005 年版。

57.[美]罗伯特·C.尤林:《理解文化——从人类学和社会学理论视角》,何国强译,北京大学出版社 2005 年版。

58.[美]纳博科夫:《文学讲稿》,申慧辉等译,上海三联书店 2005 年版。

59.朱大可:《流氓的盛宴》,新星出版社 2006 年版。

60.[美]埃德蒙·威尔逊:《阿克瑟尔的城堡:1870 年至 1930 年的想象文学研究》,黄念欣译,江苏教育出版社 2006 年版。

61.[美]阿尔伯特·莫德尔:《文学中的色情动机》,刘文荣译,文汇出版社 2006 年版。

62.[美]彼得·盖伊:《历史学家的三堂小说课》,刘森尧译,北京大学出版社 2006 年版。

63.[德]弗兰克:《德国早期浪漫主义美学导论》,聂军等译,吉林人民出版社 2006 年版。

64.童庆炳、陶东风主编:《文学经典的建构、解构和重构》,北京大学出版社 2007 年版。

65.[美]布罗茨基:《文明的孩子》,刘文飞译,中央编译出版社 2007年版。

66.[俄]E.M.梅列金斯基:《英雄史诗的起源》,王亚民等译,商务印书馆 2007 年版。

67.［美］克林斯·布鲁克斯：《精致的瓮：诗歌结构研究》，郭乙瑶等译，上海人民出版社 2008 年版。

68.［美］萨克文·伯科维奇主编：《剑桥美国文学史》（第 1—8 卷），蔡坚主译，中央编译出版社 2008 年版。

69.［法］巴什拉：《空间诗学》，张逸婧译，上海译文出版社 2009 年版。

70.［美］杰里·D. 穆尔：《人类学家的文化见解》，欧阳敏等译，商务印书馆 2009 年版。

71.［美］罗伯特·F. 墨菲：《文化与社会人类学引论》，王卓君译，商务印书馆 2009 年版。

72. 申丹、王丽亚：《西方叙事学：经典与后经典》，北京大学出版社 2010 年版。

73. 阎景娟：《文学经典论争在美国》，社会科学文献出版社 2010 年版。

74. 叶朗：《美在意象》，北京大学出版社 2010 年版。

75.［美］玛莎·努斯鲍姆：《诗性正义：文学想象与公共生活》，丁晓东译，北京大学出版社 2010 年版。

76.［德］韦伯：《新教伦理与资本主义精神》，阎克文译，上海人民出版社 2010 年版。

77.［美］迈克·德达：《悦读经典》，王艺译，生活·读书·新知三联书店 2011 年版。

78. 刁克利：《诗性的寻找：文学作品的创作与欣赏》，中国人民大学出版社 2013 年版。

79. 飞白：《诗海游踪》，浙江工商大学出版社 2013 年版。

80. 程巍：《文学的政治底稿：英美文学史论集》，复旦大学出版社 2014 年版。

81. 季峥：《美国文学经典的建构与修正》，中国社会科学出版社 2014 年版。

82. 徐岱:《审美正义论——伦理美学基础问题研究》,浙江工商大学出版社 2014 年版。

83. 户思社、孟长勇:《法国现当代文学:从波德莱尔到杜拉斯》,北京师范大学出版社 2015 年版。

84. 钱理群:《丰富的痛苦——堂吉诃德与哈姆雷特的东移》,生活·读书·新知三联书店 2015 年版。

85. 徐贲:《阅读经典:美国大学的人文教育》,北京大学出版社 2015 年版。

86. [美]吉尔伯特·海厄特:《古典传统:希腊-罗马队西方文学的影响》,王晨译,北京联合出版公司 2015 年版。

87. [法]帕斯卡尔·卡萨诺瓦:《文学世界共和国》,罗国祥等译,北京大学出版社 2015 年版。

88. [美]威尔·杜兰特:《历史的教训》,倪玉平等译,中国方正出版社 2015 年版。

二、外文文献

1. Allan Bloom, *The Closing of the American Mind*. New York: Simon & Schuster, 1987.

2. Annette T. Rubinstein, ed., *The Great Traditional in English Literature From Shakespeare to Shaw*. New York: The Citadel Press, 1953.

3. Auden's introduction to *Poems of Freedom*, in W. H. Auden, *The Complete Works of W. H. Auden. Vol. I, Prose*, 1926—1938, ed. Edward Mendelson, Princeton N. J., Princeton University Press, 1996.

4. Carroll Moulton, *Ancient Greece and Rome*, New York: Charles Scribner's Sons, 1998.

5. E. D. Hirsch, *Cultural Literaacy: What Every American Needs to*

Know. Boston: Houghton Mifflin, 1987.

6. Emmanuel Levinas, *Ethics and Infinity*. Trans. Richard A. Cohen. Pittsburgh: Duquesne UP, 1985.

7. David Bradby, ed. , *Modern French Drama*, 1940—1980, Cambridge London, 1984.

8. David Swartz, *Culture and Power: The Sociology of Piere Bourdieu*. Chicago: University of Chicago Press, 1997.

9. Edward W. Said, *Culture and Imperialism*. London: Vintage Books, A Division of Random House, 1993.

10. Gay Wilson Allen, *The Solitary Singer:A Critical Biography of Walt Whitman*. New York: Oxford Univ. Press, 1987.

11. Harold Bloom, *The Western Canon: The Books and School of the Ages*. New York: Harcourt Brace & Company, 1994.

12. Harold Bloom, ed. , *Modern critical views: The Pre-raphaelite Poets*. New York: Chelsea House , 1986.

13. James E. Miller, Jr. , *Leaves of Grass: America's Lyric-Epic of Self and Democracy*. New York: Twayne Publishers, 1992.

14. Jean Baudrillaed, *Symbolic Exchange and Death*. London: Sage Publications, 1993.

15. Jen Webb, *Cultural Studies and Aesthetics: Pleasure and Politics*, in Critical Studies: Cultural Studies, Interdisciplinarity and Translation. ed. by Stefan Herbrechter, New York, 2002.

16. Jr. E. D. Hirsch, *Cultural Literacy: What Every American Needs to Know*. Boston: Houghton Mifflin, 1987.

17. Lanwrenc Grossberg, ed. , *Cultural Studies*, London & New York: Rouledge, 1992.

18. Lucien Goldmann, *Towards a Sociology of the Novel*. tran. , Alan Sheridan, London: Tavistock Publications, 1975.

19. Marshall Berman, *All That Is Solid Melts into Air: The Experience of Modernity*. London: Verso, 1983.

20. Martha C. Nussbaum, *Poetic Justice: The Literary Imagination and Public Life*, Boston, Mass. : Beacon Press,1995.

21. Mike Featherstone, *Consumer Culture and Postmodernism*. London: Sage Publications, 1991.

22. Patrick Brantlinger, *Crusoe's Footprints: Cultural studies in Britain and America*, New York: Rouledge, 1990.

23. Robert Shulman, "Poe and the Powers of the Mind". *ELH*, Vol. 37, No. 2 (Jun. , 1970).

24. Seamus Heaney, *Feeling into Words*, The Poet's work, Boston: Houghton Mifflin company, 1979.

25. Stanley Trachtenberg, *Critical Essays on American Postmodernism*. New York: G. K. Hall & Co. Macmillian Publishing Company, 1995.

26. Susan Sontag, *Against Interpretation*. London : Eyre & Spottiswoode, 1967.

27. Toni Morrison, "Unspeakable Things Unspoken: The Afro-American Presence in American Literature. " in Gordon Hutner, ed. , *American Literature*, *American Culture*. New York : Oxford University Press, 1999.

28. Toni Morrison, *Playing in the Dark: Whiteness and the Literary Imagination*, New York : Vintage Books, 1993.

29. Travis Bogard & Jackson R. Bryer, ed. , *Selected Letters of*

Engene O'Neill, New Haven：Yale university Press，1988.

30. W. Gray, *Homer to Joyce*, New York：Macmillan Publishing Company，1987.

31. Gordon Hutner, ed. , *American Literature*, *American Culture*. New York ：Oxford University Press，1999.

32. Zachary Simpson, *Life as Art*：*Aesthetics and the Creation of Self*, New York：Lexington Books / Rowman and Littlefield，2012.

33. [美]克林斯·布鲁克斯、罗伯特·潘·沃伦编著:《理解诗歌(第 4 版)》(中英文对照),郭乙瑶等译,外语教学与研究出版社 2004 年版。

34. [美]克林斯·布鲁克斯、罗伯特·潘·沃伦编著:《理解小说(第 3 版)》(中英文对照),郭乙瑶等译,外语教学与研究出版社 2004 年版。

后记　视域调整与边缘开拓

中华人民共和国成立七十年间的世界文学研究,往往局限于"纯文学"领域的经典作家或经典作品,譬如古典的莎士比亚、莫里哀、歌德、托尔斯泰等,现当代的卡夫卡、普鲁斯特、海明威、昆德拉等,而当代中国人又生出一种"诺贝尔情结",却忽略了拥有广大普通读者的通俗文学及其影像改编作品,譬如早些时候的柯南·道尔与阿加莎·克里斯蒂的侦探小说,最近的尼古拉斯·埃文斯的《马语者》、J. K. 罗琳的《哈利·波特》系列及像美国禾林小说这样的言情小说系列。

通俗小说虽然在以经典作品为中心的文学史上没有位置,却拥有最大的读者群。以英国作家尼古拉斯·埃文斯的一部作品《马语者》为例,小说于1995年9月出版,最初的印数为六十万册,刚一面世即登上《纽约时报》畅销书榜,反响强烈,不久即升至首位,并在榜上停留达三十七周之久。到1999年为止,小说已被翻译成三十六种语言,在十七个国家出版。看来,通俗小说贴近时代脉搏,为普通老百姓所喜闻乐见,作为现代西方大众文化的一个重要组成部分,其魅力长存。而英国通俗小说家 J. K. 罗琳则因《哈利·波特》系列小说的全球畅销而声誉鹊起。英国《星期日泰晤士报》2003年11月2日公布的一项最新调查结果表明,罗琳是全英挣钱最多的女性,总额甚至是英国女王伊丽莎白二世的八倍多。多年来一直被视为英国最富有女人的英国女王伊丽莎白二世,凭借一千五百万英镑的岁入,在入围榜单的女性中位列第七位。紧跟其后的是演艺圈巨星麦当娜。(文摘自 2003 年 11 月 3 日《钱江晚报》B3 版"天下·时政")

还有类似的事例,譬如"侦探小说女王"阿加莎·克里斯蒂的作品在 20 世纪中叶成为世界销量第一的事实就是一件非常令人值得深思的事情。西方传统的侦探小说从爱伦·坡的《茅格街凶杀案》开始,后来又有柯林斯的《月亮宝石》、柯南·道尔的《福尔摩斯探案集》等名篇,到阿加莎·克里斯蒂的作品问世,侦探小说达到鼎盛时期。在英国,阿加莎·克里斯蒂是知名度仅次于莎士比亚的作家,西方文艺评论家称她是"侦探小说女王"。她一生创作了七十八部小说、十九部剧本和九部文集。她的作品是世界上销量最大的,被翻译成一百零二个国家的一百零三种文字;据说,她的作品销量超过了莎士比亚的作品和《圣经》,达到五亿册之多。她的小说多次被搬上银幕,我国观众非常熟悉的《尼罗河上的惨案》《东方快车谋杀案》《阳光下的罪恶》等影片就是根据她的小说改编的。克里斯蒂的成功在于她高超的叙事技巧、严密的逻辑推理,前后连贯一致,紧扣案情。作为一位畅销书作者,克里斯蒂不注重人物分析、背景描述或哲学含义。读她的小说,不需要有深奥的学识,只需特别留意事实,读者总是面临从已知的线索中推断出凶手的挑战;只要人们依旧喜欢这样的智力游戏,克里斯蒂的作品就会有不朽的生命力。

除了以往被忽略的通俗文学研究,有待大力开拓的领域还包括外国影视文学和外国网络创作研究。在当今数码时代,忽略电子媒介的新兴文学样式是一个令人难以置信的事实。我们不光要研究欧洲的文艺片,也应该关注包括好莱坞大片在内的商业片,最起码要关注好莱坞类型片,譬如科幻、侦探、爱情、恐怖、战争、家庭伦理等类型片所蕴含的集体无意识与民族特色,以及它们所融合与集纳的经典文学叙事技法和故事范型;我们不光要研究法国最经典的电视剧《红与黑》，也应该关注各种流行的电视肥皂剧。

近几年，呼应西方学术界的文化研究，整个大陆文学研究界开始了所谓文学研究的"文化学转向"。笔者认为，世界文学研究也应该转变传统的文学研究模式，尤其是中国大陆式的庸俗社会学批评或者"背景介绍—思想主题—艺术特色"三板块式解读，有意识地将文学经典置于比较文明学的思想视野中，广泛借鉴哲学、社会学、人类学等学科的研究方法和学术立场，把"新时代"的世界文学研究塑造成真正具有全球性与世界高度的崭新学科。

从 20 世纪 90 年代中期起，追随翻译家、诗学教授飞白先生以比较文学与世界文学专业的名义从事"外国诗"研究，到 21 世纪初转向文艺学专业的"文艺美学与文化批评"研究，并进而从文学研究跨入哲学研究的"文化哲学"与"艺术哲学"领域，在 20 余年的学科专业游走间，我逐渐领悟到人文学术的一些奥秘和乐趣。也许，最有中国特色的"文艺学"和"世界文学"根本就不太成立，而"比较文学"一如当初设立时的分歧，理论上行得通而实践中却往往陷入"狗比猫大"的平庸与尴尬。因此，犹如民国时期大学教育曾经强调"文史哲打通"，现如今的综合性大学重提"通识教育"一样，人文学术无非就是通过知识传播、"学""问"反复来培养人的学习能力、判断能力、反省能力和想象能力，人文学术里的学科与专业的界限越来越走向融通，而人文学术的价值立场要求却日益凸现，人文品格对于一名学者的重要性日渐重要。但是，人性的弱点和世俗享受的诱惑却让和平时代的人们经受着一次次"没有硝烟的战争"考验。

呈现在各位读者眼前的这部论著，起始于我多年的读书心得和研究生教学。其间，部分章节分别发表在《浙江社会科学》《浙江大学学报》《妇女研究论丛》《思想战线》《江西社会科学》《求索》《解放军外国语学院学报》《中南民族大学学报》《江苏行政学院学报》《东岳论丛》等学刊上，特此致谢。另外，感谢李馨、高捷、胡雯、林琳对部分章节初稿写作的帮助。

衷心感谢多年来一直关心和培养我的多位授业恩师：飞白、叶秀山、仲呈祥、曾繁仁等先生！先生们的浩然正气、睿智通达和侠肝义胆是我人生旅途上永远明亮的启明星！

在此还要特别感谢浙江工商大学出版社的大力支持！感谢责任编辑为本书高质量出版付出的辛苦！

傅守祥

2020 年 3 月末于杭州